Adolf Liebeck · Schein und Sein

Adolf Liebeck

Schein und Sein

Ein Beitrag zum Scheinproblem Prolegomena zu einer Kritik der Sinne

Herausgegeben von Thomas Clementi

FOUQUÉ PUBLISHERS NEW YORK

First American Edition
Printed on acid-free paper

Library of Congress Cataloging-in-Publication Data
Liebeck, Adolf
[Schein und Sein / Adolf Liebeck]
1st American ed.

ISBN 978-0-578-09464-9

Vorwort

Bald nach Erscheinen der *Kritik der Sinne* (Kernbestandteil und zugleich 1. Band des Werkes Welterwachen, Verlag Strecker & Schröder, Stuttgart) ging mir verschiedentlich von prominenter Seite die Aufforderung zu, das Gedankengefüge dieses für einen kleinen Kreis spezialisierter Fachleute geschriebenen Buches in einer leichter fasslichen Form einem großen Publikum zugänglich zu machen. Diesem Verlangen entspreche ich heute um so williger, als die Zeit inzwischen für die Richtigkeit meiner Ideen in einer ungeahnt drastischen Breite Zeugnis abgelegt hat. Das *Scheinproblem*, das Kernproblem der Kritik der Sinne, ist das Problem der Zeit geworden: Denn wer wollte leugnen, dass das Sein überall heute vom Schein verdrängt und das Leben in eine völlig zentrifugale Richtung zu sich selbst gelangt ist?! Dieses Problem ist so brennend geworden, dass – man kann es ruhig aussprechen – von seiner Lösung die weitere Zukunft der Menschheit abhängig ist. Gelingt es nicht, zur Überwindung des Scheines, der sich wie ein böses Insekt in die Menschheit eingefressen hat, entsprechende Immunisierungsmethoden zu ergreifen, so steht zu befürchten, dass ihr Dahinsiechen durch den Zerfall ihrer zentralsten Grundkräfte immer weitere Fortschritte macht. Um sich über die Taktik dieser Gegenmaßnahmen klar zu werden, muss man zunächst jedoch wissen, worin denn nun eigentlich der Schein besteht, der die Welt in so weitem Ausmaß beherrscht, auf welchen Zusammenhängen er beruht und welche Veränderungen er im Menschen bewirkt. Die Klarstellung dessen ist nicht so einfach, wie es den Anschein hat. Sie verlangt die Aufzeichnung der gesamten Weltdynamik in allem, was als treibende Kraft, Widerstand etc. in ihr mitwirkt, sie verlangt die genaueste Beobachtung aller polaren Gegenkräfte, die das Leben in sich birgt, und ein Sich-Freimachen von Überlieferungen, wie es in dem dazu erforderlichen Ausmaß bisher wohl kaum denkbar war.

Bemerkenswert und interessant ist die Tatsache, dass an der Lösung des Scheinproblems in erheblichem Grade die moderne Technik (durch Erzeugung des beweglichen Lichtbildes, der Schallplatte etc.) mitgewirkt hat. Ich möchte aber dem Inhalt des Werkes nicht vorgreifen und muss hierfür den Leser auf das Buch selbst verweisen. Warnen möchte ich vor zu schneller Lektüre des Buches: Es ist in ihm in Extraktform eine so große Zahl völlig neuartiger Gedanken und Anschauungsweisen in- und übereinandergeschichtet, dass nur langsames Vordringen im Stoff zu einer echten Assimilation desselben führen kann. Ein solches Vorgehen wird dem Leser zunächst vielleicht etwas mühsam dünken – denn ich konnte ihm natürlich nicht die strenge Systematik der K.d.S. ersparen, auf ihr gründen sich ja alle weiteren Folgerungen! –, aber dann werden ihm plötzlich die Schleier von den Augen fallen, sodass er sich für die anfängliche Mühe reich belohnt fühlen wird. Gewinn an neuen Erkenntnissen lässt sich nur durch geistige Gründlichkeit erzielen – auch hier kommen die „gebratenen Tauben" nicht fertig in den Menschen hineinspaziert. Denn das Sich-leicht-und-bequem-Machen: Ebendies ist, wie hier nachgewiesen wird, das typische Kennzeichen für den Verfall an den Schein.

Die Lehre, die ich hier vor der Menschheit ausbreite, hat viel Tröstliches an sich: Sie erbringt den Nachweis, dass sich das Leben noch im *Embryonalstadium* befindet und hierin die ganze Unfertigkeit und Unvollkommenheit des heutigen Daseins begründet ist. Das echte Leben – aus dem überlegenen inneren Gleichgewicht heraus – hat noch gar nicht begonnen. Wir sind zwar auf dem Wege dazu, aber dieser Weg ist der einer Geburt: Von den furchtbaren Wehen, die ihr vorangehen, werden wir geschüttelt, sie kosten uns unser Leben und das Glück geruhsamer Stunden. Trotzdem dürfen wir nicht verzweifeln. Nur der pfadlose, von Abgründen umlauerte *Irrweg* gibt das Recht zum Verzweifeln. Sobald sich der Menschheit durch Erkenntnis wieder ein neuer Pfad erschlossen hat, sobald sie weiß, *wo* das Übel sitzt und wie man ihm beikommen kann, ist ihr auch die Richtschnur zu neuem Handeln gegeben, und sie kann sich wieder langsam vorwärtstasten.

Es gibt Probleme, die nur deshalb für das Leben eine so große und zugleich verderbliche Bedeutung erlangt haben, weil man ihnen jahrtausendelang aus dem Weg gegangen ist. Das Scheinproblem ist ein solches Problem. Der Schein beherrscht in seinen realen Auswirkungen alle Fakten der Zeit, die politischen, wirtschaftlichen, kulturellen etc. Das Scheinproblem *überragt an Bedeutung* das heute so brennend gewordene Pro und Kontra von Kapitalismus und Kommunismus, da beide dem Schein unterworfen sind und dieser seine zersetzenden Wirkungen an beiden entfaltet. Ich habe in diesem Buch nur andeutungsweise davon gesprochen. Im zweiten Band des Werkes Welterwachen wird davon ausführlicher die Rede sein.

Im Januar 1938
Dr. Adolf Liebeck

Einleitung

Freundlicher Leser! Ich weiß, diese Anrede ist veraltet, aber sie ist ebendeshalb hier am Platze. Denn wir müssen uns, wollen wir an die Lösung eines derartigen Problems wie des Scheinproblems gehen, auf ein Zeitniveau zurückschrauben, in dem ein tiefer Gedanke noch mehr Gewicht hatte und mehr Anreiz bot als Boxkämpfe und Autorennen. Wer den Schein durchdringen will, darf nicht in ihm fixiert bleiben, sondern muss sich ihm *gegenüber*stellen, und ist die Zeit von Schein durchseucht, so muss er sich eben für eine kurze Frist *gegen* die Zeit stellen. Im Grunde ist dies ja jene Einstellung, wie sie jede philosophische Betrachtung von uns verlangt, aber dieses Mal bedeutet sie noch etwas darüber hinaus: Wir beide, Du und ich, wollen nämlich gemeinschaftlich auf die Jagd *gegen die Zeit* gehen, und was wir als Jagdtrophäe nach Hause bringen wollen, das sollen die Erkenntnisse sein, die wir ihr abgerungen haben.

Es gibt da gar merkwürdige Dinge festzustellen. Denken wir einmal an die Erinnerungsbilder, die wir im Kopfe tragen. Ein *Wunder*, nicht wahr, ist solch ein Erinnerungsbild eines guten Freundes, das da plötzlich im Geiste vor uns auftaucht! Wir wissen nicht, wie wir zu ihm kommen, und doch ist es plötzlich da! Aber dieses Erinnerungsbild ist gleichzeitig für den *Maler* Material zur Gestaltung seines innersten Fühlens – wie viele Meisterwerke sind doch aus der Verarbeitung dieser Erinnerungsbilder im Laufe der Jahrhunderte hervorgegangen. Sie hängen an den Wänden unserer Galerien und sind doch nichts anderes als Projektionen geformter bildlicher Erinnerung nach außen auf die Leinwand, den Stein etc. Aber auch der *Wissenschaftler* kann diese Erinnerungsbilder nicht entbehren, soll er etwa über den Bau einer Pflanze oder eines Tieres berichten: Denn nur durch vergleichende Untersuchungen der Lebewesen untereinander gelangt er zu den endgültigen Resultaten seiner Forschung. Und nun gar unser *Alltagsleben*! Ist es nicht erfüllt von

Tätigkeiten, die sämtlich an die Bilder anknüpfen, die wir von den Dingen mit uns herumtragen. Einkäufe, Besuche, Korrespondenz etc., das gesamte Auf und Ab unseres Tagespensums lebt ja nur von den Erinnerungsbildern, die in unserem Hirn aufgespeichert sind.

Aber jetzt kommen wir zu den weniger harmlosen Seiten dieser Fähigkeit, Erinnerung an Dinge und Geschehnisse in uns zu bewahren. Was fordert denn am meisten unsere Eitelkeit und unseren Geltungsdrang heraus? Ist es nicht unser *Spiegelbild*, das uns selbst in unser Vorstellungsleben hinein verfolgt und uns aufstachelt, uns durch alle möglichen Methoden der Verschönerung oder sonstwie immer noch mehr Geltung zu verschaffen: Wie wirke ich nach außen? Das ist die stete Frage, die das Spiegelbild uns aufgibt (nicht nur vor dem Spiegel selbst und *nicht allein* im Zusammenhang mit Kleidung etc.). Und ist es nicht ebendieses Spiegelbild, das uns in Eifersucht und Neid rasen lassen kann, wenn sich dagegen ein *anderes* Bild drängt, das uns zu *verdrängen* droht? Hat nicht die Reproduktionstreue des Gedächtnisses so mancher Frau, so manchen Mann Stunden des Schlafes gekostet? – nein, nicht nur Stunden des Schlafes: Ansehen, Geltung, Ehre hat es gekostet, wenn dieses Erinnerungsbild unter dem verzerrenden Hass von Fanatikern zur Diktatur von Nationen etc.[1] verbildet, wenn es in eine Fratze umgedeutet wurde!

Ja, wo sind wir denn nun eigentlich angelangt: Was uns anfänglich als ein Wunder erschien, was dem Künstler ein Mittel höchster Ausdrucksgewalt war, hat sich jetzt zum hässlichen Symbol für ein ganzes Volk verzerrt! Wie geht das zu? Zunächst: Wo stammt das Erinnerungsbild her? Was steht dahinter? Denn von irgendwoher muss es doch stammen.

Nun, das Erinnerungsbild ist nur ein Nachbild unseres Sehens. Wie aber geht das vor sich? Wir würden die Dinge nicht sehen, wenn nicht *der in ihnen enthaltene Stoff sich der Strahlung widersetzen*

---

1 Man denke hierbei z. B. an die Karikaturen, mit denen sich die verfeindeten Völker während des Weltkrieges überschütteten.

9

würde, die von irgendwoher auf sie aufprallt. Nur durch Reflexion von Sonnenstrahlung sehen wir z. B. die Venus am Himmel, und was von ihr gilt, gilt vom Sehen von Gegenständen allgemein. Nur so kommt ja auch unser eigenes Spiegelbild zustande: Denn es resultiert aus der Rückstrahlung vom Stofflichen unseres Leibes her. Wir vergessen dieses nur, weil wir, anstatt auf den Stoff zu stoßen, in unser eigenes Anschauungsbild hineingeraten.

Dieses Anschauungsbild ist stofflos – aber besteht denn zwischen dem gewöhnlichen und dem spiegelbildlichen Sehen ein Unterschied? Prüfe selbst! Es besteht (außer der Vertauschung von rechts nach links) zwischen ihnen kein Unterschied. Also bliebe uns überall der Stoff verborgen, da doch das Spiegelbild stofflos ist? In der Tat, wir sehen die Dinge nicht anders, als wie sie uns der Maler zeigt: in der Nachbildung durch Strahlungsverhältnisse. Blicke die Straße herunter, die du bewohnst: Sie erscheint dir als Bild. Wohl haben wir den wirklichen Dingen gegenüber ein verstärktes Raum- und Wirklichkeitsbewusstsein, aber dieses ändert nichts an der Tatsache, dass wir die Häuserfront unserer Straße als Bild sehen – allerdings als ein Bild von riesenhaften Dimensionen–, genau wie es uns, mit allen Fußgängern und Autos, das Kino hervorzaubert.

Gerade das Kinobild zeigt, dass wir im Sehen nicht den Dingen selbst verbunden sind, sondern nur gewohnt, aus Strahlungsverhältnissen Dinge und Geschehensabläufe zu rekonstruieren. Das bedeutet jedoch, dass unser Sehen es mit einer ganz anderen Realität zu tun hat als der vollgewichtigen Realität der Dinge selbst, einer Realität, die so luftig, zart und unerfasslich ist wie die Kinobilder, nämlich einer *Hohlraumrealität*[2].

---

2 Als hohl bezeichnen wir das, was einen freien Durchblick gestattet bzw. unseren Sinnen keinen wahrnehmbaren materiellen Widerstand setzt. „Hohl" ist aber nicht identisch mit „leer". Ein Hohlraum kann daher sehr wohl von Materie erfüllt sein, es liegt darin kein Widerspruch begründet. Bezüglich der systematischen Bedeutung des Gegensatzes Vollraum–Hohlraum wird das Werk selbst Aufschluss geben.

Denn die Strahlung als Emanationsprodukt irgendeiner Licht-quelle ist eine solche Hohlraumrealität (sie füllt sich mit jenem Raum, der uns als hohl erscheint), und wo sie auf Körperliches stößt – sei es in der Unendlichkeit (Venus) oder hier auf Erden –, da leuchtet dieser Körper auf und wird so dem Auge zugänglich.

Und nun tritt noch einmal, mein Leser, vor deinen Spiegel: Berühre dein Gesicht, verschiebe es ein wenig und blicke gleichzei-tig auf dein Spiegelbild. Im Fühlen bist du der Vollraumwirklichkeit deines Körpers verbunden, im Sehen dagegen einer Realität des Hohlraums, der Strahlung. Und was du an der einen Realität be-wirkst, das wiederholt sich in der anderen: aber in der ihr eigenen Sprache. Denn hier stehen sich zwei Welten gegenüber, die ihren Bereich für sich haben.

Das Gleiche trifft auch für das Hören zu. Mache einige Schritte durch das Zimmer, und du wirst feststellen: Du bist dem Schall der Tritte näher als dem Gehvorgang selbst, der Atmosphäre mithin nä-her als dem Boden, über den deine Füße hinweggleiten (also der Vollraumrealität).

Unsere geistige Welt, die ja mit optischen und akustischen Daten immerfort operiert, *ist also überwiegend dem Hohlraum verbunden:* Dahinter aber steht, wie dies am Anschauungsbild gezeigt wurde, der Stoff. Indem dieser die Sinne durch Strahlung blendet, blendet er sich zugleich *ab*, er bleibt hinter den Bildern, die er ins Bewusstsein projiziert, verborgen, und nur in ganz indifferenten Phänomenen, wie in der körperlichen Berührung oder im Schmutz der Straße etc., kommt er zum Vorschein.

Es wird Dir nun, mein Leser, klar sein, weshalb die Überschrift des 1. Kapitels lautet: Weltstruktur und Indifferenzpunkt. Die Weltstruktur (Blicke in die Unendlichkeit!) wird im Wesentlichen durch den Gegensatz von Vollraum und Hohlraum bestimmt; hier-mit leitete sich das Weltgeschehen ein; hierauf baute sich die ganze Schöpfung auf. Der Mensch wie jedes andere Geschöpf ist mit seiner gesamten Organisation in diesen riesenhaften Rahmen eingespannt.

11

Der Indifferenzpunkt dagegen bezieht sich auf das Stofferlebnis, das in dem Scheinproblem eine sehr merkwürdig tiefe Rolle spielt.

Das Zerrbild der Karikatur, von dem wir vorhin sprachen, ist also ein indirekter Abkömmling des Stofflichen, und ein solches frevelhaftes Spiel der Fantasie mit diesen Anschauungsbildern bedeutet daher – du ahnst es jetzt schon – den Verfall an den Stoff, der einen Schein im Bewusstsein unterhält.[3] Denn die Vernunft, die dem Ich zugehörig ist, hat hier versagt, der böse Affekt, der in physischen Spannungen wurzelt, dagegen gesiegt.

Indem wir das Anschauungsbild von einem Ding erhalten, saugen wir gewissermaßen ein Gegebenes durch das Medium der Strahlung in uns an, um im Anschluss daran irgendwelche Tätigkeiten zu vollziehen. Das Ich verhält sich also gleichsam als ein Herz: Es saugt an und stößt wieder aus, ganz wie das menschliche Herz. Ja, die Übereinstimmung mit diesem Herzen geht noch viel tiefer, denn wie das menschliche Herz mit zwei Kammern arbeitet, der rechten und linken Kammer, so wirkt sich auch das Ich (gemeint ist hier das Welt-Ich) von zwei Polen der Wirklichkeit her aus: in Produkten geistiger und physischer Abkunft. Im physischen Pol des Menschen schafft es das Kind (Beziehung zum Vollraum!), in der geistigen Vorstellungswelt dagegen mittels der optischen und akustischen Daten Werke der Kultur (Beziehung zum Hohlraum! Man denke etwa an eine Symphonie von Beethoven oder Werke der Dichtung, Malerei, Plastik[4] etc.).

---

3 Es sei hiermit angedeutet, dass die K.d.S. dem Scheinproblem in ganz anderer Richtung nachgeht, als es Kant getan hat. Dieser deckt den Schein auf, in den sich die Vernunft verstrickt hat, wenn sie sich in ihren Schlüssen auf das Gebiet des Transzendenten wagt. Kant verfolgt das Scheinproblem mithin in das Subjekt hinein, die K.d.S. in objektiver Richtung. Hätte Kant der Kritik der reinen Vernunft jene der Sinne vorangeschickt, so hätte sich ihm dargetan, dass das fehlerhafte Vorgehen der Vernunft von jenem Schein abhängig ist, den der Stoff von außen her im Bewusstsein unterhält. Kant ist mithin in allen seinen Untersuchungen noch scheinabhängig, weshalb die Resultate seiner Forschung denen der K.d.S. sehr entgegengesetzt sein müssen.

4 Die deutsche Sprache spricht bezeichnenderweise vom Plastiker als von einem

Daraus ergibt sich Kapitel II: Der kosmische Kreislauf.

Die Weltgegner (Kap. III) sind selbstverständlich die beiden Elementarkomponenten der Ewigkeit Welt-Ich und Weltstoff, die sich überall im Leben gegenüberstehen und sich gegenseitig, sei es direkt oder indirekt, bekämpfen. Es ergibt sich hieraus, wie ich am Erinnerungsbild zu zeigen versuchte, eine ganze Stufenfolge von verschiedenen Haltungen, die das Ich einem jeden Ding gegenüber einnehmen kann, und in ihnen dokumentiert sich entweder die Überlegenheit der Ichwelt über den Stoff oder ihr Verfall an ihn bzw. seine Wirkungen auf das Bewusstsein.

Der Stoff wird hier in Analogie zum Welt-Ich (als dem Denken von Urbeginn an) als „Weltstoff" bezeichnet, weil er nicht dem Zeitlichen des Dinges angehört, sondern gleichsam aus der Ewigkeit in dasselbe hinübergewandert ist, um es nach Tod und Zerfall wieder zu verlassen und neue Formen anzunehmen. Der Widerstand des Stofflichen gegen die Strahlung (die unerlässliche Voraussetzung unseres Sehens von Gegenständen!) ist eine allgemeine Eigenschaft der Materie und nicht abhängig von der Spezifität des Körpers, der gerade vorliegt. (Marmor, Kupfer, Holz, Eisen, geballte Dämpfe etc. etc., alle werfen sie in der gleichen Weise die Strahlung zurück) Diese Eigenschaft gehört dem Stoff als Ewigkeitsbestandteil an und überbrückt gewissermaßen die Spezifitäten, in die er sich aufgeschlossen hat. *Dass* ein Bild der Anschauung entsteht, hat in dieser Eigenschaft des Stoffes als

*Ewigkeits*bestandteil seinen Grund, die Eigenart des Bildes (das *Was*, das sich in ihm ausdrückt: ein Hund, eine Katze, ein Mensch etc.) ist dagegen bereits in der einmalig zeitlichen Existenz begründet, die

---

„Bildhauer", d. h., von einem Künstler, der mittels gewisser Techniken und unter Zuhilfenahme von verschiedenartigem Material ein „Bild" wieder schafft, das seinem Geiste vorschwebte. Dieses Bild geht jedoch letztlich auf Strahlungsverhältnisse zurück, von denen einmal das Bewusstsein irritiert wurde, also ein Ingredienz des Hohlraums.

13

ein jedes Ding als Werdensprodukt in sich einschließt, und wenn es organischer Herkunft ist: im *Welt-Ich*, das Quelle und Ursprung aller organischen Einzelwirklichkeit ist. Welt-Stoff und Welt-Ich haben mithin für das Entstehen und die Eigenart des Anschauungsbildes eine ganz gesonderte Bedeutung, ein Beweis dafür, wie tief die Mächte der Ewigkeit in jedes Phänomen des Lebens hineinreichen, wie ihr Sein heimlich überall mitwirkt und wie sie das Leben unsichtbar beeinflussen. Aber darin drückt sich zugleich der Konfliktstoff aus, den das Leben überall mit sich führt und der, wie in diesem Buche gezeigt werden wird, für das Scheinproblem eine so eminent wichtige Bedeutung hat.

Das menschliche Sein ist zwischen diese beiden Weltgegner Welt-Stoff und Welt-Ich gestellt als ein Kampfplatz (Kap. IV), auf dem sich das Drama Leben recht eigentlich abspielt. Ich möchte aber über dieses Kapitel hier nichts vorwegnehmen, da es grundlegender Vorbereitungen durch das Werk selbst bedarf.

Damit habe ich Dir, mein Leser, wenn auch in weitläufigen Umrissen, gewisse Richtlinien für Dein Denken gegeben, und Du trittst nicht ganz unvorbereitet an die Aufgabe, Dir über das Scheinproblem Klarheit zu verschaffen. Ich lasse nun das Werk selbst sprechen.

Weltstruktur und Indifferenzpunkt

1

Die Welt, so groß sie auch sei, ist von einheitlicher Struktur. Dies gilt vor allem vom Raum. So weit wir den Blick auch in die Ferne schweifen lassen, überall treffen wir die gleiche Raumdifferenzierung an. Der Raum der Unendlichkeit ist gewissermaßen gespalten: Körper von riesenhaften Ausmaßen (Sonnen, Planeten und ihre Monde) sind von Medien umgeben, so zart und durchsichtig, dass wir glauben, in eine Raumtiefe zu blicken, die gänzlich stofflos sei. Um die Planeten nimmt häufig die Dichte der Medien erheblich zu: Sie schwellen zu Atmosphären an, die sich ihrerseits aus Gasen aller Art zusammensetzen. Gäbe es, wie die Sage lehrt, eine Harmonie der Sphären – wir würden sie nicht hören, denn nur der Luftgürtel der Planeten leitet den Schall fort, nicht der Äther, jener hauchdünne, den Sinnen nicht wahrnehmbare Stoff, der, wie man annimmt, mit sich die unendlichen Räume füllt.

Die Weite der Unendlichkeit ist stumm. Kein Laut durchdringt sie. Doch Strahlung durchzuckt sie, die die Brücke schlägt von Sonne zu Sonne, von Sonne zu Planet. Millionen Sonnen melden ihre feurige Gegenwart dem Menschen, in dessen Bewusstsein ihre Strahlung zu ebensoviel Lichtern sich entzündet. Das Echo, welches das Ohr vergebens im Weltall sucht, strömt dem Auge aus den unendlichen Fernen klar, doch kühl entgegen. Auf den forschenden Blick des Menschen antwortet das Universum in gelassener Ruhe mit dem Gefunkel seiner unzähligen Lichter. Was das Ohr nie vermöchte, erfüllt sich im Schauen momentan: Das Weltall selbst zieht in den Menschen ein, und in dem erschauernden Bewusstsein der Vereinzelung fühlt er sich stummen, rätselhaften Mächten ausgeliefert.

2

Dieser Gegensatz innerhalb der Raumendlichkeit – sagen wir etwa der Gegensatz von „Vollraum" (als Bezeichnung für die festen Körper, die unseren Sinnen bzw. der Strahlung einen Widerstand setzen) zum „Hohlraum" (als Bezeichnung für jenen Raum, dessen Medien sich den Sinnen nahezu entziehen, jedoch Licht und Schall fortleiten) – ist für die innere Weltstruktur durchaus bezeichnend. *Ihr haben sich alle Lebewesen in ihrer inneren Organisation angeschlossen*, und man kann die Situation des Menschen im Weltall und seine bisherige Geschichte nicht verstehen, wenn man diesen Gegensatz von Hohlraum und Vollraum nicht streng im Auge behält. Diese Gegensatzformulierung ist übrigens keineswegs modern. Sie ist alt, denn wir lesen bereits bei Laotse, ca. 600 Jahre vor Christi Geburt[5]:

„Dreißig Speichen treffen sich in einer Nabe:
Auf dem Nichts daran (dem leeren Raum) beruht des Wagens Brauchbarkeit.
Man bildet Ton und macht daraus Gefäße:
Auf dem Nichts daran beruht des Gefäßes Brauchbarkeit.
Man durchbricht die Wand mit Türen und Fenstern,
damit ein Haus entstehe:
Auf dem Nichts daran beruht des Hauses Brauchbarkeit" etc.

Mit dem Entstehen des Lebens auf dem Planeten ergab sich für die Geschöpfe der Natur die Notwendigkeit, sich den beiden Raumwirklichkeiten in dem Bau ihrer Organismen anzupassen. Der Baum verzweigt sich mit Wurzeln in der Erde (dem Vollraum), um in ihr einen Halt zu finden sowie Nahrung (Salze etc.) aufzunehmen. Die

---

5 Anmerkung: Bekanntlich sind auch in der griechischen Philosophie Ansätze zur philosophischen Ausbeutung des Gegensatzes von Vollraum und Hohlraum zu finden.

Krone, mit der er sich im freien Raum (dem Hohlraum) verbreitet, ist nur ein *anderes* Wurzelbett, vermittels dessen er aus der Atmosphäre Gase (CO_2) aufnimmt, um an sie andere Gase (O), Restprodukte des Assimilationsprozesses, wieder abzugeben. Im Grunde hat also die Pflanze zwei (entgegengesetzt gelegene und funktionell entgegengesetzt geartete) Wurzelbildungen, durch die sie mit Vollraum und Hohlraum in Konnex tritt. Wir sind nur daran gewöhnt, ihnen eine von einander abweichende Bezeichnung zu geben, weil das eine Wurzelbett, die Krone, im Hohlraum gewissermaßen keine feste Stütze findet.

3

Zwischen den beiden Wurzelbildungen, welche die Pflanze im Vollraum und Hohlraum entsendet, zwischen Wurzelbett und Krone steigen ihre Säfte auf und nieder und verbinden so Pol und Pol miteinander in alternierendem Wechsel. Damit kommen wir zu der dritten Raumwirklichkeit, die gewissermaßen zwischen jenen Extremen steht, in die sich das Universum aufgeschlossen hat: zum labilen Element des Wassers.[6]

6 Anmerkung: Das Wasser nimmt eine sehr eigenartige Beziehung zwischen den beiden Raumextremen (Vollraum und Hohlraum) ein (siehe K.d.S. S. 166 folg.) und trägt in jeder Gestalt zur Unterhaltung und Vermehrung des Scheines enorm bei. Durch seine Spiegelung verlockt es – aber nicht etwa als ein Dämon! – zur einseitigen Betrachtung der Lichtmaske der Dinge, was eine Ablenkung der Aufmerksamkeit von ihrer organischen Wirklichkeit auf das reine Anschauungsbild zur Folge hat. Blickt man dagegen in direkter Aufsicht senkrecht auf den Wasserspiegel, so sieht man bei völliger Reinheit des Wassers an ihm vorbei auf die Tiefe des Grundes, *übersieht* mithin seine Stofflichkeit (am Hochgebirgswasser kommt dies vielleicht am deutlichsten zur Erscheinung). Im Nebel wiederum legt es sich vor die Dinge und reduziert sie im Erlebnis zu leeren, schattenhaften Phantomen, die nun in dieser Verkleidung ästhetisch besonders reizvoll sind. Als Schneekristall blitzt es das Licht so vollständig ab, dass es hinter ihm verschwindet und besonders aus der Ferne als gespenstig leere Fläche erscheint. In dichteren Schneemassen „ahmt" es wiederum die Formen der organischen Wirklichkeit „nach" und verbildet sie vielfach zu grotesken

Das Wasser spielt im Naturhaushalt überall die Rolle des Vermittlers zwischen den polaren Extremen, nicht nur bei der Pflanze, wie wir dieses soeben feststellten, sondern bei jeder Art von Lebewesen, ja selbst im großen Bereich der Natur. In Nebeln erhebt es sich aus Flüssen und Meeren in die *freien Räume des Äthers* und sammelt sich dort zu Wolken. Aus den freien Höhen der Atmosphäre fällt es als Regen zur Erde und dringt in den *Vollraum* ein, um ihn als Quell jugendfrisch wieder zu verlassen und das Spiel seines Kreislaufs von Neuem zu bilden.

Die Beziehungen zu den Raumextremen: Vollraum und Hohlraum lassen sich auch beim Menschen in seiner gesamten Organisation aufdecken.

4

Der Mensch hat, wie die Pflanze, die Doppelbeziehung zu Vollraum und Hohlraum, und zwar sehr vielfältig. Dem Wurzelbett, mittels dessen die Pflanze mit der Erde (dem Vollraum) in Kontakt tritt, entspricht beim Menschen ganz offensichtlich der *Darm*, eine infolge seiner vielfachen Windungen enorme Ansaugungsfläche für Stoffe, die aus der Aufnahme fester (bzw. flüssiger) Nahrung stammen. Die Verbindung zum Vollraum ist hier offensichtlich. Der Krone des Baumes entspricht dagegen beim Menschen das weitverästelte Lungenparenchym, durch welches hindurch sich der Gasaustausch des Organismus mit dem gaserfüllten *Hohlraum* vollzieht (dem Chlorophyll der Pflanze entspricht dabei das Hämoglobin, der Blutfarbstoff). Zwischen diesen beiden entgegengesetzten Polen des menschlichen Organismus, die zu Vollraum

---

Figuren (Bäume der Hochgebirgskämme). Daher birgt kaum eine Landschaft einen derart berückenden Schein wie die Schneelandschaft. Zuweilen jedoch setzt es sich dreist vor die weite Unendlichkeit des Hohlraumes und die konkrete Realität des Vollraumes und enthält dem suchenden Blick die beiden Extreme der Wirklichkeit vor: in der grauen Wand des Nebels.

und Hohlraum funktionelle Beziehungen unterhalten, kreist, wie in der Natur das Wasser, als Zwischenglied das *Blut*, dessen nie abbrechende Zirkulation durch die Tätigkeit des Herzens unterhalten wird. Die Beziehungen des menschlichen Organismus zu Vollraum und Hohlraum einerseits und zum Wasser, das zwischen den Polen kreist, andererseits kennzeichnen sich mithin in den drei getrennten Funktionen: Verdauung, Atmung, Kreislauf.

Der Mensch ist demgemäß der Pflanze völlig gleichgeartet im Bau, nur ist bei ihm das zwiefache Wurzelwerk gewissermaßen *nach innen* lokalisiert, bei der Pflanze dagegen extrem nach den beiden Enden.

5

Die Kreislaufapparatur des Organismus weist selbstverständlich ebenfalls die doppelte Beziehung zu Vollraum und Hohlraum auf. Es ist kein Zufall, dass das Herz des Menschen gewissermaßen aus zwei Herzen besteht: dem linken und dem rechten Herzen. Letzteres lässt aus sich die Lungenarterie hervorgehen, stellt also die Verbindung zum *Hohlraum* her, wobei ein Gasaustausch stattfindet. Aus dem linken Herzen strömt das Blut dagegen durch Vermittlung der Aorta, die sich in immer kleinere Äste aufteilt, in die Gesamtheit aller Organe des menschlichen Körpers (mit Ausnahme der Lunge). Da dieser als solcher in der Kompaktheit seiner Organe als eine *Vollraumwirklichkeit* anzusprechen ist, so ist das linke Herz dem Vollraum, das rechte dagegen dem Hohlraum zugeordnet.

6

Die doppelte Beziehung des Menschen bzw. höherorganisierten Tieres zu Vollraum und Hohlraum entdeckt sich bei genauerer Prüfung auf allen anderen Gebieten der Körperkonstitution.

Mit den Beinen steht der Mensch fest auf der Erde. Er kommt hier mit dem Vollraum in unmittelbare Berührung. Im Gehen, Laufen, Springen bleibt er an die feste stoffliche Grundlage gebunden, die sich jedes Mal als Vollraum dokumentiert, mag er nun auf ebener Erde gehen oder Treppen ersteigen etc.

Die obere Extremität hat dagegen eine ganz offensichtliche Beziehung zum Hohlraum. Dies kann natürlich beim Menschen nicht so deutlich in Erscheinung treten, da er ja nicht für den Flug geschaffen ist. Beim Vogel dagegen zeigt sich die Korrespondenz der Extremitäten in ihrer Beziehung zu Vollraum und Hohlraum in vollausgebildeter Gestalt: Die unteren Extremitäten dienen dem Vogel zum Schreiten und Hüpfen über den Boden (Beziehung zum Vollraum), mit den oberen Extremitäten dagegen, die befiedert sind, drückt der Vogel die Luft unter sich und erhält sich so im Schwebezustand bzw. im Flug (Beziehung zum Hohlraum).

7

Mit den Beinen steht der Mensch fest auf der Erde. Doch mit dem Haupt ragt er in die Weite des Hohlraumes hinein, Lautzeichen aller Art von sich gebend und zurückempfangend, wie ein Leuchtturm Licht aussendet und aus der Ferne Licht zurückempfängt. Demgemäß ist auch die Lagerung der Sinneswerkzeuge beschaffen. Am weitesten nach dem Scheitel sind jene Sinnesorgane vorgeschoben, die zum *Hohlraum* in Beziehung stehen: Seh-, Hör-, Geruchswerkzeuge. Je weiter man sich vom Scheitel nach dem entgegengesetzten Körperende entfernt, um so mehr stößt man auf Sinneswerkzeuge, die zum *Vollraum* in Beziehung stehen: zunächst auf die Geschmacks-, später auf die Sexualorgane. Der Mund mit seinen Geschmackswerkzeugen ist die Eingangspforte zum Darm, der die Verarbeitung fester Nahrung zur Funktion hat. Das Geschlechtliche andererseits vollzieht sich nur in der Berührung der Körper selbst. Mann und Weib werden zu einer kompakten Einheit, wenn sie sich im Geschlechtsrausch Leib an Leib begegnen. Hier wächst die Vollraumbeziehung ins Maximum an, denn das weibliche (an sich hohle) Geschlechtsorgan dient nur dazu, das Verwachsen zweier Leiber zu einem Leib Wirklichkeit werden zu lassen.

8

Die niederen Sinne (Schmecken und Sexualerleben) haben also eine bevorzugte Beziehung zur Vollraumrealität, die höheren (Sehen und Hören) dagegen zu dem mit Äther und Atmosphäre erfüllten Hohlraum. Denn wir sehen nur, wenn unsere Netzhaut irgendwie von Strahlung getroffen wird, die aus dem Hohlraum gegen sie andringt. Desgleichen ist unser Gehör, wenn es Vorgänge außer uns auffassen will, auf Erschütterungen angewiesen, die das Trommelfell treffen. Es besteht jedoch zwischen den niederen und den höheren Sinnen außer ihrer Beziehung zu Vollraum und Hohlraum ein viel wesentlicherer Unterschied: im Schmecken, Riechen und Sexualerlebnis ist der Kontakt mit dem Objekt, an dem sie sich aktivieren, ein *unmittel*barer, im Sehen und Hören jedoch nur ein *mittel*barer. Ich koste ein Stück Fleisch: Im Schmecken kommt das Fleisch in nächsten Kontakt mit den Geschmacksknospen der Zunge. Ich rieche eine Rose: Der Duft, den sie aussendet, erregt mein Geruchsorgan unmittelbar, gleich als hätte die Rose einen Duftpfeil gegen mich abgeschleudert. Es ist ihr eigenes Substanzielles, das mich erregt, nur eben in die Weite emaniert. Der unmittelbare Kontakt mit dem Sinnesobjekt tritt beim Sexualerlebnis vielleicht am offensichtlichsten in die Erscheinung.

Dagegen ich höre: – Ja, höre ich denn wirklich Glocken läuten, oder ist es vielleicht eine Täuschung, hervorgebracht durch eine künstliche Apparatur (wie etwa ein Grammophon)? Offenbar stehe ich *nicht mit den Glocken selbst* in Kontakt, wenn ich diesen Begriff des „Glockenläutens" bilde, denn er kommt mir auch, wenn eine Grammophonplatte die gleichen Schwingungen erzeugt wie die Glocke selbst. Den Begriff des Glockenläutens bilde ich demnach nicht im Kontakt mit der Glocke selbst, sondern mit *bestimmten Schwingungen der Atmosphäre*, die mein Trommelfell erregen. Mögen diese nun direkt von der Glocke selbst oder indirekt durch eine künstliche Apparatur hervorgerufen werden – in *beiden* Fällen prägt mein Bewusstsein den Begriff des Glockenläutens. Der Gehöreindruck resultiert mithin aus einer mittelbaren Auslösung – aber für das Gehör ist dies bedeutungslos, es beschäftigt sich nur mit den Erschütterungen des Mediums, das zwischen dem schwingenden Körper und dem Ohr eingeschaltet ist, also der Atmosphäre, und nicht mit den Dingen selbst, die zu ihnen Anlass geben. Das Bewusstsein registriert gewissermaßen im Hören nur Erschütterungen, die ihm irgendwie zugetragen werden, und stattet sie mit Begriffen aus, gleichgültig, woher diese Erschütterungen stammen.

Das Gehör unterhält mithin direkte Beziehungen nur zur Atmosphäre selbst, also zum Hohlraum. Es erfasst ein Geschehen, das sich irgendwo und irgendwie an den Dingen abspielt, aus den Erschütterungen, welche die Atmosphäre erleidet, also aus der Art, wie eine Realität des Hohlraums, die Atmosphäre, von ihm betroffen wird.

Nicht anders verhält es sich beim Sehen. Wir sehen gewiss nicht die Dinge, denn sonst würden wir nicht vermeinen, Dinge dort zu sehen, wo sie ganz gewiss *nicht* vorhanden sind: im Kino. Wie entsteht das Bild der optischen Wahrnehmung, vom Dinge aus gesehen? Strahlung irgendwelchen Ursprungs, die auf die Dinge aufprallt, wird von diesen aufgehalten und in den Raum zurückgeworfen. Dadurch entsteht eine Art *Abguss des Dinges im Lichte*. Wird dieser auf irgendeine Weise – wie etwa im Kino – reproduziert, so glauben wir, die Dinge selbst zu sehen, ein Beweis dafür, dass unser Sehen auf der Übung beruht, die *Lichthohlabdrücke*[7] *der Dinge mit*

---

7 Das Merkwürdige bei der Entstehung der Lichthohlabdrücke bzw. der Lichtmasken ist, dass der Stoff durch Reflexion der Strahlung sie zwar bewirkt, aber gleichzeitig hinter ihnen verschwindet, wie jedes Spiegelbild bzw. das bewegliche Bild im Kino

Begriffen auszustatten (Der Blinde, der sehend wird, muss dies erst lernen; er findet sich daher weder in der Wirklichkeit noch im Kino sofort zurecht).

Wieder befindet sich das Bewusstsein (wie im Hören) nicht aufseiten der Vollraumrealität der Dinge, sondern einer Realität des Hohlraums: der Strahlung, die ihn durchflutet. Im Sehen erzählt uns nicht das Ding seine Geschichte, sondern alles, was wir von ihm wissen, wissen wir nur indirekt und mittelbar aus den Verhältnissen der Strahlung, die sich mit ihm irgendwie auseinandersetzte und dabei modifiziert und aufgehalten wurde. Die Farbe, die wir erblicken, ist keineswegs die Eigenfarbe des Dinges, sie entspricht vielmehr jener Strahlengattung, die vom Dinge *nicht* verschluckt (absorbiert) wurde, also aus dem auffallenden Licht übrig blieb! Was am Dinge Gestaltformation ist, prägt sich innerhalb der Lichtmaske[8] in dem Gegensatz von Licht und Schatten aus. Wieder handelt es sich, wie bei der Entstehung der Farbe, um ein Erleiden, das die Strahlung (den Hohlraumbestandteil) betrifft. Denn nur dadurch,

---

lehrt, das ja stofflos ist. Es gehört dies bereits ins Scheinproblem, und es wird daher ausführlich hierüber gesprochen werden müssen.

8 Der Hohlabdruck des Dinges im Lichte wird von mir „Lichtmaske" genannt, weil er dem Dinge gegenüber gewissermaßen ein Etwas für sich bedeutet, wie die Maske, die vor dem Gesicht ruht. Wir sind nur gewohnt, die Lichtmaske mit dem Dinge zusammenzuziehen, als ob sie ihm zugehörig wäre. Sie korrespondiert jedoch nicht mit ihm selbst, sondern mit der Strahlung, die von außen her gegen das Ding anprallt und sich mit ihm irgendwie auseinandersetzt (als ein dem Dinge selbst fremder Umgebungsbestandteil). Das Bild einer fahrenden Elektrischen kommt z.B. so zustande, dass diese sich im Fahren durch den von Lichtstrahlung erfüllten Hohlraum vorschiebt – dadurch erleidet Letztere jedoch ganz bestimmte Modifikationen, die vom Stofflichen der Elektrischen her nach allen Richtungen zurückgeworfen werden. Die Aneinanderreihung dieser Vorgänge, aufgefangen durch den Kino-Operateur, ergibt das scheinbare Faktum der fahrenden Elektrischen. Das Sehen steht mithin in der Identifizierung eines Gegenstandes mit der Realität des Hohlraumes in Verbindung, nicht der Vollraumwirklichkeit des Dinges selbst. Es ist dies für die systematische Klärung des Weltbildes von außerordentlicher Bedeutung und muss daher hier nochmals hervorgehoben werden.

dass sie entsprechend der Dingformation *aufgehalten* wurde, ergibt sich der Gegensatz von Licht und Schatten, im Grunde ein Restphänomen wie die Farbe.

Im Sehen lernt das Bewusstsein das Ding und alles, was es betrifft, gewissermaßen aus der Perspektive des Hohlraums, d. h., von außen kennen, gemäß jenem bekannten Wort: Sage mir, mit wem du umgehst, und ich werde dir sagen, wer du bist. – Unsere Geübtheit, aus Strahlungsverhältnissen Dinge herauszulesen, ist, wie wir alle wissen, außerordentlich: Im Kino glauben wir leibhaftig das Meer branden zu sehen, glauben wir, Autos und Elektrische wahrzunehmen, wie sie aneinander vorbeisausen etc. Und doch handelt es sich um eine Aneinanderreihung von Strahlungsverhältnissen, die uns die Dinge nur vortäuschen.

Für das Erkennen von Gegenständen genügen mithin Zeichen, aus denen die Anschauung Dinge herausliest, d. h., um Dinge wiederzuerkennen, bedarf es gar nicht des Stofflichen der Dinge selbst (siehe hierzu Anm. S. 222).

Im Sehen und Hören schweben wir also gleichsam über den Dingen, wir verschmelzen hierbei mit der Strahlung und den Erschütterungen der Atmosphäre, aber nicht mit jenen Ursächlichkeiten, die das Sehen und Hören mittelbar herbeiführen. Darin liegt ein Schein begründet, denn das Leben entfernt sich so von den Dingen und verflüchtigt sich in die Bewusstseinswelt. Es wird seine alte Kraft wiedergewinnen, wenn es, wie der Riese Antaeus, wieder auf das urgründliche Sein-Selbst stößt, das in diesem Schein verborgen bleibt: den Stoff (siehe Anm. 1 S. 8).

Mit den Klarstellungen, die in den vorigen Abschnitten gegeben wurden, ist zugleich der Gegensatz aufgedeckt, der die beiden Pole der menschlichen Existenz betrifft. Die Physis des Menschen findet ihre höchste Aktivierung im geschlechtlichen Erlebnis. Wir können diesen Pol, in dem die Geschlechtlichkeit verankert ist, daher als den *physischen* bezeichnen. Die Beziehung zum Vollraum wird hier eklatant. Dem physischen Pol entgegengesetzt geartet ist der *geistige Pol.* Denn während jener gewissermaßen mit dem Vollraum koinzidiert, bedient sich der Geist zur Formulierung seiner Ideen, Gedanken etc. jener sinnlichen Elemente, die *vom Hohlraum her* (durch Oszillationen des Äthers und der Atmosphäre) im Bewusstsein geweckt werden: *der optischen und akustischen Sinneselemente.* Jeder Satz, den wir im Geiste formulieren, gibt davon Kunde, jedes Bild, das wir geistig schauen. Die gesamte Vorstellungswelt ist von ihnen erfüllt. Aus den Gesichts- und Gehörsdaten formt sich (als einem sinnlichen Baustoff) die bildnerische Fantasie Welten, die gewissermaßen als *Überwelten* bezeichnet werden müssen. Denn sie sind nichts anderes als luftige Spiegelungen der Einbildungskraft, entgegen jener rauen Wirklichkeit, in der sich „hart die Sachen stoßen". (Dieses ist jedoch die Vollraumwirklichkeit).

Es ist bezeichnend für die geistige Welt, dass sie lediglich die *Gesichts-* und *Gehörselemente* des sinnlichen Bewusstseins für ihre Aufbauarbeit heranzieht, jedoch nicht jene der niederen Sinne. Die Beziehung des geistigen Pols zum Hohlraum und seinen Medien bzw. den Energien, die ihn durchfluten, wird dadurch noch offensichtlicher. Sie wird sich uns in anderen systematischen Gegenüberstellungen noch viel klarer enthüllen.

9

Wir haben bis jetzt die Pole der menschlichen Existenz in ihren Beziehungen zu Vollraum und Hohlraum aufgedeckt. Wo zwei Pole auseinanderklaffen, muss es gewissermaßen eine Mitte geben, die zwischen ihnen gelegen ist und gleichsam die Brücke zu beiden schlägt. Diese Brücke ist dort zu suchen, wo sich die Beziehung zu beiden Polen auch äußerlich ausprägt: in der Haut, die ja beide Pole umspannt.

Wenn wir durch das Sehen ein menschliches Antlitz kennenlernen wollen, so können wir uns nur durch das Medium der Strahlung einen Begriff von ihm machen. Wir sehen gewissermaßen nur das *zweite Gesicht*, wie es sich in der Übertragung durch das Licht enthüllt. Aber es muss doch irgendwie eine Möglichkeit geben, das Gesicht des Gegenübers auch *original* kennenzulernen (im Bau der Knochen und Muskulatur etc.). Es geschieht dies durch das *Gefühl*, den *Tastsinn* und *Temperatursinn*, also die Hautsinnesorgane. Das Gefühl tritt in *unmittelbaren* Konnex mit dem Dinge selbst und fühlt sein Stoffliches, der Tastsinn prüft seine Gestaltsverhältnisse und Oberflächenbeschaffenheit, der Temperatursinn sein Wärmeverhalten gegenüber dem Untersuchenden selbst.

Die Mittelstellung der Hautsinneswahrnehmungen zum geistigen und physischen Pol ergibt sich aus dem Gesagten von selbst. Denn der Tastsinn, dem es auf die Feststellung von Einzelheiten der Gestaltsformation ankommt, hat offenbar eine Beziehung zum geistigen Pol (der ja das Zentrum aller formalen Gestaltung ist), während der Temperatursinn (der lediglich auf die Feststellung zentral, d. h., im Inneren des Körpers sich abspielender Vorgänge ausgeht), eine Beziehung zum geschlechtlichen Erleben[9] hat, das Rausch und Wollust, aber *nicht* formale Feststellungen zum Ziel hat. (Im Gegenteil wird hier durch schleimige Sekrete, welche die Genitalien schlüpfrig machen, allen formalen Feststellungen durch die Natur selbst entgegengewirkt.)

Zwischen den Extremen des Abtastens von Formen und der Feststellung von Temperaturen[10] steht das einfache Fühlen des

---

9 Anmerkung: Primäre Lichtquelle (als Gegenstand der optischen Wahrnehmung), Temperaturempfindung, geschlechtliches Erleben gehören zusammen (siehe Seite 116 Figur 5). Allen dreien liegt ein Verbrennungsprozess zugrunde, denn auch im geschlechtlichen Erleben verbrennt eine Generation, um gleich dem Phönix aus der Asche eine neue aus sich hervorgehen zu lassen. Der Aufbauprozess des Kindes im Weibe hängt dagegen mit dem Gestaltmoment zusammen, ist daher systematisch den Wahrnehmungen des Tastsinns und optisch der sekundären Lichtquelle zuzuordnen, die es gleichfalls mit Gestalt und Gestaltidentifizierung zu tun haben.

10 Anmerkung: Dass der Tastsinn, der formale Feststellungen vornimmt, und der

Stofflichen, eine nahezu indifferente Wahrnehmung, dass sie im Gegensatz zu den anderen in Ruhe und ohne Schwingung verläuft.

Diese Feststellung hat, wie wir später sehen werden, eine hohe systematische Bedeutung.

Wenn wir uns einmal die bisherigen Klarstellungen zeichnerisch veranschaulichen wollen, so ergibt sich etwa folgende Figur:

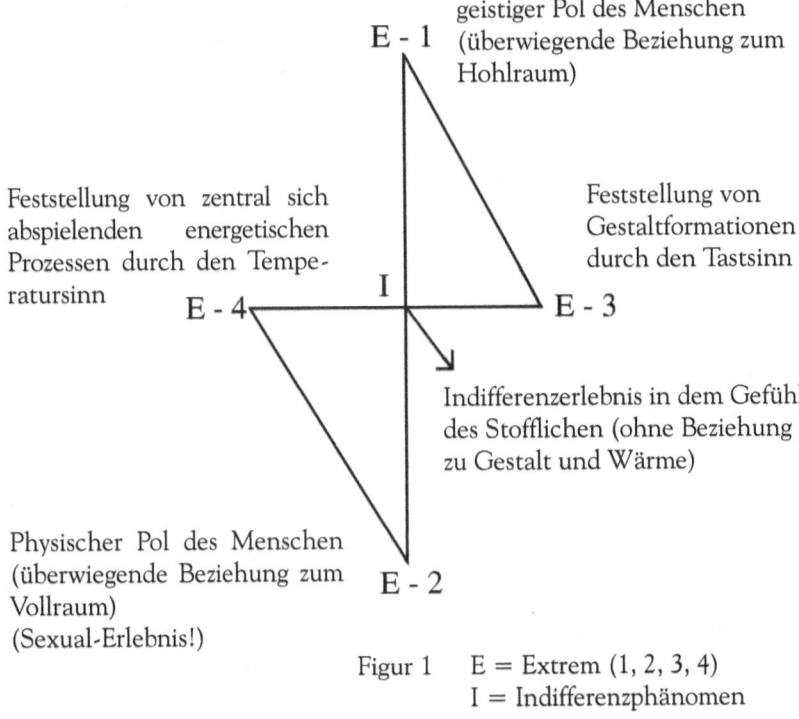

E - 1 geistiger Pol des Menschen (überwiegende Beziehung zum Hohlraum)

Feststellung von zentral sich abspielenden energetischen Prozessen durch den Temperatursinn

Feststellung von Gestaltformationen durch den Tastsinn

E - 4   I   E - 3

Indifferenzerlebnis in dem Gefühl des Stofflichen (ohne Beziehung zu Gestalt und Wärme)

Physischer Pol des Menschen (überwiegende Beziehung zum Vollraum) (Sexual-Erlebnis!)

E - 2

Figur 1   E = Extrem (1, 2, 3, 4)
              I = Indifferenzphänomen

Temperatursinn in ihren Wahrnehmungen Extreme einschließen, ist leicht festzustellen: Form (im Grunde das gleichsam erstarrte „Wie" einer Bewegung) entdeckt sich (z. B. in der Knöchellinie der Hand) als äußerste Peripherie, während die Feststellungen des Temperatursinns lediglich zentrale Vorgänge zum Gegenstand der Beobachtung haben.

Zwischen ihnen stehen die Feststellungen, die das Stoffliche selbst betreffen, als ein Indifferenzphänomen zwischen zwei Extremen.

Unversehens sind wir hier auf eines der wichtigsten Probleme gestoßen. Denn in dem Indifferenzphänomen des Stofflichen sind wir gewissermaßen auf den absoluten Indifferenzpunkt gestoßen, um den sich, wie ein Propeller um seinen Umdrehungspunkt, alle übrigen Bewusstseinsinhalte, seien sie überwiegend geistiger oder physischer Herkunft, herumbewegen. Dass diese Wahrnehmung des Stofflichen nahezu eindruckslos verläuft, sodass wir kaum von ihm Notiz nehmen, tut der Wichtigkeit der Feststellung keinen Abbruch. Denn für die Philosophie muss ja gerade das von besonderem Interesse sein, was sich der naiven Weltbetrachtung am meisten entzieht. Was sich den Sinnen aufdrängt, sieht jeder, aber nur das, was sich den Sinnen und der Erkenntnis erst bei näherer Untersuchung offenbart, kann über die naive Weltbetrachtung hinausführen.

Auf dem oberflächlich sinnlichen Vorübergleiten am Stofflichen ist nämlich, wie hier im Voraus bemerkt werden soll, der Schein der Welt begründet, und was in der Kindheitsperiode der Menschheit kaum der Beachtung für würdig gehalten wurde, wird für die reife Menschheit ein Erlebnis erster Ordnung sein. Denn hier im Stofflichen tritt dem Bewusstsein ein Etwas entgegen, das, wie der Logos im Menschen, seit Ewigkeit besteht. An diesem Punkte besteht die Möglichkeit, dass sich das Weltgeheimnis selbst begegnet, aber eben nur dann, wenn der Stoff das Bewusstsein nicht oberflächlich sinnlich tangiert, sondern von ihm als Wunder erlebt wird.

Wenn hier vom Stofflichen und seiner Wahrnehmung durch das sinnliche Fühlen gesprochen wird, so handelt es sich dabei lediglich um ein psychologisches Faktum. Stoff bedeutet hier nichts anderes als ein Widerstand, der eine bestimmte Empfindung bewusst werden lässt, als deren ursächlicher Reiz.

Keine physikalische Theorie (die dem Stoff etwa eine dynamische Struktur in Gestalt von allerkleinsten Planetensystemen zuweist) kann an der Tatsache etwas ändern, dass wir den Stoff so erleben wie die Menschen Jahrtausende zuvor. Das psychologische Faktum „Stoff" ist eben etwas anderes als das Faktum „Stoff" in der Betrachtungsweise der Physik. In unserem Falle kommt es nur auf die *Einstellung* an, die wir dem Stoff-Phänomen gegenüber einnehmen, ob oberflächlich oder tief. Denn es gibt sehr verschiedene Einstellungen einem *jeden* Faktum gegenüber, und was wir als Veroberflächlichung oder Niedergang der Menschheit bezeichnen, beruht auf nichts anderem als der veräußerlichten Einstellung zu den Dingen der Welt und ihrem Geschehen. Wir werden davon ausführlich zu sprechen haben.

Nur vor einem müssen wir uns hüten: den Stoff mit den Organen zu verwechseln, in die er eingeschlossen ist (Nase, Mund, Kinn etc.). Der Stoff, der seit Ewigkeit besteht und dessen Quantum für unveränderlich gilt, ist gewissermaßen ins Zeitliche hinein- und hinübergewandert. Isoliert davon ist er nicht anzutreffen. Jenen Widerstand, der sich dem Fühlen bemerkbar macht, als Stofflich-Ewiges erleben, heißt also schon: abstrahieren von dem Zeitlichen, in das der Stoff eingeschlossen ist. Dieses Zeitliche wird einmal zerfallen und andere Formen der Existenz annehmen. Aber der Stoff wird als Quantum bleiben, und darin wird sich nichts ändern. Das Faktum Stoff korrespondiert also gewissermaßen mit dem *Schatten*, den ein jedes Ding wirft, unabhängig von der Einzelqualität, die es darstellt. Denn Kupfer, Holz, Eisen oder der menschliche Körper – sie werfen alle den gleichen Schatten und wieder ist es wie im Fühlen des Stofflichen der Widerstand, den der Stoff, und zwar hier der Strahlung, setzt.

Für das Bewusstsein im Menschen besteht also die Aufgabe, vom Menschen selbst und seiner zeitlichen Existenz zu abstrahieren und sich ganz tief in das Geheimnis des Stofflichen zu versenken[11], dann erst erwacht, herausgelöst aus Zeit und Raum, das Weltgeheimnis.

---

11 Anmerkung: Diese Aufgabe erscheint schwierig, ist es jedoch nicht. Denn wir sind an unseren Körper derart gewöhnt, dass wir die Organeinzelheiten kaum noch beachten.

Der kosmische Kreislauf

1

Wir sprachen soeben vom Stoff, d. h., vom Urstoff, der in alle Qualitäten hinübergewandert ist und sich nur im Widerstand z. B. gegen die Strahlung verrät. Die heutige Auffassung der Physik, dass den Elementen kein essenzieller, sondern nur ein dynamischer Unterschied zukommt (insofern, als nur die Anzahl und der Schwingungsmodus der Elektronen für die Spezifität der Qualität ausschlaggebend ist), unterstützt sehr wesentlich die Ansicht, dass es nur *einen* Urstoff gibt und die Elemente als Modi dieses einen Urstoffes zu betrachten sind. Was den Älteren als essenzieller Unterschied der Qualität erschien, hat sich für uns als ein Unterschied rein quantitativen Charakters erwiesen.

Der Stoff, habe er nun statischen oder dynamischen Charakter, ist ein Ewiges. Ihm steht im Subjekt ein anderes Ewiges gegenüber: das Ich als Denkendes von Weltbeginn an, das (ebenso wie der Stoff in die Spezifität der Elemente) in das zeitliche Sein der menschlichen bzw. tierischen Einzelexistenz verwickelt ist. *Dem Ewigen des Ich im Subjekt steht mithin im Dinge das Ewige des Stofflichen gegenüber.*

Zwischen dem Erlebnis des Stofflichen und des Ich bestehen – es muss dies im Voraus bemerkt werden – zwei wesentliche Unterschiede, die auf die Spaltung der Welt in Subjekt und Objekt zurückzuführen sind:

1) Der Stoff findet sich für das forschende Bewusstsein nur innerhalb der objektiven – gewissermaßen stoffbetonten – Sphäre[12] vor, das Ich nur in der eigenen Bewusstseinswelt.

---

12 Dies gilt auch für uns selbst, sofern jeder für sich eigenes Objekt ist. Der Stoff lässt sich für das Bewusstsein *auch an uns selbst* nur innerhalb des physischen Poles auffinden, der sich als unser eigentliches objektives Zentrum darstellt! Der Geist objektiviert sich nur durch physische Vorgänge, bleibt jedoch stets verborgen.

2) Der Stoff tritt dem sinnlichen Gefühl unmittelbar als ein reales Faktum entgegen, das Ich der anderen Person erraten wir dagegen nur (aus Zeichen und Lautgebungen): Das Ich bleibt mithin stets ideal.[13]

Man hat das Ich, sofern es seit Ewigkeiten besteht, auch als All-Ich oder als das Es bezeichnet. Was denkt denn nun im Menschen?

Ist es das Ich, das der scheinbefangene Mensch als „sein Ich" zu kennen glaubt, oder das Es? Einem von beiden muss das Denken ja zugehörig sein, denn im Menschen sind ja nicht zwei getrennte Denkfunktionen wirksam. Wie muss man das Verhältnis vom menschlichen Ich zum überpersönlichen Es auffassen?

2

Schon die Zugehörigkeit des menschlichen Individuums zur *Gattung Mensch*, die in ihren anatomischen und physiologischen Spezifitäten im System der Natur eine in sich ziemlich eng begrenzte Stellung einnimmt, sollte ihn daran mahnen, dass seine Einzelexistenz einen *generellen Hintergrund* hat, eine Tatsache, die über seine Einzelexistenz hinausweist ins Reich des rein Kosmischen. *Es ist fraglos, dass das Denken im Menschen dem Es zugehörig ist.* Wie sagt doch *Goethe*: „Das Schlimmste aber ist, dass alles Denken zum Denken nichts hilft. Man muss von Natur aus richtig sein, sodass die guten Einfälle immer *wie freie Kinder Gottes* vor uns dastehen und uns zurufen: da sind wir."[14] Dieses Wort erinnert an das Wort

---

13 Deshalb spreche ich auch von dem stoffbetonten physisch-realen Pol und dem ich-betonten, geistig-idealen Pol des Menschen.

14 Anmerkung: Vergl. *Honoré de Balzac*, la Peau de Chagrin (in deutscher Übersetzung erschienen im Ernst Rowohlt Verlag S. 348): „Jener Teil des großen Alls, der nach einem hohen Willen am Werke ist, in uns das Phänomen des Lebens zu erhalten, spricht sich in jedem einzelnen Menschen auf eine ganz bestimmte Weise aus: Er macht den Menschen scheinbar zu einem in sich vollendeten Wesen, das jedoch in Wirklichkeit an irgendeinem Punkte seinen Zusammenhang

der Evangelien: „Sorget nicht, wie und was ihr reden sollt. Denn ihr seid es nicht, die da redet, sondern eures Vaters Geist ist es, der durch euch redet." Des „Vaters Geist": Das ist eine überpersönliche Macht, die durch den Menschen spricht, das ist nicht mehr der Mensch, sondern die göttliche Tiefe des Lebens selbst. Von dem, was im Menschen als *originales Wissen* hervortritt, ist der Mensch mithin wohl Zeuge, aber nicht sein Erzeuger. Jeder geniale Einfall beruht auf göttlicher Intuition.

Also wäre der Mensch gewissermaßen nur ein Anhängsel des kosmischen All-Ich bzw. des Es, das in ihm denkt, verurteilt dazu, im besten Fall das zu reproduzieren, was das Es in ihm gedacht hat? Ja, aber das Denken soll ja nur dem Es angehören, es soll ja nicht zweierlei Art des Denkens geben und gibt es auch nicht. Also würde auch in der Reproduktion nur das Es tätig sein? Wie sich aus diesen Widersprüchen herauswinden?

Zur Erklärung dessen halte man sich folgendes Gleichnis vor Augen:

Wir sprechen von einem Fluss als einem gewissermaßen in sich abgegrenzten Gebilde, das quasi ein eigenes Dasein besitzt. Der Rhein, die Mosel, die Seine – sie sind für uns nahezu an Leben grenzende Individualitäten. Und doch, überlegen wir einmal genau: Gibt es denn überhaupt den einen Fluss, den wir zu kennen glauben? Der Sturzbach, der vom Gebirge kommt, lehrt es mich: Es gibt gar keinen Fluss, es gibt nur fließendes Wasser, Wasser, das einen ewigen Kreislauf beschreibt, von der Erde zum Himmel aufwärts und wieder zur Erde abwärts, ewig wechselnd. Der Fluss, den wir als alten lieben Gefährten unserer Jugend zu kennen glauben, ist ein *Schein*. Was

---

mit einer unendlichen Ursache hat."
Vgl. ferner *Hölderlin*, An die Deutschen:
„Schon zu lange irr`ich, dem Laien gleich,
In des bildenden Geist`s werdender Werkstatt hier,
Nur was blühet, erkenn` ich,
was er sinnet, erkenn`ich nicht."

ihm eine gewisse Konstanz verbürgt, ist das Flussbett, das er sich gegraben hat. Im Flussbett verengt sich gewissermaßen ein Ewiges, Wasser, das durch Jahrmillionen auf- und niedersteigt, zu etwas scheinbar Individuellem, um schließlich aus ihm wieder auszutreten und seine ewige Wanderfahrt durch den Raum neu zu beginnen.

Und der Mensch? Ist er denn etwas anderes als das Bett für das Ewige, das ihn durchströmt?

Der Weltgeist grub sich in den Tiergattungen ein eigenes Bett von verschiedener Tiefe, Breite und Mächtigkeit. In diesen fängt er sich selbst immer wieder auf. Der Fluss wie der Mensch wird von Ewigem gespeist und bezieht aus ihnen sein eigentliches Leben.

Dass im Menschen also das *Es* denkt und es kein davon getrenntes menschliches Denken gibt, wird hiernach jedem einleuchten. Aber der Mensch ist auch selbst, und damit hat es folgende Bewandtnis.

Nietzsche unterscheidet an einer Stelle seines „Zarathustra" das Ich, das „Ich sagt", von dem Ich, das „Ich tut". Er unterscheidet also das Sein des Ich von dem *Aktiv*sein des Ich. In der Tat: Wenn das Ich wirken soll, muss es zunächst sein, da sein, existieren.

Dasselbe gilt natürlich vom Es. Wenn das Es sich auswirken soll, muss es zunächst einmal: sein. Das Es ist dem Lebensgeheimnis identisch. Das Es bleibt aber nun (infolge des Scheines, der das Bewusstsein zunächst gefangen hält) in Bezug auf das eigene Sein vor sich selbst verborgen. In der Kindheitsperiode der Menschheit – jener Zeit, in der sie gewissermaßen nur ihre Milchzähne hat und die echten Zähne *mit ihren tiefen Wurzeln* noch nicht durchgebrochen sind – kommt das Es noch nicht zum eigenen Erwachen: Es wirkt sich (als das Es, das „Es *tut*") nur in der Tiefe aus, gelangt aber nicht zum Erwachen von sich selbst als Lebensgeheimnis. Das Bewusstsein, das im Menschen auftaucht, ist an dessen individuales Dasein geheftet, zumal durch das Spiegelbild, das ja die individuelle Existenz des Menschen am schärfsten umreißt und das Bewusstsein in den Grenzen dieser individuellen Existenz festhält. *Das Es verengt sich in den Frühstadien der Menschheit zum menschlichen Ich.* Verhaftet an die Menschennatur und ihr einzelpersönliches Dasein erwacht es als das Bewusstsein vom Einzel-Ich.

Nun aber entsteht die scheinbare Spannung zwischen diesem Einzel-Ich und dem Es. Das Ich muss anerkennen, dass es von „Einfällen" lebt, die ihm gewissermaßen von der eigenen Bewusstseinstiefe her urplötzlich kommen, und dass „das Denken zum Denken nichts nützt". Das menschliche Ich fühlt wohl das eigene Sein, aber davon unterschieden ein geheimnisvolles Wirken. Diese Spannung hört erst auf, wenn sich das Es nicht nur aus der Tiefe her aktiviert, sondern sich im Menschen des eigenen Seins das „Ich bin" bewusst wird: im Erwachen seiner selbst als Weltgeheimnis. Vorher erlebt sich das Es gewissermaßen nur in der Verkleidung des Menschen, nun aber streift es die menschliche Einengung ab und, mit dem Wunder der Stoffewigkeit verschmelzend, wächst es heran *zum höchsten Erleben des eigenen Selbst als der universalen Schöpfertiefe des Lebens.*

Die Spannung zwischen dem Ich und dem Es ist nun verschwunden. Das Es, zu sich selbst erwacht, erkennt im Ich sich selbst wieder, nur eben in der Verengung des Geschöpfes, in dem es lebt und wirkt.

Wie das Es zum Ich, so hat sich andererseits das Ich zum Es zurückgefunden: Es erkennt, dass es nichts für sich bedeutet, sondern eine Teilerscheinung des Lebensgeheimnisses ist und dass zwischen dem eigenen Sein und der rätselhaften Welttiefe kein Abgrund klafft.

Kehren wir zu unserem Gleichnis zurück: Der Fluss ist Schein, sofern man ihm eine eigene zeitliche, vom Ewigen des Wassers losgelöste Existenz zuschreibt. Der Schein hebt sich auf, wenn man ihn als Teilphänomen des ewigkreisenden Wassers betrachtet, als einen Ausschnitt desselben in dessen zeitlicher Existenz. So ist auch das menschliche Ich Schein, sofern man den Menschen vom Weltganzen isoliert und dem Ich ein gewissermaßen selbsteigenes, von der Schöpfertiefe des Lebens *losgelöstes* Dasein zuschreibt. Der Mensch ist aber nichts für sich. Es gibt kein menschliches Dasein an sich. Der Mensch ist Emanation der Schöpfertiefe des Lebens, die sich in ihm gleichsam das Bett gegraben hat, das sie mit ihrem eigenen Leben füllt. *So betrachtet, kommt allerdings dem Menschen eine fest und streng umrissene Existenz zu*, denn auch das Flussbett hat ja eine solche, aber eben nur als Wirkensstätte des Ewigen selbst.

Man wird das Es nun aber am besten mit dem *Welt-Ich* identifizieren, um damit anzudeuten, das zwischen dem Einzel-Ich und dem denkenden Kollektivum der Welt keine namentlichen Unterschiede bestehen.

3

Das Welt-Ich füllt mit seinem Wirken die Ewigkeit. Es ist Spieler und Gegenspieler zugleich. Es schleudert aus sich Leistungen hervor und fängt sie wieder auf, genau wie im Wurf. Hier im Wurf tritt die Beziehung zu Vollraum und Hohlraum wieder einmal sehr deutlich in die Erscheinung. Die Aktion des Werfenden ist *physisch* betont: Der Hauptaccent der Leistung liegt in der Zusammenfassung der gesamten physischen Kräfte zu einer Tat: dem Schleudern des Wurfgeschosses. (Der physische Pol ist, wie nachgewiesen, stoffbetont, er hat eine überwiegende Beziehung zum Vollraum). Aber die Leistung des Auffangenden ist entgegengesetzt geartet: Sie ist *blick*betont[15] Der Schwerpunkt der Leistung liegt hier nicht im physischen,

---

15 Man denke hier an das Schleuderballspiel, in dem sich die Verhältnisse des Werfenden und Auffangenden besonders deutlich widerspiegeln. Am Wurf zeigt sich mit unübertrefflicher Klarheit, dass an jedem harmonischen Geschehen beide Pole aktiv beteiligt sein müssen. Wo dies nicht der Fall ist, spaltet sich das Leben: Es bricht in Teile auseinander, die, an sich betrachtet, rudimentäres Sein bedeuten. Spaltung kann es in zweierlei Richtung geben: Der physische Pol kann sich vom geistigen, der geistige vom physischen abspalten. Im Liebesakt kann sich das Erleben auf rein physische Anreize beschränken, das bedeutet seelisch einen Bruch. Andrerseits kann sich z. B. ein Erkenntnisprozess auf die rein geistige Sphäre beschränken (d. h., ohne

sondern geistigen Pol. Denn um das Wurfgeschoss aufzufangen, bedarf es der genauen Verfolgung des Weges, den das Wurfgeschoss im Raum beschreibt.

Dieser aber kennzeichnet sich nur durch *Vermittlung der Strahlung*, die, am Balle abprallend, den Weg des Wurfgeschosses nachzeichnet. (Die Beziehung der geistig-idealen Sphäre zum Hohlraum tritt hier wieder eklatant in die Erscheinung.) Aber mit der geistigen Leistung allein ist es nicht getan. Der physische Pol arbeitet gleichfalls mit: Doch verhält er sich im Auffangenden nicht aus sich hervortreibend, sondern als Wurfgeschoss gleichsam ansaugend (nicht systolisch, sondern diastolisch).

Der Wurf ist gewissermaßen das Spektrum des Lebens. Er zeigt in breiter Auseinanderziehung, was sich sonst nur in gedrängter Folge – meist unsichtbar – vollzieht. Denn physische Aktivität im Herausschleudern und Ansaugung des Herausgeschleuderten im Wiederempfangen finden wir z. B. auch im *Geschlechtsakt*.[16]

Es zeigt sich somit, dass das Weib als Auffangendes, um dem Geschehen seelische Harmonie zu geben, vom geistigen Pol her der physischen Aktion des Mannes seelische Kraft entgegensetzen muss – entsprechend der Blickbetontheit des Auffangenden im Wurf–, was beim edlen Weibe, dessen Antlitz im Geschlechtsakt von der Fülle des seelischen Erlebens überglänzt wird, auch zutrifft.

Im Wurf wird – und zwar im Auffangen des Wurfgeschosses – zugleich eine Leistung vollzogen, die sich als ein Sieg der Ich-Welt über die Materie dokumentiert. Denn der Auffangende muss das Moment der Zerstörung ausgleichen, das mit dem herabfallenden

Mitwirkung des physischen Poles sich vollzieht), dies führt jedoch, wie auf S. 51 und S. 99 sowie in Anm. 57 auf S. 105 gezeigt werden wird, zu Irrtum und Aberglaube. Der Weltengrund hat sich im Lauf des Weltgeschehens in die getrennten Sphären der geistigen und physischen Weltwirklichkeit gespalten: Um dem Wirken Fülle und Harmonie zu geben, müssen sich daher beide Pole immer wieder zusammenfinden. Von einem Pol her kann das Leben nicht zur vollen Leistung gelangen.
16 Im geschlechtlichen Erleben sind Werfender und Auffangender noch sinnlich verknüpft. Im Wurf (d. h., im Spiel) hört diese sinnliche Bindung auf.

Wurfgeschoss verknüpft ist: In der Geschehensfolge des Wurfes gerät nämlich, wie bekannt, das Wurfgeschoss in der aufsteigenden Kurve in eine wachsende Spannung zum Stoffpol der Erde, eine Spannung, die sich beim Niedergang des Wurfgeschosses in Zerstörung zu entladen droht. Im Auffangenden wirft sich nun das Ich in einem neuen Akt des Wirkens dieser Gefahr entgegen und paralysiert dadurch den Gegenausschlag der Materie, der sich in blinder Zerstörung äußern würde. Höchstes Leben, wie es der menschliche Körper darstellt, wird hier aufgeboten, um die Gefahr zu bannen, die der Stoff mit seinen toten Gravitationskräften heraufbeschwört.

Diese entgegengesetzten Phasen des Hervortreibens und Wiederansaugens mit Überwindung der Wirkungen, welche die Beteiligung des Stoffes am Geschehen mit sich bringt, werden wir überall dort wiederfinden, wo das Leben über den Stoff triumphiert. Es kann natürlich das Geschehen auch anders enden. Der Auffangende kann das herabsausende Wurfgeschoss verfehlen und dieses durch seine wachsende Masse *Zerstörung* bewirken. Dann hat eben das Ich im Auffangenden versagt.[17] Auf das Geschlechtliche übertragen würde dies besagen: Die die männliche physische Aktion paralysierende seelische Betontheit kann bei der Frau auch fehlen, dann beschränkt sich jedoch der Liebesakt auf das rein Physische. Die Folge: seelisches Trauma, Ernüchterung und Leere, folgende Abstoßung der Geschlechter, Zerstörung ihrer Beziehungen.

Sehr klar zeigt sich die Aufeinanderfolge der Aktivierungen des Lebens – mit Überwindung der Folgeerscheinungen, die der Stoff hervorbringt – auch im Gegensatz von Dissimilation und Assimilation.

---

17 In Zeiten wie den heutigen, in denen der Ansturm der Materie von außen her ein gewaltiger ist, versagt das Ich im Auffangenden, denn der sinnlich percipierende Mensch ist dem Auffangenden gleichzusetzen (durch die Sinne fangen wir gleichsam das Weltbild auf!). Bleibt die Gegenaktion des Ich gegen die Materie aus, dann erlangt Letztere die Übermacht. Die Folge davon ist eine Insuffizienz des Welt-Ich, die sich in Lähmungserscheinungen bemerkbar macht. (Siehe hierzu Seite 53f. und 57f.)

Indem sich das Ich z. B. im Denkprozess aktiviert, werden im Gehirn gewisse Veränderungen bewirkt, die einem Abbau gleichkommen. Das Leben muss nun diese Erscheinungen, die mit dem Stofflichen irgendwie zusammenhängen, wieder ausgleichen: Es geschieht dies in den Prozessen der Assimilation, die im *Schlaf* vor sich gehen. Fehlt dieser Ausgleich, den die organisierenden Kräfte des Lebens bewirken, so ist eine Aktivierung des „Ich" in neuen Denkprozessen nicht mehr möglich. Der Stoff erhält die Übermacht, und die Folge davon ist Lähmung des Gehirns oder Tod.

4

Der Wurf ist das Spektrum des Lebens. Er spiegelt als Einzel-phänomen in schöner Breite wider, was sich innerhalb des Weltganzen sehr kompliziert vollzieht. Denn wir haben es hier im Weltganzen ja nicht mit zwei Menschen als Spieler und Gegenspieler zu tun, son-dern das *Welt-Ich selbst ist,* wie gesagt, *dieser Spieler und Gegenspieler zugleich.* Aber die Aktionen bleiben dieselben: Sie bestehen auch hier in einem Hervortreiben und Ansaugen, *nur sind sie hier kreis-laufförmig miteinander verbunden.* Hieraus resultiert der kosmische Kreislauf, mit dem Welt-Ich als Herzen, das Ideen etc. aus sich hervortreibt und das von ihm Geschaffene wieder ansaugt. Da die Dynamik des kosmischen Kreislaufs analog der des Blutkreislaufs ist, wollen wir uns diesen zunächst ins Gedächtnis zurückrufen.

Das Herz, welches den Blutkreislauf unterhält, besteht, wie be-reits nachgewiesen, aus zwei Herzen, die eine getrennte Beziehung zu Vollraum und Hohlraum haben. Dabei sind beide Herzen zu-gleich als Druck- und Saugpumpen tätig; vertreten mithin zu-gleich den Werfenden und Auffangenden. Zu diesem Zweck be-stehen sie aus je zwei hintereinandergeschalteten Hohlorganen, von denen die einen (die Kammern) stark muskulös, die anderen (die Vorkammern) dagegen dünnwandig sind. Das Auswerfen des

Blutes in die großen Schlagadern vollziehen die Kammern in der sog. Systole (Zusammenziehung des Herzmuskels).

Wie gelangt nun das Blut in die Organe bzw. in die Körperperipherie?

Die Schlagadern teilen sich baumartig in immer dünnere Verzweigungsäste, die schließlich in ein engmaschiges Netz von allerfeinsten Röhrchen ausmünden: die sog. Kapillaren (Haargefäße). Aus diesen sammelt sich das Blut wieder in kleinen Gefäßen, die sich zu immer größeren zusammenschließen, bis sie endlich in einem großen Gefäßstamm in die Vorkammer des Herzens ausmünden. Hierbei wird das Blut von einer vis a tergo[18] getrieben, die sich durch die Kapillaren fortpflanzt, aber es wirkt hierfür zugleich die *Ansaugung* mit, die die Vorkammer selbst, zumal unter dem Einfluss der Atmung, auf das zum Herzen zurückfließende Blut ausübt. Nachdem sich in der Vorkammer genügend Blut gesammelt und die Kammer ihre Systole beendigt hat, presst die Vorkammer das Blut unter Eröffnung der Herzklappen mit kräftigem Druck in die Kammer, die es in die großen Schlagadern weitertreibt. Das Gesagte gilt für beide Herzhälften in gleichem Sinne.

Der Blutkreislauf vollzieht sich im Übrigen sehr einfach: vom rechten Herzen über die Lunge (Beziehung zum Hohlraum!) zum linken Herzen und von dort über die Körperorgane (Beziehung zum Vollraum!) zum rechten Herzen zurück.

Ein jedes Mal geht der Zusammenziehung der *Kammer*, mit der sie das Blut in die Schlagadern presst, eine solche der *Vorkammer* voraus (nachdem diese durch Ansaugung genügend Blut in sich aufgespeichert hat). Dieses Nacheinander von Vorkammer- und Kammersystole ist von größter Bedeutung, weil sie im Kosmischen Kreislauf *zwei getrennten* Funktionen des Welt-Ich entspricht (die Kammersystole dem eigentlich genialen, die Vorkammersystole dem nachschöpferischen Wirken des Welt-Ich).

---

18 Kraft vom Rücken her.

Fassen wir nochmals kurz zusammen:

Wir haben es im menschlichen Kreislauf mit einer rhythmisch arbeitenden Maschine zu tun, die zwei Pumpen gleicht: Jede von ihnen wirkt so, dass, während sie in der einen Richtung treibt, sie in der andern saugt. Die kreislaufmäßige Verknüpfung dieser Pumpwerke geschieht durch baumartig verzweigte Gefäßsysteme, die in die Kapillarsysteme ausmünden bzw. (in der Zurückführung zum Herzen) von dort ihren Ursprung nehmen. *Mithin ist das eine Verzweigungssystem, das vom Herzen ausgeht* (das sog. arterielle), *das Spiegelbild des anderen* (des venösen), *das in das Herz einmündet*. Das eine Herz, das rechte, steht – in der Lunge – mit dem Hohlraum, das andere, das linke, in den Körperorganen selbst, mit dem Vollraum in Verbindung.

5

Wie ist nun der kosmische Kreislauf beschaffen?

Hier liegen die Verhältnisse bei Weitem schwieriger für das Verständnis. Denn der Kreislauf spielt sich nicht in einer Ebene, wie im Blutkreislauf, sondern gewissermaßen in zwei Etagen ab. Dies hängt mit der Aufschließung des Raumes in Vollraum und Hohlraum zusammen, der sich das Welt-Ich in seinem Wirken anpassen musste. Auch sind die Kapillarsysteme des linken und rechten Herzens im kosmischen Kreislauf nicht voneinander getrennt, sondern vermischen sich durcheinander etc.

Bevor ich auf den kosmischen Kreislauf in seinen wichtigsten Phasen eingehe, möchte ich hier folgende systematisch zu bewertende Skizze einschalten: Nehmen wir an, am Urbeginn hätte sich die Welt im Stadium völliger Indifferenz befunden. In der Tiefe des ewigen Seins gab es den Stoff wie auch das Es (von mir Weltstoff und Welt-Ich genannt). Standen diese beiden in einem abhängigen Verhältnis zueinander, etwa wie die Größen der Gleichung $x = fy$, so musste jede Verschiebung des Weltgleichgewichts Folgen für *beide*, für den Welt-Stoff wie das Welt-Ich, haben. Der Zusammenballung des Stofflichen in einer Richtung (die zu Vollraum: zu Sonnen, Planeten, Monden führte) musste als Ausgleich in entgegengesetzter Richtung die Dissoziierung des Stofflichen folgen (was zur Entstehung des Hohlraumes führte). Denn das Quantum der Materie war ja konstant: Die Anhäufung von Stofflichem in der einen Richtung musste eine entsprechende Gegensituation schaffen. Nun aber war das Welt-Ich als abhängiges Glied in das Geschehen mitverwirklicht. Es musste sich daher der polaren Aufschließung innerhalb der Stoffwelt anpassen. Wo Stoffbetontheit herrschte, konnte sich nach dem Gesetz abhängiger Größen zueinander nicht gleichzeitig Ichbetontheit herausbilden. Letztere konnte sich mithin nur dort manifestieren, wo sich der Stoff zum Hohlraum dissoziiert hatte, hier allein konnte das Ich ein Übergewicht gewinnen. D. h., mit anderen Worten: Das Ich konnte nur dort zum Selbstbewusstsein gelangen, wo die Beziehung zum Hohlraum bestand, und Letztere musste zugleich für alle geistigen Operationen eine entscheidende Bedeutung gewinnen. Es ist mithin kein Zufall, dass das Ich im geistigen Pol zu eigenem Erwachen gelangt ist, es war dies vielmehr nur hier möglich. Mathematisch bildlich würde sich das Gesagte folgendermaßen ausnehmen:

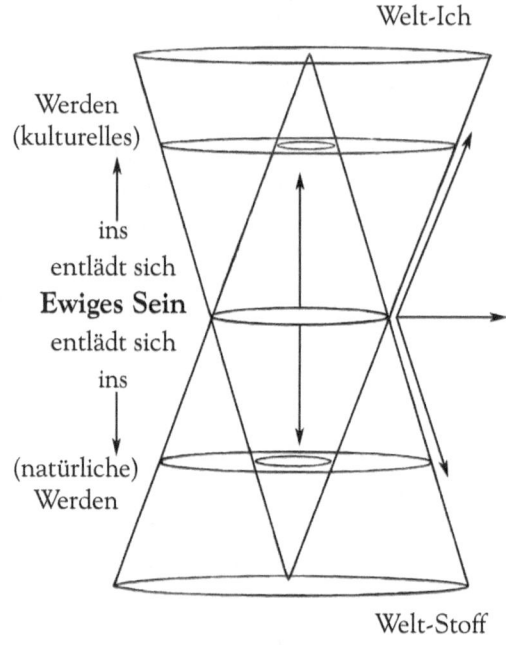

Welt-Ich

Werden
(kulturelles)

↑
ins
entlädt sich
Ewiges Sein
entlädt sich
ins
↓

(natürliche)
Werden

Welt-Stoff

Figur 2[19]

Ichbetontheit, Korrespondenz zum Hohlraum (Dissoziierung der Stoffwelt) Übergewicht des Welt-Ich – wird zum geistigen Pol des Lebens (Zentrum des Kulturellen, Schaffenswirklichkeit, Inhalt-Ich)

Indifferenzstadium im Urbeginn der Welt (findet innerhalb des Werdens in gewissen Indifferenzphänomenen seine Fortsetzung, siehe Figur 5 hier allein mussten sich Welt-Ich und Weltstoff in ihrem ureignen Sinn begegnen!).

Stoffbetontheit (wie sie sich in Sonnen, Planeten etc, also Vollraumrealitäten dokumentiert) wird zum physischen Pol des Lebens, in dem sich das Welt-Ich unbewusst auswirkt. (Zentrum der natürlichen Schaffenswirklichkeit des Welt-Ich).

Das Leben scheint dieser systematischen Klarstellung rechtzugeben. Denn das Ich kommt nur innerhalb des geistig idealen Poles des Menschen zu eigenem Bewusstsein und zu überlegener Geltung: Hier aber hat es, wie nachgewiesen, in der Tat eine überwiegende Beziehung zum Hohlraum.[20]

---

19 Der größere Kreis entspricht regelmäßig dem Übergewicht des einen Systems über das andere (nicht etwadem Hohlraum, im Gegensatz zum Vollraum etc.).

20 Wir haben es bei der Weltstruktur, wie sie sich heute in ihrer Aufgeschlossenheit dem forschenden Bewusstsein darbietet, gewissermaßen mit einer Gleichung mit mehreren Unbekannten zu tun. Wir müssen nun versuchen, diese Gleichung auf ihre Urform zurückzuentwickeln und können im Übrigen nicht mehr tun, als die gesetzlichen Abhängigkeiten feststellen, welche diese Unbekannten (denn der Stoff ist ebenso rätselhaft wie das Ich) miteinander eingegangen sind.

Denn die optischen und akustischen Sinneselemente, mit denen die geistige Vorstellungs- und Gedankenwelt bevölkert ist, entstammen je jenen Reizen, die vom Hohlraum her auf das Bewusstsein eindringen. Alle anderen Sinneselemente treten für die geistige Gestaltung völlig zurück. Die tiefe Verwandtschaft von Fig. 2 mit Fig. 1 liegt auf der Hand. Das Welt-Ich hat nun aber auch eine Beziehung zum Vollraum (wie die Fig. 2 veranschaulicht): Es wirkt sich auch in ihm aus, kommt aber hier nicht zum Bewusstsein seiner selbst. Es gestaltet hier Ideen, aber unbewusst und in dunklem Schaffensdrang. Das Produkt dieser Schaffensleistung des Welt-Ich ist nichts anderes als das – Kind, das im Mutterleib entsteht. *Wie* das Kind dort wird, weiß weder die Mutter noch das Kind, noch wird sich das Welt-Ich während der Entstehung des Kindes dessen bewusst. Das Ich erwacht erst zu sich selbst, nachdem das Kind die Mutter verlassen hat und Gesicht, Gehör und Tastsinn in Funktion getreten sind: innerhalb der geistig-idealen Sphäre.

Mit dieser Feststellung ist mit einem Schlage die phasenhafte Gliederung des kosmischen Kreislaufs geklärt.

Das Welt-Ich wirkt sich von zwei Polen des Lebens her in entgegengesetzten Produkten aus: Innerhalb der Vollraumrealität schafft

---

Was hier versucht wird, ist eine Rekonstruktion des Werdens unter genauer Beachtung der Polaritäten, Indifferenzphänomene etc. Hat in der Tiefe des Universums zwischen Welt-Ich und Welt-Stoff (als ewigem Sein) ein Abhängigkeitsverhältnis gleich den Größen $x = fy$ bestanden, so hat sich das Universum innerhalb des Werdens auch mit mathematischer Exaktheit aufgeschlossen. Die Polaritäten der Welt, wie sie hier nachgewiesen werden, sind der entsprechende Ausdruck dafür.

Die Polaritäten nahmen ihren Ausgangspunkt vom Scheitel der Urdifferenz. Mithin wird auch *dieser* seine Fortsetzung in gewissen Phänomenen finden müssen, und es werden dies notwendigerweise Indifferenzphänomene sein, die sich nur zwischen den polaren Gegensätzen auffinden lassen. *Hier allein* werden sich mithin Welt-Ich und Welt-Stoff als ewiges Sein begegnen. Es ist dies eine logische Forderung, der die Realität, wie nachgewiesen, auch voll entspricht. (siehe S. 116 Figur 5)

Es ist dies wohl der erste Versuch, ein jedes Phänomen der Welt aus der Ordnung des Ganzen heraus zu verstehen. Die Welt gleicht einem Organismus. Es kommt daher jedem Phänomen in ihm auch ein streng vorgeschriebener Platz zu.

es, seiner selbst unbewusst, das *Natur*produkt, in der geistig idealen Sphäre dagegen gestaltet es vermittels jener Sinnen-Elemente, die vom Hohlraum her im Bewusstsein geweckt wurden (der optischen und akustischen), die Werke der *Kultur*. Da Letztere bei ihrer Entstehung reine Produkte der Vorstellung sind, müssen sie durch Zuhilfenahme verschiedener Medien (Bronce, Holz, Schriftzeichen, Darmsaiten, Tünchen etc.) nach außen projiziert werden, aber nur mit dem Ziel, vermittels Strahlung und Atmosphäre dasselbe Vorstellungsprodukt zu erzeugen, das im Schöpfer im Augenblick seiner gestaltenden Intuition lebte.[21]

Letzteres ist das Wesentliche, der Stoff ist nur sein Mittler, indem er Strahlung reflektiert etc., er hat hier eine untergeordnete Bedeutung.

Das Welt-Ich, das sich *kulturell* auswirkt, ist daher dem *rechten*, das als *natur*schöpferisches Zentrum tätige Welt-Ich dagegen dem *linken* Herzen des Menschen gleichzusetzen. Denn im Kulturschaffen hat das Welt-Ich – wie das rechte Herz – die Beziehung zum *Hohlraum* und seinen Ingredienzien, im Naturschaffen dagegen – wie das linke Herz – die Beziehung zum Vollraum in seiner kompakten Einheit. Aus dem Gesagten folgt des Weiteren, dass im Weib (und zwar in dessen physischem Pol) das Welt-Ich mit seinem linken, im Manne

---

21 Das Bild an der Wand (als ständig vorhanden) ist ein Schein. Der Maler wählt Chemikalien, mit denen sich das Licht so auseinandersetzt, dass gewisse Strahlengattungen *übrig bleiben*, die sich in das Bewusstseinsphänomen des Beschauers umsetzen. Das Bild an der Wand stammt nicht von „Farben", die der Maler auf die Leinwand „aufträgt", sondern es ist gänzlich *Restprodukt* der hinzugekommenen Strahlung, die von den Chemikalien entsprechend modifiziert wird. Daher muss zum Entstehen eines Bildes an erster Stelle zweierlei vorhanden sein: Strahlung, die von irgendeiner Lichtquelle herrührt, und ein menschliches Bewusstsein. Ein *Bild entsteht jedes Mal neu,* wenn diese drei Komponenten zusammentreffen: Tünche bestimmter Wahl (vonseiten des Malers), Strahlung bestimmten Ursprungs und bestimmter Zusammensetzung und ein menschliches Bewusstsein.

44

(und zwar in dessen geistigem Pol) mit seinen rechten Herzen vertreten ist, denn im Weib wirkt es sich als Naturzentrum aus, im Mann dagegen vollzieht es – wenn auch nicht ausschließlich, so doch in der Hauptsache – seine kulturellen Leistungen. Selbstverständlich handelt es sich bei dieser Scheidung nur um eine rein systematische Gegenüberstellung und nicht um Mann und Weib als Einzel-Individuen. Mann und Weib – als polar-extreme Schaffenszentren des Welt-Ich – wachsen hier daher zu riesenhaften lebendigen Polen der Wirklichkeit an, zwischen denen, wie zwischen den Polen einer Dynamomaschine, der zwiefach geartete Strom des Lebens kreist.

6

Das Weib als Mutter ist das Sinnbild für die Schöpfertätigkeit des Welt-Ich in der *Natur*. Es wirkt sich hier innerhalb des physischen Poles aus, und die Tatsache, dass dieser ein Ort für das Entstehen neuen Lebens ist, erbringt zugleich den Beweis, dass die Gegenüberstellung des physischen mit dem geistigen Pol zu Recht besteht und dass der physische Pol kein bloßes Anhängsel des geistigen Poles ist. Wie sich eine Feuerwerkssonne durch die Explosion von zwei Pulverladungen, die an einem Holzrahmen entgegengesetzt angebracht sind, in feuriger Umdrehung hält, so ist auch das Welt-Ich von zwei Polen her in unaufhörlicher Selbstentladung tätig und hält damit das Leben in Atem und ständiger Bewegung. Diese Kraftströme würden jedoch ins Nichts verpuffen, gäbe es nicht eine Verbindung von einem Pol zum andern. *Natur und Kulturzentrum des Welt-Ich stehen nicht isoliert für sich da*, sie führen zueinander zurück, wie der Blutstrom vom linken zum rechten und vom rechten zum linken Herzen zurückführt. Alle Phasen, die wir am Blutkreislauf beobachten, werden wir daher am kosmischen Kreislauf wiederfinden müssen.

Aus dem menschlichen Herzen gehen, wie bereits ausgeführt – rechts wie links – die großen Gefäße hervor, die sich baumartig verzweigen und schließlich in feinste Kapillaren ausmünden, letzte Einzelausläufer des gewaltigen Baumes, der jedes Mal mit der großen Schlagader als Stamm beginnt. Auch das Welt-Ich ließ aus sich im Lauf der Weltgeschichte als naturschöpferisches Zentrum ein solches baumartiges Gebilde hervorgehen, das sich immer weiter verzweigte und schließlich in uns selbst als letzten Ausläufern dieses Systems endigte: *Es ist die Natur selbst in ihrem weltgeschichtlichen Werden, die als ein solcher Baum zu betrachten ist.* Ja, wir kennen sogar die Verzweigungsstellen dieses Baumes sehr genau, denn es gibt Tiere, die in ihrem anatomischen Bau *zwei Tiergruppen* zugleich in sich vereinigten, die sich im weiteren Verlauf der Naturentwicklung trennten und ein eigenes Leben führten. Der Archaeopteryx, Vogel und Reptil zugleich, stellt z. B. eine solche Verzweigungsstelle im System der Natur dar.

Die Urkunden des naturgeschichtlichen Geschehens finden sich – wenn auch unvollständig – in den übereinandergelagerten Schichten der Erdkruste. Wer den Baum der Natur studieren will, muss sich an die Skelette und Steinabdrücke halten, die aus der Urzeit des Lebens erhalten sind. Vielleicht haben wir übrigens als Stamm des großen Baumes, der sich in der Natur allmählich in seine reichen Verzweigungen aufschloss, die astronomische Welt der Gestirne zu betrachten, deren gewaltige Sonnen bzw. Planetensysteme möglicherweise den Zellen entsprechen, wie sie nach Befruchtung des Eies eine jede Blastula aufweist. Der Weltbeginn, ein Akt der Selbstbefruchtung, das Ja des Lebens zu sich selbst, ist einem solchen Befruchtungsprozess möglicherweise gleichzusetzen.[22]

Nicht anders geartet ist der Baum, den das Welt-Ich vom geistigen Pol des Lebens her in seinem kulturellen bzw. zivilisatorischen Wirken hervorbrachte.

Auch hier Aufteilung eines Einheitlich-Primitiven in immer kompliziertere Gestaltungsformen! Die Höhle, die ein Wilder bewohnte,

---

22 Denn es gibt auch Selbstbefruchtung, die sexuelle Fortpflanzung ist eine Späterscheinung des Lebens.

diente ihm zugleich als Aufenthalts- und Schlafraum, als Küche, Keller, Scheune, Stall und Empfangsraum und was noch alles mehr. Was ist aus dieser primitiven Höhlenbehausung im Lauf der Weltgeschichte geworden! Sie war gewissermaßen Urstamm einer Entwicklung, die in Anpassung an den Zweck[23] schließlich zu einer Raumaufteilung führte, wie sie das heutige Leben zeigt. Also auch hier eine vom Stamm ausgehende Verzweigung gleich dem Geäst eines Baumes! Sie lässt sich allgemein in der Zivilisation wiederfinden und kennzeichnet sich als der Übergang von Gleichartig-Unbestimmtem zu Ungleichartig-Bestimmtem (Spencer).

Die Kapillaren des Kreislaufsystems entsprechen den letzten Einzelgliedern der natürlichen und kulturellen Entwicklung. Blicken wir in eine Stadt, die von Grün durchwachsen ist, in der Menschen, Tiere und tote Geräte aller Art sich durcheinandermischen, so haben wir hier die durcheinanderwuchernden Kapillarsysteme des Lebens vor uns. Sprechen wir doch sogar von den „Adern" einer Stadt, in denen sich, aus der Ferne (z.B. vom Flugzeug her) betrachtet, Menschen und Tiere hin- und herschieben wie die Blutkörperchen in den Kapillaren. Die Kapillarsysteme sind mithin im kosmischen Kreislauf nicht voneinander getrennt, sondern durcheinander vermischt.

7

Das menschliche Herz treibt und saugt. Das Welt-Ich hat gleiche Funktionen. Die ausstoßende Funktion des Welt-Ich – als des Herzens im kosmischen Kreislauf – haben wir soeben kennengelernt. Wie vollzieht sich nun im kosmischen Kreislauf der *Akt des Ansaugens*, und wo führt er hin?

Die Ansaugung des Naturprodukts, das im physischen Pol seine Ursprungsstätte hat, findet vom geistigen Pol her statt. Aber da dieser, wie nachgewiesen, mit dem Hohlraum in Korrespondenz steht, wird

---

23 Die Anpassung an den Zweck ist auch für die Multiformität im Tierreich ausschlaggebend gewesen, wie wir annehmen dürfen.

sich hierbei der „etagenweise Übergang" vollziehen müssen, von dem bereits gesprochen wurde.

Anschaulicher gesagt: Im Leib der Mutter bildet das Leben das Kind als eine Vollraumrealität, die durch die Vagina ausgestoßen wird. Indem nun das Kind in die Welt tritt, schiebt sich zwischen Mutter und Kind der von Strahlung und Atmosphäre erfüllte *Hohlraum:* Alles, was sich auf das Kind bezieht, wird der Mutter nun im Sehen und Hören indirekt durch Licht und Schallsignale zugetragen.

Die Mutter, die ihr Kind geistig zurückempfängt, ist im kosmischen Kreislauf das *Welt-Ich* selbst. Die Art des Auffangens der Naturprodukte geschieht mittelbar: durch die Strahlung, in deren Verhältnissen sich ihre Eigenart widerspiegelt. Nicht die Dinge kehren in diesen Auffassungsakten wieder, sondern ihr *Begriff* wird festgestellt und ein jedes Ding eingereiht in die Ordnung, die das Welt-Ich im Naturschaffen selbst herausbildete. Auch hier ist das Endprodukt des Wirkens ein baumartiges Gebilde – aber eben geistiger Art.

Die Rekonstruktion des Werdens-Ablaufes in der Natur ist Gegenstand der Naturwissenschaft. Ihre Frage lautet bei jedem Geschöpf: Welche Stellung nimmt es innerhalb des Weltganzen ein? Sie will das willkürliche Nebeneinander der natürlichen Objektivationen in ein geordnetes Hintereinander auflösen. Wie im Blutgefäßsystem aus den feinsten Kapillaren die zartesten Venenstämmchen, aus diesen in allmählichem Übergang die kleinen Venen, aus diesen wiederum die größeren Venenstämme hervorgehen, bis sich schließlich die größten zu dem einen Stamm vereinigen, der in das rechte Herz einmündet – wodurch das Spiegelbild des Arterienbaumes entsteht -, so knüpft auch das Welt-Ich bei seiner naturwissenschaftlichen Untersuchung an die letzten Einzelausläufer des natürlichen Wirkens an, die lebenden Geschöpfe, und indem es ihre Organisation feststellt, sucht es die Verbindung herzustellen zu der Tierwelt, die ihnen voranging, bis hinauf zum Urstamm der Natur, aus dem alles Leben sich herleitete.

Der gedankliche Prozess der Naturforschung bedeutet für das Welt-Ich die Bewusstmachung seiner eigenen Ideen, die es in Tier und Pflanze aus sich hatte hervorgehen lassen. Der Baum der natürlichen Schöpfungsprodukte ist nichts anderes als das Sein des Welt-Ich selbst in seiner allmählichen Selbstaufschließung, wobei es Kategorie um Kategorie aus sich hervortrieb. Dem Baum der Natur entspricht daher (gleichsam als sein Spiegelbild) ein solcher der Katergorien bzw. Ideen des Welt-Ich.

Wie der Schnee das Geäst der Bäume in seinen Konturen nachzeichnet und sich daraus eine ganz neue Form der Landschaft ergibt[24], so treten in dem Ansaugungsakt, den das Welt-Ich vom geistigen Pol her auf die natürlichen Schöpfungsprodukte ausübt, an die Stelle der Dinge ihre Begriffe. Es ist die Natur, jedoch gedacht und in Begriffen rekonstruiert. Dem Archaeopteryx (jenem Naturgeschöpf, das eine Art Knotenpunkt, eine Art Verzweigungsstelle innerhalb des Systems der Natur repräsentierte) entspricht hier ein *übergeordneter Begriff,* der in weitere Unterbegriffe zerfällt, die ihrerseits weiter zerfallen etc. Die Einzelgebilde, in die sich das Welt-Ich in naivem Schaffensdrang hervorsprudelnden Lebens zerstreute, werden in diesem Akt des Ansaugens wieder gesammelt, und zwar nach vereinheitlichenden Gesichtspunkten, die auf die innere Organisation der Naturgeschöpfe selbst zurückgehen. Das Welt-Ich rekonstruiert in dieser Phase des Wirkens gewissermaßen die Geschichte seines eigenen Gestaltens in der Natur.

---

24 Der Schnee entstammt dem Hohlraum wie letzten Endes das Lautphänomen des Wortes, in das sich ein Begriff kleidet! Es sind beides Hohlraumabkömmlinge, wenn auch der Schnee nur dem Ort der Entstehung nach. Wie das Wort Gedanken nachzeichnet, so zeichnet der Schnee die Gebilde der Natur nach und täuscht so eine völlig neue Naturszenerie vor. Unsere Sprache können wir in dem gleichen Sinne auslegen, nur dass sich diese Szenerie nicht auf die natürliche, sondern auf die geistige Welt bezieht. Der Vergleich ist daher nicht zufällig!

In diesen Akten der Erkenntnis wird sich nun irgendwie der Stoff bemerkbar machen müssen, der ja in die Organisation der Geschöpfe mitverwickelt ist. Es wurde bereits betont, dass alle Akte des Lebens irgendwie auf die Überwindung des Stoffes hinauslaufen. Misslingt sie, so sind Zerstörung, Tod, Aufhebung der Harmonie entsprechende Folgen des Geschehens. Wir können hinzufügen: auch Irrtum und Aberglaube. Dafür soll hier ein markantes Beispiel gegeben werden.

Zunächst eine Vorbemerkung. Wir sehen die Dinge nur dadurch, dass sich ihr Stoffliches der Strahlung widersetzt. Die Venus am Himmel würden wir, wie erwähnt, nicht sehen, wenn nicht der in ihr zusammengeballte Stoff sich der Sonnenstrahlung widersetzen würde. Auch unser eigenes Spiegelbild kommt ja nur so zustande, dass sich unser Körper der Strahlung widersetzt, die von irgendwoher auf ihn eindringt (S. Anm. 7 S. 22f.). Wir werden uns darüber nur nicht klar, weil wir, *anstatt auf den Stoff zu stoßen, in unser eigenes Anschauungsbild hineingeraten, das Spiegelbild*, das unsere körperliche Eigenart in Strahlungsverhältnissen reproduziert.

Hinter dem Anschauungsbild, das wir von einem Ding empfangen, steht also regelmäßig der Stoff als dessen eigentlicher Ursprung. Ja, man kann geradezu sagen: Der Stoff ist das Apriori unseres Sehens von Gegenständen[25], denn ohne ihn gäbe es keine dingliche

25 Es war zweifellos ein Fehler von Kant, das Raumproblem nur vom Welt-Ich her zu prüfen und den Welt-Stoff in seiner Bedeutung hierfür zu übergehen. Die Sinne stehen zwischen Welt-Ich und Welt-Stoff und werden von ihnen ganz verschieden tangiert bzw. in Anspruch genommen. Da das Welt-Ich und der Welt-Stoff in der Wurzel zusammenhängen, hat Ersteres auch präzise Vorstellungen vom Raume, die in der mathematischen Denkweise wiederkehren. Dies gibt uns aber nicht das Recht, das Raumproblem nun einseitig vom Welt-Ich her zu betrachten bzw. in Abhängigkeit zu bringen. Dass die Raumkategorie dem Welt-Ich eingeboren ist, soll deshalb nicht bestritten werden. Aber für den einzelräumlichen Gegenstand und seine Darstellung im Bewusstsein ist wiederum der Stoff maß- und ausschlaggebend. Und nur das Einzelräumliche ist imstande, die Kategorie des Raumes in Aktion zu setzen. Dieses Einzelräumliche ist jedoch als Gegenstand der

Wahrnehmung im Anschauen. Da im Subjekt jedoch das Welt-Ich vertreten ist, so ergibt sich, *dass im Sehen*, ohne dass die meisten sich dessen bewusst werden, *Welt-Ich und Welt-Stoff als Gegner gegenüberstehen*. Dieser Kampf zwischen den Urmächten des Lebens wird jedoch heimlich ausgefochten. Das Ich wehrt sich gegenüber den täuschenden Wirkungen des Stofflichen auf das Bewusstsein durch *bestimmte Verhaltensweisen* (auf die wir sofort einzugehen haben werden) oder unterliegt ihnen, was dem Übergewicht des Weltstoffes über das Welt-Ich gleichkommt.

Kehren wir jetzt zum kosmischen Kreislauf zurück. Dort, wo das Welt-Ich vom geistigen Pol her seinen eigenen Schöpfungsprodukten gegenübertritt, um sie begrifflich zu definieren und ihre Stellung im System der Natur zu ergründen, hat der Stoff die Möglichkeit, seine gefahrenbringenden Wirkungen auf das Bewusstsein zu entfalten, denn er ist es ja, der die optische Erscheinung vom Dinge im Bewusstsein auslöst.

Es gibt für das Subjekt zwei Möglichkeiten zur Erforschung der Naturprodukte: entweder in sich selbst, d. h., der eigenen Vorstellungswelt zu verharren und zur Klarstellung des Objekts *andere Erscheinungen* aufzusuchen, die mit der vorliegenden Erscheinung irgendwie Ähnlichkeit besitzen, oder aber 2. zur Feststellung des Objekts die gesamte Tierwelt heranzuziehen, um durch vergleichende Untersuchungen *an den Objekten selbst* zur Klarheit zu gelangen. Hier handelt es sich zwar auch nur um Erscheinungen, aber um solche, die von den Objekten selbst abgeleitet sind. Das erste Verfahren drückt *die subjektive*, das zweite die *objektive Haltung* des Forschenden aus. Der *Walfisch als Säugetier* kennzeichnet den Unterschied der Einstellung aufs Deutlichste. Der primitive Mensch, der zum ersten Mal auf den Walfisch stieß, verglich die Erscheinung desselben (die einem Fisch ähnlich ist) mit anderen Erscheinungen, die er von

---

Anschauung vom Stoff abhängig. Denn sein Widerstand erzeugt die Lichtmaske des Dinges. (S. 11f. des Vorwortes u. S. 22)

Tieren bereits hatte. Auf diese Weise gelangte er jedoch zu einem falschen Schluss: Er glaubte im Walfisch einen Fisch vor sich zu haben. Die spätere Untersuchung des Tieres selbst im Vergleich mit der gesamten Tierwelt lehrte, dass es sich bei diesem angeblichen Fisch um ein – Säugetier handelte.

Es gibt also zur Feststellung eines Gegebenen gewissermaßen *zwei Reihen* von Anknüpfungsmöglichkeiten für den denkenden Verstand: die Reihe der *Erscheinungen,* die als Erinnerungsbilder von einmal Gesehenen im Bewusstsein festgehalten werden[26] und die als indirekte Abkömmlinge des Stoffes zu gelten haben, und die Reihe der *Dinge selbst* in ihrem originalen Sein, die die Körperwelt des Universums ausmachen. Wer in die erste Gruppe hingerät, verfällt dem Irrtum, wie nachgewiesen, also im *Grunde dem Stoff,* der ja hinter den Erscheinungen als deren eigentlicher Urheber steht. Nur die zweite, die objektive Haltung des Forschenden verbürgt Richtigkeit der Resultate. Es ist zugleich damit bewiesen, dass die Wissenschaft im Dienste der Überwindung des Stoffes steht und ihre Denkresultate Siegeszeichen darstellen im Kampf gegen den Schein, den er bewirkt. In den Lichtmassen der Dinge ist dem Welt-Ich vom Stoff gewissermaßen ein indirekter Widerstand gesetzt, den es immerfort durchbrechen muss, um auf die Dinge selbst zu stoßen. Die wissenschaftliche Erkenntnis ist im Übrigen nur *eine* der Kampfesmethoden gegen die Wirkungen des Stofflichen auf das Bewusstsein.

Die Rekonstruktion der Natur in ihren baumartigen Verzweigungen ist die eine Aufgabe, die das Welt-Ich in der Verarbeitung der objektiven Realität zu leisten hat. Dieser Teil des Wirkens ist dem organischen Leben gewidmet. Der geistige Pol kennzeichnet sich hierbei als das Zentrum, von dem aus das Einzelne aus der Perspektive des Allgemeinen geprüft wird, d. h., in seinen Beziehungen zu allem Bestehenden.

---

26 Bezeichnenderweise ist die Erinnerungsfähigkeit des Bewusstseins an einmal Gesehenes (die zum Irrtum Anlass gab) an das *materielle Substrat des Gehirns* gebunden!

Nun aber tritt ja auch der Stoff selbst dem Welt-Ich von der Objektseite her in seinen Wirkungen entgegen, und zwar in Äußerungen der Kraft etc. Auch in dieser Geistesarbeit hatte das Welt-Ich einem Schein entgegenzuwirken, der die Sinne blendet.

Das großartige Symbol dafür ist der Sternenhimmel, der sich erst der wissenschaftlichen Arbeit als die Unendlichkeit enthüllte, deren Weite von riesigen Gravitationszentren erfüllt ist (denn den ältesten Griechen z. B. galt der Himmel noch als eine Glocke, durch deren feine Öffnungen die Lichtregion des Empyreum freundlich hindurchschimmerte). Dazu kam der Schein, der Erde und Sonne in eine täuschende Beziehung zueinander brachte, was eine neue Leistung des Welt-Ich notwendig machte.

Die Arbeit der Physik und Astronomie, die es mit diesen Feststellungen der Materie zu tun hat, steht jedoch nicht für sich allein da. Sie bildet nur den Auftakt für eine *ganz andere* Leistung des Welt-Ich, die nicht Feststellung am Gegebenen, sondern Neuschöpfertum zum Inhalt hat: sein kulturelles bzw. zivilisatorisches Wirken. Denken wir etwa an einen Architekten. Die Häuser des Architekten würden einstürzen, wären nicht zuvor die Gesetze genau studiert, die die Materie betreffen. Erst nachdem diese Geistesarbeit vollzogen, kann sich die Fantasie des Architekten künstlerisch im Neugestalten ausleben und kann er seine Geistesprodukte in die Wirklichkeit umsetzen.

Die geistige Arbeitsleistung des Physikers, sowie jene des Architekten stellen mithin zwei aufeinanderfolgende Phasen des kosmischen Kreislaufs dar, von denen die eine (die des Physikers) die andere (die des Architekten) durchaus bedingt.

Das Gleiche gilt von dem Verhältnis, das „Begriff" und „künstlerisches Motiv" zueinander haben: dem *Motiv* „Eiche" muss der *Begriff* „Eiche" vorangehen, ohne ihn wäre das Motiv Eiche als künstlerischer Gegenstand nicht denkbar. Den Begriff Eiche bestimmt jedoch das Welt-Ich in dem Ansaugungsvorgang, von dem wir soeben

53

gesprochen haben, sodass wir mit Sicherheit folgende Analogie feststellen können, die zwischen dem Blutkreislauf und dem kosmischen Kreislauf besteht: wie im Blutkreislauf der Kammersystole die Vorkammersystole, so geht im kosmischen Kreislauf dem eigentlich *schöpferischen Vorgang* eine ihm getrennte Phase voraus, die einen mehr *nach*schöpferischen Charakter hat, insofern als hier die Denkfunktionen mit einem sinnlich bereits Gegebenen in Beziehung treten.

Das Reich der Sinne – sinnliche Perzeption bedeutet stets einen Ansaugungsvorgang von außen her, wie die Vorkammern des menschlichen Herzens das Blut aus den Außenbezirken des Kreislaufs ansaugen – bildet im Reich des Bewusstseins mithin die Vorkammer. Das Zusammentreten von Sinnlichkeit und Verstand, wie es die Begriffsbildung verlangt[27], und jede Art der Definition von Gegebenem (sei es auch nur im Hinblick auf Maß, Zahl und Gewicht) entspricht daher im kosmischen Kreislauf der Vorkammersystole, als ein Akt der geistigen Durchdringung des Gegebenen durch das Welt-Ich, das sich an ihm vermittels seiner Kategorien und mathematischen Funktionen aktiviert. *An diese gedankliche Vorarbeit schließt sich* (als die eigentliche Kammersystole) *die schöpferische Leistung des Welt-Ich im kulturellen bzw. zivilisatorischen Gestalten erst an, und diese findet – als ein zentraler Vorgang – in der Vorstellungswelt selbst statt.* Zwischen den kulturellen und natürlichen Wirkensakten des Welt-Ich besteht jedoch ein tiefer innerer Konnex. Denn in den geistigen Schöpfungen greift das Welt-Ich stets auf die natürlichen Bestände der Welt zurück, sie in bestimmter Weise seinen Zwecken unterwerfend. Im Kunstwerk (Beispiel: Gotik) bzw. in der Technik (Beispiel: Flugzeug) knüpft es an die Vorbilder der Natur (Zusammenstreben der Bäume in bogenförmigen Linien bzw. Flug der Vögel) deutlich an. Ohne die Natur gäbe es keine Kultur. Diese Beispiele könnten durch ungezählte vermehrt werden.

27 Aber eben im Vergleich von Ding mit Ding, nicht der Erscheinung mit anderen Erscheinungen, die nur in der Erinnerung festgehalten wurden!

Die schöpferisch kulturelle Leistung vollzieht das Welt-Ich im Manne.[28] Mitbestimmend für sein Wirken ist jedoch dessen individuelle körperliche und geistige Konstitution. Die kulturell männlichen Leistungen tragen daher das Kennzeichen individuell männlicher Art.

In jedem Mann wird das Welt-Ich gemäß seiner Eigenart andere Leistungen hervorbringen. Diese Produkte gelangen in den Strom des Lebens, sie treten in den Gesichtskreis der weiblichen Hemisphäre und erregen dort, je nach Eigenart und Veranlagung – *Liebe, nämlich zu dem Manne, von dem sie stammen.*

Der weibliche Pol des Lebens ist mithin das Hauptansaugungszentrum für das kulturelle bzw. zivilisatorische Wirken des Welt-Ich[29], und zwar in Hinsicht auf die Auslese der männlichen Persönlichkeit, in der es sich darstellt: Das Weib führt nämlich das Wirken des Welt-Ich im Manne auf dessen individualen Kern zurück, es reduziert das Überpersönliche der kulturellen Leistung des Welt-Ich auf den persönlichen Gehalt, der im Einzelindividuum, seinen spezifischen Fähigkeiten und Charakteranlagen begründet ist. Gewiss kommen für die Anziehung des Weibes durch den Mann noch andere Faktoren in Betracht, die mit seiner rein physischen Konstitution zusammenhängen, aber diese werden für eine Frau von edlerem Gehalt nie *allein* ausschlaggebend sein. Somit können wir den kosmischen Kreislauf folgendermaßen beschließen: Indem die geistige Leistung des Mannes[30], in der sich seine gesamte Charakterpersönlichkeit darstellt in allen ihren Beziehungen zum Leben und zur Umwelt, auf das Weib stößt und in ihm Liebe weckt, wird in ihm zugleich das Welt-Ich zu natürlichem Wirken angeregt

---

28 Geniales Schöpfertum im Sinne kultureller Gestaltung würde demnach bei der Frau als männliche Veranlagung zu deuten sein.

29 Siehe hierzu Anm. 103 auf S. 193

30 Da das natürliche Schaffenszentrum des Welt-Ich ja im Weib selbst gelegen ist, bleibt als edlerer Faktor für die Anziehung des Weibes durch den Mann nur dessen kulturelles bzw. zivilisatorisches Wirken übrig.

(in der Manifestation des Kindes), womit der Kreislauf beendigt ist. Denn mit dem Welt-Ich als naturschöpferischem Zentrum hatten wir seine Darstellung begonnen.

8

Die Analogie zwischen dem Blutkreislauf und dem kosmischen Kreislauf gibt die Möglichkeit, nun auch die *Krankheiten* zu kennzeichnen, die den kosmischen Kreislauf befallen können, also speziell das Welt-Ich als das kosmische Herz. Es muss hierbei alles wiederkehren, was wir aus der Pathologie des menschlichen Herzens und der Kreislaufstörungen wissen. Ich muss mich jedoch auf das Wesentliche beschränken.

Um wirken zu können, bedarf das Herz eines Widerstandes. Das gefährlichste ist, wenn in das Herzlumen irgendwie Gas hineingelangt: Da dieses komprimierbar ist, fehlt dem Herzmuskel der Ansatzpunkt für seine das Blut austreibende Tätigkeit. Er hört daher sehr schnell auf zu arbeiten und steht schließlich still. Das Blut ist der *natürliche Widerstand des Herzens,* den es braucht, um überhaupt arbeiten zu können. Sammelt sich jedoch *zuviel* Blut in der Vorkammer bzw. Kammer an, so hypertrophiert sie zunächst (in Anpassung an die Mehrleistung). Ist sie ihr nicht mehr gewachsen, so tritt Herzstillstand ein.

Übrigens kann eine Herzhälfte auch auf die andere krankhafte Rückwirkungen haben. Ist z. B. die linke Vorkammer durch bestimmte Vorgänge, die hier nicht weiter erörtert werden sollen, mit Blut überfüllt, so kommt es leicht dazu, dass eine *Blutstauung* eintritt, die sich durch die ganze Kreislaufapparatur der Lunge fortsetzt. Sie kann schließlich das rechte Herz mitgreifen, von der ja die Lungenschlagader ausgeht, und sich sogar auf die Vorkammer des rechten Herzens ausdehnen. Das rechte Herz erweitert und verdickt sich in der Folge, teils um das überschüssige Blut aufzunehmen, teils um der vermehrten Arbeitsleistung gewachsen zu sein. Dies währt aber nur eine gewisse Zeit. Allmählich erschöpft sich die Spannkraft des Herzmuskels, bis endlich völlige Lähmung des Herzens und damit der Tod eintritt.

Es versteht sich von selbst, dass sich im kosmischen Kreislauf der Widerstand, den das Welt-Ich für seine Arbeitsleistung braucht, nicht immer so konkret darstellen wird wie das Blut im Blutkreislauf. Er wird sich vielfach nur *indirekt* zu erkennen geben.

Dies rührt daher, dass infolge der Korrespondenz der geistig-idealen Sphäre mit dem Hohlraum das Welt-Ich im Sehen und Hören gar nicht in direkten Konnex mit den Dingen gelangt, sondern alles, was es von ihnen weiß, nur durch Licht- und Schallsignale erfährt. Der Stoff (als Weltgegner des Welt-Ich) wird sich hier nicht – wie im Blutkreislauf – direkt, sondern nur *indirekt* bemerkbar machen: also etwa durch Fülle der sinnlichen Eindrücke, die er durch Widerstand gegen die Strahlung und Reflexion derselben im Bewusstsein erregt.

Dass die Arbeitsleistung des Welt-Ich mit einer Überwindung des Stoffes verknüpft ist, wurde ausführlich am Beispiel des „Walfisches" gezeigt. Hier handelt es sich um ein Einzelobjekt, an dem das Welt-Ich seine Überlegenheit über den Stoff beweisen muss. Schwieriger wird es für das Welt-Ich, wenn sich der stoffliche Widerstand in quantitativer Fülle bemerkbar macht: durch Überschwemmung des Bewusstseins mit einer Flut von optischen Eindrücken, wie sie eine hohe Zivilisation mit sich bringt. Dann wird dasselbe eintreten müssen, was wir am menschlichen Herzen beobachten: Das Welt-Ich wird zunächst versuchen, sich der Mehranforderung anzupassen. Schließlich wird es der Arbeitsleistung nicht mehr gewachsen sein und in den Zustand der Lähmung verfallen. Diese Lähmung wird sich darin zu erkennen geben, dass es zu tieferen Einstellungen auf das Gegebene nicht mehr fähig ist und sich mit äußerlichen Einstellungen begnügt (oberflächliches Abhören des Radio etc.). Eine Zeit, die sehr rege im Schaffen ist, wird den Nachteil mit sich führen, dass sie durch ihre Produktionsfülle die Breite des stofflichen Widerstandes vermehrt. Wehren diesen Einflüssen nicht entsprechende Gegengewichte im Menschen, so geht er schließlich am Überfluss zugrunde, eben weil er ja gezwungen ist, durch eigene Arbeitsleistung jede geistige Leistung für sich wiederzuerobern. Es genügt nicht, dass massenhaft Symphonien in noch so schöner Ausführung dem Menschen zufließen, er muss ihren geistigen Gehalt in sich neu beleben, sonst geht er völlig leer aus! Und so ist es überall. Da ja alle geistigen Gehalte nur in Einkleidungen irgendwelcher Art übermittelt werden – auch die Sprache ist nur ein solches Einkleidungsmittel –, so bleibt bei mangelhafter Verarbeitung geistiger Produkte nur das Einkleidungsmittel übrig, gleich einer Schale, die einen leeren Hohlraum umschließt. Dieser Hohlraum entspricht aber nicht dem übermittelten Geistesprodukt, sondern der Bewusstseinsleere des Hörers infolge Erschöpfung der höheren geistigen Zentren. Entsprechend den Erscheinungen am Herzen kann man auch hier von einer *Insuffizienz* sprechen. Die Untergänge aller bisherigen Kulturen und die wachsende Leere der heutigen Zeit sind auf eine solche *Insuffizienz des Welt-Ich* zurückzuführen, die dem triumphalen Sieg des Stoffes gleichkommt.

Auch die Stauungserscheinungen mit ihren Rückwirkungen auf die Kreislauforgane, von denen wir im Hinblick auf die menschliche Kreislaufapparatur gesprochen haben, lassen sich am kosmischen Kreislauf nachweisen. Werden z. B. die Massen systematisch mit Anreizen aller Art überschüttet, wie es die Zivilisation mit ihrer angespannten Propaganda mit sich bringt, so wirkt dieser starke Zustrom von Erregungen automatisch auf die zivilisatorische Schaffensleistung des Welt-Ich zurück. Das menschliche Bewusstsein, einmal an diese Reize gewöhnt, verlangt, immer mehr mit ihnen gespeist zu werden. Wie das rechte Herz infolge rückläufiger Stauungserscheinungen in den Lungengefäßen zu immer höheren Arbeitsleistungen gezwungen wird und diesen nur durch Hypertrophie der Muskulatur genügen kann, so beantwortet auch das Welt-Ich den Rückstrom der Erregung, der von den Massen ausgeht, mit einer verstärkten zivilisatorischen Arbeitsleistung.

Zivilisation ist aber nicht Kultur. Die Ausdruckstiefe, wie sie eine jede kulturelle Leistung verlangt, geht allmählich verloren. Wohl lässt sich innerhalb der Zivilisation eine Hypertrophie des Schaffens konstatieren, aber es sind an ihm nicht mehr die tiefsten Kräfte des Welt-Ich beteiligt. Vielmehr ist es charakterisiert durch jene ungesunde Überfülle, die man beim menschlichen Kreislauf als *Plethora* bezeichnet hat. Hier: eine Überschwemmung des Kreislaufs mit Blut – dort: eine solche des Bewusstseins mit einer Flut von Eindrücken, die keine Tiefenwirkung mehr im Menschen auslösen, statt Wirkung in die Tiefe – Wirkung in die Breite: Zeichen des Untergangs, wie beim menschlichen Herzen.

9

Die Erhaltung des kosmischen Kreislaufs durch das Welt-Ich ist identisch der Tatsache: Leben. Das Leben bleibt unsterblich, solange das Welt-Ich in ununterbrochener Folge diesen Kreislauf unterhält. Die Einzelindividuen, sei es Mann oder Weib, sind nur Ersatzstücke zur Aufrechterhaltung des kosmischen Kreislaufs[31] und müssen immer neu ergänzt werden, soll die Dynamik des Lebens nicht stille stehen.

---

31 Jeder wache Mensch wird gefühlt haben, soll das Leben in ihm nicht stille stehen, so müssen drei Tätigkeitsphasen sich kontinuierlich aneinanderreihen: das der Ansaugung von Leben irgendwelchen Ausdrucks, irgendwelcher Beschaffenheit; das der Verarbeitung desselben, sei es geistig oder physisch; und das der Ausstoßung des Leistungsproduktes, mag es nun als Handlung aus ihm hervorbrechen oder als Werkschöpfung bzw. sich als amorpher Rest aus ihm entladen.
Diese drei Phasen des Wirkens, denen des Blutkreislaufs völlig analog, müssen in irgendeiner Folge und Gestalt sich in uns abwickeln, soll das Pumpwerk unseres Lebens nicht stille stehen, soll unser Leben nicht der gänzlichen Leere verfallen.
Übrigens können die drei Tätigkeitsphasen auch durch lange Zeiträume voneinander getrennt sein, d. h., mit anderen Worten: Der Verarbeitungsprozess kann sich auf Ansaugungsprodukte (Erlebnisse etc.) beziehen, die weit zurückliegen.

Der Unsterblichkeit des Lebens zu dienen, sinken Millionen und Abermillionen von lebenden Geschöpfen in das Nichts zurück, anderen Raum gebend, die an ihre Stelle treten. Der Mensch ist sterblich, der kosmische Kreislauf unsterblich: Er bedeutet das Leben in seiner Permanenz.

Im kosmischen Kreislauf steht keine Phase für sich allein. Eine jede ist Vorbereitung und Auftakt für die nachfolgende, die ohne sie nicht aktiviert werden könnte. Es ist daher gefährlich, von irgendeinem Standort her, wie es *Kant* getan hat, ohne Beachtung der Zusammenhänge, wie sie im kosmischen Kreislauf walten[32], an schwerwiegende Probleme wie die Möglichkeit wissenschaftlicher Erkenntnis heranzugehen.

Auch Naturerkenntnis[33] *ist nur eine Funktion des Welt-Ich innerhalb des kosmischen Kreislaufs.* Sie reiht sich in die anderen Funktionen des Welt-Ich ein und ist, wie nachgewiesen, der Vorkammersystole des rechten Herzens analog, an die sich die Kammersystole desselben (im kosmischen Kreislauf: die kulturelle bzw. zivilisatorische Leistung) anschließt.

---

32 Das Welt-Ich wirkt sich durchaus nicht nur in Verbindung mit den Sinnen aus – dort z. B., wo es das Kind im Mutterleib schafft, steht es den Sinnen ganz fern–, die sinnliche Einstellung ist vielmehr eine ganz bestimmte Phase innerhalb des kosmischen Kreislaufs, die eine ganz eigene Situation schafft und daher nur in Verbindung mit der vorangehenden bzw. folgenden Phase begriffen werden kann.

33 Dem Welt-Ich ist es im Erkenntnisprozess gar nicht um Erkenntnis, sondern lediglich um exakte Feststellung und Formulierung dessen, was die Dingbeziehungen bzw. Geschehensabläufe als solche betrifft, nicht die Dinge bzw. das Geschehen selbst. Die Frage nach dem An-Sich stellt sich ihm gar nicht. Nach dem An-Sich fragt nur das scheinbefangene Subjekt, das sich als Weltgeheimnis noch nicht erkannt hat, *das Aufgabegebiet der Erkenntnis missversteht bzw. überschreitet* und sich nun in seinem Erkenntnistrieb irgendwie aufgehalten und daher „menschlich begrenzt" fühlt. Diese künstliche Hineinverwicklung des An-Sich in das Erkenntnisproblem wird bei *Kant* nun zur Quelle falscher Gegenüberstellungen, wie jener von „Erscheinung" und „Ding an sich" etc., die alle irgendwie auf die Vordergrundseinstellung des Ich in der Zeit der Scheinbefangenheit zurückzuführen sind. Es wird davon noch zu sprechen sein (s. hierzu S. 218ff. und Anm. 115 S. 218).

Der kosmische Kreislauf bedeutet gleichsam Ausatmung und Wiedereinatmung des Lebens, aber was sich da ausatmet und einatmet, ist nichts anderes als das Welt-Ich selbst, der innerste Pol des Lebens von Weltbeginn an.

Und der Mensch? Welche Rolle fällt ihm dabei zu? Ist er nur der Schauplatz des Geschehens? Allerdings ist das Welt-Ich in seinem Wirken auf die Organisation des Menschen auf das Mosaik seiner Anlagen angewiesen. Insofern hat er an der Schaffensleistung des Welt-Ich indirekt Anteil. *Aber er kann sie willentlich nicht hervorbringen.* Ja, er muss sogar seinen eigenen Willen zurückstellen, um dem Wirken des Lebens in ihm freien Raum zu geben. Der Mensch gleicht hierin dem Vogel, der sein Nest baut, um dem Schöpfertrieb der Natur die rechte Stätte des Wirkens zu schaffen. Mehr als das Nest *kann* er nicht schaffen, das Weitere muss er dem Leben selbst überlassen. Diese Auswahl des rechten Ortes und der rechten Umgebung, die Voraussicht in Bezug auf die Sicherung der materiellen Bedürfnisse, die richtige Gattenwahl etc., etc., alles dies sind Momente höchster Verantwortung, die der Mensch dem Leben gegenüber hat. Denn sein Leben ist im Grunde einem höheren Ziel geweiht: für den Genius Leben und sein Wirken die eigene rechte Bereitschaft herauszubilden.

Frei schalten kann jedoch der Mensch über jene Erfahrungsbestände, die das Leben für sich bereits gewonnen hat und die in das Wissensarsenal der Menschheit übergegangen sind. An ihnen kann er seinen Willen[34] entfalten, sofern ihm die Natur die Anlagen hierfür mitgegeben. Er kann z. B. die Gesetze studieren, die das Leben in genialen Kunstwerken der Vergangenheit aufstellte, er kann sich diese Gesetze zu eigen machen und so das Instrument des Geistes, das dem Welt-Ich zu neuen Leistungen dienen soll, schärfen und für sie tauglich machen.

---

34 Der Wille scheint aus der menschlichen Individualität zu fließen, denn auf überpersönliche Leistungen des Lebens hat menschlicher Wille keinen Einfluss. Man kann sie durch noch so konzentrierte Willensakte nicht erzwingen, sie müssen von selbst *entstehen.* Daher sagt Christus mit Recht: „Nicht mein, *dein* Wille geschehe."

Der Mensch ist in seiner willentlich vollzogenen Schaffensleistung stets Epigone.

Nur das Leben in seiner Spontaneität stellt das neue Gesetz auf, das als völlig original und eigentlich genial zu bewerten ist und als Wegweiser für die kommende Menschheit dienen kann.

Solange der Mensch die Leistungen des Welt-Ich sich selbst zurechnet, wohnt in ihm auch die Eitelkeit. Der Schein, Selbstschöpfer zu sein, hat von ihm Besitz genommen und wird für ihn zur Quelle geistigen Hochmuts. Das Bewusstsein dagegen, dem Lebensgeheimnis identisch zu sein und zugleich Gefäß eines überpersönlichen Wirkens, das in ihm die Gesetze des Kosmos in genialem Schöpferdrang immer neu gebiert, gibt dem Menschen Ehrfurcht ein, Ehrfurcht vor dem Leben, vor sich selbst und allem Geschaffenen.

Eitelkeit bedeutet Verengung im Subjektiven, Ehrfurcht ist dagegen die Frucht einer objektiven Schau in das Unendliche. So sehen wir auch hier – wie beim Erkenntnisprozess („Walfisch!") –, dass Beharren im Menschlich-Subjektiven das Kennzeichen der Befangenheit im Scheine ist oder anders ausgedrückt: der Abhängigkeit vom Stoff.

Das Gesagte gilt vom Einzelnen wie für die großen Kollektive.

Die Selbsterhöhung eines Volkes (oder einer Rasse) wurzelt in der Eitelkeit. Denn es schreibt sich die Leistungen, die das Leben in ihm vollzogen hat, *selbst*[35] zu anstatt dem Welt-Ich, das in allen Völkern und Rassen als letzter Lebensgrund tätig ist, dem von Eitelkeit Geblähten verlegt sich der Blick für das Wahrhaft-Große, das aus allem Leben quillt, sei es Volk oder Rasse. Der Eitle blickt nicht über sich selbst hinaus, doch in der Ehrfurcht erkennt Gott sich wieder.

---

35 Anm. Der Stolz eines Volkes oder einer Rasse auf die eigenen Leistungen ist dagegen berechtigt. Aber es braucht damit nicht eine Selbsterhöhung über die andern Völker und Rassen verknüpft zu sein, was im Falle der Eitelkeit die Regel ist. (Anm. 58 S. 106)

Die Weltgegner

Das Welt-Ich ist immer da. Es ist das Agens des Lebens, Quell aller Kultur. Dass Kulturen zugrunde gehen und die Zivilisation sich in den Vordergrund drängt, in der der Verstand als Autokrat gebietet, ist nicht darauf zurückzuführen, dass das organisierende Prinzip der Kultur nun aus der Welt geschwunden wäre. Es ist nur erstickt gleich dem Feuer unter der Asche, unter der es leise fortglimmt.

Es ist klar, was mit diesem Vergleich gemeint ist. Die Asche, die das Welt-Ich erstickt, besteht in diesem Falle nicht aus dem Stofflichen selbst, sondern den indirekten Wirkungen desselben, aus dem, was der Stoff ins Bewusstsein hineinprojiziert: den sinnlichen Erscheinungen. Sie sind es, die schließlich das Welt-Ich ersticken und seine tiefsten Funktionen lähmen, sodass es kultureller Leistungen nicht mehr fähig ist.

Anstatt einer Generation, die in eine vermehrte Zivilisation hineingeboren wurde, einzureden, sie müsste sich mit ihrem Schicksal abfinden!, sollte sich als Ingenieur, doch nicht als Künstler etc. betätigen, da es mit dem Kunstschaffen vorbei sei! – wie es *Spengler in seinem „Untergang des Abendlandes"* tat –, wäre es vielmehr die Aufgabe, die Ursachen und Zusammenhänge aufzudecken, die für den Verfall des Lebens in bestimmten Stadien verantwortlich zu machen sind. Dann werden sich – denn eine solche Erkenntnis fließt nur aus deinem Leben, das im Keim schon ein neues in sich trägt – auch von selbst neue Wege der Lebensführung und Gestaltung ergeben, als eine Art Gesundung, die wieder in die Welt einzieht. Dann werden Kräfte frei werden, die dem Leben erst die Beherrschung über sich selbst zurückgeben, und zwar in den Ausmaßen, in denen es sich heute entfaltet hat.

Es wäre mithin Aufgabe einer neuen Lebenstechnik, die Asche zu beseitigen, die sich über das Feuer der Seele gelegt hat, um es wieder hoch aufschwellen zu lassen. Und da sich das Leben in jeder Generation neu regeneriert, wäre es Aufgabe einer bewusst scheinüberlegenen Erziehung, die Jugend so zu lenken, dass die Flamme des Lebens in ihr frei zur Entfaltung komme.

Krankheiten heilen heißt sie erkennen. Ohne Erkenntnis gibt es keine Heilung von der Wurzel her. Und nur von der Wurzel her kann die in den Wurzeln kranke Menschheit genesen.

2

„Wir erliegen dem Uneingestandenen" (*Keyserling*)

Dass wir erliegen und Generationen mit uns, liegt in der *Heimlichkeit* begründet, mit der der Stoff als Weltgegner dem Welt-Ich gegenübertritt. Der Stoff reflektiert Strahlung in unser Bewusstsein und bewirkt dadurch sinnliche Wahrnehmung von Dingen, die vielleicht sehr fern von uns gelegen sind – aber er selbst tritt dahinter völlig zurück.[36] Gezwungen, aus der Lichtmaske, die

---

36 Dieses Zurücktreten des Stofflichen hinter der Lichtmaske lehrt vor allem das Spiegelbild. Davon kann sich ein jeder vor dem Spiegel selbst überzeugen. Er schiebe ein wenig die Wange hoch – das Spiegelbild wiederholt den Vorgang, *aber eben nur in den Veränderungen, die die Strahlung erleidet.* Das Stoffliche, das wir an uns selbst fühlen, fehlt selbstverständlich dem Spiegelbild. Denn es schildert den Vorgang ja nur von außen her: Wir sind in ihm einem *Hohlraumbestandteil*, der Strahlung, verbunden, nicht uns selbst (in unserem primären originalen Sein). *Das einfache Sehen unterscheidet sich jedoch*, wie sich jeder ebenfalls vor dem Spiegel überzeugen kann, *in keinem Punkte von dem Spiegelbild.* Dies ist ja auch ganz verständlich. In beiden Fällen sind wir nämlich an das Anschauungsbild gebunden, das die Strahlung – vom Dinge aus gesehen: das Sekundäre! – in unserem Bewusstsein bewirkt. Da der Stoff jedoch zu dem primären originalen Sein der Dinge gehört, muss er notwendigerweise dem Spiegelbild sowie jedem andern Anschauungsbild fehlen. *Es ist dies wieder auf den Gegensatz von Hohlraum und Vollraum zurückzuführen.* (S. S. 75f.) *Also etwas sehr Merkwürdiges: Der Stoff bewirkt die Lichtmaske des Dinges, verbirgt sich jedoch zugleich hinter ihr.* Es wird davon ausführlicher zu sprechen sein.

die reflektierte Strahlung in uns auslöst, die Eigenart des Dinges herauszulesen (von dem wir ja in der Anschauung immer nur indirekt und mittelbar etwas wissen), sind wir gar nicht imstande, uns mit dem Stoff als der Ursache zu beschäftigen, die zum Entstehen der Lichtmaske führte.

Der Stoff bleibt daher stets im Hintergrunde hinter der optischen Erscheinung. Aber deshalb bleibt Letztere doch das Ausstrahlungsprodukt des Stofflichen, und damit ist der Kampf zwischen den beiden Weltgegnern, so weit die Anschauung infrage kommt, in das Subjekt selbst hineinverlegt.

Die Art, wie das Welt-Ich dem Stoff erliegt, wird sich daher in dem stufenweisen Verfall der Ichwelt an das Sinnenphänomen zu erkennen geben. Dabei kann das Welt-Ich mit dem vollen Einsatz seiner ihm immanenten Kräfte dem Stoff dienstbar werden oder, nachdem die Einheit in ihm gesprengt wurde, mit den Bruchstücken seiner Funktionen.

3

Der Gegenprall von Welt-Ich und Welt-Stoff im Bewusstsein kann von sehr verschiedenen Gesichtspunkten aus untersucht und in den Ergebnissen fixiert werden. Da es sich aber stets um das gleiche Welt-Ich handelt, das seine Funktionen bald in dieser, bald in jener Richtung aktiviert und aus gewissen feststehenden Normen heraus seine Intentionen verwirklicht, so werden die Resultate der Untersuchung inhaltlich wohl voneinander abweichen, im Prinzip jedoch übereinstimmen müssen.

Ich beginne mit dem Verfall an den Schein innerhalb der Anschauung. Hierbei prallt das denkende Ich (das Welt-Ich) auf die Lichtmaske des Dinges, die vom Stoff (dem Welt-Stoff als Ewigkeitsbestandteil des Dinges) durch Reflexion der Strahlung im sinnlichen Bewusstsein hervorgerufen wird.

4

Wenn zwei Systeme sich schneiden, die einander polar zugehörig sind, dann ergeben sich (s. Figur 3) infolge des Übergewichtes des einen bez. anderen Systems zwei polare Extreme, zwischen denen eine Schnittebene (4) gelegen ist, in der sich die beiden Systeme die Waage halten. Im Extrem 1 wird das Welt-Ich, im Extrem 2 der Welt-Stoff überwiegen (d. h., der Verfall des Welt-Ich an den rein sinnlichen Effekt, den die Lichtmaske mit sich führt, am vollständigsten sein). Dazwischen wird es eine Indifferenzebene geben müssen, in der sich beide, das Denken und der sinnliche Wahrnehmungsinhalt, die Waage halten. Es ist interessant zu beobachten, wie in den letzten Gliedern das Welt-Ich mehr und mehr in Abhängigkeit von dem Strahlenphänomen (der Erscheinung) gerät, wobei es in Irrtümer verfällt.

Zeichnerisch können wir das Resultat der Untersuchung folgendermaßen vorwegnehmen:

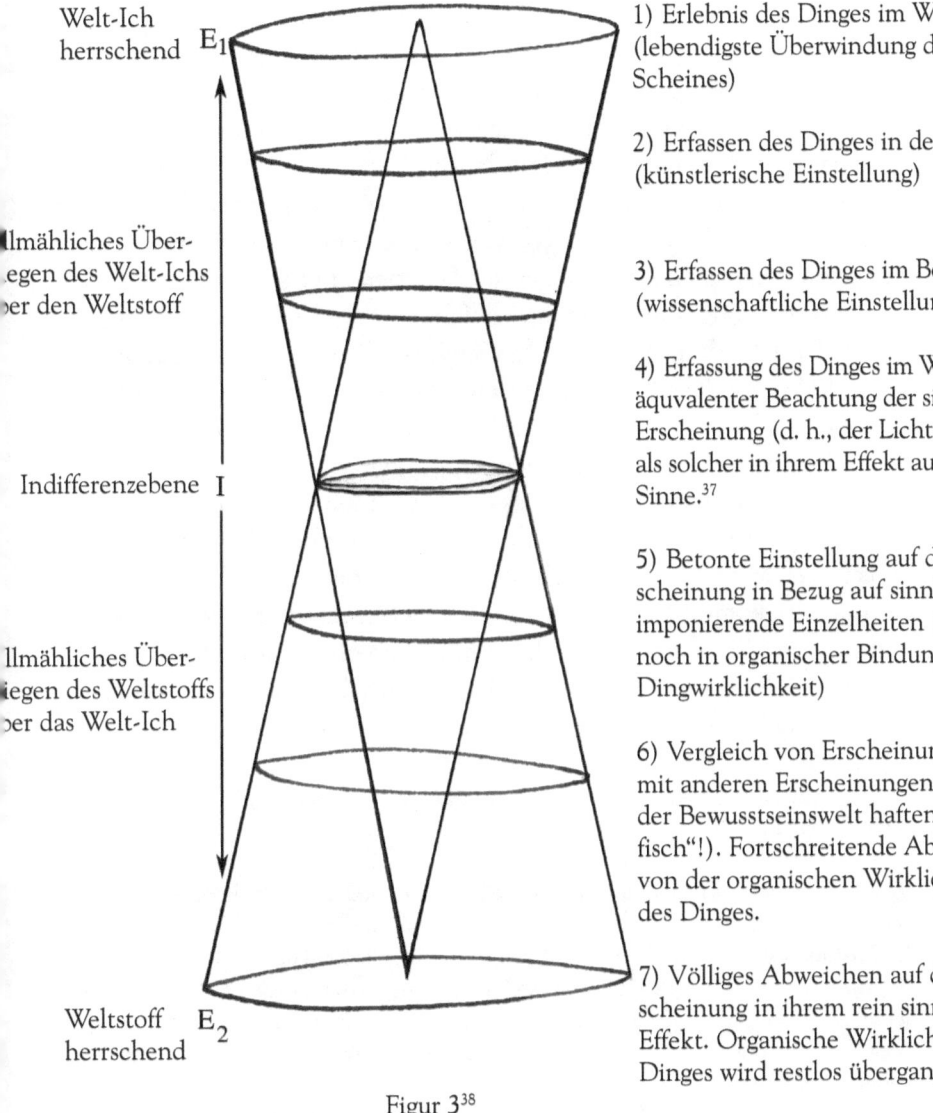

Welt-Ich
herrschend E_1

1) Erlebnis des Dinges im Wunder (lebendigste Überwindung des Scheines)

2) Erfassen des Dinges in der Idee (künstlerische Einstellung)

Ilmähliches Über-
egen des Welt-Ichs
er den Weltstoff

3) Erfassen des Dinges im Begriff (wissenschaftliche Einstellung)

4) Erfassung des Dinges im Wort mit äquvalenter Beachtung der sinnlichen Erscheinung (d. h., der Lichtmaske als solcher in ihrem Effekt auf die Sinne.[37]

Indifferenzebene I

5) Betonte Einstellung auf die Erscheinung in Bezug auf sinnlich imponierende Einzelheiten (jedoch noch in organischer Bindung an die Dingwirklichkeit)

Ilmähliches Über-
iegen des Weltstoffs
er das Welt-Ich

6) Vergleich von Erscheinungen mit anderen Erscheinungen, die in der Bewusstseinswelt haften („Walfisch"!). Fortschreitende Ablösung von der organischen Wirklichkeit des Dinges.

Weltstoff E_2
herrschend

7) Völliges Abweichen auf die Erscheinung in ihrem rein sinnlichen Effekt. Organische Wirklichkeit des Dinges wird restlos übergangen.

Figur 3[38]

---

37 Vergl. hierzu (speziell in Bezug auf das Indifferenzphänomen) Fig. 4
38 Vergl. hierzu (speziell in Bezug auf das Indifferenzphänomen) Fig. 4

Was an diesem Schema Fig. 3[39] sofort mit unleugbarer Schärfe ins Auge fällt, ist der von Extrem zu Extrem fortschreitende Übergang *von der objektiven in die rein subjektive Haltung* dem Wahrnehmungsinhalt gegenüber, die wir früher schon – es gilt dies innerhalb der Anschauung nur für Naturphänomene![40] – als das *sichere Kennzeichen des Verfalls an den Schein* festgestellt haben.

Die höchste Haltung, die das Welt-Ich einem Ding gegenüber einnehmen kann, ist sein Erleben als Wunder. Hier steht die sinnliche Erscheinung, die die Dingwirklichkeit vermittelt, *gänzlich im Dienst* des Welt-Ich, das im Dinge – sagen wir einer Birke – eine seiner Ideen wiedererkennt, die es aus dem geheimen Schoß seiner Tiefe in die Welt projizierte. Die Lichtmaske ist *nur der Zuträger* dieser Dingwirklichkeit, deren Geheimnis dem Welt-Ich hier offenbar wird. *Sie interessiert nicht an sich.* Dieses Erleben entspricht der mächtigsten Aktivierung des Welt-Ich, das hierfür seine tiefsten Funktionen aufbieten muss. Denn indem es dem Geheimnis des Dinges nahekommt, vertieft es sich zugleich in die Zone des eigenen Geheimnisses, bleibt aber dabei nach außen an das Geheimnis der Dingwirklichkeit gebunden. Subjekt und Objekt erreichen damit *ein* Niveau, das höchste, das sich überhaupt erreichen lässt:

---

39 Dieses Schema bezieht sich auf jenes Stadium der Entwicklung, in dem die Aufschließung des Bewusstseins in seine Funktionen gänzlich vollzogen ist, von *Frobenius* „Mechanei" genannt. Es gehen nach seiner Definition „Barbarei" und „Kulturei" voran, das Stadium der Einschichtigkeit und Zweischichtigkeit des Bewusstseins.

40 Bei Objekten kulturellen Ursprungs liegt es umgekehrt. Hier würde gerade die *objektive* auf die *Ding*realität eingestellte Haltung Verfall an den Schein bedeuten, z. B. im Abschweifen von der Idee eines Kunstwerkes auf das Mittel zu ihrer Reproduktion, also z. B. auf den Marmor oder die Bronze, die der Künstler wählte etc. Dieser Gegensatz hängt mit der Polarität von Kultur und Natur zusammen. Der Verfall an den Schein kann bei Gegenständen der Kultur aber auch in dem Abgleiten von der Idee auf das sinnliche Einkleidungsmittel, also *innerhalb der Bewusstseinswelt selbst,* vor sich gehen (im oberflächlichen Abhören des Radio etc.).

Denn über das Geheimnis hinaus – den zentralsten Kern einer jeden Wirklichkeit, sowie des Seins überhaupt – gibt es kein Erleben. Mit dem Gipfel des Erlebens tut sich jedoch zugleich der Abgrund auf, wie er jedem Rätsel in seiner schauerlichen Tiefe innewohnt.

Das Erlebnis der Birke als ein Wunder ist zwar das höchste, aber auch das allgemeinste Erleben, das ihre organische Existenz betrifft. Enger, doch mehr auf die Birke selbst bezogen, ist ihr *künstlerisches Erlebnis* bzw. das Erlebnis der Idee, die sie verkörpert. Sie wird hier noch im Zusammenhang mit dem Allgemeinen geschaut, doch ihre Besonderheit wächst bereits zum Symbol heran. Auch hier hat die Lichtmaske nur die Rolle des Vermittlers, keine Eigenbedeutung.

Noch weiter verengert sich das Erleben dort, wo die Birke lediglich als organisches Einzelleben betrachtet wird, wie es die *Wissenschaft* zu definieren sucht, herausgehoben aus der Fülle der übrigen Naturbildungen.

Nun aber folgt jene Stufe, in der sich das Welt-Ich von der organischen Wirklichkeit sacht ablöst, um schließlich auf das Sinnenphänomen in seinen rein sinnlichen Wirkungen überzugehen. Darin dokumentiert sich das Übergewicht, das die Stoffwelt allmählich über das Welt-Ich gewinnt.

Wo wir nur das Wort für eine organische Dingwirklichkeit anwenden, brauchen wir sie nicht weiter tief zu erleben. Wie oft sprechen wir von dieser oder jener Birke, ohne uns etwas dabei zu denken; denn fast alle Gespräche sind ja von solchen Worten durchsetzt, und in seltensten Fällen nimmt sich die Fantasie die Mühe, für den Begriff, den ein Wort ausdrückt, das entsprechende Bild zu liefern! (s. Anm. auf Fig. 4)

Erleben im Wort mit gleichgültiger Beachtung der Lichtmaske, gewissermaßen nur so im Vorübergehen – denn wir befinden uns im Stadium der Indifferenz! –, bildet den Übergang zu jenen Einstellungen des Bewusstseins, in denen die sinnliche Anziehung durch das Strahlungsphänomen die Beachtung des organischen Kerns der Dingwirklichkeit nach und nach verdrängt.

Diese sinnliche Anziehung erstreckt sich zunächst auf bestimmte Einzelheiten. „Oh, das schöne Grün der Birke", so hört man oft rufen. Gewiss hängt das Grün[41] noch mit der spezifischen Eigenart der

41 Hier dient die Strahlung nur als Mittler der Dingwirklichkeit Birke, daher würde ihre eigne Beachtung *ihrem rein sinnlichen Effekt* eine Oberflächlichkeit bedeuten. Anders ist es, wenn *sie selbst ohne Beziehung zur Birke* Gegenstand der Einstellung würde, d. h., in ihrer primären Realität, als Emanationsprodukt des quellenden Werdens, das unaufhörlich auf der Sonne vor sich geht. Es ergeben sich hier selbstverständlich ebenfalls die 7 verschiedenen Einstellungen, die im Schema aufgezählt wurden, nämlich: 1. die Sonnenstrahlung als Wunder; 2. die Strahlung als ein Symbol für das allgemeine Weltgeschehen: „Licht ist Leben"; 3. die Strahlung als Begriff im wissenschaftlichen Sinne: „sie ist dadurch definiert, dass infolge chemischer Umsetzungen auf der Sonne unaufhörlich Energien frei werden, die in das Weltall ausströmen"; 4. die Strahlung als Wort mit äquivalenter Beachtung des Sinnenphänomens; 5. die Sonnenstrahlung als ein schönes, angenehmes Licht; 6. die Sonnenstrahlung als ein Licht von intensiverem Glanz als dem der übrigen Lichtquellen natürlicher Abstammung; 7. „Helligkeit" des Bewusstseins mit nur ganz entfernter Rückbeziehung auf die Sonne als Ursprung.
Lassen wir jedoch die Strahlung als den objektiven Ursprung des Bewusstseinsphänomens ganz beiseite und beschränken wir uns lediglich auf den wirklichen Bewusstseinsinhalt, so erhalten wir die folgende Stufenreihe: das optische Bewusstseinsphänomen: 1. als ein Wunder, 2. als das Symbol für das Erwachen der Welt zu sich selbst aus dem Schlaf eines nächtlichen Umfangenseins; 3. als eine durch das Vorhandensein des Sehorgans und gewisser Nerven- und Gehirnvorgänge, d. h., physiologisch begründete Tatsache des Bewusstseins: (begriffliche Deutung); 4. nur dem Wort nach erfasst als ein leichthin Ausgesprochenes „ich habe eine Helligkeit in mir". Die weitere Folge, welche mehr das ästhetische Moment des Bewusstseinsphänomens berücksichtigt, lautet: 5. das Bewusstseinsphänomen, welches mir der Gesichtssinn vermittelt, ist von seltener Klarheit und Helligkeit, 6. viel schöner als die Sinnesdaten des Geruchs oder Geschmacks und endlich 7. „diese Helligkeit, welche der Gesichtssinn mir vermittelt, ist mir bereits so selbstverständlich, dass ich sie gar nicht mehr beachte". (Oberflächlichste Einstellung). Aber eben das Letztgenannte trifft fast regelmäßig zu, weil wir gezwungen sind, die Helligkeit des Bewusstseins immerfort mit irgendwelchen objektiv gegebenen Dingen oder Geschehnissen in Verbindung zu bringen. Darüber bleibt uns das Wunder der sinnlichen Bewusstseinsphänomene der eigenen Daseinstiefe nach jedoch verborgen.

Birke zusammen, aber es gehört ihr nicht mehr. Denn es repräsentiert jene Strahlengattung, die sich aus dem auffallenden Licht – also der Umwelt – der Birke gegenüber behauptete. Dieser im Grunde dingfremde Strahlenreiz wird, *isoliert von der Dingwirklichkeit*, für sich genossen. Eine reine Sinnenfreude ohne Beteiligung der höheren gedanklichen Kräfte!

Licht entsteht durch physische Prozesse[42] und löst daher physische Erregungen aus. Wir können somit sagen, dass in diesem Augenblick des Ausrufs *der physische Anteil an der Bewusstseinserregung bereits größer war als der geistige, der den höheren Einstellungen zugrunde lag.*

Der Verfall des Ich an das Strahlenphänomen macht von da ab immer weitere Fortschritte. In der nächsten Stufe besteht nur noch eine ganz entfernte Beziehung zur Dingwirklichkeit. Denn das Bewusstsein verirrt sich nun in die Lichtmaske als solche und sucht sie mit Erscheinungen in Verbindung zu bringen, die eine gewisse Verwandtschaft – nicht mit der Birke selbst, sondern dem *Strahlenphänomen der Birke* haben: ein tief greifender Unterschied! So hört man denn vielleicht sagen: „Sieht sie nicht aus wie ein Schaumschläger?" Diese Herzform ist durchaus atypisch für die Birke, aber sie kommt gelegentlich vor. Der Zufall prägt somit einen Vergleich, der mit der Birke kaum etwas zu schaffen hat und daher auch als gänzlich äußerlich gelten muss.[43]

In der letzten Stufe besteht gar kein Zusammenhang mit der organischen Wirklichkeit der Birke mehr: ein paar Farben durch

---

42 Der Zusammenhang des Entstehens von Licht-Strahlung mit der Materie zeigt sich am deutlichsten beim Reiben von Holz, d. h., bei der ursprünglichen Feuererzeugung.

43 Anders ist es, wenn jemand die Birke mit einer Jungfrau vergleicht. Dieser Vergleich geht nicht von der äußerlichen Erscheinung, sondern von der organischen Struktur der Lebewesen selbst aus und besitzt künstlerische Tiefe. Die Übereinstimmung der Birke und der Jungfrau in der Feingliedrigkeit des Wuchses, der Zartheit der Körperfülle, der Unschuld und Innigkeit ihres fast traumhaften Daseins gab zu dem Vergleich Anlass!

Nebelwände gesehen, der sinnlichen Fantasie vielleicht zu einer neuen Kombination Anlass gebend – das ist alles. Die Birke ist aus dem Bewusstsein gänzlich verdrängt und geschwunden, übrig blieb: das Spiel der Einbildungskraft mit einigen Farbflecken. Der Stoff hat hier das Welt-Ich gänzlich von dem Strahlenphänomen abhängig gemacht, das er im Bewusstsein hervorzaubert. Die eigne Idee, die ihm in der Birke entgegentrat, ist ihm dabei völlig abhandengekommen. Nicht die tiefsten, sondern die oberflächlichsten Funktionen des Welt-Ich sind in dieser Stufe nur noch tätig.

5

Selten ist es, dass jemand vor einer Birke stehen bleibt mit dem Ausruf: Welch ein Leben, welch ein Wuchs, welch zartliebliche Aufgeschlossenheit! Noch seltener ein künstlerisches Eindringen in das Naturphänomen der Birke, wie etwa der Vergleich derselben mit der Jungfrau, der ganz tief in ihr eignes Dasein hineinführt, am seltensten das Erleben der Birke als Wunder. Mir selbst war es vielleicht vier- oder fünfmal zuteil, wobei die Erscheinung wie vom Rätsel durchblutet war.

Aber nein! Wir geistigen Menschen der Zivilisation mit ihren gewaltigen Stadt- und Verkehrszentren sind der Stadt ja näher als dem Land, den Kulturerzeugnissen näher als der Natur. Und so kommt es denn schon häufiger vor, dass dieser oder jener – vor allem auf Reisen – vor einem Palast oder Kunstwerk stehen bleibt und von ihrem Eindruck hingerissen ist. *Aber meist nicht die Bewohner der Stadt selbst: Für diese sinken alle ihre Einzelheiten allmählich zum gewohnten Anschauungsbild herab, das sie mit dem entsprechenden Wort ausstatten.*

Im Anschauen eines Dinges kommen sich nämlich zwei Scheinphänomene entgegen: die *Lautmaske* und die *Lichtmaske* des Dinges (bzw. das Wort, das seinem Begriff, und die optische Erscheinung, die der Dingwirklichkeit selbst zugehörig ist). Beide sind Blasen zu vergleichen, die, indem sie zusammenstoßen, auch schon auseinanderplatzen. Denn ebensowenig, wie das Ding erscheint, sondern nur ein Bündel Strahlung in bestimmter Verteilung von Lichtstärke und Lichtausfall (Licht und Schatten), drückt sich im Wort das aus, was mit ihm begrifflich gemeint ist.

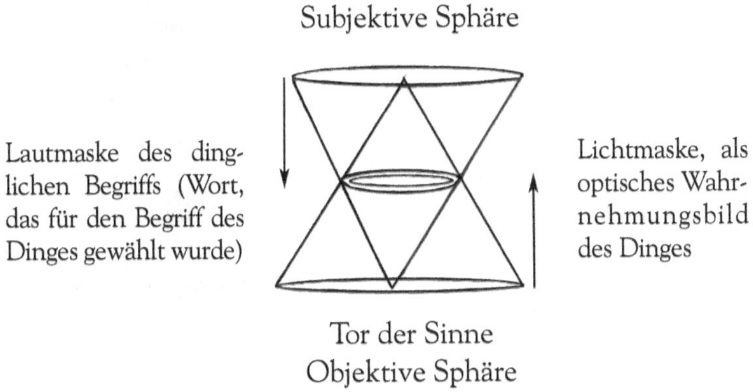

Subjektive Sphäre

Lautmaske des dinglichen Begriffs (Wort, das für den Begriff des Dinges gewählt wurde)

Lichtmaske, als optisches Wahrnehmungsbild des Dinges

Tor der Sinne
Objektive Sphäre

Figur 4

Was ist im Wort Pferd von der organischen Wirklichkeit enthalten, auf die es sich bezieht? Nicht das Geringste! Es ist eine bloße Gewohnheit, das Wort „Pferd" mit dem realen Faktum Pferd in Verbindung zu bringen, und sie will gelernt sein, wie jeder weiß, der Sprachstudien treibt. Wie die Lautmaske für den Begriff, muss auch die Lichtmaske des Dinges erlernt sein, um es gegebenenfalls wiederzuerkennen, denn der sehend gewordene Blinde vermag, wie gesagt, mit den optischen Erscheinungen zunächst nichts anzufangen, weder in der Wirklichkeit noch im Kino.

Da die Lichtmasken der Dinge jedoch als Erinnerungsbilder im Bewusstsein reproduzierbar sind (ebenso wie in den Worten die Lautmasken für ihren Begriff), so begreifen wir, in welchen Schein sich das Ich verstricken musste, wenn es in diese Maskenwelt hineingeriet, die doch nur eine ganz lose Beziehung zu den Dingen selbst hat.

Und doch – die größte Zahl der Menschen ist ihnen untertan. Sie füllen die *Alltagswirklichkeit*[44] des Menschen aus, seine unausrottbare Gewohnheit, jedes kleine Faktum, das ihm vor Augen kommt, mit dem Nachbarn durchzuhecheln, sie sind die Mittler des Klatsches, sie füllen die Stube der „guten Gesellschaft", wenn sie sich zu ihren nichtssagenden Tees vereinigt. Mittels dieser Scheinbildungen vollzieht sich zugleich die Geburt der „kompakten Majorität", die zu Zeiten übersteigerter Zivilisation zur Masse ausartet. Denn die Masse will mit Bildern gefüttert sein, die sie mit sich herumträgt, weil sie nicht imstande ist, sich Eigenes zu erfinden, sie will dazu Schlagworte, mit denen sie um sich werfen kann, ja, sie ruft Individuen zu sich heran, die ihr damit aufwarten können.

Das Alltagsverhalten des Menschen gehört mithin zum Indifferenzphänomen (Fig. 3). Außerhalb des Indifferenzpunktes nach den Extremen zu intensiviert sich die Beteiligung des Bewusstseins, sei es nun, dass das Ich sich frei oder unfrei verhält, Herr oder Sklave des Stofflichen ist.

Dass die höheren gedanklichen Tätigkeiten des Welt-Ich, wie wir sie soeben kennenlernten, eine starke Entladung seiner selbst bedeuten, braucht nicht weiter erörtert zu werden. Dass jedoch jenseits des

---

44 Es ist hier von dem „Alltag" die Rede, der vom Scheine lebt. Anders der *tätige* Alltag: Dieser kann von echten Werten erfüllt sein! Denn das Welt-Ich unterwirft sich hier nicht den Licht- und Lautmasken, sondern stellt sie in den Dienst seiner aktiven Leistung für das Leben. „Alltag" und „Masse" sind übrigens – es ist vielleicht nötig, dies hervorzuheben – nicht auf gewisse Klassen begrenzt. Die „Masse" setzt sich aus allen Schichten eines Volkes zusammen, im Scheinalltag leben Angehörige der höchsten wie der niedersten Gesellschaftsklasse. Der Alltag als Indifferenzstadium birgt also in sich eine Polarität, die wieder auf den Gegensatz bzw. das Überwiegen von Welt-Ich bzw. Weltstoff zurückzuführen ist.

Indifferenzpunktes (im wachsenden Verfall an den Schein) Ströme von Energie *hinzu*kommen müssen, um diese Einstellungen hervorzubringen, ist nicht ohne Weiteres klar.

Diese Energie ist jedoch ganz anderen Ursprungs. Sie entstammt nicht dem gedanklichen Ich, sondern der *physischen Triebwelt.* Der physische Pol steht ständig unter dem Einfluss von Erregungen durch Sinnenreize und Genussmittel, die von den verschiedensten Eintrittspforten (Auge, Ohr, Mund, Nase etc.) auf den Menschen eindringen. Auch die Lichtstrahlung gehört dazu, der Abkömmling physischer Prozesse, die sich auf der Sonne oder sonstwo abspielen. Unter dem Einfluss dieser Reize sammeln sich im physischen Pol Spannungen an. Diese strahlen in den geistigen Pol aus, in den ja alle Bewusstseinsströme einmünden. Sie verlangen nach Entladung der angesammelten Spannung und finden sie in Sinnenreizen, die harmloser Natur („das schöne Grün der Birke") oder von packender Gewalt sein können (wie etwa im Fetischismus).

Die Freude an rein sinnlichen Einzelmomenten ist sehr verbreitet, besonders unter denen, die Geld und Zeit haben. Für diese Menschen ist das Wetter nur schön, wenn der Himmel blau ist. Der Spatz führt unter ihnen ein ärmliches Dasein, denn er bietet dem Auge wenig Sinnenfreude. Aber um so höher steht die Kuh da, die ein schönes „weißes Mal" auf der Stirn trägt oder das Kätzchen mit den weißen Pfoten, die sich gar so herzig ausnehmen! Bestimmte Ausrufe „wie süß", „wie entzückend" – sie kehren in allen Sprachen und Nationen wieder – sind dieser Gruppe sinnlich leicht tangierbarer Menschen zugeordnet, aber auch der der Händler und Züchter von allerhand Getier, die sich ihre Mentalität zunutze zu machen wissen.

Einsetzung stärkerer Energien verlangt die nächste Stufe der Einstellungen, der sinnliche Vergleich, von dem wir bereits sprachen. Hier borgt sich der physische Impuls gleichsam vom Welt-Ich jene Funktion, die ihm im künstlerischen Schaffen und organischen Vergleich (z. B. der Birke mit der Jungfrau) zu *eigenen* Diensten steht und bietet ihr zu losem Spiel Lichtmasken an.

75

Welche Irrtümer sich diesem Spiel mit Lichtmasken anschließen können, lehrt das Beispiel des „Walfischs".

Das Spiel intensiviert sich zu blutigem Ernst, wenn einer der mächtigen Triebe, die im Physischen wurzeln, etwa der Sexualtrieb, am sinnlichen Vergleich mitbeteiligt ist. Ich denke hier etwa an die Frau, die, während sie sich spiegelt, im Geist das eigne Bild mit dem ihrer Nebenbuhler misst etc.

6

Es gibt für die Scheinerzeugung kaum ein besseres Medium als den Spiegel: Denn durch ihn wird die Lichtmaske, die wir sonst dem Dinge scheinbar verbunden sehen, von ihm abgelöst und stellt sich dem Bewusstsein isoliert vom Dinge dar.[45]

Im Anschauen des eigenen Spiegelbildes vertieft sich der Mensch ganz in sein Abbild. Ein Zurückgehen auf sich selbst in der originalen Beschaffenheit ist für ihn in diesem Augenblick nicht möglich, denn es würde ihm dabei sein eigenes Abbild sofort verloren gehen! Vollraum (die eigene Körpervollraumwirklichkeit) und Hohlraum (als Ursprung des Entstehens der Lichtmaske durch Auftreffen von Lichtstrahlung auf das Bewusstsein) stehen sich hier als polare Gegensätze gegenüber[46], und beiden zugleich kann sich die Aufmerksamkeit nicht zuwenden.

Mittelbare Ursache des Spiegelbildes ist der Stoff, der in unsere Körperrealität eingeschlossen ist, denn er bewirkt die Reflexion der

---

45 Eben weil wir im Sehen dem Dinge gar nicht in seiner eignen Realität, sondern einer Realität des Hohlraums, der Strahlung, verbunden sind, deshalb kann das Anschauungsbild des Gegenstandes im Spiegelbild wiederkehren. Aber ebendeshalb wird auch in beidem, im direkten und indirekten Sehen, das Stoffliche des Gegenstandes völlig hinter dem Anschauungsphänomen zurücktreten müssen.

46 Hieraus erklärt sich übrigens auch, dass das, was am Körper rechts festgestellt wird, im Spiegelbild links erscheint und umgekehrt, denn die Begriffe rechts – links werden auf die Vollraumrealität angewandt und können daher nicht auf das Spiegelbild übertragen werden.

Lichtstrahlung, die auf uns trifft: Da jedoch unser Bewusstsein in der Selbstspiegelung an das Anschauungsbild fixiert ist, das der Spiegel von uns entwirft, so bleibt der Stoff (als ein Teilphänomen unserer Körperlichkeit) völlig im Hintergrund. Denn das Spiegelbild selbst gibt die Dinge stofflos wieder (wenn wir auch den Stoff, wie z. B. beim Rasieren, oft genug ergänzen müssen), es hat es nicht mit dem Dinge selbst, sondern nur mit Strahlung zu tun.

Der Stoff kann in der Selbstspiegelung daher *am heimlichsten* seine verderblichen Wirkungen auf das Bewusstsein entfalten, da ja der Pfeil, den er sendet (die Strahlung), physische Erregungen auszulösen vermag.

Und doch gibt es auch hier beim Spiegelbild *tiefe* Einstellungen, denn das physische Moment braucht keineswegs immer durchzudringen. Die Lichtmaske, die der Stoff vorzaubert, kann auch im Dienste der höchsten Mächte des Lebens stehen. Das Wunder der eigenen Existenz wird dem Menschen gerade durch das Spiegelbild nahegebracht, denn es verschafft eine Übersicht über den ganzen Menschen in einer Zusammenfassung, wie sie sonst kaum je wiederkehrt. Und wie viele der herrlichsten Selbstbildnisse sind vor dem Spiegel von großen Künstlern geschaffen worden! Es gibt also auch hier die Möglichkeit der sieben Einstellungen, die in dem Schema aufgezählt wurden.

Es muss also offenbar zu dem Spiegelbild in seiner Resonanz auf den Menschen *etwas hinzukommen*, was dem Stoff die Übermacht über das Ich verschafft und bewirkt, dass sein Bewusstsein von den tieferen zu den oberflächlichen Einstellungen abgleitet. Es ist dies, wie schon bemerkt, die *physische Triebwelt*. Sie ist es, die die Aufmerksamkeit des Menschen sehr leicht dorthin dirigiert, wo sie Erfüllung ihres Triebverlangens hofft. Es kommen hier nämlich zwei Momente zusammen, die sich gegenseitig mächtig steigern müssen: Im physischen Pol ist der Mensch extrem bei sich selbst (während das Sehen und Hören ihn in die Außenwelt entführt!), seine Einzelnatur wird ihm hier am „leibhaftigsten" vorgeführt, denn in der

Berührung seines Körpers stößt er auf sich selbst, im Sexualerlebnis, d. h., der stärksten physischen Zusammenfassung des Organismus, fällt er im Genuss gleichsam auf sich selbst zurück. *Diese Einzelnatur des Menschen hebt aber das Spiegelbild gerade hervor,* und deshalb muss es am meisten dazu beitragen, Schwächen wie die Eitelkeit, Besitzgier etc. in ihm zu vermehren. Denn diese gehen ja den Menschen als Einzelgeschöpf an, in ihnen sucht er sich aus der Mitwelt herauszuheben, allerdings nur in selbstsüchtigem Sinne.

Wie entsteht z. B. Eitelkeit? Ein Trieb wie der Sexualtrieb gibt dem Menschen ein, schön zu erscheinen. *Die Kontrolle dessen wird von ihm mithilfe des Spiegels vollzogen.* Das Spiegelbild steigert daher nur allzuleicht sein Verlangen, schön zu erscheinen, zumal weil ihm hierdurch Erfüllung seines Begehrens in anderer Richtung winkt, oft genug mit dem Erfolg, dass dieser Selbstgenuss in zwiefachem Sinn seine gesamte vitale Energie aufzehrt und ihn dem seelischen Bankrott ausliefert. Denn sein ganzes Sinnen und Trachten wird nur darauf gerichtet sein, die von ihm ausgehende Lichtmaske mit allen möglichen (z. T. recht kostspieligen) Hilfsmitteln einem bestimmten Menschentyp, der ähnliche Neigungen hat, möglichst anziehend zu machen. Die stete Beschäftigung mit diesen „selbstverschönernden" Methoden, die das Menschenantlitz eher schänden als verschönen, lässt die Eitelkeit im Menschen wachsen. Sie ist übrigens vielfach nur der Ausdruck der Angst zu missfallen, denn sie wird am häufigsten bei denen angetroffen, die am wenigsten Grund haben, eitel zu sein.

Das Welt-Ich hat es schwer, vom geistigen Zentrum her im Menschen eine Stärkung seiner Individualtität in *ganz anderem* Sinne zu bewirken. Dem rücksichtslosen physischen Trieb, der, indem er den Menschen an sich kettet und zugleich in sich selbst verstrickt[47], im Grunde nur *sich* befriedigen will, stellt das Welt-Ich sich als allgemeines Prinzip des Lebens entgegen, als eine Macht, die *umgekehrt* den Menschen in die Weite und Unendlichkeit des

47 Also auch hier im Verfall an den Schein ein Verharren im Subjektiven, wie schon so oft bewiesen.

Lebens eingliedert und in ihm den objektiv gerichteten Trieb reifen lässt: zu dienen. Aber nicht um seiner selbst und des heimlichen Selbstgenusses willen zu dienen, sondern in dem höheren Sinn, von dem wir schon sprachen: für den Genius Leben und sein Wirken die eigne rechte Bereitschaft in sich herauszubilden. An diesem Wirken wächst zugleich der Mensch in seiner Persönlichkeit. Von diesem Wirken profitiert er für sich und seine Schaffensleistung, denn dieses Wirken bedeutet sein höheres Selbst.

7

Ein Blick auf die Gegenwart. Es versteht sich von selbst, dass mit dem Anwachsen der Städte, also der Menschenmassen, und dem Anwachsen von Technik und Zivilisation mit dem Menschen eine innere Wandlung vor sich gehen musste. Darin wurden in erster Linie *die Tiefe der Bewusstseinseinstellungen* betroffen, die er den Dingen der Welt und ihrem Geschehen entgegenbrachte. Allmählich glitt er von den tiefen in die oberflächlichen Einstellungen ab, *schon deshalb, weil sie geringere geistige Aktivität für sich verlangen.*[48] In dem Meer der Erregung, das um ihn brandete, musste ihm jede Ersparnis an geistiger Energie willkommen sein. Denn wie lebt der Mensch heutzutage? Ein Bombardement der Reklame dringt auf ihn ein, unzählige Menschen mit unzähligen Wünschen drängen sich an ihn heran, die Flut von Aufführungen aller Art bewirkt, dass er für *keine* mehr genügend Spannkraft mitbringt: Was nützt jedoch das Beste, wenn es nicht durch eigene Aktivität des Empfängers wieder aufersteht? Auch das Beste nützt ihm nichts, sondern verzehrt ihn nur, weil er es verlernt hat, es sich zu assimilieren. Gewiss, auch der Mensch der Zivilisation

---

48 Daher hat die Illustration innerhalb der Zivilisation eine solch immense Bedeutung erlangt. Denn sie erleichtert es dem Menschen, auf Sinngehalte unmittelbar zu stoßen, er braucht sie hier nicht aus Worten zusammenzusuchen (wie etwa im Roman). Die Worte geben hier in der Illustration lediglich den Kommentar zu Objekten der Anschauung, die den Sinn unmittelbar verdeutlichen.

hat seine Metaphysik: Aber sie wird durch die Technik ins Gebiet des Physischen abgeleitet. Wenn der Fahrer im schnellsten Tempo unter sich das Rattern der Motore spürt – eine Metaphysik vom H… her–, dann fühlt er sich der Unendlichkeit des Lebens irgendwie verbunden, aber eben nicht der Welt der geistigen, sondern der physischen Kräfte. Und das geistige Leben als solches? Schon allein die Zivilisation als Arbeitsprozess bringt es mit sich, dass der Verstand größeren Anteil am Leben hat als die zentraleren Kräfte des Welt-Ich, die absichtslos und in letzter Vertiefung ins Kosmische vordringen, daher der Mangel an genialer Leistung auf den Gebieten der Kunst und Philosophie. Die Technik siegt auch auf diesen Gebieten, und wenn es sich auch um eine andere Art

Technik handelt, wie in der Maschinentechnik, so sind es doch die gleichen Denkorgane des Welt-Ich, die bei beiden mitwirken.

Der Mensch, unfähig, sich dem Schwall der Sinnesreize zu entziehen und noch weniger ihnen zu widerstehen, resignierte schließlich. Die Massen, welche die Zivilisation stets mit sich führt, sind nicht Masse durch die *Zahl* der vorhandenen Individuen, sondern diese Massen *wurden* erst „Masse" durch Verödung der Psyche. *Diese hat vor allem darin ihren Grund, dass der Stoff von außen her dem Einzelmenschen gegenüber eine zu große Angriffsfläche hat, von der aus der ihn bekämpfen und mattsetzen kann.*

Aber da ja im Leben nichts ohne aktive Folgen bleibt, so wird es verständlich, dass die mit der Zivilisation mitgewachsene Industrie sich diese Lähmung des Menschen zunutze machte und nun ihrerseits die Leere des Menschen als Motor zu einem vermehrten Umsatz für ihre Ware benutzte, deren Erwerb ihm Freude, Anregung und Genuss bringen sollte. Damit wurde aber in ihm die Besitzgier und Eitelkeit nur angestachelt, denn nun kam es nur noch auf das Raffinement der Kleidung, die schönste Villa und die beste Automarke an, alle kulturellen Belange traten dahinter zurück, oder sie dienten bestenfalls als äußerer Zierrat einer inhaltslosen Existenz. Der Hauptbedeutungsaccent des Lebens verlegte sich

– irgendwo liegt er stets! – ins Gebiet des Physischen: Sport und Boxkämpfe wurden Haupt- und Staatsaktionen, das Sexuelle als bloßer Sinnenkitzel musste die Weihe wahrer Liebesgemeinschaft ersetzen etc. Die menschliche Existenz verlagerte sich mehr und mehr in die Außenbezirke des Lebens.

Das Physische wurde das Ideal der Zivilisation und entlud sich unbewusst in dieser Richtung, die seelischen Mächte des Lebens blieben dagegen stumm.

Es ist klar, dass das Leben solchen Verfallserscheinungen nicht untätig zusehen wird. Es hat dafür entsprechende Gegenmaßnahmen aufzubieten, denn das, was es bisher geleistet hat, ist zu groß, um tatenlos zuzusehen, wie sich das höchste Geschöpf im Widerspiel der Kräfte bis zur Selbstvernichtung aufreibt. Von den Möglichkeiten dieser Selbstbefreiung des Lebens aus seinen selbstgeschaffenen Verwicklungen wird später ausführlicher zu sprechen sein.

8

Fahren wir jetzt in der Systematik des Scheinproblems fort.

Der Trieb ins Äußerliche und das Haften am Äußerlichen, der Verfall an die Lichtmaske und ihre bestehenden Wirkungen auf das Gemüt finden im menschlichen Handeln ihre Parallele *in der Richtung zum äußerlichen Effekt*. Dieses Abweichen auf den Effekt entspricht innerhalb der Einstellungen auf irgendwelche Objekte der Anschauung dem Verfall an den äußerlichen Sinnenreiz der Strahlung. Die Lichtstrahlung ist (sofern man sie nicht *für sich* betrachtet ja nur ein *Mittel*, die Außenwelt dem Bewusstsein nahezubringen. Was im Grunde ein Mittel ist, wird in der äußerlichen Art des Schauens Selbstzweck. Nicht anders steht es mit der Veräußerlichung im Handeln. Auch hier kann das Mittel (nämlich Wirkungen nach außen zu erzielen) zum Selbstzweck, zu einem Motiv des Handelns werden. Die Wirkung nach außen kann die Handlung in zunehmendem Maße bestimmen. Im Extrem wird die Rücksicht auf die Wirkung, die das Handeln im Gefolge haben könnte, einziger Bestimmungsgrund desselben sein, sodass schließlich dem äußeren Schein das ganze Wesen der Handlung hingeopfert ist. Diese Wendung nach außen ist natürlich nicht zufällig, sondern sie hängt mit den gleichen physischen Triebtendenzen zusammen, von denen wir soeben gesprochen haben. Denn sie sind es, die nach außen in die Geltung drängen, ins Licht, zum Spiegelbild (als Erreger der Eitelkeit), in jede Art von Selbstgenuss des Individuums. Die materiellen Tatsachen des Lebens bilden gewissermaßen ein geschlossenes Netz: Wo dies an einer Stelle berührt wird, da erzittert sofort das Ganze in seinen mannigfaltigen Verknotungen. Der Stoff als Erzeuger der Lichtmaske, die Strahlung selbst als oszillierender Reiz, der sinnlich erregt, die Triebwelt der physischen Impulse – sobald der Mensch auch nur den kleinsten Schritt in die Welt tut, sofort ist das Zusammenspiel aller drei da, und sofort ist dem Handeln, sofern das Ich diesem Zusammenspiel erliegt, Motiv und Richtung vorgeschrieben: als Rücksicht auf die Wirkung nach außen, auf den äußerlichen Effekt, und *daher* auch die sehr bezeichnende Fragestellung des unfrei Handelnden: „In welchem Lichte stehe ich da!"

Ich gebe nun, bevor ich im Einzelnen auf die Bestimmungsgründe für das Handeln eingehe, eine Übersicht über sie von Extrem zu Extrem (zugleich in Parallele mit den Extremen der Einstellung innerhalb der Anschauung):

1) Erlebnis des Dinges im Wunder lebendigste Überwindung des Scheines (Vollseelentum)

    Handeln aus Liebe (letzte kosmische Tiefe im Handeln wirksam)

2) Erfassen des Dinges in der Idee (künstlerische Einstellung) Erfassen des Besonderen aus der Perspektive des Allgemeinen (Leistung der Vernunft)

    Handeln aus Achtung vor dem Sittengesetz

3) Erfassen des Dinges im Begriff (wissenschaftliche Einstellung) Erfassen des Einzelnen in seiner organischen Einzelbeschaffenheit (in strenger Verstandesarbeit)	Handeln aus Pflicht (im engeren Sinne)
4) Erfassung des Dinges im Wort (vgl. Fig. 4) mit äquvalenter Beachtung der sinnlichen Erscheinung. (Gedächtnisleistung und physische Triebtendenzen im Gleichgewicht)	Handeln aus Achtung vor einem Gebot, das in der Erinnerung lebendig wird, unter gleichzeitiger Erwartung eines Lohnes
5) Betonte Einstellung auf die Erscheinung in Bezug auf sinnlich imponierende Einzelheiten (jedoch noch in organischer Bindung) (physische Triebtendenzen gelangen von hier ab in Übergewicht)	Handeln aus Klugheit mit betonter Berücksichtigung der Wirkung des Handelns
6) Vergleich der Erscheinung mit anderen Erscheinungen, die in der Bewusstseinswelt haften (Walfisch!) Lockeres Spiel der Fantasie mit der Lichtmaske, wobei die Beziehung zur organischen Wirklichkeit nur noch ganz entfernt besteht.	Handeln aus der Sucht, einen andern im äußeren Effekt zu übertreffen (Handeln im Dienst der äußerlichen Wirkung)
7) Völliges Abweichen auf die Erscheinung in ihrem rein sinnlichen Effekt. Organische Wirklichkeit des Dinges wird restlos übergangen	Handeln aus der Sucht nach äußerem Effekt als Selbstzweck (Inhalt der Handlung allein durch das Streben nach Effekt, d.h., der äußerlichen Wirkung um jeden Preis bedingt)

Am höchsten stelle ich das Handeln aus Liebe – natürlich jener Liebe, in der die Neigung den edelsten, den autonomen Kräften der Seele verbunden ist. Wie im Erleben des Wunders der Natur die Lichtmaske der Dinge völlig in das Erleben ihrer organischen Wirklichkeit aufgesogen wird, so ist im Handeln aus echter Liebe – die unechte sollte man als „Brunst" oder sonstwie bezeichnen – alle Neigung von triebhafter Willkür befreit und gereinigt und entfaltet nun eine beseligende Kraft in der Richtung des innerlichen Müssens. Hier ist nicht nur das Gebot der Pflicht wirksam (keine echte Mutter handelt *nur* aus Pflichtgefühl), nicht nur das Sittengesetz unbewusst aktiviert, sondern fern von jedem bewussten

Zweck handelt das Geschöpf aus einem Gefühl der innersten Notwendigkeit, das kein „Warum", kein „Wozu" kennt, und wie im Tanze überlässt es sich dem urgewaltigen Müssen seines lebendigen Urquells, jenem letzten Geheimnis, das in allem Erzeugen und Gestalten wirksam ist. Was dem Vollseelentum entspringt, ist ohne Frage das Gute – aber der Handelnde selbst weiß nichts davon, er steht im Handeln jenseits von Gut und Böse. Hier wirkt sich das Welt-Ich mit der ganzen Macht seines Urgeheimnisses und ergießt sich mit der Fülle eines rauschenden Stroms in sein Schaffen – in gleich unbewusster Tiefe, mit der es innerhalb des natürlichen Werdens wirkt. Aller Schein ist hier überwunden, ein Abweichen auf den äußeren Effekt der Handlung ausgeschlossen: Die Wirkung fällt vielmehr mit dem edelsten Gehalt zusammen, und sie spiegelt nur das hoheitsvolle Gesetz wider, das im Schaffen waltet und im Weltengrunde selbst lebt.

Wo die Seele in der Anschauung ganz ins An-Sich der Welt versinkt, da glüht *im Bewusstsein* das Wunder auf – doch alle echte Manifestation der Seele im Handeln *berührt* als Wunder; d.h., wo sich die Seele in ihrer ganzen Tiefe auswirkt, da ergibt sich jedesmal die Offenbarung von etwas, das als Wunder dünkt. (Beispiel: Die Mutter, die sich für ihr Kind, oder der Mensch, der sich einer großen Sache opfert) Es ist dies ein Beweis dafür, dass in beidem, in der höchsten

84

Anschauung der Dinge und in der Aktivierung aus dem Quellstrom echter Liebe, die letzten Grundkräfte des Lebens tätig sind.

Die nächstfolgende Stufe des sittlichen Bestimmungsgrundes ist in der Vernunft begründet. Die Vernunft ist dasjenige Zentrum, welches das Besondere aus der Perspektive des Allgemeinen prüft und Einzelnes und Allgemeines in harmonischen Einklang bringt. Der sittliche Antrieb kommt hier stärker sich selbst zum Bewusstsein als im Handeln aus Liebe, denn er entspringt einem Gesetz, das in der Vernunft selbst gelegen ist und das nach Kant lautet: „Handle so, dass die Maxime deines Willens jederzeit zugleich als Prinzip einer allgemeinen Gesetzgebung gelten könnte."

Bei einem derartigen Grundsatz ist die Materie der Handlung und das, was aus ihr erfolgen soll, unberücksichtigt gelassen: Bestimmend ist lediglich die Form und das Prinzip, woraus sie folgt, und das wesentlich Gute besteht in der Gesinnung, der Erfolg mag sein, welcher er wolle.

Das Sittengesetz entspricht natürlich nur der Bewusstmachung jener Forderung, die das Welt-Ich an sich selbst stellt. Denn sonst würde ja der Mensch in der Lebenspraxis *selbst* als Gesetzgeber fungieren müssen, indem er Maximen erfindet, die die Grundlage einer Allgemeinen Gesetzgebung abgeben könnten. Diese ist jedoch nur in völliger Freiheit und Unabhängigkeit des wirkenden Agens vom physischen Triebleben möglich, d. h., nur das *Welt-Ich selbst* kann sie schaffen, sofern es sich als autonomes Zentrum durchsetzt. Der Mensch als aktiver Gesetzgeber – eine gefährliche Mischung von Explosionen des Machtbedürfnisses, des Geltungsdranges und der Eitelkeit, die sich oft genug an einen Wahn binden, sofern eben nicht überpersönliche Kräfte in ihm die Führung haben, aber dann fungieren diese eben als Gesetzgeber und nicht menschliche Beschränktheit. Die 10 Gebote der Bibel stammen nicht vom Menschen, sondern sind Offenbarungen des Welt-Ich selbst, und deshalb hat sie auch die Menschheit für sich für verbindlich erklärt. Hier spricht sich die höchste Weltvernunft aus, nicht der

Mensch. Der Imperativ Kants, sofern er auf den Menschen gemünzt ist, hat daher viel Angreifbares, ja, er stellt den Menschen sogar in eine Konkurrenz zu den höchsten Mächten des Lebens. Wahre Freiheit des Handelns gibt es nur, wenn das autonome Prinzip, das sich das Gesetz selbst vorschreibt, und das in der Handlung Sich-Aktivierende nicht zweierlei sind. Ein Imperativ, der befiehlt, und der Handelnde, der gehorcht, lassen wahre Freiheit nicht zu. Freiheit kann nur in der Selbstaktivierung der Autonomie bestehen, diese aber wurzelt im Welt-Ich als kosmischem Lebensprinzip. Wie es in wahrer Freiheit wirken kann, so kann es allerdings auch – infolge der Übermacht seines Weltgegners – unfrei werden. Dagegen können die Prinzipien, die das Welt-Ich in der Überwindung des Weltstoffs herausbildet, zu Prinzipien des menschlichen Handelns werden. Nur so kann sich wahre Freiheit in den Menschen hinein fortsetzen.

Ethisch weit weniger hochstehend als das Handeln nach dem Sittengesetz ist das Handeln allein aus dem Gefühl der Pflicht. Dieses wurzelt nicht in der Vernunft, sondern im Verstande. Ich bin mir sehr wohl bewusst, hierbei eine eigene Scheidung zu treffen. Für sie ist folgende Überlegung ausschlaggebend gewesen:

Das Sittengesetz ist Ausdruck einer Instanz, die nicht von einem auf das andere Individuum übertragbar ist. Was ihm entspringt, entspringt der Freiheit in ihrer innersten Wesenheit. Ich kann die Autonomie des Handelns nicht jemand vorschreiben: Denn damit wäre ja die Autonomie aufgehoben. Dagegen kann ich das Handeln aus Pflicht einem anderen Geschöpf *sehr wohl* zur Lebensregel machen, zum Mindesten dieses Gefühl in ihm stärken und Pflichtbewusstsein anerziehen. Ja, gibt es nun aber ein solches „Influieren" von Kräften von einem zum andern, ist nicht jeder in seiner seelischen Eigenart und Tiefe determiniert? Doch nur in den weiten Grenzen seiner Anlagen! Darauf beruht ja die Wirkung aller Erziehung, der Religion und der suggestiven Kraft, die von groß angelegten Menschen ausgeht. Ein jeder ist ein kosmisches Zentrum, durch das die Kräfte des Weltalls hindurchgehen, und die Antennen der Seele sind Organe, aus den Kräften der Welt eine Welt der Kräfte zu saugen, allerdings im guten und – bösen Sinne. „Gedanken sind Kräfte", sagt Prentice Mulford, das Individuum ist jedoch der Akkumulator, der diese Kräfte in sich aufnimmt und in entsprechenden Situationen in sich wirksam werden lässt. Autonomie lässt sich nicht übertragen, aber Sinn für die Pflicht. So bildet also das Pflichtmoment – in den höheren Kategorien sittlichen Handelns ebenfalls enthalten – innerhalb der Bestimmungsgrundsätze für das Handeln eine Kategorie für sich. Es ist ohne Zweifel ebenfalls edlen Ursprungs, aber es entspricht nicht jenem alles überragenden Weitblick, aus dem das Sittengesetz stammt.

Das Pflichtbewusstsein gehört dort, wo es unabhängig von der Liebe oder dem Sittengesetz auftritt, einer *engeren* Sphäre des Selbst an, die wir etwa in jener Ebene des Bewusstseins zu suchen haben, in der sich der *Verstand* auswirkt. Wie der echte Wissenschaftler allein auf den Gegenstand schaut und einzig bemüht ist, seiner Eigenart auf die Spur zu kommen, ganz so handelt der Pflichtbewusste: Er ist völlig objektiv auf den Gegenstand eingestellt, dessen Erfüllung er sich zum Ziele gesetzt hat. Pflichtgefühl und wissenschaftliche Gegenstandstreue – diese beiden wurzeln in der gleichen Tiefe unseres Selbst, d. h., der Pflichtbewusste ist von demselben „objektiven Eifer" erfüllt wie der streng auf sein Objekt gerichtete Wissenschaftler. Dieser fragt jedoch nicht: Ist das, was ich betreibe, von Nutzen oder Schaden für die Allgemeinheit? Er betreibt seine Sache ohne Rücksicht auf Schaden oder Nutzen, und seine Tätigkeit ist nur von dem einen Ziel geleitet, dem vorliegenden Gegenstand in seiner objektiven Eigenart möglichst gerecht zu werden. Erst die Mitwirkung der Vernunft, welche dieses Handeln unter allgemeinerem Gesichtspunkt betrachtet, bringt das Prädikat „gut" oder „böse", „nützlich" oder „schädlich" für die Allgemeinheit in die Handlung hinein.

Der Verstand schreibt demnach wohl ein Sollen vor, das seine Triebfeder in sich selbst hat und sich in Tätigkeiten verwirklicht, die sich von der Rücksicht auf die Wirkung bzw. den Erfolg freihalten, aber er ist im Übrigen in seinen Tendenzen ethisch indifferent. Er ist mithin klar, kühl, *sachlich* – gerade so verhält sich jedoch derjenige, der *nur* aus Pflichtgefühl handelt und nicht die Vernunft oder die Liebe mitsprechen lässt. Daher kann ein Böswilliger die Pflichttreue eines anderen zu schlimmen Dingen missbrauchen, wenn er sie in seine Dienste einzuspannen versteht. Würde dieser dagegen sein Handeln aus der Perspektive des Sittengesetzes, d. h., durch die Vernunft, betrachten, so würde er die Zumutung des anderen mit Entrüstung von sich weisen. Wissenschaftliche Objektivität in lebensfeindlicher Richtung und missbrauchte Pflichttreue – welche unsäglichen Leiden haben sie schon über die Menschheit heraufbeschworen! Denn beide fragen nicht nach dem Gut und Böse, sondern blicken nur starr auf die Erfüllung dessen, was sie sich im Einzelnen als Ziel gesetzt haben.

Pflichtgefühl bedeutet also, sofern es nicht der Liebe oder dem Sittengesetz entspringt bzw. ihnen verbunden ist, *Verengung des Seelischen bis in die Region des Verstandes.* Das Feuer der seelischen Tiefe, die noch im Kleinsten liebend das Ganze umfasst, ist hier in etwas Starres abgekühlt, das nur noch das Einzelne für sich betrachtet und sich damit begnügt, ihm ganz gerecht zu werden. Armseliger Mensch, der nur das pflichtgemäße Handeln und nicht das qualvoll süße Muss der Liebe kennt, die ja auch nicht nach dem Erfolg des Handelns fragt, sondern sich unerbittlich dem Werk hinopfert.[49] Handeln aus Pflicht bedeutet nur einen schwachen Widerschein gegenüber dem Handeln aus Liebe. Denn in ihm folgen wir nicht nur dem harten Sollen der Vernunft oder des Verstandes, sondern *wir wollen auch das mit ganzer Inbrunst, was wir sollen,* und damit erst ist die *volle* Harmonie unseres Innern erreicht, dessen Wollen und Sollen polar getrennt sind. Dieses Wollen – es stammt aus unseren

---

49 Die Liebe will mehr als die Pflicht, sie verlangt nach Selbstaufopferung!

physischen Triebtendenzen – kann auch nach der entgegengesetzten Richtung ausschlagen, aber dort, wo es dem echten Seelentum verbunden ist – also in der Liebe –, ist es zugleich mit den höchsten Kräften des Lebens eins geworden.

Daher muss das Sittengesetz lauten: *Strebe nach letzter Selbstverwirklichung in Harmonie deines Innern.* Darin ist das Kantsche Gesetz zugleich enthalten. Denn wo Harmonie des Innern herrscht, da herrscht die Vernunft, und diese prüft das Motiv des Handelns in der Richtung der Gültigkeit für die Allgemeinheit.[50]

Somit gibt es drei Arten des Bestimmunggrundes für das Handeln, in denen sich das Wollen dem Sollen unterordnet, und von denen jede höhere Stufe die niedere in sich schließt: 1. das Handeln aus Liebe (Vollseelentum herrschend)[51], 2. das Handeln aus Ehrfurcht vor dem Sittengesetz (Vernunft gebietend), 3. das Handeln aus bloßem Pflichtgefühl (Verstand gebietend).

In dem Handeln aus Liebe objektivieren sich alle drei Stufen zugleich. Nach dem Extrem, dem Handeln aus Liebe, nimmt die Fülle der Neigung zu – weshalb das Individuum hier auch am meisten durch Selbsttäuschung gefährdet ist –, aber alle Neigung ist

---

50 Und zwar ein jedes Mal in Hinsicht auf die vorliegenden Verhältnisse, jedoch aus allgemeinen großen Gesichtspunkten heraus, wie sie etwa Kant aufgestellt hat. Ich zweifle allerdings an der Anwendbarkeit des kategorischen Imperativs für das Leben. Nur ein Beispiel: Wenn eine Frau in England Ehebruch begeht, so muss sie den Mann, mit dem dies geschah, heiraten. In Deutschland dagegen darf sie ihn nicht heiraten. Wie soll demnach für eine Frau, die sich des Ehebruchs schuldig macht, die Maxime des Handelns lauten, die zugleich als Prinzip für die Allgemeinheit gelten könnte: den Mann des Ehebruchs heiraten oder nicht heiraten?

51 Da das Welt-Ich in seinem Wirken von dem individuellen Mosaik der Anlagen eines jeden Menschen abhängig ist (wodurch ihm wiederum gewisse Bahnen für sein Wirken vorgeschrieben sind), erhält es sehr bald im Bewusstsein von sich sowie seinen Wirkensabläufen eine gewisse *Färbung*, die nur im höchsten Eigenerlebnis und den höchsten Erkenntnissen von ihm abfällt. Das Welt-Ich *in dieser individuellen Färbung*, die es in jedem Menschen annimmt, wird in der K.d.S. als „Seele" bezeichnet. In diesem Sinne wird hier von Vollseelentum gesprochen und auch sonst von „Seelischem".

hier, wenn echte Liebe vorwaltet, völlig in den Dienst eines geläuterten Seelentums gestellt und entfaltet sich daher nicht (wie im Gegenextrem, von dem weiter unten die Rede ist) in ihrer schädlichen, leicht auf Äußerliche ablenkenden Tendenz. Wo das Meer der Seele bis in seine Tiefen erregt ist, da zwingt es alle Impulse des Lebens in die Reinheit ihres göttlichen Ursprungs.

Verfolgen wir jetzt die Motive des Handelns weiter, so gelangen wir wieder in die Schnittebene der Extreme, also in die Indifferenzzone. Hier in der Indifferenzzone ist es nicht mehr das eigene Sollen des Verstandes oder der Vernunft oder das innerlichste Müssen der Liebe, was die Handlung ihrem Wesen nach bestimmt, sondern die *Erinnerung* an gewisse Vorschriften, Erziehungsregeln usw. bildet nunmehr den Bestimmungsgrund für das Handeln (wie ja auch das Auftauchen des Dinges im „Wort" – siehe Parallelschema – auf Erinnerung beruht). Selbstverständlich kann der Ursprung dieser Vorschriften ganz verschieden sein: Am allerhäufigsten werden es religiöse Vorschriften sein, die die Triebfeder für das Handeln bilden, oder staatliche Forderungen. Aber auch die Grundsätze und Übereinkünfte eines Standes (z. B. der Adelsgesellschaft) können dem Handeln den Weg und das Ziel vorschreiben. (Das Standesideal ist für manche Kreise der Bevölkerung maßgebender als die religiösen Vorschriften – man denke etwa an das Duell!): Schließlich kann aber auch das Beispiel eines Nationalheros, wie etwa Goethe, das leuchtende Beispiel abgeben, nach dem sich der Handelnde in seinem Bestimmungsgrundsatz richtet. Immer wird hier die Erinnerung an Gehörtes, Gesprochenes oder Gelesenes das Tun des Menschen leiten und sich als Dressat für ihn auswirken.

Die Übereinstimmung mit dem Parallelschema (s. S. 82f.) wird hier vollkommen, wenn zu der Bestimmung durch das *Wort* noch die Aussicht auf einen *Lohn* tritt, wie dies bei vielen religiösen Vorschriften der Fall ist. Denn die vorgespiegelte Wirkung, die etwa das Handeln im Diesseits oder Jenseits haben könnte, entspricht innerhalb der Anschauung völlig dem Anreiz durch den

Strahleneffekt. Wie die Strahlung uns die Dingwirklichkeit vermittelt, so soll der Lohn das sittliche Handeln vermitteln, so will es der, der die sittliche Handlung durch Inaussichtstellung eines Lohnes herbeizuführen sucht.

Haben wir im „Lohn" (allerdings nur für sittliches Handeln!) die *erste Andeutung* dafür, dass sich in die Handlung als Bestimmungsgrund der Gedanke an die *Wirkung* des Handelns einmischt, so nimmt nach dem Extrem dieses Moment mehr und mehr zu. Wo diese Rücksicht auf die äußerliche Wirkung bzw. den Effekt zum *Selbstzweck* des Handelns wird, befinden wir uns *im Extrem zum Handeln aus Liebe*, das jede gedankliche Verknüpfung der Handlung mit einem Lohn oder gar Effekt als würdelos verschmäht.

Wenn wir jetzt die verschiedenen Kategorien des Verfalls an den Schein kurz erörtern, so ergibt sich als erstes Stadium das *Handeln aus Klugheit*, ein Bestimmungsgrund des Handelns, gegen den Kant heftig protestiert. In diesem Fall steht die Rücksicht auf die Wirkung der Handlung bereits im Vordergrund des Interesses, und alle Zwecke werden als Mittel zur Unterstützung und Förderung dieser Wirkung in den Dienst der Sache gestellt.

In dem Handeln aus Klugheit hängt das Ich mit seinem Wesensgrunde noch ziemlich eng zusammen. Es gilt ihm noch, eine Sache rechtschaffen zu erfüllen, allerdings vor allem um des Enderfolges willen, der ihm aus ihr hervorgeht. Es gibt Menschen, ja, ganze Menschengruppen, die nur aus Rücksicht auf die Wirkung ihres Tuns zu „guten" Handlungen veranlasst werden können. Von „gut" kann hier allerdings nur im Hinblick auf den objektiven Enderfolg gesprochen werden, denn in subjektiver Hinsicht hat das Prädikat „gut" seinen Wert eingebüßt: Nur das dem innerlichen Grunde der Freiheit entstammende Tun verdient, gut genannt zu werden.

In der nächstfolgenden Stufe des Verfalls an den Schein stoßen wir *auf die Sucht, den anderen im äußerlichen Effekt* bzw. *durch Scheinerfolge* zu übertreffen. Wie im sinnlichen Gleichnis das gebrauchte Bild nur noch in einer entfernten Beziehung zur organischen Wirklichkeit steht, so wird auch hier das Streben nach der Wirkung immer äußerlicher. Das Individuum ist wohl tätig, aber nur, um nach außen hin durch seine Handlungen zu glänzen bzw. den anderen im äußerlichen Erfolg zu übertreffen, und zwar meist zugleich mit der Absicht, sich selbst möglichst in das hellste Licht zu setzen und den anderen zu verdunkeln.

Der Höhepunkt des Verfalls an den Schein wird dort erreicht, wo *der äußerliche Effekt der Handlung die Richtung und den Inhalt vorschreibt.* Hier ist das Ich restlos dem Sekundären, der Wirkung des Handelns, unterworfen: Es darf nicht einmal den Gegenstand des Tuns mehr selbstständig wählen, sondern es muss ihn gemäß den Intentionen des oberflächlichen Trieblebens *schaffen.* Das äußerliche Wollen hat dem Sollen letzthin den Boden der Freiheit entzogen. Derartige Handlungen sind meist die Folge der Eitelkeit.

Diese werden jedoch vor allem durch das Spiegelbild genährt und aufrechterhalten. Denn wenn der Mensch sich im Geiste vor sich sieht, so schwebt ihm in der Erinnerung sein Spiegelbild vor. Dass der Verfall an das eigne Spiegelbild, sofern der Geltungstrieb im Menschen sich dessen zu äußerlichen Zwecken bedient, einem Verfall an den Stoff gleichkommt, ist bereits ausführlich erörtert.

In der Liebe ist der Mensch ganz an das Objekt hingegeben, in diesem letzten Extrem des Verfalls an den Schein ganz in sich selbst fixiert: Der Gegensatz von objektiver und subjektiver Haltung tritt auch hier mit aller Deutlichkeit zutage.

9

Die einzelnen Bestimmungsgründe für das Handeln mit ihren von einander abweichenden Tendenzen werden nun im *Handeln selbst* in die Erscheinung treten. Hierbei werden dieselben Zentren, aus denen die Bestimmungsgründe für das Handeln stammen, als Zentren der Aktivierung fungieren. Da wir Vollseelentum, Vernunft und Verstand unterschieden, so werden wir drei entsprechende Gruppen des

Handelns vorfinden müssen: die *Tat* (im höchsten und zugleich allgemeinsten Sinne) *als Ausdruck der seelischen Aktivierung*, die *Betätigung der Vernunft* (künstlerisch oder sonstwie), das *Wirken des Verstandes* (in der wissenschaftlichen oder jeder anderen geistigen Arbeitsleistung). Obenan stehen *Taten der Liebe*, die sich dabei selbst zum Opfer bringt, z. B., Christus, der sich der Welt hinopferte und mit seinem Leben sein Wirken besiegelte. Hier ist das Leben bis in seine letzten Gründe aktiv entfesselt.

Auch im *Künstler* wirkt Liebe und Hingegebensein an den Kosmos, aber sie aktiviert sich hier von einem speziellen Zentrum her: der Vernunft. Denn im Künstler müssen *ganz bestimmte* seelische Energien tätig sein, sein Wirken bedeutet ja Ähnliches wie das Sittengesetz für die Ethik: ein Schauen in die Welt aus den letzten Perspektiven des Lebens, ein Gestalten nach *Gesetzen*, die das Welt-Ich in ihm immer neu aus sich hervortreibt – denn ein jedes geniale Werk unterliegt Gesetzen, die zum ersten Mal in die Welt treten –, ein Aufgehen und Gestalten im Symbol. Je nach der Intensität, mit der das Leben im Geschöpf waltet, wird auch die Leistung desselben beschaffen sein. Denn es sind natürlich auch hier *Abweichungen ins Äußerliche*[52] möglich, und nicht jeder, der sich Künstler nennt, ist berufen zur Kunst. Prahlen mit sinnlichen Effekten, Jonglieren in einer bestimmten Manier (im Vergleich mit anderen, die es vielleicht noch viel schlimmer treiben) sollen vielfach Kunst vortäuschen. Der Affe Zarathustras läuft in Herden durch die Welt. Was dem Genie geistreiche Deutung ist, wird im Epigonen zur Abstrusität. Die schlimmste Abweichung auf den Effekt bedeutet jenes „Kunstschaffen", in dem das organische Leben zerstückelt und die Sinnlosigkeit zum eigenen Effekt erhoben ist. Jede Zeit bildet im Übrigen eine andere Manier für den Verfall an den Schein heraus und bedient sich hierfür anderer Mittel.

---

52 Dem „Walfisch", als Produkt des ins Äußerliche geratenen Erkenntnistriebes, entspricht in der Dichtung der oberflächliche Reim, da er auf einem Vergleich zweier Lautmasken beruht, die nur durch ihren sinnlichen Reiz verführen, aber keine Sinnbeziehung haben.

In der Aktivierung des *Verstandes* wirkt sich ein anderes Zentrum des Welt-Ich aus, das dem Begriff nahesteht und sich häufig mit dem Bestimmungsgrund der Pflicht kombiniert. Es können aber auch hier natürlich Liebe und künstlerische Gesichtspunkte mitwirken – nur eben in der Region der begrifflichen Forschung. Die großen Genies der Wissenschaft konnten und können beides nicht entbehren.

Die Vernunft ist tief im Welt-Ich verankert. Der Verstand schon weniger. Er kann sich sogar völlig aus der Ganzheit des Lebens herauslösen, wie etwa der Magensaft aus der Magenwandung, und braucht, wie dieser, seine Funktion deshalb nicht zu verlieren. Ja, es kann sogar dazu kommen, dass er sich, wie der Magensaft gegen die Magenwandung, gleichsam rückwärts wendet gegen das Lebensplasma selbst und es zerstört (entsprechend dem Magensaft, der in der Magenwandung ein Ulcus erzeugt). Aber es müssen hier wie dort irgendwie schon rissige Stellen vorhanden sein. *Diese Herauslösung des Verstandes aus der Ganzheit des seelischen Agens ist typisch für die Zivilisation.*

Hat die Loslösung und Verselbstständigung des Verstandes einmal stattgefunden und ist sein Übergewicht in der Welt einmal erreicht, so werden die Grundkräfte der Seele passiv, sie aktivieren sich nicht mehr und damit auch nicht mehr die höchsten Bestimmungsgründe für das Handeln: die Liebe und das Sittengesetz. Die ganz großen Menschen von Format eines Christus, Buddha, Laotse schwinden von der Erde, und auch große Kunst wird zur Seltenheit. Das Kulturagens bleibt inaktiv. Der Mittelpunkt für das geistige Erleben verschiebt sich von Religion und Kunst (Zentralpunkt des Erlebens im Mittelalter!) in Wirtschaft und Politik.

Nur die letzte Lebenstiefe hat für die Herausbildung der menschlichen Persönlichkeit durchdringende Bedeutung. Wenn sie im Menschen verstummt, bleibt auch die Persönlichkeit aus. Der Verstand ist, wie wir sahen, ethisch ja fast indifferent, er hat nur den Wert, die objektive Haltung des Menschen zu fördern, aber eben nur zu kühl sachlichen Betätigungen. Wo die Persönlichkeiten fehlen, bildet sich die Masse. Dass die psychische Öde das wesentliche Moment ist, das die Massen erst zur Masse macht, als ein Einschmelzungsprodukt des Lebens, wurde bereits angedeutet. Es wird hiervon noch zu sprechen sein.

Die Herauslösung des Verstandes aus der seelischen Ganzheit kommt einerseits durch die krankhafte Mittelpunktstellung zustande, die er innerhalb der Zivilisation einnimmt, aber vor allem auch *durch das, was er durch sie bewirkt.* Denn wie schon hervorgehoben: Die Überproduktion von Dingen aller Art unter einem Furioso von Reklame verbreitet den Schein ins Uferlose, da ja der Stoff zur Fabrikation, Licht für die Reklame nötig ist.

Der Druck des Stofflichen von außen her wird durch die Vermehrung der Lichtmasken, die auf das gedankliche Bewusstsein einstürmen, ins Unerträgliche wachsen, während die im Dienst der Zivilisation stehende Lichtreklame den physischen Pol in fortwährende Spannungen versetzt, sowohl durch die Oszillationen des Lichtes selbst als auch durch das Begehren, das die Propaganda des persönlichen Vorteils im Menschen auslöst. Beides muss dazu beitragen, dass sich der Schwerpunkt des Erlebens von innen nach außen verschiebt. Das bedeutet jedoch zugleich, dass der Verstand, der die Zivilisation heraufgeführt hat, in ihr auch die dominierende Stellung gewinnen muss: Denn sind einmal die zentraleren Funktionen der Seele zurückgedrängt, so schwingt sich der Verstand von selbst auf den leer gebliebenen Thron, es ist niemand anders da, der ihm den Platz streitig machen könnte.

Weiteres zu diesem Thema ist bereits bei der Besprechung der äußerlichen Einstellungen innerhalb der Anschauung gesagt worden (s. S. 79ff.). Dass diese im Zeitalter der Zivilisation überwiegen müssen, ist nach dem eben Gesagten ohne Weiteres verständlich. Geschäftliche

Klugheit (s. Seite 82f., Schema, 5. Stufe)[53] wird in ihr Triumphe feiern, wie auch der Drang durch Anpreisungen der Reklame den andern zu übertreffen (s. Schema 6. Stufe: Übertreffen im äußerlichen Effekt!). Propaganda um jeden Preis – das muss die Losung der hochentwickelten Zivilisation werden. Denn sie drängt vom Innerlichen ins Äußerliche. Zwar kann Propaganda auch durchaus dem Guten dienen, aber das Eigenartige ist, dass Letzteres sie weniger nötig hat als das Mittelmäßige und Schlechte: Da jedoch für Letzteres am meisten Resonanz in der Menschheit zu finden ist, so wird eine geschickte Propaganda hier die größten Früchte ernten. Um gewisse weltanschauliche Umformungen in den Massen zu bewirken, ist allerdings – man muss es zugeben – zu Zeiten auch eine groß angelegte Propaganda vonnöten. Doch wesentlich hierfür ist nicht der Umfang, den sie einnimmt, sondern das Motiv, aus dem sie entspringt, seien es echte Liebe (Christus, dessen Wirken das Ziel in sich selbst hatte, ohne Rücksicht auf einen äußerlichen Effekt bzw. auf ihn selbst) oder Motive unedler Herkunft (Geltungsdrang, Machtbedürfnis, Eitelkeit etc., wie sie etwa Sulla im alten Rom leiteten).

Der schwerste Verfall an den Schein ist natürlich dort zu finden, wo die Reklame einen reinen Schwindel decken soll. Ich erinnere mich hier jenes Mittels, das als ein wahres Unikum für die Verlängerung menschlichen Lebens angepriesen wurde, weil selbst älteste Elefantenweibchen nach Genuss der Arzneipflanze noch die schönsten Elefantenkälber zur Welt gebracht haben sollten. Die Erfinder dieses Mittels waren witzig genug, ihr Präparat mit „Pflaumen" zu untermischen, deren Kerne später unter dem Hohngelächter der Welt zutage gefördert wurden.

In solchem Verhalten ist selbstverständlich das Welt-Ich völlig

---

53 Die Klugheit wird sich gern mit sichtbaren Äußerlichkeiten verbinden, die ins Auge fallen, z.B. Fahnen, um sich bei den Regierenden beliebt zu machen bzw. Busennadeln und Parteiabzeichen. Es entspricht dies dem Verfall an den Strahlungseffekt, der sich in bestimmten hervorstechenden Farbnuancen dokumentiert (s. Schema: 5. Stufe)

seiner eigenen Freiheit, d.h., Selbstbestimmung, beraubt, es steht vielmehr im Dienste des Effektes, um jeden Preis Geld zu machen, und es muss hierfür sogar seinen Gedankenapparat spielen lassen.

10

Damit sind wir bei einem Problem angelangt, das an Bedeutung der Polarität von Welt-Ich und Welt-Stoff zum Mindesten gleichkommt: Es betrifft das Geld in seiner scheinerzeugenden Wirkung. Das Geld war nicht ohne Weiteres da, wie etwa der Stoff, sondern es trat erst im Laufe der Menschheitsentwicklung hervor. Dies ist in dem idealen Ursprung menschlicher Zivilisation begründet, denn der „Wirtschaftskörper" ist nicht eine reale, sondern *ideale* Tatsache, wie ja überhaupt in allen geistigen Ursprüngen der *Begriff dem realen Produkt vorausgeht*, in dem er sich verkörpert.[54] Anfangs war das Geld gewissermaßen noch in die Dinge eingeschlossen, die dem Handel dienten: im Tausch, und dies ist der älteste – und heute doch wieder aktuellste – Modus des Handels: Die beiden Pole der Wirtschaft „Käufer" und „Verkäufer" hatten sich noch nicht herausgebildet: Wer kaufte, der musste auch verkaufen, jeder musste Käufer und Verkäufer zugleich sein, sonst empfing er keine Ware.

Da dieser Modus des gegenseitigen Austausches von Gütern zwischen Mensch und Mensch nur in primitivsten Stadien möglich war, bildete sich allmählich bei den Völkern die Gewohnheit heraus, irgendein Mittelding zwischen Kauf und Verkauf einzuschieben, und sei es auch nur in der Gestalt von Muscheln etc. Später wurde hierfür die geprägte Münze gewählt: So entstand das eigentliche Geld.

---

54 In der Natur ist es umgekehrt. Hier schließt sich der Begriff, wie ihn der Geist gedanklich konstituiert, an das real gegebene Sein *erst an.* Dies ist früher da bzw. der absolute Geist gelangt später erst zur Einsicht in den Begriff, den er im Lebendigen verkörpert hat.

Stoff und Geld sind beides Mittler. Der Stoff vermittelt uns Eindrücke sinnlicher Art, das Geld Waren, die wir kaufen können. Und doch unterscheiden sie sich voneinander. Denn dem Stoff in seinen verschiedenen Qualitäten musste durch den Menschen erst ein Wert gegeben werden – vor der Natur sind die Stoffe gleich!

Das Geld dagegen trat sofort mit der Geltung eines *Wertes* in die Welt. Es liegt auf der Hand, dass die Pole der Zivilisation: Produzent – Konsument (die dem ursprünglichen Gegensatz von „Verkäufer" – „Käufer" entsprechen) innerhalb des naturhaften Lebens im Gegensatz vom „Werfenden" – „Auffangenden" wiederzufinden sind. Denn der Produzent wirft seine Ware in den Handel, und der Konsument saugt sie gleichsam an wie der Auffangende das Wurfgeschoss. In diesen Prozess ist das Geld ebenso mithineinverwickelt wie in den Wurf das materielle Moment der Schwere, das sich in Zerstörung zu entladen droht. Es wurde nun am Wurf gezeigt, dass in ihm *nur dann Harmonie des Geschehens herrscht, wenn das Ich im Auffangenden das negative Moment der toten Kräfte ausgleicht, das sich im Niedergang des Wurfgeschosses infolge seiner zunehmenden Masse ansammelt.*

Im Wirtschaftsprozess werden gleiche Vorgänge anzutreffen sein. Denn dem Geld haftet (wie bei der Materie) etwas Totes an: *Es wohnt ihm selbst keine schöpferische Kraft inne,* diese kann ihm nur die Ichwelt im Wirtschaftsprozess geben. *Demgemäß kommt der Verfall an das Geld der Unterwerfung des organisch-lebendigen Prinzips, des Welt-Ich, an ein totes anorganisches Sein gleich.* Und doch repräsentiert das Geld, wie wir schon sagten, einen Wert. Aber diesen besitzt es nur, solange es im Dienste des Wirtschaftsprozesses steht, also irgendeine Leistung im Dienst des Lebens vollzogen wird. Der Wert hört auf, Wert im Sinne eines echten Gutes zu sein, sobald es *außerhalb dieser Lebensleistung um seiner selbst willen* begehrt wird.

Der Anreiz, den das Geld durch sich selbst ausübt, entspricht dem toten Moment der Masse im Niedergang des Wurfgeschosses.

Diesem Anreiz, den das Geld durch sich selbst ausübt, entspricht dem toten Moment der Masse im Niedergang des Wurfgeschosses. Diesem Anreiz muss sich sowohl der Verkäufer wie auch der Käufer durch einen selbstständigen Willensakt, der von der Vernunft gelenkt wird, entgegenstemmen, weil andernfalls Zerstörung (dieses Mal des seelischen Innern) die Folge ist. Der Käufer, der nach der Ware verlangt, muss sich davor hüten, toten Besitz *den für das Ich wahrhaft produktiven Gütern* vorzuziehen (toten Besitz, der nur belastet und den physischen Pol in Spannung setzt, indem er Angst vor dem Verlust erzeugt), der Verkäufer, der die Ware abgibt, einen Preis zu fordern, der nicht im Verhältnis zum Wert der Ware steht. Der Verkäufer wird seinerseits zum Auffangenden, wenn er der *Nachfrage des Publikums* nachgeht, die sich als ein Anlockungsreiz für die Produktion darstellt. Auch hier können Überlegungen ausschlaggebend werden, die dem Verfall an den Schein gleichkommen, nämlich wenn die Rücksicht auf den bloßen Geldverdienst die Skrupel beseitigt, die allen sittlichen Bedenken entgegenstehen.

Eine derartige Einstellung vonseiten des Produzenten bedeutet stets ein Nachgeben gegenüber dem physischen Triebverlangen des Publikums, der kranken Sucht, ein Scheinleben zu führen, wenn es auch auf Kosten der inneren Existenz geht.

Wenn das Geld durch sich selbst erregt und der Mensch dieser Begierde erliegt, brechen beide Pole des Lebens in ihm auseinander. *Indem das Geld die physische Triebwelt erregt und auf sich ablenkt –* denn alle Begierde, die sich auf Materielles wirft, hat im Physischen ihren Sitz –, *gehen die Energiequellen des physischen Poles dem Welt-Ich für seine eigenen Aktionen verloren.* Dem Wirtschaftsführer dagegen, der das Geld nur als Mittel zur Realisierung seiner schöpferischen Ideen einsetzt, bleibt die physische Energie als ein Motor erhalten, der den Geist in Hochspannung setzt. *Hier im gesunden Wirken bleibt die Harmonie der Pole erhalten, der Verfall an den Schein bricht dagegen die Lebenseinheit auseinander.* (Siehe hierzu S. 37f.)

Der Mensch, der sich dem Geld hingibt, geht durch die Welt wie durch einen dichten Nebel, er sieht nichts von den göttlichen Offenbarungen des Lebens. Denn sein Inneres ist, da das Ich im Dienst des Geldes steht, für die echten Güter des Lebens abgestorben. Um diese zu erfassen und aus sich hervorgehen zu lassen, müsste sich das Welt-Ich frei aus- und einatmen können. Doch die Bindung an das Geld lässt dies nicht zu, und so stirbt es denn, an das Geld verloren, den Erstickungstod.

Wer dem Gelde verfällt, erstarrt innerlich, gleich dem Gletscher, der sich zwischen Abgründen festklammert. Dessen Herz und Tür verschließt sich. Not, wenn auch unverschuldete, gilt ihm als Schuld, Armut als eine Art Aussatz, vor dem man flüchten muss. Geld ist ihm der Kitt, mit dem er alles zu leimen sucht, auch die heiligsten Beziehungen. Kommt jedoch das Geld in Gefahr, dann geht auch der Kitt auseinander. An die hohlen Süchte der physischen Triebwelt gebunden, entleert sich der dem Geld Verfallene mehr und mehr, je mehr er sich zu füllen glaubt – bis der im letzten Stadium einsetzende Geiz auch diese nicht mehr zulässt.

Das Geld, indem es den Besitz auf Erden repräsentiert, erzeugt bei den Völkern die Gier, es zu besitzen. Wirtschaftliche Ausbeutung und Konkurrenzneid sind die Folge. Denn jeder Staat sucht vom Gold der Welt möglichst viel für sich zu schöpfen. In der anwachsenden Industrie des Nachbarstaates sieht er daher eine Gefahr für sich selbst. Nun heißt es, seine Interessen schützen! Wie aber anders als durch physische Machtmittel! Die Rüstungsindustrie blüht auf, jene Industrie, die vom Tode lebt, wie die modische, die das menschliche Antlitz mit künstlichen Mitteln zu heben sucht, aber dabei nur den scheinerzeugenden Wirkungen des Stofflichen dient, einem anderen Tod.

11

Wir wollen jetzt auf die scheinerzeugenden Wirkungen des Stofflichen zurückkommen und sie zugleich ins Subjekt hineinverfolgen.

Der Stoff erzeugt durch Reflexion irgendwie auftreffender Strahlung die Lichtmaske des Dinges, in dem er enthalten ist. Diese weist daher ein physisches und ein organologisches Element auf. Das eine, das physische, bezieht sich auf die Oszillationen der Strahlung selbst: Auf sie ist der *eigentlich sinnliche* Reiz zurückzuführen, womit sie den physischen Pol in Spannung versetzt. Das andere ist jedoch *geistiger* Art: Denn in dem Lichtschattenkontrast und den äußerlichen Abgrenzungen der Lichtmaske gegen andere Lichtmasken kehrt – allerdings in dingfremden Symbolen – die *Gestaltformation des Dinges* wieder, die, sofern es sich um eine organisierte Materie handelt, vom Welt-Ich stammt. An diese knüpft der Geist im Vorstellungsleben an.

Indem die Lichtmaske in die Vorstellungswelt übergeht, in der sie reproduzierbar ist, schleicht sich das Gift des Stofflichen in die geistige Welt des Menschen indirekt ein. Denn nun kann der Stoff auch unabhängig von seinem eigenen realen Gegebensein noch die gefährlichsten Wirkungen auf die Seele ausüben, ja, viel tiefere als in der direkten Verbindung des Bewusstseins mit der Wirklichkeit, weil das Hässliche, das der Stoff oft im Leben mit sich führt, in den Bildern der Vorstellung wegfällt. Der Stoff kann daher infolge des Hineingleitens der Lichtmasken in die Vorstellungswelt seine Wirkung auf den Menschen *idealisieren,* er kann ihn hier noch viel tiefer betören als in der direkten Anschauungsweise.

Dass es Erinnerung gibt, dass Gesehenes reproduzierbar ist, ist nicht weiter merkwürdig. Aber dass die Fantasie an die Lichtmasken der Dinge anknüpft und sie weiter verarbeitet, *als ob sie es mit den Dingen selbst zu tun hätte,* ist im höchsten Grade merkwürdig, ja fast paradox zu nennen. Auf diese Weise aber gelingt es ihr, im

Bewusstsein eine Welt des Scheines zu errichten, die sie mit ihren eigenen Produkten füllen kann. In welchen Wahn musste die Menschheit fallen, wenn sie in diese Scheinwelt hineingeriet. Irrtum („Walfisch") musste Wahrheit, Wahrheit Irrtum werden. Denn der Fantasie ist ja im Grunde nur eine Schranke gesetzt: der Wahrheitstrieb des Welt-Ich, der, zum Objekt selbst vordringend, sich an den echten Tatbeständen des Lebens orientiert. Gefahrvoll musste es daher werden; wenn sich die niedrigen Affekte unter Ausschaltung der Autonomie des Welt-Ich der Lichtmasken bemächtigten, um sie in ihrem Sinne aus- und umzudeuten. Hier ist der Ursprung der furchtbarsten Irrungen, die die Menschheit seit ihrem Entstehen bis heute verfolgt haben.

Andererseits aber bot diese Welt des Scheines dem Welt-Ich die Möglichkeit, Ideen zu erzeugen, die der Menschheit Trost und Stütze gewähren mussten. An erster Stelle steht hier die Idee der Unsterblichkeit, ein Glaube, der als Jugendform mit der Menschheit mitgeboren zu sein scheint. Er gründet sich in der Hauptsache auf der Gegenüberstellung von Leib und Seele: Diese wiederum zog ihre Nahrung aus dem *Traumleben* – womit wir bei der Welt des Scheines angelangt sind. Der primitive Mensch – es gibt heute deren genug – hielt nämlich die Illusion, die der Traum ihm vortäuschte, für echt und glaubte, dass sich alles in Wirklichkeit so zutrage, wie der Traum es ihm leibhaftig schilderte. Er glaubte sich auf der Jagd, im Krieg und an andere Orte versetzt, je nachdem, wie die Fantasie es ihm vorgaukelte. Da ihm die Kameraden jedoch das Gegenteil versicherten, nämlich, dass sein Körper an Ort und Stelle geblieben sei, musste die Seele doch etwas für sich sein, das sich vom Körper abzulösen vermochte.

Die Welt des Scheines, die sich in der Vorstellungswelt des Menschen aufbaut, stellt sich mithin als eine Überwelt dar, die Wahres birgt und doch nicht wahr ist. Sie ist eine Fortsetzung unseres Sehens, d.h., sie zeigt die Dinge von außen her betrachtet, aus der Perspektive des Hohlraums, und setzt so der rauen Wirklichkeit eine Welt des Scheines entgegen, in der die Dinge von der materiellen Schwere befreit zu sein scheinen. Dem irdischen Sein entrückt wird sie zur Welt des Künstlers, Träumers, Fantasten, Gläubigen.

In sie kann das Kind flüchten, wenn es allzu hart den Druck der Umwelt spürt, ja, diese Welt kann sein Kerker werden[55], aus dem es nie mehr in die Wirklichkeit zurückkehrt, oder, wenn dies geschieht, mit den überspannten Ideen der eigenen Selbstgeltung, die es sich in der Flucht vor dem Leben in Kompensation seiner Minderwertigkeitsgefühle zurechtgelegt hat. Aber es gibt auch eine andere Lösung, nämlich dass es auf dem Umweg über die Welt des Scheines den Boden der Wirklichkeit zurückgewinnt. Denn in den Lichtmasken sind ja die Formelemente der Dinge enthalten, die geistiger Abstammung sind. An diese sich klammernd, kann das Welt-Ich den Gesundungsprozess im Kranken herbeiführen. Indem nämlich *Lichtmasken und Dingwirklichkeit in eine ständige Relation zueinander gebracht werden*, gelingt es ihm schließlich, der geistigen Aktivität echte Nahrung zuzuführen: in der künstlerischen Verarbeitung der Dingrealität oder sonstwie im realen Schaffen. Dazu aber bedarf es, wie im Erkenntnisprozess etc., der Wendung des Bewusstseins nach außen: Denn nur der Liebe zu den Dingen gelingt es, in ihr Wesen einzudringen und es in den geistigen Ausdrucksmitteln der Kunst wieder auferstehen zu lassen (sei es bildhaft oder in Tönen), nur dem wahren Gemeinschaftsgefühl, die Welt durch Arbeitsleistung im echten Sinn zu bereichern.

---

55 Es ist hiermit zugleich der Zwangsneurotiker gekennzeichnet, dessen autistische, asoziale Einstellung, eine Art subjektiver Starre, ihn nicht von sich selbst loskommen und den Weg zum Leben finden lässt. Hierbei wirken in jedem Falle physische Spannungen irgendwelcher Art (Angst etc.) mit, die das Welt-Ich in seinem freien Wirken lähmen.
Die Zwangsneurose ist mithin das entsprechende *Krankheitsphänomen*, in dem sich der Verfall an den Schein dokumentiert. Sie bedeutet nur krankhafte Steigerung im Vergleich zu allen anderen Arten des Verfalls an den Schein, die mit ihr durchweg das *Verharren in der subjektiven Haltung* gemein haben.

Hier im künstlerischen Gestalten wächst die Lichtmaske zu einem höchst ausdrucksfähigen Symbol[56] für die Dingwirklichkeit heran, das der Weltgeist heranzieht, um durch sie sein innerstes Fühlen zu deuten. In ihnen kehrt das Leben gewissermaßen in einer fremden Sprache wieder, denn es ist Aufgabe der Kunst – die schwerste, die es gibt –, aus völlig Dingfremdem (z.B. Strahlungsphänomenen) uns das letzte Wesen der *Dinge* ahnen zu lassen.

Der Verfall an den Schein kennzeichnet sich somit als eine beque-me Art zu leben: Es ist viel leichter, sich einem opiumähnlichen Rauschleben der Fantasie zu überlassen, als gewissenhaft gute Arbeit zu leisten. Es ist viel leichter, Lichtmasken untereinander zu vergleichen (Walfisch), als anatomische und physiologische Untersuchungen an Tieren selbst unter Vergleich mit anderen Tieren zu machen. Alle Arten des Aberglaubens und Wahns sind in dieser Möglichkeit einer losen Verknüpfung zwischen den Bildern der Vorstellung zu suchen: Denn sie vollzieht sich leicht, weil ohne Prüfung der objektiv vorliegenden Verhältnisse bzw. der echten Kausalzusammenhänge. Dass die Kuh im Stall des X erkrankt ist, beruht auf der Zauberei der Y – das ist einfach herausgesagt und

---

56 Es gibt natürlich auch für die Lichtmaske (als einem Elementarbestandteil des Vorstellungslebens) die 7 Einstellungen des Bewusstseins, die bereits mehr-fach gekennzeichnet wurden. Sie lauten hier: 1) die Lichtmaske als ein *Wunder;* 2) die Lichtmaske als *künstlerisches Ausdrucksmittel;* 3) die Lichtmaske als *ein Mittel wissenschaftlicher Darstellung* (in der Botanik oder Zoologie etc.); 4) die Lichtmaske als *Erinnerungsbild in der Praxis des täglichen Lebens* (ev. im Anschluss an einen Reklameeffekt); 5) die Lichtmaske als das *Bild des Individuums von sich selbst* (an das sich die Eitelkeit hängt); 6) die Lichtmaske als *Vergleichsobjekt mit anderen Lichtmasken* (harmlos, wenn nur Irrtümer daraus entstehen, wie der „Walfisch", gefährlich, wenn sich niedrige Affekte der Lichtmaske bemächti-gen); 7) die Lichtmaske als *Mittel der Verzerrung* im Dienste des Rassen- und Nationalitätenhasses etc. *Das Welt-Ich ist hier völlig von den Ausstrahlungen physi-scher Spannung verdrängt, die der niedrige Hass wachhält. (Extrem der Fixierung in der subjektiven Haltung).* Der Verfall an den Stoff hat hier seinen Höhepunkt erlangt.

bequemer, als den wahren Ursachen der Erkrankung der Kuh nachzugehen.[57]

Dieses wahllose Zusammenfügen von Bildern der Vorstellung,
zwischen denen ein heimlicher Kausalnexus herrschen soll, dieses
Kombinieren von Zusammenhängen innerhalb des Zusammenhanglosen,
dieses Kitten von XYZ in einer gegenseitigen Abhängigkeit, die
nur im Geist des Vorstellenden selbst existiert – dieses freventli-
che, lieblose Zusammenleimen von Dingen, die nichts miteinander gemein haben, ist stets *auf das Mitwirken von Affekten nieder-
ster Art zurückzuführen*, die irgendwie im Physischen wurzeln: wie
Geltungsdrang, Hass, Neid, Eitelkeit, Rache für vermeintlich emp-
fangenes Unrecht, Minderwertigkeitsgefühle und Sich-Ausleben
im Machttrieb. *Der Affekt schlägt hier die Brücke zwischen den
Bildern der Vorstellung* und schafft zwischen dem XYZ den geheimen, sinnwidrigen Kausalnexus, der die Wahrheit in eine Fratze
entstellt. Ein jedes Vorstellungsbild kann auf diese Weise zu einem
Gefäß des Wahns werden, das das Ressentiment immer neu füllt,
ja es kann sogar zu einem verzerrten Symbol für ganze Völker und

---

57 Deshalb stimmt auch die Kantsche These nicht, dass Verstand und Sinnlichkeit
ausreichen, um den Begriff von einem Ding zu erlangen. Es muss hierzu *stets
eine physische Aktion hinzukommen*, um echte Resultate über die Wirklichkeit zu
erlangen. Von einem Berg z. B. kann man keinen Begriff gewinnen, wenn man
nur die sinnlichen Tatsachen heranzieht, die man von ihm übermittelt erhält. Die
Lichtmaske gibt nur die äußerliche Struktur des Berges wieder, aber im Übrigen
enthält sie dem Bewusstsein den Berg eher vor. Man muss durch die Lichtmaske
hindurch auf den Berg selbst dringen, um einen Begriff vom Berge zu gewinnen.
Oder soll man ihn vielleicht riechen, schmecken, hören? Man muss ihn ersteigen! – So aber verhält es sich überall. Die Lichtmaske ist nur der *Hinweis* für das
Ding, die Physis muss mitwirken, seine wahre Natur kennenzulernen (wie etwa in
der wissenschaftlichen Arbeitsweise). Nur die *Harmonie der Pole (unter Führung
des Welt-Ich) bewirkt echte Resultate des Forschers*, das Zusammentreten allein von
Sinnlichkeit und Verstand bedeutet Spaltung der Pole und führt zu Irrtümern
(„Walfisch"). S. Anm. S. 18.

Rassen werden.[58] Dem klaren reinen Walten des Welt-Ich, das die Abhängigkeit von Ursache und Wirkung nur an den realen Gegebenheiten selbst prüft und, solange seine Autonomie erhalten ist, nur an ihnen seine Kategorien entfaltet, steht hier ein verantwortungsloses Draufloskombinieren in der Richtung der Verkittung des Sinnlosesten gegenüber. Es ist das gleiche Welt-Ich, das dabei mitwirkt, aber versklavt an niedere menschliche Affekte. Da jedoch unser Sehen ja nichts anderes ist als ein Beleben von Bildern der Vorstellung, die mit einem Begriff ausgestattet sind – wir alle haben gewissermaßen ein Kino in uns, da jeder, der es darauf anlegt, in bestimmter Richtung und Ausdeutung in uns abrollen lassen kann –, so ist es für den Träger des Wahns nur ein technisches Problem, seine Wahnideen in entsprechender Formulierung anderen zu suggerieren. Dem Massenwahn ist so Tür und Tor geöffnet. In der subjektiven Haltung des vom Wahn Ergriffenen drückt sich wieder mit großer Prägnanz der Verfall an den Schein aus, dessen Gegensatz die objektive Haltung in der Liebe ist, die jedem Ding und jedem Geschöpf *gemäß seiner Eigenart* gerecht zu werden sucht.

Die Überwelt des geistigen Vorstellungslebens, von dem wir sprachen, steht irgendwie noch in Beziehung zum wirklichen Leben. Sie kann von Wahn durchseucht sein, aber dieser Wahn hat noch Zusammenhang zum „Diesseits". Es steht jedoch – da ja dem Vorstellungsleben jeder Widerstand und jede Grenze fehlt – der Fantasie frei, in ihren Produktionen auch *über die Grenzen der Welt hinauszuschweifen* und dem wirklichen Leben die Bilderwelt eines „Jenseits" gegenüberzustellen. Denn sie hat es ja nicht mit den

---

58 Entsprechend pflegt die Geltung, die der Hassende *für sich selbst* aufbringt, ins Ungemessene anzuwachsen. Diese Selbsterhöhung ist durchaus folgerichtig, denn man hasst am andern das, was man an sich selbst am tiefsten verachtet. Hass gegen andere bedeutet also im Grunde: Objektivierung und zugleich Übertragung des Hasses, den man gegen sich selbst hegt, auf eine andere Person. Der Hass reinigt scheinbar den Hassenden von jenen Eigenschaften, die er am andern verachtet, und gibt ihm zugleich den Mut und die Stärke, sich über ihn zu stellen, denn er spricht sich in diesem Augenblick ja von diesen Eigenschaften frei.

wirklichen Dingen, sondern Strahlungseffekten zu tun, mit denen sie im bildnerischen Gestalten beliebig walten kann. Dass diese jenseitige Welt ein Produkt menschlicher Wünsche und Sehnsüchte ist, geht schon daraus hervor, dass eine jede Menschengruppe sich dieses Paradies je nach ihrem höchsten Ideal anders vorstellt: Der Indianer erträumt sich im Jenseits die herrlichsten Jagdgefilde, der Germane den Ort heldenhaftester Selbstbehauptung etc. Die *Vorstellung* vom Jenseits beruht auf Schein. Der Glaube an ein Jenseits kann jedoch einen tiefen Sinn für das Leben und die sittliche Lebensgestaltung erhalten, wenn er zum Antrieb für sittliches Handeln wird, um sich im Jenseits vor Gott würdig zu erweisen.

12

Vom Gedanklichen her kommt der Lichtmaske ein anderes Scheinprodukt entgegen, das (wie die Lichtmaske) Gefäß edelsten Ausdrucks und schlimmsten Wahns sein kann – beides: das Wort.

Im Wort findet das begriffliche Denken seinen Niederschlag: Insofern birgt es hohen Wert, denn nur das Instrument der Sprache gibt dem Denken die Möglichkeit, Tiefstes von sich zu geben. Wie arm wäre die Menschheit, wenn ihr das Wort fehlte!

Das Heiligste, Höchste ist ja nur in Worten niedergelegt worden! Der Künstler vermag in Worte zu kleiden, woran die andern stumm und unerlöst zu tragen haben. Das Wort vermittelt von Mensch zu Mensch tiefste Erkenntnisse der Wissenschaft und wird so zum Schöpfer des Wissens. Selbst der armselige Alltag zehrt vom Wort. Ein Plauderstündchen mit dem Nachbarn hilft über die lange Zeit hinweg, die man nach dem Ratschluss des Unerforschlichen doch nun einmal herunterleben muss.

Gefahrbringend wird es jedoch, wenn sich das Wort von den autonomen Zentren isoliert und zum Spielball der Affekte wird. Dann wandelt sich sein Wert ins Äußerliche. Es wird zum Füllsel: „Wo einem die Gedanken fehlen, da stellt ein Wort zur rechten Zeit sich ein" (Goethe); das Wort als „Blender", gleich dem Strahlenreflex, der die Aufmerksamkeit von der organischen Wirklichkeit auf sich ablenkt. Schlimmer ist das Jonglieren mit Worten in Phrasen, die etwas bedeuten sollen, doch gänzlich hohl sind. Hierfür ist das Fremdwort am geeignetsten, und welche Disziplin könnte sich rühmen, so viel Fremdworte in die Welt gesetzt zu haben wie gerade die Philosophie. Und der Anreiz dazu wird natürlich um so größer, wenn jeder des andern Spiegel ist und ihm Bewunderung zollt!

Den Gipfel der Hohlheit erreicht das Wort in Phrasen, die Mittler einer Kitschpropaganda werden. Das Wort wird hier zum Hohlspiegel der eignen Hohlheit, ein Hohlspiegel, der dort zuendet, wo das Hohle widerstandslos in den Menschen eingeht. Die Phrase nährt sich von Affekten – denn die Vernunft würde ihr den Garaus machen! – und wendet sich ihrerseits an Affekte, wie Eitelkeit, falschen Geltungsdrang, Hass etc. Nachdem die Affekte einmal die Übermacht im Menschen erlangt haben, schweigt die Kritik: Damit hat der Phraseur gewonnen und kann nun die Massen dorthin lenken, wohin er will.

Die Kunst der Phrase, mit der alles zu beweisen war, wurde z. B. im alten Athen als etwas Erlernbares gelehrt. Die Schule der Sophisten wurde in ihrer spätern Entwicklung der Tummelplatz der Phraseure. Wir finden das Piratentum auch in der französischen Revolution zu hoher Blüte entwickelt. (Saint-Just u. a.) Jede Zeit liefert im Übrigen hierfür ihre eignen markanten Beispiele.

13

Auch das Wort, ein Lautgebilde, das das Denken herbeizieht, um vor sich selbst Gestalt anzunehmen und sich dem Denken anderer mitzuteilen, ist eines der merkwürdigsten Phänomene der Welt. Es ist im Grunde ein Scheingebilde wie die Lichtmaske.[59] Denn, wie

---

59 Die Lichtmaske ist auf den Widerstand zurückzuführen, den der Stoff der

bereits bemerkt: Was hat das Wort P-f-e-r-d mit dem organischen Tatbestand Pferd gemein? Dieses eine Wort erweist sofort die völlige Sinnlosigkeit der Lautmaske. Und doch kann auch hier (wie in der Lichtmaske) das organisierende Prinzip des Geistigen indirekt Gestalt gewinnen, wenn auch Scheingestalt. Denn wenn zwar das einzelne Wort auch sinnlos ist, sind es nicht die Wortzusammenhänge, die sie untereinander eingehen. Aber diese Zusammenhänge schafft eben das Denken selbst, indem es z.B. von einem Stamm verschiedene Worte ausgehen lässt, die eine Sinnverwandtschaft zueinander haben. Diese gemeinsamen Stammbeziehungen innerhalb des Wortschatzes einer Sprache weichen bei den verschiedenen Völkern sehr voneinander ab, aber eben deshalb sind sie für ihr Naturell und ihre weltanschauliche Einstellung erst recht bezeichnend.

Trotzdem – es ist zu wiederholen: Unser Denken fängt sich in einer Maske auf, die mit dem Inhalt des Gesagten nur in einer ganz losen Verbindung steht. Denken und Sprache (mit ihren Lautmasken für bestimmte Begriffe etc.) sind Parallelen, sie schneiden einander nicht, sie beziehen sich nur aufeinander. Das weiß man sofort, sobald man eine fremde Sprache hört, die man nicht kennt. *Aber ohne dieses dingfremde Medium der Laute wiederum kann sich das Denken nicht äußern, sinkt es in seine Latenz zurück.* Zieht man vom Denken das Wort ab, so bleibt es stumm und gestaltlos, zieht man dagegen vom Wort das Denken ab, so bleiben nur sinnlose Brocken übrig. *Durch an sich Sinnloses wird uns also Sinn offenbar gemacht!* Wer wollte hier die Parallele zur Lichtmaske verkennen, denn auch sie vermittelt ja nur *Gestaltbeziehungen* von den Dingen und – gleich der Lautmaske – in übertragenen Symbolen, die auch an sich betrachtet sinnlos sind. Das Welt-Ich, das seine eigenen Gestaltungsprodukte von der Objektseite her in der Anschauung in Lichtmasken zurückempfängt, findet sich *auch innerhalb der Bewusstseinswelt in Bezug auf sein eigenes Denken* nur

---

Strahlung setzt. Die Lautmaske *auf den Widerstand, den das materielle Medium der Atmosphäre jener Energie setzt, die von einem schwingenden Körper ausgeht.*

in einer Maske vor: der Lautmaske für den Begriff. Es lebt also gleichsam zwischen lauter maskenartigen Gebilden.

Durch das Mittel des Worts schließt sich das Welt-Ich zu einem weitverästelten System von Denkgebilden auf[60], die in den Zusammenhang einer jeden Sprache fest eingegliedert sind. Diesem baumartig verästelten System des Denkens steht ein anderes Netz von Wirkungen gegenüber, das im *Stoff* seine Wurzel hat und den von ihm ausgestrahlten *Reizen auf die Sinne*. Auch diese stehen in enger Verkettung zueinander, denn, wie bekannt, lösen akustische Reize häufig optische Mitempfindungen aus etc.

In diesen beiden netzartigen Bildungen stehen sich somit Welt-Ich und Weltstoff gegenüber (vergl. auch Fig. 4). Die Wirkungen des Stofflichen auf das Bewusstsein überdauern jedoch – jedenfalls gilt dies für die höheren Sinne, die optischen und akustischen Eindrücke – die Gegenwart des einmaligen Sinnesreizes, denn sie setzen sich unabhängig davon (infolge der Fähigkeit des Bewusstseins, Licht- und Lautmasken zu reproduzieren) in *das Vorstellungsleben* fort, wobei das materielle Substrat des Gehirns die Rolle eines Registrierapparates für die empfangenen Eindrücke übernimmt. Das Denken verbindet sich mithin nicht nur in seinen eigenen Aktionen den stoffabhängigen Sinneselementen, sondern es schießen in jedem Augenblick ganze Kaskaden von Licht- und Lautmasken auf das Denken herab, mit denen es irgendwie fertig werden muss – ein heimliches Bombardement des Weltstoffs gegen das Welt-Ich![61]

---

60 Diese Verkettung der Gedankenwelt mit den optischen und akustischen Daten *beweist mit aller Bestimmtheit, dass die behauptete Korrespondenz der ichbetonten geistig-idealen* Sphäre *mit dem Hohlraum auf Wahrheit beruht.* Die gesamte Vorstellungswelt in ihrer Loslösung von der Materialität und Schwere der Dinge – wir selbst genießen im Traum die Fähigkeit, uns frei durch den Raum zu schwingen – ist ein einziger Beweis dafür.
61 Im Kino ist dies Bombardement künstlich herbeigeführt und zugleich vom Stoff selbst losgelöst.

Aus allem Gesagten geht das eminent wichtige Ergebnis hervor, dass der Stoff im Stadium der Scheinbefangenheit dem Welt-Ich gegenüber die viel stärkere Position einnimmt. Denn seine Wirkungen strahlen so tief ins Bewusstsein hinab, dass selbst das Denken noch an das Vorhandensein stoffabhängiger Sinneselemente gebunden ist. Dazu kommt, dass das Individuum, in dem das Leben im Bewusstsein von sich selbst auftaucht, im Vergleich zur stofflichen Umwelt nur ein Punkt ist, umbrandet von einem Meer materieller Oszillationen. Gewiss hat das Ich ein Mittel, sich gegen den Überfluss von Reizen zu wahren: Es lässt sie z.B. spurlos an sich vorübergehen, denn die wenigsten Reize hinterlassen in uns eine Spur. Aber dies kann nicht verhüten, dass bei fortgesetzter Einwirkung dieser Reize das Welt-Ich unter so starken Belastungen von außen her zusammenbricht. Macht man sich aber weiter klar, dass das Agens des Lebens, ein überpersönliches Sein, sich bisher in der Tiefe des Bewusstseins *nur aktivierte*, ohne sein An-Sich als Weltgeheimnis zu erleben, so wird man verstehen, welch einen schweren Stand das Leben in seinem bisherigen Verlauf hatte. Die beiden Weltgegner, Welt-Ich und Welt-Stoff, stehen sich in diesem Stadium *noch nicht mit gleichen Waffen* gegenüber, das Welt-Ich musste sich wehren und ist heute noch in der Defensive. Surrogate mussten ihm dienen, seine Position zu behaupten, und es wird sie erst meistern, wenn es im vollen Bewusstsein zu sich erwacht ist. Der Mensch ist gewissermaßen *zwischengeschaltet* zwischen das niederste und das höchste Leben, in dem das Weltgeheimnis im Menschen zu sich selbst erwacht. Er bildet die Brücke hierfür, aber zugleich das *Ausfallstor,* von dem aus sich das Leben gegen die Angriffe der Materie verteidigt: Damit kommen wir zu der unseligen Position, die der Mensch bisher zwischen Welt-Ich und Weltstoff einnahm. Zunächst soll jedoch die Frage weiter geklärt werden, weshalb das Welt-Ich bisher zu seinem eigenen Erleben als Wunder nicht durchdringen konnte, das Weltgeheimnis im Menschen vor sich selbst verborgen bleiben musste.

14

Als das Leben aus der Tiefe her zu sich selbst erwachte, fand es sich in seinen eigenen Geschöpfen vor. Sinnesorgane dienten diesen, mit der Umwelt in Beziehung zu treten. Der Zentaur Leben, ursprünglich in sich einheitlich, hatte sich mit dem Entstehen von Subjekt und Objekt in zwei wesenhafte Welten geschieden.

In diesem Gegeneinander von Subjekt und Objekt traten sich im Grunde die beiden Weltgegner: Welt-Ich und Weltstoff gegenüber. Aber das Ich, das sich im Geschöpf vorfand, wusste nichts von seiner hohen überpersönlichen Herkunft. Es erlebte sich rein individuell. Der Körper gehörte ja ihm, er repräsentierte sein eigenes individuelles Dasein. Da ihm die Ewigkeitsbeziehung des Stofflichen ja unbekannt war, schied es auch nicht Stoffliches von den Organen, in die es eingeschlossen war. Wo es daher auf seinen Körper stieß, stieß es auf sich selbst. Der Stoff als Ewigkeitstatsache entzog sich seiner Aufmerksamkeit, auch schon deshalb, weil ja das Gefühl des Stofflichen ganz ohne Schwingung vor sich geht, während alle anderen Sinnesreize mit oszillatorischen Erregungen verknüpft sind. Geruch, Geschmack, Sehen, Hören, Geschlechts-leben, Temperatursinn – alle haben es mit Schwingung, Erregung, Anspannung zu tun, nur das Gefühl in der Berührung von Stofflichem nicht. Der Empfindungsreiz vom Stofflichen her ergab sich somit als jenes Indifferenzphänomen, als das es in Fig. 1 versinnbildlicht ist. Dem Welt-Ich im Menschen entzog sich sein Weltgegner in die Indifferenz, d. h., in jenen Punkt, demgegenüber sich das Bewusstsein am meisten indifferent verhielt. Um diesen unscheinbarsten Reiz der stofflichen Berührung schwang sich in der Periode der Scheinbefangenheit das Leben und alle Erlebensinhalte des Menschen.[62]

---

[62] Es handelt sich hier um das Erleben des Stofflichen als Sein der Ewigkeit, jedoch nicht, sofern es im Werden eine Rolle spielt. Bei der Anziehung der Geschlechter im Dienst der Sexualität kann die stoffliche Berührung stärksten sinnlichen Effekt auslösen. Hier ist es aber der individuelle Leib des Geschlechtspartners, der reizt, nicht der Stoff als Ewigkeitstatsache.

Dieser Indifferenzpunkt bildete die zentrale Mitte, um welche die Aufmerksamkeit kreiste, auf die sie in tieferem Erleben nicht einging. Denn es sind natürlich auch dem Stoff gegenüber die 7 Einstellungen möglich, die für die Anschauung aufgezählt wurden: Sie lauten hier:

1) Das Erlebnis des Stofflichen als *Wunder* (hier erwacht, sich im Wunder des Weltstoffs spiegelnd, das Welt-Ich zu sich selbst als Wunder). 2) Erleben in der *Idee:* „Wir alle sind von Staub, und zum Staub müssen wir wieder zurückkehren." 3) Erleben im *Begriff* als Teilphänomen der organischen Einzelwirklichkeit: „Dies ist meine Haut, die Oberflächenschicht meines Körpers, in ihr ist der Stoff enthalten." 4) „Als Mensch enthalte ich wie alle anderen Geschöpfe Stoffliches" – hier als Wort nur so hingesagt – „und habe auch *sinnliche Eindrücke* davon." 5) wie zart ist doch die Haut meines Körpers! 6) viel zarter als die eines Elefanten! 7) das Stoffliche meines Leibes erzeugt einen so schwachen Bewusstseinsreflex, dass ich ihn an mir (und den Dingen) gänzlich übergehe. Aber gerade darin zeigt sich die Abhängigkeit, in die das Ich zum Stoff gerät.

Das Indifferenzphänomen des Stofflichen ist auf allen Bewusstseinsgebieten, die mit den Sinnen irgendwie zusammenhängen, wiederzufinden. Es ziehen sich mithin vom absoluten Indifferenzpunkt der stofflichen Berührung Indifferenzlinien in alle Sinnesgebiete hinein.

In der Anschauung z. B. können wir zwei entgegengesetzte Pole konstatieren: die *primäre Lichtquelle,* von der Lichtstrahlung ausgeht (Sonne, künstliche Lichtquellen etc.), und die *sekundären Lichtquellen,* als die sich die gesamten Gestaltungsformen des Welt-Ich darstellen! Tiere, Pflanzen, Häuser, Schiffe etc. sind als solche sekundären Lichtquellen anzusprechen und kommen nur als solche in der Anschauung zu Bewusstsein. Da jedoch dort, wo Licht *entsteht* (wie im Feuer), Gestalt *vergeht*[63], so lasssen sich primäre und sekundäre Lichtquellen als *Extreme der Anschauung* auffassen. Es stehen sich hier physische Vorgänge stoffbetonten Charakters und Gestaltformationen

---

63 Die Gestalt muss künstlich, wie in der Lichtbirne, von zwei Polen her fixiert werden, soll sie erhalten bleiben.

des Welt-Ich gegenüber, die sich gegenseitig ausschließen.

In beiden Extremen der Anschauung wird der Stoff übergangen bzw. tritt er hinter anderen Momenten zurück, die die Aufmerksamkeit völlig gefangen nehmen.

Zünde ich eine Zigarette an, so setzt sich an die Stelle des Tabaks der *Funke*, hinter dem der Tabak als Stoffliches gänzlich verschwindet. Die Energieform des *Lichtes* hat von meinem Bewusstsein Besitz genommen. Erst dort, wo der Funke erstirbt, kommt der Stoff in der Asche zum Vorschein, die wir jedoch als nichtssagend beseitigen. *Im Phänomen der Asche fällt mithin ein physisches Extrem* (der Funke) *zum Indifferenzpunkt herab.*

Wie in der Lichtquelle verbirgt sich der Stoff auch im Gegenextrem der Anschauung, nämlich dort, wo wir *Gestaltformationen* aus Strahlungsverhältnissen zu identifizieren suchen. Gewiss ist in der Lichtmaske des Dinges eine Komponente enthalten, die auf den Stoff als Ursache zurückgeht: der Schatten. Aber wir können den Schatten nicht auf seinen Ursprung, den Stoff, zurückverfolgen, weil sich die Gestalt des Dinges nur aus dem Gegensatz von *Licht und Schatten ergibt.*[64] Auf diese Weise wird die Aufmerksamkeit des Betrachtenden *vom Stoff in das Strahlenphänomen – die Lichtmaske – abgelenkt*, die ihm

---

64 Es ließe sich hier vielleicht eine Parallele zu den Forschungsergebnissen der Bakteriologie ziehen: Demnach würde der Gegensatz von Licht und Schatten, der auf die *organische Gestalt* zurückgeführt und der dem Geist den hauptsächlichsten Angriffspunkt für seine Tätigkeit bietet, der haptophoren Gruppe des Infektionserregers entsprechen (in der sich das dem
befallenen Körper wesensverwandte Element repräsentiert), der *Schein der Strahlung* als solcher jedoch dessen *toxophorer* (d. h., *gifttragender*) Gruppe. Erstere bezieht sich auf die organische Einzelnatur des Dinges, Letzterer jedoch vom Dinge aus gesehen – *auf dessen Stoffliches*, das den Strahlungsreflex bewirkt und hinter ihm verborgen bleibt. Diese Scheidung ist außerordentlich wichtig. Denn hier erst ist die Wirkung des Stofflichen auf die Ichwelt letzthin klargestellt. In diesem Sinn enthält die Erscheinung einen Schein. Er hängt also weniger mit der organischen Wirklichkeitsidee des Dinges als dem Weltstoff zusammen, der die Lichtmaske bewirkt und zugleich hinter ihr als Wunder verborgen bleibt.

die Aufgabe stellt, das Dingbezügliche aus dem Lichtschattenkontrast etc. zu erraten. Anstatt auf den Stoff zu stoßen, gerät der Beschauer mithin in das *Anschauungsbild* hinein, d. h., im Grunde in sein eigenes Sinnenphänomen. Der Stoff der Dingwirklichkeit, der zur Lichtmaske Anlass gab, bleibt dagegen völlig im Hintergrunde.

Auf den Stoff stößt das Bewusstsein allein im Phänomen des *Schmutzes* der Straße. Hier bietet sich das Sein der Materie nackt und unverhüllt dar. Hier kommt jenes zum Vorschein, was seit Ewigkeiten mit sich die Welt erfüllte und in alle Dinge eingeschlossen ist (während wir z. B. im Anblick eines Hauses sogleich ins *architektonische Bild* des Hauses entführt werden!)

Da jedoch vom Phänomen des Schmutzes keine Anziehung ausgeht, weder eine physische noch eine geistige (weil ihm ja jede Sinnverbundenheit fehlt), sinkt er für das Erleben in die Indifferenz zurück. *Dieser Indifferenzpunkt des Stofferlebnisses steht mithin zwischen den Extremen der primären und sekundären Lichtquelle, in denen er übergangen wird.*

Im Geschlechtserleben kommt die Indifferenz des Stofferlebnisses folgendermaßen zum Ausdruck. In das körperliche Sein beider Geschlechtspartner ist der Stoff als ein Sein der Ewigkeit eingeschlossen. Im Geschlechtsakt ist die Berührungsfläche der beteiligten Körper sehr ausgedehnt. Aber Mann und Weib fühlen sich hier als Exponenten des *Werdens:* die Schöpferfreude, am Weben der Natur mitwirken zu dürfen, erfüllt sie ganz und lenkt sie gänzlich vom Stofferlebnis als Wunder ab.

Diese Indifferenzlinien lassen sich auf allen Sinnesgebieten nachweisen (Gips im Munde, gänzlich geschmacklos und doch als Stoffliches – mit Widerwillen – wahrgenommen) ist z.B. innerhalb der Geschmacksdaten das dem Schmutz, der Asche etc. entsprechende Phänomen.

Im Stoff gerät das Welt-Ich mithin auf einen toten Punkt: Er bedeutet ihm das Sinnlose an sich, und daher verhält es sich ihm gegenüber gänzlich indifferent.

Wir können die Fig. 1 mithin folgendermaßen ergänzen:

Indifferenzphänomen des Schmutzes der Straße (zwischen den Extremen der Anschauung gelegen, in denen der Stoff hinter anderen anziehenden Momenten gänzlich zurücktritt) Hier im Schmutz tritt das ewige Sein des Stofflichen nackt hervor, wird jedoch als indifferent übergangen

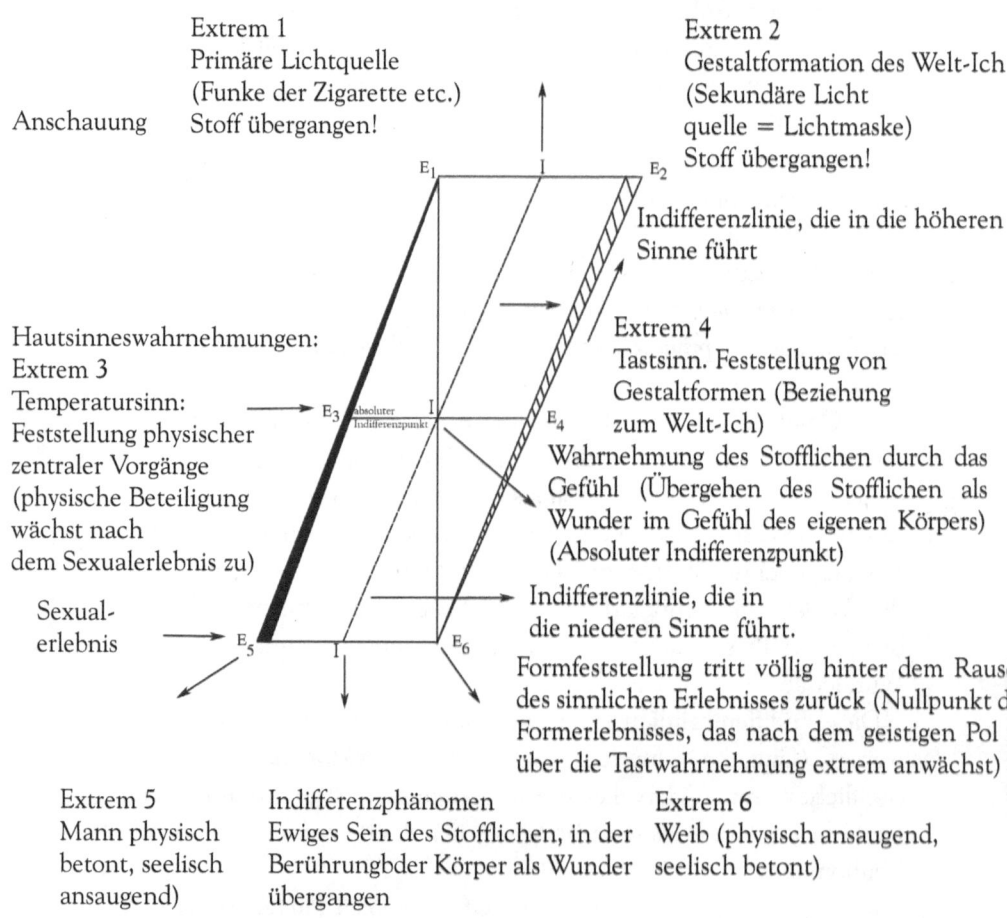

Extrem 1
Primäre Lichtquelle
(Funke der Zigarette etc.)
Anschauung   Stoff übergangen!

Extrem 2
Gestaltformation des Welt-Ich
(Sekundäre Licht
quelle = Lichtmaske)
Stoff übergangen!

Indifferenzlinie, die in die höheren Sinne führt

Hautsinneswahrnehmungen:
Extrem 3
Temperatursinn:
Feststellung physischer
zentraler Vorgänge
(physische Beteiligung
wächst nach
dem Sexualerlebnis zu)

Extrem 4
Tastsinn. Feststellung von
Gestaltformen (Beziehung
zum Welt-Ich)
Wahrnehmung des Stofflichen durch das
Gefühl (Übergehen des Stofflichen als
Wunder im Gefühl des eigenen Körpers)
(Absoluter Indifferenzpunkt)

Sexual-
erlebnis

Indifferenzlinie, die in
die niederen Sinne führt.

Formfeststellung tritt völlig hinter dem Rausc
des sinnlichen Erlebnisses zurück (Nullpunkt de
Formerlebnisses, das nach dem geistigen Pol z
über die Tastwahrnehmung extrem anwächst)

Extrem 5
Mann physisch
betont, seelisch
ansaugend)

Indifferenzphänomen
Ewiges Sein des Stofflichen, in der
Berührungbder Körper als Wunder
übergangen

Extrem 6
Weib (physisch ansaugend,
seelisch betont)

Figur 5

116

Es ist nun verständlich und klar, weshalb das Welt-Ich in den Anfangsstadien bewussten Lebens nicht zu sich selbst im Erwachen kommen konnte. Es verwickelte sich aktiv fortwährend in irgendwelche Erlebnisse, die mit dem Werden in irgendeiner Gestalt zusammenhingen, sei es, dass es sich um betont physische Vorgänge handelte oder geistige Gestaltungsvorgänge schöpferischer und nachschöpferischer Art. Die einen, die physischen, erregten das Sinnliche, erregten Lust oder Unlust und verdrängten so das Welt-Ich von eigenen Aktivierungen (die zum Erlebnis des Stofflichen als Wunder ja notwendig sind!), in den andern stieß es auf sich selbst als Schöpfer und Gestalter und wurde so festgehalten.[65] *Dem ewigen Sein des Stofflichen blieb es daher im Stadium der Scheinbefangenheit völlig fern. Das Werden in irgendwelcher Gestalt stand ihm in dieser Zeit näher als der Stoff als ein Sein der Ewigkeit.*[66]

Diese Negierung des andern Wesensbestandteiles der Welt, des Stoffes, durch das Welt-Ich ist sicherlich nicht nur auf ein Übergehen desselben zurückzuführen. Sie liegt sicherlich im inneren Plan der Schöpfung selbst begründet. Der Stoff ist es ja allgemein, der das noch nicht zum selbstständigen Dasein reife Leben vor Vernichtung schützt. Immer ist es ein stofflicher Widerstand, der sich reifendem Leben entgegensetzt und verhindert, dass es zu früh ins selbstständige Dasein tritt. Die Schale, welche das Küken umhüllt, bzw. die Eihäute, die den menschlichen Embryo einschließen, sind sichere Belege hierfür. Der Stoff, hier im Dienste des Lebens stehend, bietet ihm Schutz und offenbart sich als ein Mittel zur Erhaltung desselben.

---

65 Hierin drückt sich wiederum die subjektive Haltung des Welt-Ich im Verfall an den Schein aus, und zwar im allgemeinsten Sinne. Diese subjektive Haltung lässt das Welt-Ich nicht zum Erlebnis des Stofflichen als Wunder kommen.

66 Im Menschen wie in jedem andern Geschöpf *schneiden sich* also gewissermaßen Ewiges und Zeitliches. Geht das Bewusstsein auf das Zeitliche ein, das stets irgendwie mit dem Werden oder Gewordenen zusammenhängt, so muss es notwendigerweise das Ewige übergehen, das in den Körper mit eingeschlossen ist.

Denn nachdem die Reife des Geschöpfes erreicht und der Durchtritt durch die Stoffhülle vollzogen ist, fällt diese als sinnloser Rest in ein nichtiges Dasein zurück.

In der Tat: Eine Schale umgab das erwachende Leben, eine Schale, die es nicht beachtete, weil es nichts von ihr wusste, denn sie blieb hinter dem Strahlenreflex verborgen, mit dem sie das Bewusstsein heimlich blendete. Dieses verfing sich in Licht- und Lautmasken (das Echo gehört hierher); der Schale jedoch, die sie bewirkte, blieb es im Erleben fern. Würde das Ich zu früh diese Schale gesprengt haben, so wäre der noch nicht reife Mensch in das Grauen eines Rätsels gefallen, das mit dem Wahnsinn des Geschöpfes geendigt hätte. Erst musste von der Vernunft der Weg der Erkenntnis beschritten werden, bevor das Leben den Durchbruch zu sich selbst wagen durfte, nur das *Reifen in der Erkenntnis, eine Art Schwangerschaft im geistigen Leib der Menschheit!*, konnte zur Geburt des höchsten Lebens, zur Abstreifung aller Scheinbefangenheit führen.

Ein psychologisches Faktum (wie die Indifferenz des Stofferlebnisses) wird so – aus der Perspektive der Weltstruktur und der Gesamtheit der Bewusstseinsinhalte betrachtet – zu einem Problem von weltgeschichtlicher Bedeutung.

Diese Schale, die sich dem Welt-Ich im Urbeginn des erwachenden Lebens widersetzte und seinen Durchbruch ins eigne Erwachen verhinderte – ein Kapitel des Lebens, *das die Gottwirklichkeit angeht*, wenn wir der Tradition zuliebe die Urtiefe des Lebens als Gott bezeichnen wollen –, war nicht nur damals da: Sie ist immer da gewesen und ist auch heute noch da, sie blendet heute noch das Bewusstsein wie ehedem. Noch ist der Durchbruch durch diese Schale[67] nicht vollzogen, und erst die Kritik der Sinne leitet sie ein,

---

67 Jede Geburt beruht auf einem Akt des Durchbruchs, so auch die Geburt des Lebens im Durchbruch durch den Schein. Dass dieser Durchbruch im Bereich der idealen Sphäre *indirekt* erfolgt, d. h., nicht durch Überwindung einer Schale oder von Eihüllen, sondern der anfänglich täuschenden Wirkungen, die diese Schale mittelbar im Bewusstsein hervorbringt, ist durch die Korrespondenz der idealen

denn sie hat das Scheinproblem und seine Lösung zur Aufgabe und zum Inhalt. Damit ergibt sich als unermessliche Folgerung: *Das Leben befindet sich noch im Embryonalstadium, die Reife ist noch nicht vollzogen, das Leben ist wohl bis zum Menschen vorgedrungen, aber nicht zum Erwachen des Welt-Ich im Menschen, d. h., des Lebensgeheimnisses selbst.*

Es hat seine Milchzähne, aber die wahren Zähne sind noch nicht durchgebrochen.

Die Schale, die sich dem Welt-Ich entgegensetzte, musste gleichsam einen Umweg des Lebens um seine eigne rätselhafte Achse hervorbringen, einen Umweg, der dem kindlichen Stadium der Menschheit entspricht, denn das Kind lebt dem Welträtsel noch sehr fern. Auf diesen Umweg musste sich die Polarität von Weltstoff und Welt-Ich auswirken, die sich infolge der Spaltung der Welt in Subjekt und Objekt von diesen Polen der Wirklichkeit her gegenübertraten und sich gegenseitig bekämpften. Der Widerstand, den der Stoff der Ichwelt setzt, war aber nur die Aufforderung für sie, gegen ihn im Sinne der Aufdeckung der wahren Tatsachen des Lebens energisch anzugehen. Die oberflächliche Erfahrung, die die Sinne lieferten, wurde bald zugunsten echter wissenschaftlicher Leistungen aufgegeben, die jedes Mal dem Durchbruch durch den Schein in irgendeinem spezifischen Sinn gleichkamen.[68] Die Kritik der Sinne bildet für diese Durchbruchsarbeit des Welt-Ich nur den Abschluss: Denn hier wird der Schein im allgemeinsten Sinne überwunden[69], nämlich durch Aufdeckung der Zusammenhänge, die ihn

---

Sphäre mit dem Hohlraum zu erklären.

68 Anm. 26 S. 52

69 Der Durchbruch durch den Schein im allgemeinsten Sinne, wie ihn die K.d.S. bewirkt, endigt in Religion, d.h., mit anderen Worten: Die Arbeit des Wissenschaftlers, der den Schein am Einzelobjekt überwindet, findet ihren Abschluss in einer Systematik, die das Scheinproblem von allgemeinsten Gesichtspunkten prüft und schließlich in die Forderung einer religiösen Haltung ausmündet. Vergl. hierzu Ch. Morgenstern: „Die Wissenschaft ist nur eine Episode der Religion und nicht einmal eine wesentliche."

bewirken. Es wird davon noch an anderer Stelle zu sprechen sein. Gleichzeitig aber bildete das Welt-Ich auf diesem Umweg – womit sie den Schein in seinen Wirkungen auf das Bewusstsein unschädlich machte! – die Ideen von Gott, Seele und Unsterblichkeit heraus, denn durch sie wurde das Geschöpf dem Zeitlichen entrückt und an die Alltiefe des Lebens gebunden. Auch hierauf werden wir noch zurückzukommen haben.

Figürlich lässt sich dieser Umweg folgendermaßen darstellen, wobei wir Weltstoff und Welt-Ich als zwei Sonnen auffassen wollen, die sich gegenseitig zum Trabanten machen können, je nach dem eine oder die andere die Übermacht gewinnt, s. hierzu S. 203f.

Welt-Ich und Weltstoff = Urgrund = Gott

Rätselhafte Achse des Seins und allen Geschehens

Stadium der Scheinbefangenheit des Lebens und zugleich der Konkurrenz zwischen Welt-Ich und Weltstoff (Umweg, den das Leben um seine rätselhafte Achse beschreibt)

(Hier bei Z decken sich gewissermaßen die beiden „Sonnen" der Welt zu jener Ursonne, die das Leben, die Gott ist. Rückkehr des Lebens zur ursprünglichen Achse, Beendigung der Scheinbefangenheit des Lebens)

Wiedervereinigung von Welt-Ich und Welt-Stoff im höchsten Bewusstsein, erwachter Urgrund, Erwachen Gottes zu sich selbst.

Figur 6[70]

---

70 Ein ähnliches Bild gebraucht *Christian Morgenstern*, wenn er sagt: „Der Mensch ist ein an einer Stelle geöffneter Ring. Gott ist der Ring als Eines, Ununterbrochenes. Der Mensch stellt sich dar als dieser Ring, unterbrochen, mit seinen zwei Enden sich wieder zu vereinigen, zu schließen strebend. Der Mensch ist aus sich auslau-

120

Auf diesem Umweg, mit dem wir uns jetzt zu beschäftigen haben, ist der Mensch gelegen und alle Schicksale, die ihn von der Frühzeit der Geschichte her bis zum heutigen Tage betrafen. Der Stoff hatte in diesem Stadium des Lebens eine verhängnisvolle Übermacht, und an diesem Übergewicht, das sich ganz heimlich auswirkt, krankt die Menschheit heute noch.

Welchen Einfluss hatte die stoffliche Schale, die das Bewusstsein rings umgibt, auf die Herausbildung der Tatsache: Mensch?

Der Stoff als Schale, die das Bewusstsein von außen blendet und mit Helligkeit füllt, sodass ihm der Raum gleichsam mit Farben und Lichtern austapeziert erscheint – nicht anders als ein Gemäl-de –, blendet sich selbst dabei zugleich ab. Umso deutlicher treten jedoch die Lichtmasken hervor, die er ins Bewusstsein projiziert. Dies kommt einem *Hervorheben des Zeitlichen der Dingexistenz* gleich, während der in ihr enthaltene *Ewigkeits*bestandteil, der Stoff, dahinter gänzlich zurücktritt. Das im Menschen wach werdende Bewusstsein verfing sich in diesen schönen Schein, musste sich darin verfangen, weil es ja aus den Lichtmasken Dinge identifizieren musste. Es hatte im Sehen dazu keine andere Möglichkeit. Dem ewigen Sein des Stoffes selbst wich es jedoch dabei aus.

Dies kommt noch deutlicher im Spiegelbild zum Ausdruck, bei dem ja die Trennung von Lichtmaske und Stoff gänzlich vollzogen ist. Indem sich der Mensch in der Urzeit spiegelte – und es war immer dazu Gelegenheit in Flüssen, Teichen etc. –, verfiel er einem künstlichen Vordergrund, der eigenen Lichtmaske. In dieser glaubte er sich selbst nahe zu kommen – während sie doch ein reines

---

fender und in sich zurücklaufender – aber noch nicht zurückgelaufener – Gott. Der Mensch ist die Offenheit des Rings, der noch nicht wieder zusammengeschmolzene Hingott und Widergott." Morgenstern kam mithin der in Figur 6 entwickelten Darstellung sehr nahe. Er sah nur nicht, dass auf dem Umweg, den das Leben um seine eigne rätselhafte Achse beschreibt, und auf dem der Mensch auf der Bildfläche des Lebens erscheint, sich die Urkomponenten des Lebens Welt-Ich und Weltstoff gegenüberstehen und den Durchbruch Gottes zu sich selbst aufhalten. Er fühlte die Wahrheit, konnte sie jedoch nicht systematisch begründen.

Strahlungsprodukt war –, und das Zeitliche seiner Einzelexistenz wurde ihm hier durch Abblendung des Stofflichen in noch verstärkten Einzelzügen nahegebracht. *Das Welt-Ich, als der Bewusstseinsgrund des Universums, wurde so in den Frühstadien des erwachenden Lebens im Bewusstsein von sich selbst in die rein menschliche Sphäre und zugleich ins Zeitliche verengt.* Das eigene überpersönliche Sein musste ihm hier noch verborgen bleiben.

Verstärkend auf das Individualbewusstsein, welches das Spiegelbild unterhielt, mussten noch die Ausstrahlungen wirken, die vom physischen, also stoffbetonten Pol her ins Bewusstsein einmündeten.

Es wurde früher bereits angedeutet, wie sehr gerade der physische Pol des Menschen dazu beiträgt, ihm seine Individual-Existenz im Bewusstsein nahezubringen.[71]

Und weshalb? Weil ja unser Körper, den wir leibhaftig fühlen, das einzige Phänomen ist, in dem sich unsere Einzelexistenz nach außen objektiviert. Nur durch unser physisch reales Sein *haben* wir objektive Existenz, und zwar im individualen Sinn, also Einzelexistenz.

Aber abgesehen davon haben wir in jeglicher Berührung unseres Leibes unser Einzeldasein gewissermaßen lebendig fühlbar in der Hand: Hier schiebt sich zwischen den Gegenstand der Wahrnehmung und das Bewusstsein kein fremdes Medium (wie etwa im Sehen oder Hören), sondern hier steht das sinnliche Bewusstsein dem Gegenstand seiner Feststellung unmittelbar gegenüber, denn dieser Gegenstand sind wir in unserm Einzeldasein selbst.

Besonders lebhaft macht sich daher das Individual-Bewusstsein innerhalb jener Tätigkeiten geltend, an denen der Körper aktiv beteiligt ist. In dem, was wir denken, d. h., im Denkerlebnis, sind wir meist auf etwas abgelenkt, *an das* wir denken. Wenn wir jedoch rudern oder schwimmen oder Fußball spielen etc., ist unser Bewusstsein

---

71 Das Stoffkorrelat des *geistigen* Poles, das Gehirn, bleibt dem Bewusstsein gänzlich entzogen, wie alle inneren Organe, Herz, Leber, Niere etc.

völlig von uns selbst als Einzelwesen erfüllt. Denn der Leib ist, wie gesagt, der mächtigste Repräsentant unserer Einzelexistenz und deren unmittelbarer Ausdruck.[72]

Man prüfe hier den Unterschied gegen das Spiegelbild. In der direkten Berührung unseres Leibes sind wir tatsächlich bei uns selbst, in den Aktionen des Leibes erleben wir uns unmittelbar: Im Spiegelbild jedoch verfallen wir einer täuschenden Maske, hier erscheint unser Selbst in einer künstlichen Wiedergabe, denn sie beruht auf Schein.

Zur Verstärkung des Individualbewusstseins tragen ferner die Bewusstseinsinhalte bei, die mit den Erregungen der *niederen Sinne* zusammenhängen, die wiederum dem physischen Triebverlangen nahestehen. Das, was wir riechen, schmecken und sexuell begehren, ist fast ausschließlich *durch eigene Wahl*, d. h., durch Mitwirkung des eigenen Triebverlangens bedingt, während sich den höheren Sinnen in jedem Augenblick ungezählte Eindrücke *aufdrängen*, die unser Eigenbewusstsein eher auslöschen als unterstützen. Dies hängt wiederum mit dem Unterschied der höheren von den niederen Sinnen zusammen: Denn jene empfangen (im Gegensatz zu den niederen Sinnen) ihre dingbezüglichen Daten *mittelbar* durch Oszillationen des Äthers bzw. der Atmosphäre und sind diesen Einwirkungen gegenüber machtlos, *sie sind gewissermaßen verurteilt, alles in Bewusstseinsinhalte zu übersetzen, was sie irgendwie erregt.*

---

72 Dieser enge Zusammenhang von Individualbewusstsein und Stoffbetontheit ist möglicherweise auf tiefe metaphysische Zusammenhänge zurückzuführen. Denn, um ins Werden zu gelangen, musste das Welt-Ich den Stoff organisieren. Der Umschlag vom Ewigen ins Zeitliche war nur durch diese Wendung möglich. Das Unendliche musste sich irgendwie verengen, um Gestalt zu gewinnen (wie das Wasser sich im Flussbett verengt), und es bedurfte hierzu des Stoffes. Durch Organisieren vereinzelte sich das Leben in Geschöpfen, aber nur, um sich in ihnen eine Stätte kosmischen Wirkens zu schaffen. Das Geschöpf muss diese Zeugenschaft am Leben mit dem Tribut an den Stoff wieder bezahlen: Denn der Tod des Menschen ist letzthin stets auf den Widerstand zurückzuführen, den die Blutsäule dem Herzen setzt. An uns ist es daher, Zeitlichkeit innerhalb des menschlichen Daseins in Ewigkeit umschlagen zu lassen.

Bei den niederen Sinnen ist dies nur beim Geruch der Fall. Aber dass hier schon das Triebverlangen eine große Rolle spielt, zeigt sich in dem Ausweichen hässlichen Gerüchen gegenüber und der Heranziehung jener Gerüche, die uns Lust bereiten bzw. als sexuelle Anlockungsmittel dienen. Beim Geschmack kommt die individuelle Wahl dessen, was uns erregen soll, zum völligen Durchbruch. Worauf mein Appetit nicht gerichtet ist, das führe ich mir nicht zu. Aber vieles, was ich gar nicht hören und sehen will, muss ich anhören und ansehen. Im sexuellen Erleben gar fallen wir – jedenfalls so weit die sinnliche Erregung in Betracht kommt – *ganz auf uns selbst* zurück! Die Erregungen der niederen Sinne bringen uns daher das eigene Ich in vordergründliche Nähe.

Optische und akustische Eindrücke dagegen sind jedoch (besonders wenn sie sehr zahlreich auftreten) eher geeignet, das Individualbewusstsein zu dämpfen als zu unterstützen. Denn hier in der geistigen Welt, der ja die höheren Sinne eng verbunden sind, liegen die Dinge anders. Hier ist nicht mehr das Ich bei sich zu Hause, wie in allen Körperaktionen, sondern das *Welt-Ich* ist hier bereits im überpersönlichen Sinn aktiv, und die Denkakte, die es vollzieht, haben es nicht auf den Menschen selbst, sondern auf ganz andere Inhalte abgesehen. Dessen werden wir uns auch bisweilen seltsam stark bewusst, z. B., wenn wir einmal durch die Lektüre eines Buches besonders gründlich gefesselt sind. Während des Lesens wissen wir kaum noch etwas von uns selbst. Es ist gerade der Gegensatz von dem eingetreten, was wir im Rudern, Schwimmen etc. an uns feststellten: Hier im Lesen ist es, als hätten wir uns völlig von uns selbst entfernt (es sei denn, dass wir uns dem Buch kritisch gegenüberstellen). Vom Buch aufsehend, kehren wir gleichsam zu uns zurück, denn der Inhalt des Gelesenen hatte unser Individualerleben verdrängt.

Gewiss ist das Welt-Ich in seinem geistigen Wirken von unserer Individualexistenz, unserm Gehirnmosaik etc. abhängig, und dies wird sich besonders in schöpferischen Leistungen bemerkbar machen müssen. Aber diese Abhängigkeit prägt sich nicht wie bei den

Körperaktionen in einem Individualerleben aus, sondern nur in dem Wirkungsprodukt selbst. In der Eigenart dieses Wirkensproduktes kommt unser Eigencharakter zum Durchbruch. Das Bewusstsein von uns selbst wird uns vielleicht in der *Pause zwischen* den Wirkensakten des Welt-Ich in verstärktem Grade gegenwärtig sein, denn wir waren bewusst Zeuge dieses Wirkens, aus ihm strahlte unser eigenes Wesen auf uns selbst zurück, da an seiner Eigenart das Welt-Ich in seinen Aktionen ja gebunden war. Hier in der idealen Sphäre kommt also schon sehr deutlich die Wirkensgewalt des überpersönlichen Lebensagens zum Durchbruch. Hier wird es uns nahegebracht, dass nicht *wir* es sind, die denken, sondern ein Etwas in uns denkt. Gewiss, es gibt viele, die dies nicht merken. Gleich Körnchen der Sanduhr fallen die Gedanken durch sie hindurch, so schnell und regelmäßig, dass sie *sich selbst* die Körnchen zuschreiben, die da fallen. Nur wenn der Fluss der Körnchen in der Sanduhr Denken einmal stockt, dann merken sie plötzlich, dass sie schon *warten* müssen, bis ihnen etwas „einfällt", dass sie willentlich nichts Gedankliches erzwingen können.

Hier, in der geistigen Welt, in der das universale Prinzip des Lebens seinen Sitz hat, wird am ehesten die Möglichkeit gegeben sein, den Menschen dem niederen Triebverlangen zu entreißen und ihn für seine kosmischen Aufgaben reifen zu lassen.

Der Trieb, der in dem Triebverlangen durchbricht, war *ursprünglich rein*, denn er ist dem Bejahungstrieb identisch, mit dem das Leben sich einleitete. Ihm haben wir wohl (als die erste positive Lebensleistung) die Zusammenballung des Stoffes zu Sonnen und Planeten zuzuschreiben, denn der Hohlraum, der sich konträr dazu herausbildete, wurde durch diesen zentralisierten Vorgang nur aufgerissen.[73]

---

73 An diesem Vorgang dürften Kräfte beteiligt gewesen sein, die eine ähnliche Wirkung hatten wie etwa die Konkavlinse auf die auftreffende Parallelstrahlung: Sie zerstreut sie, während die Konvexlinse sie in einem realen Brennpunkt sammelt (entspricht der Zusammenballung des Stofflichen in Sonnen, Planeten etc.)

Und daher finden wir in den Sonnen den Bejahungstrieb des Lebens auch zu machtvollster Wirksamkeit entfaltet.

Nun aber wurde bereits ausführlich dargelegt, dass unser physischer Pol eine überwiegende Beziehung zum Vollraum hat (im Gehen, in der Verdauung fester Substanzen, im Produkt des Kindes etc.) und ihn durch sich selbst gewissermaßen verkörpert. Wir verstehen jetzt, *weshalb der Bejahungstrieb des Lebens so tief im physischen Pol verankert ist*[74], denn von hier aus wird ja die Existenz des Menschen im Grunde unterhalten, ja, das Leben selbst in seiner eigenen Unsterblichkeit! Was bedeutet denn der Sexualtrieb anderes, als dass der Körper reif ist zum Überwallen und reif dazu, seinen Kräfteüberschuss an neues Leben weiterzugeben?[75]

Die Verbindung eines so jähen Impulses, der sich auf der Sonne im Herausschleudern glühender Massen zeigt, mit dem Stoff und gar der Stoffbetontheit, als die sich unser physisches Sein dokumentiert, musste eine für den Menschen verhängnisvolle Liierung bedeuten. Denn dieser Trieb ist alogisch, der Vernunft nicht unterworfen. Er kann sich daher vom Physischen frei ausleben, wenn ihm durch die Kräfte des Gegenpoles keine Zügel angelegt werden. Da aus einem inneren Gesetz des Lebens Stoff stets zum Stoff drängt, um ihn sich einzuverleiben etc., so musste das Triebverlangen, das vom physischen Pol ins Leben drängt, die Tendenz zum Stofflichen entwickeln, sei es in dem Trieb nach Nahrung oder nach stofflich-sexuellen Berührungen etc. *Aber da ja das Individualbewusstsein, wie*

---

74 Dass wir in der Sonne das dem physischen Pol unserer Existenz entsprechende Korrelat vor uns haben, zeigt sich auch darin, dass der physische Pol *Hauptwärmebildner* ist, und zwar durch Aufnahme von *Energien, die sämtlich auf Sonnenenergie zurückzuführen sind.* (Das Raumkorrelat des geistigen Poles ist der mit Farben und Lichtern gleichsam austapezierte Hohlraum.)

75 Dies bezieht sich vor allem auf den Mann, denn im reifen Weib zeigt das Welt-Ich vom physischen Pol her an, dass es zum Neuschaffen des Kindes bereit ist; die Liebe der Frau zum Mann ist – wenn aus zentralem Grunde stammend – die Botschaft einer kosmischen Region.

nachgewiesen, sehr tief im Physischen wurzelt, so musste der physische Bejahungstrieb auf alles das Einfluss gewinnen, was das Individuum in der Gestaltung seiner äußeren Existenz betraf, also auch sein Streben nach Geld und Gut, *und die Liierung des Individualerlebens mit dem Stoff musste diesen Tendenzen zugleich eine Richtung zum Stofflichen hin geben.*

Diesem äußerlichen Drang zum Stofflichen musste das Spiegelbild, das ja ebenfalls vom Stoff her im Bewusstsein unterhalten wird, besondere Förderung angedeihen lassen. Physischer Bejahungstrieb und Spiegelbild, d. h., die Lichtmaske, die der Mensch immerfort mit sich herumträgt, mussten Verbündete werden. Die Lichtmaske ihrerseits förderte die *Eitelkeit* und diese den äußerlichen *Geltungsdrang.* Da nun aber Geltung von *Macht* abhängt und diese von *Geld und Besitz,* so musste die menschliche Individualität unter dem Einfluss physischer und stofflicher Gewalten leicht in den Strudel einer extremen *Geldgier* geraten, sofern der geistige Pol dem nicht durch religiöse oder andere Gebote bzw. Einflüsse entgegentrat. Denn nur Geld und Besitz können ja Ansehen und *Neid* schaffen, und erst im Bewusstsein des Neides der Umwelt fühlt sich der glücklich, der nach Besitz um des Besitzes willen giert. Denn im Grunde ist auch sein Gieren nach Besitz nur auf den *Neid in ihm selbst* zurückzuführen, mit dem er auf andere, noch mehr Besitzende schaute. Ein solcher Trieb, einmal im Menschen entfacht, kommt nicht zur Ruhe, er ist wie ein Feuer, das den letzten Halm wegfrisst.

Von Neid kann der Einzelne, von Neid können ganze Völker ergriffen sein. Im Neide, der hier auf physische Triebtendenzen zurückgeführt wurde, haben die meisten Kriege ihre Wurzel, sofern sie nicht auf persönliche Machtgier, Eitelkeit von Herrschern etc. zurückzuführen sind oder Ableitungsmanöver für innere Konflikte eines Landes darstellen.

Alle diese Affekte wie Eitelkeit, Geltungsdrang, Geld- und Machtgier, Neid etc. mussten, da sie mit der individualen Existenz des Menschen zusammenhängen, im physischen Pol irgendwie eine

Resonanz erzeugen. Sie mussten sich in *Spannungen* bemerkbar machen, die explodieren[76], wenn ein gewisses Maximum der Spannung erreicht und der Anlass dazu gegeben war. Aber damit fixierten sie zugleich den Menschen in sich selbst – und zwar in seinen niederen egozentrischen Tendenzen – und setzten so dem Wirken des Welt-Ich den stärksten Widerstand entgegen, denn dieses strebt über den Menschen hinaus in ein überpersönliches Tun und stellt seine Organisation bestenfalls in seine Dienste. In diesen Spannungen des physischen Poles, hervorgerufen durch niedrige Zweckabsichten der Einzelnatur des Menschen, ist dem Welt-Ich in seinen eigenen Wirkenstendenzen der eigentliche Kontrapunkt gesetzt.

Selbstverständlich können physische Spannungen auch vom Welt-Ich her hervorgerufen und gefördert werden. Hass z. B. braucht nicht immer niederen Ursprungs sein, aber er wird sich stets mit physischen Spannungen kombinieren, die nach Ablösung verlangen. Ein Volk, das einem fremden Eroberer, der es versklaven will, wehrhaft entgegentritt und ihm seinen Hass entgegenschleudert (wie die Goten Attila!, die Tiroler Napoleon!), hat Anspruch auf die höchste Bewunderung.[77]

---

76 Die Explosion solch materieller Spannungen kommt am harmlosesten in der *Ungeduld* zum Ausdruck.

77 Es kommt hier wie überall nur auf die Bestimmungsgründe für das an, was als Tat in die Erscheinung des Lebens tritt. Krieg deshalb abzulehnen, weil dabei *Blut* fließt, ist ebenso falsch, wie den Krieg um des Krieges willen zu preisen, weil er den Mann stählt bzw. *weil* dabei Blut fließt. Ein Volk, das in Gefahr steht, innerlich seine Freiheit und freie Selbstbestimmung einzubüßen, muss sogar – und sei es mit Mitteln der Gewalt – gegen den fremden Eindringling kämpfen, bis er ihn bezwungen hat. Sein eigenes Leben zu schonen, sich zu ducken, überall klein beizugeben, weil die Rache des Gegners droht, wäre Selbstmord in viel schlimmerem Sinne: In solcher Verfassung gibt ein Volk sich selbst auf. Die Gewalt der Unterdrücker ist ja vielfach nicht in wahrer Stärke, sondern in Feigheit begründet. Wenn er nicht feige wäre, brauchte er nicht zu unterdrücken! –

Gibt nur der Bestimmungsgrund dem Handeln den sittlichen Wert, so kommt es

Aber hier befinden wir uns auch nicht mehr im Bereich physischer Kräfte, sondern höchster sittlicher Mächte, die sich jene unterworfen haben, um sie gegen die drohende Gewalt einzusetzen.

Damit haben wir jene Lebensmacht entdeckt, die sich den gefährlichen Auswirkungen des physischen Trieblebens entgegensetzt: das Welt-Ich. Dem Ja der Triebe setzt es sein eigenes Nein, im Grunde ein *anderes* Ja entgegen, das Ja seiner höchsten Autonomie, d. h., sich selbst als das mit Vernunft begabte Lebenszentrum, das sich in wahrer Freiheit und freier Selbstbestimmung erhalten wissen will. Der Mensch, der den Trieben erliegt, handelt nicht, *es geschieht etwas mit ihm*, er lebt nicht, sondern *wird* gelebt. Denn er ist den negativen und zugleich alogischen Gewalten des Lebens anheimgefallen. Übernimmt dagegen das Welt-Ich in ihm die Führung, dann fallen die Schleier, die ihn umgarnten, plötzlich ab, und er trinkt aus dem klaren Born des Lebens, der seit Jahrewigkeiten als die wahre Quelle der Kraft sprudelte.

Dem egoistischen Triebverlangen setzt das Welt-Ich die Forderungen der Allgemeinheit entgegen und bringt so Individuum und Ganzes in Harmonie. Die Prinzipien, die es hierfür aus sich selbst aufbietet,

---

nicht mehr auf die menschliche Handlung als solche an, sondern *nur* noch auf den Bestimmungsgrund. Wenn jemand z. B. Mitleid zeigt und sogar aktiv betätigt, so *kann* echte Liebe (die stets kosmischen Ursprungs ist) *oder* Geltungsdrang, Rache im Demütigenwollen etc. als Motiv des Handelns dahinter stehen. Heute wird wohl niemand mehr darüber streiten wollen, ob Mitleid ein niedriger oder hochwertiger Affekt ist (wie Nietzsche gegen Schopenhauer). Denn wir haben viele Bewusstseinsinhalte bzw. Aktivierungen als nur bildliche bzw. bildnerische Einkleidungen unseres Trieblebens kennengelernt, sei es, dass sie mit dem Welt-Ich harmonieren oder sich gegen das Welt-Ich durchsetzen.

Deshalb kann man auch nicht definieren: dies ist gut, jenes schlecht. Entscheidend ist, ob wir den Dingen mit Ehrfurcht begegnen oder sie vergewaltigen. Ehrfurcht wächst jedoch nur aus der Allverbundenheit. Besitzen wir diese, so finden wir auch das richtige Verhältnis zu den Dingen, also ganz im Gegensatz zu Kant. Echte religiöse Tiefe bedarf des Moralunterrichts nicht mehr. (S. hierzu S. 223f. und 233f.)

werden *zu den menschlichen Prinzipien des Handelns,* um die sich, als um eine Achse, die echte Charakterbildung im Menschen vollzieht. An ihnen formt sich die Persönlichkeit. Erst durch sie gewinnt sie ihr inneres Gleichgewicht. Denn nur die Unterwerfung des Trieblebens kann ihm dieses innere Gleichgewicht verschaffen: Das Wollen muss sich dem Sollen unterordnen. – Andererseits kann jedoch das Ich auf die Mitwirkung der physischen Energien nicht verzichten, es braucht sie, sowohl als Motor für seine Hochspannung (Sterilisierung vernichtet sie!) und andererseits, um seine Ideen in die Wirklichkeit umzusetzen: Es muss sie sich daher dienstbar machen.

In der Erhaltung der Selbstbestimmung des Welt-Ich ist zugleich die Harmonie der Pole erhalten, im Durchbruch des egoistischen Triebverlangens wird jedoch der Mensch innerlich gespalten. Jeder materielle Einzeldurchbruch treibt einen Keil zwischen beide Pole, denn er bringt das Welt-Ich um seine eignen autonomen Ziele.

Die gegensätzliche Triebtendenz beider Pole muss sich nun doch auch irgendwie an Objektivationen unseres Leibes aufzeigen lassen, z. B. in der Art, wie sich ihr Einfluss auf die oberen und unteren Extremitäten geltend macht. Für den physischen Pol haben z. B. die Beine die Funktion der *zentrifugalen Abstoßung.* Das Gehen, Springen, Tanzen beruht ja im Grunde auf der Abstoßung des Leibes von seiner Grundlage. Es dokumentiert sich hierin der Trieb des vom „Dinge fort", während die Arme im Dienste des physischen Poles die zentri*petale* Funktion haben. Sie führen Gegenstände seines Begehrens, z. B., Esswaren, an den Leib heran. Diesem „Nehmen" durch die Hände steht das (echte) Geben gegenüber, worin sich der altruistisch gerichtete Trieb des Geistes manifestiert, die, vom physischen Pol gesehen, zentri*fugale* Bewegung. Gewiss gibt es auch ein Geben aus egoistischen Motiven, doch diesem egoistisch motivierten Geben wohnt stets ein verstecktes *Nehmen* inne; denn eine solche „Gabe" heischt immer ihren im Voraus berechneten „Lohn", ja meist einen höheren, als sie selbst darstellt. Andererseits „nehmen" wir jemand an unser Herz (das altruistische Nehmen), aber nur, um uns ihm „völlig zu geben", was also, vom Leibe her betrachtet, einer zentrifugalen Bewegung gleichkommt.

Es wäre nun jedoch völlig verfehlt, zu glauben, dass alles, was von der geistig-idealen Welt an Schaffenstätigkeit ausgeht, nun auch der Vernunft unterworfen ist, weil hier Ich-Betontheit herrscht. Wenn dies der Fall wäre, so gäbe es nicht so viel Wirkliches, das unvernünftig ist: Denn dass alles, was „wirklich", auch vernünftig ist, ist der leere Wahn eines Philosophen, der das Wichtigste zu würdigen vergaß, nämlich den *Gegen*pol des Ich in seiner das Geschehen doch auch – wenn nicht direkt, so doch *in*direkt – beeinflussenden Wirkung aufzusuchen. Wir glauben vielfach, nach den Grundsätzen unserer Vernunft zu handeln, und werden doch, ohne es zu ahnen, von ihrem Gegenpol her bestimmt. Unsere physischen Impulse, die in die geistig-ideale Welt einströmen, lenken uns – ach, wie oft! – hierhin und dorthin, und wir fügen uns unbewusst dieser richtunggebenden Tendenz, bis wir uns einmal haben zu einer Tat hinreißen lassen, die in ihren Folgen ganz offensichtlich *nicht* im Einklang mit der Vernunft steht. Dann allerdings werden wir uns dieses heimlichen Einflusses unseres physischen Trieblebens bewusst.

Es ist damit zugleich ausgedrückt, dass – ebenso wie der *physische* Pol dem *Geiste* als ein Instrument *dient*, auf dem er sich in eigner Richtung auswirkt (z. B. in der Spiegelung einer Komposition in Tanz) – sich die *physischen Impulse* in Verbindung mit den materiellen Spannungen unseres Leibes gelegentlich die *Vernunft* unterwerfen und ihre Funktionen für ihre Tendenzen missbrauchen. Es sei hier an die erotischen Träume erinnert. Aber abgesehen von diesen fantasievollen Auslegungen triebhafter Vorgänge kann die Vernunft auch in ihrem höchsten Sein – und dies ist in ihren das Sollen erzeugenden Grundsätzen gegeben – derart in die Gewalt der physischen Triebe kommen, dass sie sich *zu Pflichtgeboten überredet, die völlig im Bann dieser Triebe stehen und nur eine schön klingende Umschreibung ihrer Tendenzen sind.* Vom freien Sollen kann hier nicht die Rede sein, obgleich auch dieses Sollen als ein richtunggebendes vor dem tätigen

Bewusstsein steht: Die Vernunft spielt hier mit sich selbst eine artige Komödie, ohne sich dessen vielfach auch nur bewusst zu werden.

15

Die Situation des Menschen ist damit geklärt. Ausstrahlung kosmischen Lebens, das sich auf das Geschöpf verengte, um in ihm selbst Wurzel zu schlagen, wurde der Mensch der eigentliche Kriegsschauplatz der beiden Weltgegner, die um ihn rangen und ihn zu sich hinüberzuziehen suchten. Denn das Sein, das aus sich das Weltwerden hatte hervorgehen lassen, war mit seinen Urelementarkomponenten Weltstoff und Welt-Ich in die Geschöpfe hinübergewandert. Durch sie ließ es sich zu immer höherer Vollendung hochtragen, denn nur im Geschöpf konnte das kosmische Sein, das der Ewigkeit angehört, immer neu und größer auferstehen. In Jahrmillionen stieg es in unzähligen Anläufen zu den höchsten Bewusstseinsgraden aufwärts. Von den festen Polen der Geschöpfe her unterhielt es einen Kreislauf, der in seinen peripheren Ausläufern in die weite Welt führte, um zu den sinnesbegabten Geschöpfen als Ausgangspunkten und Pfeilern des Kreislaufs wieder zurückzuführen. Dabei waren die polar getrennten Gebiete des Lebens, Natur und Kultur, als schöpferische Zentren auf die Geschlechter verteilt. Von Generation zu Generation gab das Leben seinen Urimpuls, mit dem es sich einst bejaht hatte, weiter und waren die Glieder unbrauchbar geworden, die Stätte kosmischen Wirkens in dem einen oder anderen Sinn gewesen waren, so wurden sie durch neue ersetzt. *Dem Leben kam es nicht auf das einzelne Geschöpf, sondern auf die Erhaltung des kosmischen Kreislaufs an.*

Der Mensch war in diese Welt-Dynamik hineingestellt, ohne ihren Zusammenhang zu begreifen. Er fand sich im Bewusstsein von sich selbst vor und hielt sich als Individuum für in sich selbst abgeschlossen. Aber die wahre Situation war diese: *Gleich einem Januskopf blickte er, zwischen Welt-Stoff und Welt-Ich (als Pole des ewigen Seins,*

die auf Objekt und Subjekt verteilt sind) eingekeilt, innerhalb der gei-
stigen Bewusstseinswelt nach zwei Richtungen. Die eine Hälfte des
Januskopfes war nach außen gewandt: Hier traf ihn der volle Schein
der Strahlung, sei es von Lichtquellen, sei es (in Lichtmasken) vom
Stofflichen der Dinge her. Die andere Hälfte war dagegen von den
Sinnen ab- und dem aktiven Welt-Ich zugewandt. Hier wurde der
Mensch Zeuge von Großtaten, die das Welt-Ich in ihm leistete,
wobei die sinnlichen Elemente nur noch Gestaltungsmittel waren,
hier lauschte er der Stimme der Vernunft, die, im Falle er sich von
den Trieben hatte zu Fehlhandlungen hinreißen lassen, ihm ihre
Warnungen und Korrekturen zugehen ließ.

So stand der Mensch zwischen den sich befehdenden Polen der
Ewigkeit im Kreuzfeuer ihrer Wirkungen und Gegenwirkungen gegeneinander. Um ihn stritten sich die höchsten Mächte des Lebens.

Der Stoff hatte in diesem Kampf von vornherein die
Vorzugsstellung. Denn er hatte die Möglichkeit, das Welt-Ich von
zwei Seiten her anzugreifen: von außen her und im Menschen selbst
vom physischen Pol her (durch Aufrechterhaltung von Spannungen,
die sich den Durchbruch gegen den Willen des Welt-Ich erzwangen
etc.). Aber außerdem reichten seine Wirkungen ganz tief in das
Bewusstsein hinab. Er zwang das Denken, sich in der Sprache jenen
Lautzeichen zu verbinden, die er im sinnlichen Bewusstsein durch
seine Oszillationen geweckt hatte (die Sprachen *isolieren* die Völker
von- und gegeneinander!), und sich andererseits mit den Reizen
zu beschäftigen, die er unausgesetzt ins Bewusstsein schleuderte
(Lichtmasken etc.). Dass das Welt-Ich in der Kindheitsperiode des
Lebens diesem Ansturm immer wieder unterlag – wie es ja heute
gänzlich an die stofflichen Wirkungen verknechtet ist –, wen kann
dies jetzt noch Wunder nehmen?

Der Mensch als Kampfplatz der Weltgegner Welt-Ich und Weltstoff

Kommen wir nun zum Menschen selbst als dem höchstentwickelten Geschöpf der Erde. Wie musste sich der Schein an ihm auswirken?

In den ersten Lebensstadien fehlt dem Menschen das Individualbewusstsein. Das Leben erwacht im Kinde als das „Es"[78], jedoch seiner selbst als Lebensgeheimnis noch völlig unbewusst. Erst spät bildet sich das Individualbewusstsein im Kinde heraus. Dies ist wohl darauf zurückzuführen, dass die erwachende Welt des Kindes vornehmlich von Eindrücken der höheren Sinne erfüllt wird, die es von sich ablenken. So geht es denn zunächst in der Umwelt, der Welt der Dinge und der Welt der Großen unter und lernt sich zunächst nur aus dieser Perspektive kennen (daher das Sprechen des Kindes von sich in der dritten Person). Erst allmählich hebt sich sein Bewusstsein von dem der andern im individualen Sinn ab: Aber das Kind könnte gar nicht als Einzelgeschöpf seiner selbst bewusst werden, wenn es nicht den Einzelkörper besäße, der das Hauptmerkmal seiner Einzelexistenz ist und ihm am deutlichsten seine Einzelnatur vermittelt. Von ihm gehen die Lustverlangen aus, die das Kind allmählich als seine eigenen erlebt und bewertet, sie geben dem Individualbewusstsein in ihm die erste Stütze.

Zentrum und Sammelpunkt aller dieser kindlichen Erlebnisse ist jedoch der geistige Pol. In ihn münden auch jene Erregungen ein, die den physischen Pol betreffen. Denn hier im geistigen Pol erwacht das Kind zu sich selbst, hier nimmt sein Bewusstsein allmählich Klarheit an, *denn nach dem geistigen Pol hat sich innerhalb der Weltentwicklung in Anpassung an die Weltstruktur das Welt-Ich vorgeschoben und dort*

---

78 Ich gebe hier für das Welt-Ich wieder den Begriff des Es, weil es die Darstellung des Gegenstandes erleichtert.

seinen Hochsitz aufgeschlagen[79]. Der geistige Pol steht jedoch, wie nachgewiesen, in sehr enger Korrespondenz zum *Hohlraum.* Diese Tatsache musste für die weitere Entwicklung des Kindes und die Scheinbefangenheit im Menschen von weittragendster Bedeutung werden.

Als Säugling beschäftigt sich das Kind nur mit Einzelgegenständen. Aber es bevorzugt solche, die irgendwie die Sinne erregen. Fast alle Gegenstände führt es zum Munde – so tief ist in ihm das physische Verlangen eingewurzelt! Und als Spielzeug dünkt ihm jenes am köstlichsten, von dem ein Glanz bzw. ein leises Klingen oder Schwirren ausgeht – so stark reagiert das Leben bereits im Säugling auf sinnliche Reize!

Das Kind lernt das Gehen. Unbewusst setzt es die Beinchen, aus dem Drang heraus, auf eigenen Füßen zu stehen. Nachdem jedoch das Gehen ihm zur automatischen Gewohnheit geworden ist, achtet es nicht mehr auf seine Schritte: Denn die geistige Welt hängt nicht mit dem Gehen selbst, sondern seinen Auswirkungen in der Atmosphäre zusammen: *Der Schall der Tritte lenkt daher die Aufmerksamkeit von der Beachtung des physischen Vorganges auf sich selbst ab,* was jeder an sich selbst leicht beobachten kann.

Dies setzt sich nun in allen weiteren Entwicklungsphasen des Kindes fort.

Mit dem ersten Sprechen verbindet sich dem Denken das Wort. So gerät das kindliche Bewusstsein in den *Schein der Lautmaske,* ohne zu ahnen, dass der sinnliche Laut nur ein Mittel der Gestaltung für den Geist ist. In den Worten, die das Kind lernt, scheinen die Gedanken selbst enthalten zu sein. Es setzt Worte und Denkinhalte gleich, es muss sie gleichsetzen, denn ohne die Worte würde es ja die Denkinhalte verlieren, die mit ihnen verknüpft sind.

Allmählich weitet sich im Kinde der Blick für die Umwelt. Vom Denken der Einzelgegenstände dringt es zu Gedankengebilden

---

79 Siehe Fig. 2

weitläufigeren Inhalts vor. Denn nun ist es so weit, an der Hand der Mutter oder des Kinderfräuleins im Ort Umschau zu halten, in dem die Eltern wohnen. Aber damit gerät es in einen anderen Schein hinein: *in den der Lichtmaske.* Es lernt die Gegenstände des Tages nicht direkt, sondern indirekt kennen, aus Strahlungsverhältnissen, mit denen sie zusammenzufließen scheinen. Das Kind ahnt nichts und *kann* nicht ahnen, dass es im Sehen nicht an die Dinge, sondern sein Anschauungsbild gefesselt ist. Es schreibt die Lichtmasken den Dingen selbst zu und glaubt, wie in der Sprache das Denken, so offenbaren sich in den Lichtmasken die Dinge selbst. (Und das glauben nicht nur Kinder, sondern auch Erwachsene. Erst wenn sie einmal in Zweifel kommen, ob ein Getüpfel von Licht und Schatten von bestimmten Abgrenzungen: „Wolke" oder „schneebedeckter Gipfel eines Gebirges" ist, dann merken sie, dass sie nicht die Erscheinung der Wolke oder des schneebedeckten Berges vor sich haben, sondern aus Strahlungsverhältnissen Dinge zu diagnostizieren suchen!)

Wie das Kind mit den Worten zugleich Begriffe seinem Gedächtnis einverleibt, so lernt es im Sehen zugleich Lichtmasken mit Worten und Begriffen ausstatten. Die Lichtmasken vom Dinge abzuziehen kommt es gar nicht in die Lage, denn im Sehen ist es auf sie zur Wiedererkennung der Dinge ja angewiesen! Sie bilden die einzige Möglichkeit für das Bewusstsein, vom Dinge und seiner Eigenart etwas zu erfahren. Die Lichtmasken gehen ins Vorstellungsleben des Kindes über und begleiten es durchs ganze Leben, sei es im Wiedererkennen von Dingen der Außenwelt, sei es in seinen Träumen, in allen visuellen Gestaltungen der Fantasie etc.

Mit dem wachsenden Horizont des Kindes vermehrt sich der Schein, der von ihm Besitz nimmt. Denn das Lichtmaskenfeld wächst in den Himmel hinein! Hier am Himmel sieht es glitzernde Fünkchen. Obwohl die Erwachsenen behaupten, es seien dies mächtige Gestirne, größer als die Erde, die wir bewohnen – die Natur erhält den Schein aufrecht, es *seien* nur Lichter, und streut diese

Täuschung Nacht für Nacht aus (denn die Rede der Erwachsenen ist ja bereits das Produkt der Scheinüberwindung!).

Aber auch hier auf der Erde selbst – zumal beim Blick in die Ferne – verfängt sich das Bewusstsein in einen Schein, der gewaltig ist. Denn je mehr der Blick vordringt, um so mehr scheinen sich alle Dinge ineinanderzuschachteln, eines baut sich scheinbar hinter dem andern auf. Ein unermessliches Lichtmaskenfeld, einem Gemälde nicht unähnlich, grenzt schließlich an ein anderes ebenso gewaltiges: das Firmament, von dem es nur durch eine scheinbare Grenzlinie, den Horizont, geschieden ist. Das perspektivische Sehen mit seiner scheinbaren Verschiebung der dinglichen Größenverhältnisse und seiner Verzerrung der wahren Proportionen der Landschaft (Baumalleen scheinen am Horizont in einen Punkt auszulaufen!) sind die gewaltigste Täuschung, von der das menschliche Gemüt erfüllt werden konnte.[80]

Was das Kind nun auch geistig bewirkt oder auffasst, es kommt stets in die *Hohlraumbeziehung* hinein und lernt nur durch sie das Geschehen um sich herum kennen. Es schreibt z. B. an seinem Aufsatz, aber dem Kratzen der Feder ist es in diesem Augenblick näher als dem Schreibvorgang selbst. Was auch an wirklichem Geschehen an ihm vorübereilt: Durch Licht- und Schallsignale wird es ihm zugetragen. Es steht nicht mit den Dingen und dem Geschehen selbst in Verbindung, sondern empfängt nur ihr Echo, das die von ihnen ausgehenden Oszillationen im Bewusstsein hervorbringen. So ist es in jedem Augenblick Antenne für einen Schwall von Geräuschen: dem Weltgeräusch.

---

80 Und mit den Sinnen, gerade den Sinnen, die solche Täuschungen hervorbringen, wollte Kant den Raum als eine „Form der Sinnlichkeit a priori" verkoppeln! Der Raum, wie er sich den Sinnen darstellt, entspricht der *subjektiven* scheinerfüllten Haltung des Bewusstseins, das hierbei vom Stoff abhängig ist. Die mathemathische Denkweise ist dagegen dem Raum in seinen echten Verhältnissen verbunden. Hierin drückt sich bereits die *objektive* Haltung des Bewusstseins aus, an der das objektive Zentrum unseres Innern, das Welt-Ich, in überlegenem Sinn beteiligt ist.

Den anderen sinnlichen Erregungen im Kindesalter kommt *für die Überwindung des Scheines,* der mit den höheren Sinnen zusammenhängt, nur eine geringe, ja, man kann sagen, gar keine Bedeutung zu. Denn in ihnen treten die Objekte stark hinter den subjektiven Eindrücken zurück, die sie auslösen: Beim Schmecken vernachlässigen wir fast völlig den Gegenstand selbst, der dem Munde einverleibt wurde – er wird hierdurch ja auch der Aufmerksamkeit entzogen! –, und fallen auf das rein sinnliche Faktum zurück, das er auslöst. Im Geruch gar ist der Reizerreger nur in seinen unmittelbaren Wirkungen auf das Geruchsorgan selbst erkennbar, entzieht sich selbst jedoch der Wahrnehmung durch die Sinne. Ähnlich steht es mit den Hautsinneswahrnehmungen. *Der eigene Körper wird dem Kind Gewohnheit: Es verhält sich daher ihm gegenüber im Fühlen indifferent.*

Der Tastsinn würde eine größere Bedeutung für das Kind haben, würden nicht Gesicht und Gehör eine dominierende Stellung im geistigen Leben haben. Auf diese Weise werden jedoch die Hauptsinneswahrnehmungen in eine untergeordnete Rolle herabgedrückt.

Das körperliche Spiel hat viel Befreiendes für das Kind, insofern als es hier im Gegensatz zu dem gewaltigen Schein, der es umgibt, auf echte Verhältnisse stößt. Es wird sich hierbei auch seiner selbst im klarsten und zugleich reinsten Sinne bewusst. Aber indem das Spiel das Physische im Kinde stark mitergreift, werden alle Erlebnisse mehr oder weniger ins Unterbewusste hinabgezogen. Das Spiel vermag daher dem Schein, den die höheren Sinne mit sich führen, kein entsprechendes Gegengewicht zu bieten. –

Die Hohlraumbeziehungen der geistigen Sphäre mussten daher für die Formung der Weltanschauung im Menschen von ausschlaggebender Bedeutung werden. Nun aber kommt hierfür noch jener ganze Komplex von Tatsachen hinzu, der früher bereits ausführlich erörtert wurde: Das Bewusstsein fixiert sich, wie nachgewiesen, innerhalb der verschiedenen Gruppen sinnlicher Wahrnehmung in die *lustvollen Extreme* und lässt alle Indifferenzphänomene außer Acht. In diesen jedoch zeigt sich allein der Stoff in seinem ewigen Sein. Das Lichtfünkchen der Zigarette bzw. die Lichtmaske eines sinnvollen Dinges zog von jeher den Menschen mehr an als die Asche, die er nachlässig verstreut, oder der Schmutz der Straße, in dem er mit den Füßen versinkt. Das breite Lichtmaskenfeld des Hochgebirgspanoramas sowie sein Extrem, das Sonnenstäubchen, gewährten ihm von jeher mehr Lust als die aufgeweichte Dorfstraße unter seinen Füßen, die sich seinen Blicken als sinnlos tote Masse aufdrängt. Eine schöne Vase im Sonnenlicht oder die Silhouette eines Hauses in der Mondnacht fesselten ihn von jeher mehr als ausgebrochene Häuserwände im Grau des Tages, in denen der Stoff roh und gemein zutage tritt.

Auf diese Weise ging jedoch der Mensch – wie sonst überall in den sinnlichen Wahrnehmungen – am Stoff als Ewigkeitstatsache vorüber, *während andererseits das Bewusstsein von außen her durch die stoffliche Schale geblendet blieb.* Der Schein, den der Stoff im Bewusstsein hervorbrachte (indem er das Zeitliche hervorbrachte (indem er das Zeitliche hervorhob, sich selbst als Ewiges jedoch abblendete), blieb daher bestehen. Die wichtigste Folge dieser Blendung des Bewusstseins durch den Schein war, wie bereits hervorgehoben, dass sich das kosmische Bewusstsein in den eng umzirkelten Grenzen des individual-menschlichen Bewusstseins verfing.

Das Es blieb im Bewusstsein von sich selbst auf das menschliche Ich eingeschränkt, während es sich jedoch als kosmisches Agens in der Tiefe des Bewusstseins als Denken aktivierte und am Durchbruch an dem Schein durch Erkenntnisse, die es sammelte, unaufhörlich arbeitete. Hier könnte man in der Tat mit Hamlet von dem Maulwurf sprechen, der unsichtbar im Dunkeln gräbt, um sich allmählich den Weg ins Licht zu bahnen.

Während der Dauer der Scheinbefangenheit kommt das Leben über das Individualerlebnis nicht hinaus. Der Mensch, das Geschöpf, kann sich als *Wunder* erleben – das ist der höchste Bewusstseinszustand, den das Leben im Stadium des Scheines erreicht. Dem Durchbruch des Es zu sich selbst hat der Stoff die Schranke gezogen: Denn erst muss der Mensch mit den Erkenntnissen, die das Welt-Ich im Prozess der Wissenschaft für sich gewann, als Persönlichkeit mitgewachsen sein, bevor das Leben den Sprung ins Dunkle wagen, das Weltgeheimnis im Menschen erwachen kann.

2

Das Kind ist im Bewusstsein von sich selbst noch vom Stoff gänzlich abhängig. Sich als Wunder zu erleben (der Durchbruch durch den Stoff innerhalb des Individualerlebnisses) ist es nicht fähig; erst im reifen Alter melden sich diese höchsten Erlebnisse, die der Mensch für sich gewinnen kann.

Wie aber das Kind, so lebte auch der Urmensch. Er war in den gleichen Rahmen der Weltstruktur eingespannt wie das Kind der Jetztzeit, und das gleiche menschlich-scheinbefangene Ich erwachte in ihm, aber es begleitete ihn bis zum Tode. Die Bedingungen des Lebens waren für ihn andere als für das heute inmitten des gesicherten Lebens erwachende Kind. Ihn umdüsterte die Weltangst. Er fühlte sich von Kräften umringt, die ihn erschreckten und die er sich gnädig stimmen wollte. Er kannte nichts Unbeseeltes um sich herum: Seine Seele hauchte allen Dingen ihren Atem ein. Und da sie vielfach nicht lebten, so legte er ihnen ein Leben unter, das in ihnen weilen und wirken sollte: Götter. Ursprünglich war jeder Fels, jeder Baum, jeder Strauch vergottet. Die Kräfte, die das Leben beherrschten, konnten nicht tote, es mussten wesenhafte Kräfte sein, die den menschlichen irgendwie glichen. Das Leben, bis zum Menschen aufgestiegen, entwarf aus der Perspektive des Menschen auch die ersten Gottheiten, die alle irgendetwas Menschliches (oder Tierisches) an sich haben mussten. Denn es *kannte* nur diese Projektion vom Menschen her. Nach dem Bild des Menschen schuf es sie. Der Mensch der Urzeit knüpfte in seinen religiösen

Anschauungen an die Einzeldinge der Natur an, wie später der Wissenschaftler, der ihnen vom Verstande her begegnete. Und wie dieser dem Baum der Natur in allen seinen Verzweigungen nachging bis zum Urstamm, so *entwarf* unbewusst der religiös gestimmte Mensch in den Göttern (die in seiner Vorstellung bald mächtiger und größer wurden, je mehr Lebensgebiete sie in sich vereinigten[81] einen solchen Baum der Gottheiten. Seine Verzweigungen mündeten schließlich in einen Stamm: den obersten Gott, der die ganze Welt und alle Götter beherrschen sollte, hieß er nun Wotan, Zeus oder Jupiter etc.[82]

---

81 In China wurden z.B. sehr bald Boden- und Erntegottheiten zu einer Gottheit vereinigt, wie uns Richard Wilhelm in seinen Anmerkungen zum Tao-te-King von Laotse berichtet. (Diese Gottheit ist quasi als ein Knotenpunkt innerhalb der Verzweigungen des Baumes der chinesischen Gottheiten anzusprechen, zu vergleichen dem Archaeopteryx in dem Baum der Natur.)

82 Dieser Baum der Gottheiten mit seinem Hauptgott als Stamm etc., den sich die Fantasie als reine Dichtung in der Vorstellungswelt schuf, ist ein Scheingebilde im Vergleich zu jenem Baum, den das Leben in der Natur in seinen reichen Verzweigungen gestaltet hat, und auch im Vergleich zu der Nachkonstruktion dieses Baumes in dem begrifflich konstituierten System der Naturwissenschaft. Die Gottvorstellung kommt dem wahren Grund der Schöpfung erst dort nahe, wo das sinnliche Element von Gott abfällt und er mit dem Lebensgeheimnis selbst verschmilzt: also in jener Vorstellung von Gott, wie sie das Judentum aus sich gebar. Sie bedeutet, wie unten ausgeführt, die Projektion des im Menschen aktiven Weltgeheimnisses in ein Gottsymbol, das dem Erleben jedoch reales Sein bedeutete, denn aus der Frage nach dem Woher der Welt war ja dieses Gottsymbol entstanden. – Man beachte die subjektive Haltung, die das Bewusstsein hier wieder in dem Verfall an den Schein einnimmt, im Gegensatz zu der objektiven Haltung des Wissenschaftlers, wodurch er zu echten Erkenntnissen der Beziehungen und Zusammenhänge der Dinge und des Geschehens gelangt. *Auch die religiöse Einstellung verlangt eine solche Wendung nach außen, wenn sie den letzten Grund des Lebens erreichen will: im Erlebnis des Stofflichen als Wunder. Denn dieses Erlebnis findet sich nur innerhalb der objektiven Sphäre, nicht innerhalb des Subjekts selbst, wie die Gotterdichtungen.* Es wird davon zu sprechen sein.

Was war geschehen? *Das denkende Es war in seinen Deutungen des Lebens (seinen Ursprung betreffend) vom menschlich scheinbefangenen Ich abhängig geworden* und bot nun seine Kategorien (der Kausalität etc.) auf, um ihm eine Antwort auf das zu geben, was ihn als Leben umgab. Diese Erklärungen waren roh, ebenso wie alles, was sich der primitive Mensch von Entstehung und erstem Weltbeginn zurechtlegte (der Elefant auf der Schildkröte!), aber seiner Einbildung genügten sie. Die Verbindung zwischen Mensch und Weltall war so geschaffen.

Schließlich fielen aber alle Zweige vom Baum der Gottheiten ab, übrig blieb nur noch der Gottstamm, und auch dieser wandelte sich: Er verlor sein menschenähnliches Antlitz. Im Monotheismus der Juden gab die Gottheit ihre Menschenähnlichkeit auf – so überhöhte sich die Gottheit *erst wahrhaft* über den Menschen, und erst *diese* Auffassung kam dem Leben in seiner Rätselhaftigkeit nahe: Ein Etwas regiert die Welt, das Geheimnis ist und Geheimnis stets bleiben wird. Wie ist der Gang der Gottvorstellung psychologisch und metaphysisch zu deuten? Die Vorstellung von Göttern hatte in den Baum-, Fluss- und Feldgottheiten an die naturhaften Dinge als Einzelausstrahlungen des Lebens angeknüpft; aber bald hatte sich die Fantasie von diesen Einzeldingen losgelöst und sich in das reine Vorstellungsleben zurückgezogen, um hier den Baum der Gottheiten bis zur letzten Konsequenz (d. h. rückwärts bis zum Stamm) auszubilden. Die Gottvorstellung war somit von den *Dingen* in die *Vorstellungswelt*[83] hinübergewandert und baute sie hier immer weiter aus, bis zu jenem Idol, von dem schließlich das menschlich geschaute Bild abgefallen war. Hier hatte offenbar *das letzte Weltgeheimnis im Menschen selbst* gesprochen und sich in diesem Gott projiziert. Aber ein Schein haftete dieser Vorstellung noch an: Das Weltgeheimnis projizierte sich nicht ins Leben, sondern *vor die Pforten* des Lebens:

---

83 Die Entwicklung führte mithin von den Dingen als Realitäten des Vollraums in die Vorstellungswelt als das geistige Korrelat des Hohlraums! Dort knüpfte die Gotterdichtung an Abstrakta wie die Jagd, den Krieg, die Schönheit etc. an.

Es gab dem Gott das Signum des Schöpfers der Welt, während es doch selbst als innerster schöpferischer Grund des Lebens in jedem Augenblick tätig war und diesen Schöpfer entbehren konnte.

Für die Erfindung von Göttern hatte die Fantasie die Lichtmasken der Dinge herangezogen. Der Mensch war sich jedoch über diesen Schein nicht klar, der seine Vorstellungswelt beherrschte, er hauchte dem Erdichteten Leben ein und verehrte es, gleich als ob es sich um ein leibhaftiges Sein handelte. Denn schließlich bezogen sich ja diese im Vorstellungsleben geschaffenen Gottheiten auf irgendwelche realen Gegebenheiten, es waren ja *nicht nur* Träume, die die Menschheit spann, die Götter waren vielmehr Exponenten des wirklichen Lebens, nur eben in ein ideales Sein erhoben, das über den Menschen stand.

Damit aber ist klar erwiesen, dass, wenngleich die erdachten Götter selbst Scheinprodukte waren, sie doch die Wirkung für den Menschen hatten, *ihn an das organische Sein der Natur zu binden* und ein Abweichen ins Äußerliche zu verhindern. Der Mensch, der das Universum mit Göttern bevölkert dachte, war der Wirklichkeit noch fest verbunden, erst der völlig gottlose Mensch geriet in Gefahr, sich vom Wesenhaften abzulösen und sich in äußerlich-sinnliche Effekte zu verlieren.

Auch uns selbst ist Gott ja ein solcher Begriff, der das Ganze der Schöpfung irgendwie zusammenhält und ihren innersten Pol bedeutet. Ist die Seele von Gott erfüllt, so scheint ihr z. B. im tiefen Wald der Odem Gottes selbst entgegenzuwehen – aber es ist eben *der Wald selbst* als naturhafte Wirklichkeit, die mit Gott in einen wesenhaften Zusammenhang gebracht ist. Dadurch aber ist dem Verfall des Menschen an den Schein, d. h., an das bloße Anschauungsbild des Waldes, das durch farbige Effekte etc. die Sinne blendet, ein Riegel vorgeschoben. Wald und Lichtmaske des Waldes bleiben auf diese Weise für das Erleben in organischer Einheit.

Es gibt sich dies auch sehr deutlich in bestimmten religiösen Vorschriften zu erkennen wie in jener des Islam, die dem Gläubigen verbietet, Spiegel zu verwenden und Bilder von sich anfertigen zu lassen. Es sollte durch diese Vorschrift die künstliche Ablösung der Lichtmaske vom Menschen vermieden werden, weil dadurch das Sein des Menschen scheinbar durchschnitten wird. In der Tat hat der Spiegel und das Bild diese Wirkung, und die Trennung von organischem Sein und Lichteffekt *bringt* fraglos dem Menschen große Gefahren.

Gewiss hatte die Vernunft sich in ihren religiösen Formulierungen auf Gebiete begeben, die sie nicht hätte betreten dürfen. Aber religiöse Probleme von der kalten Schau der Kritik her anzugreifen geht nicht an. Es kommt hier gar nicht darauf an, ob die Vernunft ein Recht hatte, die Ideen Gottes, der Unsterblichkeit etc. aus sich herauszubilden oder nicht, denn wir sind hier ja nicht auf dem Gebiet der Wissenschaft, wohin (in Bezug auf das Wirken der Vernunft) die Frage „richtig" oder „falsch" hingehört. Diese Vorstellungen von Gott etc. erfüllten vielmehr einen tiefen Sinn: *Sie dienten dazu, in der Periode der Scheinbefangenheit des Lebens den Menschen vor den Verfall an die äußerlich hohle Schale der Dinge zu schützen*[84], und dafür dienen sie heute noch und, so lange nicht jemand etwas Besseres zu bieten hat, als das, was an religiösem Gut da ist, soll er davon absehen, dieses Gut anzutasten.[85]

Die Seele fragt nicht danach, ob die Beweise für das Dasein Gottes einer Kritik der Vernunft standhalten. Diese Beweise stammen nicht aus der Vernunft, sondern aus der *Liebe*, mit der sich die Seele diesem höchsten Wesen hingegeben hat, als der geistigen Verkörperung der Allmacht und als letzten Grund der Schöpfung.

Wären die bestehenden Religionen auch nur Krücken, d. h.,

---

84 Weder Voltaire, Kant noch Nietzsche hatten etwas Höheres zu bieten.

85 Es sind hier jedoch Religion und ihr Niederschlag in Kulthandlungen, Riten, Dogmen etc. streng auseinanderzuhalten, denn Letztere sind nicht selten (wie im Hinduismus etc.) von Schein durchsetzt. Allerdings ist hierbei zu bedenken, dass die Riten für den in einer Religion Aufgewachsenen Bedeutungen haben, die der Außenstehende vielfach nicht zu enträtseln vermag; daher müssen sie ihm leer und sinnlos erscheinen, d. h., von Schein durchtränkt.

künstliche Stützen des Menschen, die dem schärferen geistigen Zugriff nicht standhielten, so wäre es erst recht gefährlich, ihm diese Krücken zu entziehen, so lange er nicht reif ist, auf eigenen Füßen zu stehen. Dies vermag er aber nur, nachdem das Leben in ihm den Durchbruch durch den Schein vollzogen hat. Vorher haben die Religionen die Funktion jener Schutzorgane, welche z. B. die Knospen vor dem Tod durch Erfrieren bewahren. Auch der Mensch wäre dem Tod durch seelisches Erfrieren ausgesetzt, wenn er des Schutzes der Religion entbehren müsste. Sie bilden gewissermaßen die Nabelschnur, durch die der Mensch mit der Alltiefe des Lebens verbunden und mit dem Blut der Ewigkeit gespeist wird.

Im Menschen lebte und lebt die tiefe Sehnsucht, sich dem All irgendwie verbunden zu fühlen. Woher stammt diese Sehnsucht? Das menschlich eingeengte Ich (d.h., das im Menschen festgehaltene Welt-Ich) *suchte und sucht in dieser Vorstellung von Gott seine ewige Heimat,* aus der es stammt und von der es durch den Schein getrennt ist: die Weltentiefe, das Lebensgeheimnis selbst.[86] Denn das Lebensgeheimnis im Menschen ist es ja, das Welt-Ich, das die Idee von Gott hervorgebracht, dieses höchste Idol aus seinem edelsten Gold geschmiedet hat. Auch die Idee der Unsterblichkeit hat hierin ihren Ursprung. In ihr suchte sich das Welt-Ich aus seinen zeitlichen Banden frei zu machen, denn das Welt-Ich im Menschen *ist* ja unsterblich, *ist* ja ewig!

Dass im Judentum sich das letzte Weltgeheimnis regte und sein eigenes Sein in Gott als Schöpfer und Richter der Welt deutete (die der Spontaneität und Autonomie des Welt-Ich entsprechen!), bedeutet den großen Wendepunkt in der Antike. Denn diese Anschauung von Gott, an den kein Bild und kein Wort heranreicht, reinigte mit einem Schlage die Vorstellungswelt des Menschen von der Überflutung mit Bildern religiöser Herkunft

---

86 Es ist dies, vom Umweg aus gesehen, den das Leben um seine eigene rätselhafte Achse beschreibt, das Streben des zentrifugal abgewichenen Welt-Ich ins Zentrum des Lebens selbst (also in zentripetaler Richtung).

und machte sie für Schöpfungen der Kunst und wissenschaftliche Leistungen frei. Dass im Abendland die Kunst, aber noch mehr die Wissenschaft eine so hohe Bedeutung erlangten, wie sie kein anderer Erdteil aufzuweisen hat, ist hierauf zurückzuführen, denn Völker, deren Fantasie mit Götterbildern belastet ist, werden von diesen stark absorbiert, und wenn sie vielleicht auch im künstlerischen Schaffen hervorragend sind, sind sie es doch nicht auf dem Gebiet wissenschaftlicher Erkenntnis (z. B. die Inder, die Millionen Götter mit sich in der Vorstellungswelt herumtragen etc.). Der wissenschaftliche Erkenntnistrieb brach wie eine Sturmflut aus dem Abendland hervor, als im Protestantismus das Christentum das Bilderwerk abgeschüttelt hatte, das sich im Katholizismus über das Gottgeheimnis der Juden gelagert hatte, und übrige Hemmungen für den Erkenntnistrieb beseitigt waren. Nunmehr hatte das Welt-Ich im Menschen, als das objektive Zentrum, die Bahn frei zur Erforschung der echten wirklichen Tatbestände und zu seinen wichtigsten Entdeckungen.[87]

---

87 Dass der Protestantismus sich dabei selbst schwächte, ist eine andere Frage. Sicher ist, dass der Katholizismus die beiden Pole des Menschen tiefer erfasst und harmonischer bindet, als dies durch den Protestantismus geschieht, der mit den Sinnen zugleich ein wesenhaftes Stück des Menschen über Bord warf. Daher gelang es ihm auch nicht, den Menschen ganz an sich zu ketten. Gottesdienst wurde hier theologische Deutung: in der Auslegung der Evangelien (weshalb die Sektenbildung ins Unendliche anwuchs), während im katholischen Gottesdienst der Mensch seinem Gott wahrhaft verbunden blieb. Denn im Mittelpunkt des katholischen Ritus steht nicht der Priester, der sich zu den Lehren der Kirche äußert, sondern das *Gottgeheimnis Christi selbst*, das von der Monstranz her auf die Gemeinde ausstrahlt und somit mit ihr eins wird. Dass im Abendmahl der Christ nicht das Brot will, sondern den göttlichen Leib des Herrn, also das Brot als sinnliche Erscheinung durchbricht, um sich dem göttlichen Wesen zu verbinden, mag ein weiterer Beweis dafür sein, dass die Religion den Menschen vom Sinnlichen abdrängt und dem Wesen der Welt nahezubringen sucht, hier dem Gottgeheimnis selbst.

Aber noch in anderer Richtung bedeutete das Judentum für das Abendland einen Wendepunkt erster Ordung: In seiner Religion verband sich die Vorstellung von Gott als dem Schöpfer und Erhalter der Welt mit der eines Richters über das „Gut" und „Böse" des Menschen. Der Begriff der Sünde wurde hier innerhalb der Religion lebendig, nicht wie bei den Griechen nur in der Philosophie und gewissen Mythen. So ergoss sich denn der Strom der Religion, statt sich im reinen Vorstellungsbereich auszuleben, ins *menschliche Tun*, und wenn z. B. später der Protestantismus alles Wirken im Dienst des Lebens als wahre Religion erklärte, war es wieder das Verdienst des Judentums, diesen Lehren den Boden bereitet zu haben. Dadurch aber, dass dem menschlichen Wirken dieser hohe Sinn zuteil wurde, erhielt das Leben des Menschen erst seinen wahrhaften Gehalt, denn Leben *ist* Wirken. Auf diese Weise wurde der Mensch davon abgehalten, den Bestimmungsgrund für sein Handeln vom Erfolg bzw. von der äußerlichen Wirkung desselben abhängig zu machen. Es war mithin die Religion, die, indem sie die Blickrichtung nach innen verschob – nämlich auf das Ziel, mit seinem Tun Gott zu dienen –, den Verfall des Menschen an den äußerlichen Effekt aufhielt. *So wirkt die Religion mithin auch innerhalb des Tuns dem Schein entgegen.*

Obgleich das Judentum der Welt so hohe religiöse Güter geschenkt hat, ist es heute in Gefahr, gänzlich in sich zu erstarren und den Menschen leer ausgehen zu lassen. Es ist nicht mit der Zeit mitgewachsen. Noch immer steht es wie im Altertum seinem Gott platonisch, d. h., anbetend, *gegenüber,* anstatt in ihn einzugehen. Auch in seinem Tun hat es sich von einem Außen abhängig gemacht: den zahllosen Vorschriften für die Formung des täglichen Lebens, die sich wie ein Panzer um den gläubigen Menschen legen. Es wird Zeit, dass das Judentum die religiöse Wendung nach innen vollzieht und, wie etwa der Protestantismus, der göttlichen Tiefe im Menschen selbst zustrebt, um sich ihr zu vermählen. Dann wird von selbst der Panzer der Vorschriften abfallen, der sich der Bildung der freien Persönlichkeit widersetzt, denn dann spricht der Gottesgrund selbst im Menschen in allem seinem Tun und leiht ihm die Stärke seiner Autonomie.

Eine Lehre, wie die jüdische, die viele tausend Jahre alt ist, mag – eben wegen ihres Alters – Pietät einflößen. Aber auch tiefste Pietät darf nicht vor durchgreifenden Umbildungen einer Lehre Halt machen, wenn sie dem modernen Horizont des Menschen nicht mehr entspricht. Denn was für die Alten gut und ausreichend war und sie ganz erfüllte, kann dem jungen Geschlecht ein Kinderglaube werden, über den es sich hinausgewachsen fühlt. Aber damit ist die Gefahr für diese neue Generation auch schon heraufbeschworen, denn der Mensch *braucht* gegenüber den Einwirkungen des Stofflichen, das, wie hervorgehoben, in den Frühstadien der Menschheit die stärkere Position hat, einen *besonders tiefen* Halt. Dieser muss schon aus den Seinsquellen des Lebens selbst stammen. Surrogate werden hierfür nicht mehr ausreichen. Bettet sich der Mensch auf einer veralteten Tradition als einem sanften Ruhekissen, so schläft der religiös-geistige Mensch auf ihm ein, *der physische, der sich in die irdischen Güter verstrickt, wird dafür aber um so heller erwachen.* Denn es gibt im Leben kein Stillestehen: Wenn die Waage nach der einen Seite steigt, weil sie zu leicht geworden ist, sinkt die andere.

Das Christentum hat sich in der Fortentwicklung des Judentums viel tiefere Stützen im Menschen geschaffen. Statt der Verheißung: „Dass es dir wohl gehe und du lange lebest auf Erden" setzt es die Warnung: „Was hülfe es dem Menschen, so er die ganze Welt gewönne und nähme doch Schaden an seiner Seele?" Die Richtung nach innen, vom Schein und seinen trügerischen Lockungen fort, ist hier in einzig großartiger Weise ausgesprochen und damit das Ziel dem Christen ein für allemal gesetzt. Auch die Scheidung in „Welt" und „Himmelreich" (von dem es heißt: „Das Himmelreich ist inwendig in euch") ist eine völlig neue Errungenschaft des Christentums. In ihr ist die Polarität von Welt-Ich und Weltstoff mit allen ihren gefahrvollen Folgen für den Menschen, d. h., der Gegensatz von Sein

und Schein schon im Keime enthalten. Abwendung von der „Welt"
heißt Abwendung vom Scheine, heißt Überwindung des Stofflichen
in seinen Einwirkungen auf das Bewusstsein, heißt jene Position
einnehmen, die dem Leben gegenüber stark macht. Der äußerlichen Welt, die die Sinne besticht, wird hier eine innere Kraft entgegengesetzt, die in Christus selbst ihr hohes Wertmaß fand. Denn
er gab sein Leben her, nicht um sich selbst, sondern der Welt zu
dienen. Diese *objektive Haltung, die Christus im Leben und im Sterben
einnahm,* ist der Angelpunkt der ganzen Lehre. In ihr drückt sich
die Scheinüberwindung aus. Wie Christus selbst soll nun auch der
Mensch nicht in der subjektiven Haltung – die ja dem Verfall an
den Schein gleichkommt – verharren, er soll sich nicht *gegen* die
Welt sperren, sondern sein ganzes Sein kräftig *für* sie einsetzen. Hier
spricht wiederum das Welt-Ich, doch tiefer als im alten Judentum.
Denn der Gegensatz von Schein und Sein ist hier viel machtvoller
herausgearbeitet: *Hier wird die dem Welt-Ich zugewandte Hälfte des
Januskopfes Mensch zum ersten Mal vom Pol der wahren Freiheit her voll
bestrahlt, sodass die den Sinnen zugewandte Hälfte erblassen musste.* Der
wahre Christ – es kennzeichnet die Tiefe und Größe dieser Religion,
dass es deren so wenige gibt[88] – hat mit dieser Wendung nach innen
die dem Stoff überlegene Position gewonnen. Die vom Physischen
her andringenden Triebe finden die geistige Welt gewappnet vor.
Aber sie können sich deshalb doch ausleben, allerdings nur in der
Richtung, wie der Geist es befiehlt. Die Spaltung im Menschen, die
der Schein bewirkt, ist dadurch aufgehalten und die Harmonie beider Pole hergestellt.

Von großer Bedeutung erscheint mir ferner im Christentum, dass
Christus die Liebe zu Gott und das Suchen und Finden Gottes
über alle Beziehungen des Menschen zur eigenen Familie stellt
und es sogar auf einen Kampf mit ihr um dieses hohen Einsatzes
willen ankommen lassen will (Ev.Matth.Kap.10 Vers 35). Dieses

---

88 Siehe hierzu Ev. Matth. Kap.7 Vers 13-14: „Und die Pforte ist eng und der Weg
ist schmal, der zum Leben führt; und wenige sind ihrer, die ihn finden."

Sich-Zurückziehen in das eigene Selbst, um Gott in sich und sich in Gott zu finden, gibt seiner Lehre die denkbar stärkste Vitalität. Denn eben der allzustark betonte Familiensinn im Judentum ist es, der das Reifen des Menschen zu wahrer Größe der Persönlichkeit häufig nicht zustande kommen lässt. Das Sichherausheben aus der Familie, um größer zu ihr zurückzukehren, als man sie verließ, das ist der rechte Weg dafür.

Das Judentum wendet sich an Gott, *als ob* es ein mit Sinnen ausgestattetes Wesen wäre, das sieht und hört gleich dem Menschen – darin steckt der letzte Rest des Anthropomorphen, der dem Judentum geblieben ist. Der Christ sieht seinen Heiland an, *als ob* er eine unmittelbare Ausstrahlung dieses alten Gottes des Judentums sei, der irgendwo im Himmel thronen soll – hierin ist die Schwäche des Christentums gelegen.

Das Judentum sollte die Wendung von dem Gottgeheimnis, das es außerhalb der Welt thronend annimmt, zum *Gottgeheimnis im Menschen selbst* vollziehen und damit den letzten Rest des Anthropomorphen aus seiner Religion beseitigen. Damit würde der Mensch allerdings als Hauptakteur von der Bühne der Religion abtreten, dafür aber wäre dem wahren Mittelpunkt des Lebens im Menschen, dem Gottgeheimnis, zu eigenem Erwachen Raum gegeben. Dieses Gottgeheimnis im Menschen erfüllt nämlich alle Forderungen, die das Judentum an Gott stellt – denn es hatte ja in ihm selbst gesprochen: Es ist die namenlose, ewige, in allen Manifestationen des Lebens wirkende, doch nie selbst in die Erscheinung tretende[89] Allmacht des Lebens, vor der der Mensch verstummt, wenn sie sich ihm naht. Um diesen Quellpunkt des Lebens in sich zu finden, müsste das Judentum sich allerdings von der Überfülle der Worte, die in seiner Religion und in seinen Riten Niederschlag gefunden haben, abwenden und zu einem zurückkehren, das wichtiger ist und gehaltvoller sein kann als alle Worte: zum Schweigen.

---

89 Hier berührt sich das Judentum mit der Kantschen Weltanschauung.

Das Christentum ist wiederum durch sein Bündnis mit dem alten Gott der Juden gefährdet, da diese Vorstellung noch Schein birgt, so tief sie im Übrigen geartet sein mag. Wird dieser Glaube an einen Schöpfer der Welt, wie ihn das Judentum lehrt, in der Menschheit hinfällig, so würde damit Christus (als Emanation dieses Gottes) selbst in Gefahr kommen, hinfällig zu werden. Auch hier sollte man daher die Wendung zum Weltgeheimnis vollziehen, das sich im Menschen auswirkt, und Christus *als höchste Emanation dieses Weltgeheimnisses* betrachten (neben Moses, den großen Propheten, Buddha, Laotse etc.). Das Geheimnis Christi wäre damit nicht zerstört, sondern eher noch vertieft, denn sein Erscheinen auf Erden wäre für ewig ins Dunkle gehüllt, ins Dunkel des Weltgeheimnisses selbst. Denn gerade auf ihn passen ja jene Worte des Ev. Matthaei, die ich früher schon einmal zitierte: „Sorget nicht, wie und was ihr reden sollt; denn es soll euch zu der Stunde gegeben werden, was ihr reden sollt. Denn ihr seid es nicht, der da redet, sondern eures *Vaters Geist* ist es, der durch euch redet." Ist es nun so fernliegend, den Vater, der aus Christus sprach, in den Menschen selbst hineinzuverlegen und ihn dem Lebensgeheimnis gleichzusetzen? Damit würde allerdings Christus hinter die Gottheit zurücktreten müssen, denn seine Mission wäre mit dem Erwachen des Weltgeheimnisses im Menschen beendigt, aber nicht die Mystik und Größe seiner Persönlichkeit und seiner Lehre. Christus, der ja nur den Weg zu Gott aufzeigen wollte, dieser demütig große Mensch, wäre mit dieser Lösung sicherlich einverstanden gewesen, denn sie deckt sich in den letzten Perspektiven mit seiner eigenen Lehre. Wenn er sagt: Glaubet an mich! so meinte er damit nicht seine Person, sondern sein *Wort*, aus dem die Urtiefe des Lebens selbst sprach.

Im Judentum regte sich – seiner selbst noch unbewusst – das Weltgeheimnis im Menschen, projizierte sich jedoch in die Vorstellung der Gottheit, die das All geschaffen hatte und ihm als Herr der Schöpfung vorstand; im Christentum nahm es die verstärkte Position dem Schein gegenüber ein; nunmehr erfolgt (ein weiterer Schritt vor-

152

wärts!) der Durchbruch des Weltgeheimnisses durch die Schale, die es von dem eigenen Erwachen trennt – drei Stadien, die auf dem Umweg gelegen sind, den das Leben während seiner Scheinbefangenheit durchschreiten musste. Im dritten Stadium erst ist dieser Umweg vollends beendet und die rätselhafte Achse des Lebens wiedergewonnen, wobei sich die im Schein getrennten, ja, sich befehdenden Urwesenheiten der Welt, Welt-Ich und Weltstoff, zu harmonischer Einheit wiederfinden. Es ist dies einem *Sieg* des Welt-Ich über den Weltstoff gleichzusetzen, der ihm anfänglich weit überlegen ist. Auch hierfür hat die Lehre Christi das treffende Wort. Denn wenn Christus sagt (im Ev. Matth. Kap.26 Vers 41): „Der Geist ist willig, aber das Fleisch ist schwach", so wollte er damit ausdrücken, dass der Stoff von Anfang an mächtiger war, weshalb der Geist ihm nicht immer gewachsen ist. Wahrlich, Christus konnte von sich sagen: Ich bin das Leben und die Wahrheit.

3

Kehren wir jetzt zum Kinde zurück. Das Kind fragt nach dem „Woher" der Welt, deshalb gehören auch alle Probleme, die die Religion betreffen, hierher. Denn im Kindheitsstadium der Menschheit begann der Mensch nach dem Woher zu fragen, und das Welt-Ich gab ihm anfangs fantasievolle, später klarere, präzisere, dem wirklichen Leben entsprechendere Antworten.

Das Kind liegt noch am Herzen der Natur. Lange noch hält das Leben seinen schützenden Arm über ihm. Denn auch, nachdem es die Mutter verlassen hat, gerät es in eine schützende Hülle, die es der gespenstischen Tiefe des Lebens fernhält. Für seinen Unterhalt sorgen die Eltern. Sich von seinem Äußeren bestechen zu lassen, hat es keinen Grund: Wenn dieser Trieb am Kinde hervortritt, so ist er von den gefallsüchtigen Eltern selbst anerzogen. Das erste Stadium der Sexualität (im 3. bis 4. Lebensjahr) macht es unbewusst und ohne Gefahren durch. *Hier im Stadium des Kindes kann daher das in ihm erwachende Leben alle Gefahren, die ihm von der physischen Triebwelt* und vom Stoff her erwachsen, in unschuldig kleinem Format kennenlernen. Es wird daher die Aufgabe einer weisen Erziehung sein, das Kind zunächst ruhig in Anfechtung fallen zu lassen, um diese durch vernünftige Klarstellung zu korrigieren. Dazu ist aber wieder erforderlich, dass der Erzieher selbst jene Haltung dem Kinde gegenüber einnimmt, die der *Scheinüberwindung* gleichkommt. Verfall an den Schein, so wurde nachgewiesen, drückt sich in einer subjektiven Verengung des Menschen auf sich selbst aus. Hier können Geltungsdrang, Eitelkeit oder Hass z. B. der Mutter gegen das eigene Geschöpf, das ihr Pflichten auferlegt und sie selbst dadurch dem eigenen Genussleben entzieht, eine Rolle spielen. Eine Mutter, die ihr Kind schlägt, weil sein Verhalten in Gegenwart Dritter vielleicht ihr eigenes Ansehen herabminderte – was ihre Eitelkeit verletzt –, denkt dabei nur an sich, nicht an das Kind, das die ersten Schritte in die Welt doch erst versucht und hierfür der Leitung bedarf. *Dem niedrigen Affekt der Mutter ist damit geholfen, aber das Kind geht dabei völlig leer aus.* Ja, die Prügel werden bewirken, dass es nun vor der Wirklichkeit die Flucht ergreift und sich gegen sie sperrt, was seine weitere Entwicklung in ein völlig falsches Geleise bringt. Das Minderwertigkeitsgefühl, das sich in ihm allmählich heranbildet, wird von einem krankhaften Geltungsdrang abgelöst werden, der wiederum leicht die Tendenz nach außen, ins Äußerliche annimmt etc. Anstatt durch liebevolle Korrektur im Kinde aufzubauen, hat so die Mutter mit ihrer Eitelkeit nur die zerstörenden Kräfte in ihm in Bewegung gesetzt, und wenn das Leben später dergleichen Missgriffe am Kinde vielleicht auch zum Ausgleich bringt: Das Moment der Zerstörung wird nicht mehr zu beseitigen sein. Denn das Band zwischen der Mutter und dem Kind wird zum Mindesten gelockert, im schlimmsten Fall jedoch für immer zerrissen sein.

Die objektive Haltung des *wahren* Erziehers nimmt den Fehlgriff des Kindes zum willkommenen Anlass, das Kind über die Art seines Fehlers aufzuklären und ihn für das Kind zur Quelle wahrer Einsicht in die Pflichten zu machen, die ihm sein Verhältnis zur Umwelt auferlegt. Damit ist den physisch egoistischen Triebtendenzen im Kinde die eigne Richtung genommen und der Trieb dem Welt-Ich dienstbar gemacht, das ja Einordnung des Individuums ins Ganze fordert.

Im Zusammenhang hiermit entsinne ich mich einer kleinen Begebenheit mit einem mir nahestehenden Kinde. Das an sich sehr gut veranlagte und intelligente Kind hatte sich hinreißen lassen, von der Süßspeise zu naschen, die für die ganze Famillie als Nachtisch bestimmt war. In seiner kindlichen Torheit hatte es versucht, diesen Defekt durch Hinzufügung von Wasser zu verbergen. Und es behauptete sogar und log, es nicht getan zu haben. Hier hätten Schläge gerade das Gegenteil von dem bewirkt, was geboten war: Sie hätten das Kind nur störrisch und rachsüchtig gemacht und den Trieb in seiner Tendenz doch nicht gewandelt. Durch die Eltern, die Erzieher in wahren Sinne des Wortes waren, wurde der *rechte* Weg eingeschlagen: Das Kind wurde dahin aufgeklärt, dass es mit seiner Eigensucht die Lebensrechte der anderen geschmälert hatte. Denn was es für sich verlangte, darauf hätten doch Eltern und Geschwister den gleichen Anspruch. Dem Kind leuchtete sein Fehler ein. Anstatt zerstörender Folgen war hier ein Aufbau im Kinde bewirkt worden: Der Fehler hatte es in seinem sozialen Fühlen um eine Stufe höher gehoben. Die Beziehungen zu den Eltern wurden durch diese objektiv liebevolle Haltung eher noch vertieft, denn das Kind erkannte in seinen Eltern den wahren Führer. Diese Lehre, die es empfangen, war nicht ein leeres Gebot: „Du sollst nicht", kein Befehlszwang, der zu gegebener Zeit als ein äußerlicher Imperativ im Kinde wieder auftauchte: *Eine positive Einsicht* war in ihm gewachsen, und diese Einsicht konnte das Kristallisationszentrum für andere ebenso wichtige Einsichten abgeben. Die Eltern hatten so – statt Tod – Leben gesät, das wahre Menschwerden war im Kinde in Gang gebracht und dem jungen Keim jene Nahrung geboten, an der er sich später entfalten konnte. Damit haben wir eines festgestellt: *Das Leben braucht den Irrtum, um an ihm zu wachsen.* Auf diese so

155

wichtige Tatsache muss alle weitere Erziehung des jungen sich entfaltenden Lebens Rücksicht nehmen.

Wir werden von dieser Einsicht für alle späteren Resultate unserer Untersuchung noch Gebrauch machen.

Die kindlichen Fehlhandlungen, von denen wir soeben sprachen, gehören selbstverständlich dem scheinbefangenen Ich des Kindes an, wobei das Es mit seinen Denkfunktionen in Abhängigkeit von ihm gerät. Aber das Es (d. h. hier das Welt-Ich als überpersönlich sich aktivierende Lebensmacht) kann sich auch schon im Kinde *rein äußern*, nämlich dort, wo das physische Triebverlangen in ihm ausgelöscht ist: im Spiel.

Dort, wo das Kind z. B. aus reinem Erkenntistrieb sein Spielzeug zerbricht, um seinen Mechanismus zu entdecken, meldet sich zum ersten Mal das Welt-Ich als rein objektives Zentrum. Hier im Kinde übt es in rohen Anfängen, was es später im Erwachsenen im Denkprozess wissenschaftlicher Leistung fortsetzen wird. Zerstörungstrieb um der Zerstörung willen ist dagegen auf die Explosion physischer Spannungen zurückzuführen. Hier muss der Erzieher eingreifen und behutsam den aufbauenden Kräften im Kinde das Übergewicht verschaffen. Selbstverständlich soll man dem Kinde die Gelegenheit nicht nehmen, sich auch später wieder einmal in seine Leidenschaft zu verstricken. Das hieße ja die Triebe von vornherein allzusehr beschneiden und würde Schwächung des Kindes bedeuten. Fehler sind dazu da, dass sie begangen werden, und nicht nur einmal, viele Male: Aber auf jede Verfehlung soll als Gegenimpuls die Vernunft des Erziehers antworten, der ins Gegenteil treibt und dem geistigen Zentrum im Kinde allmählich das Übergewicht verschafft. Um so stärker wird sich die Einsicht in die Verfehlung im Kinde befestigen.

Der künstlerische Trieb, der im Welt-Ich wurzelt, wirft sich im Kinde auf die Verfertigung kleiner Arbeiten etc. Hier wird vom Erzieher häufig der Fehler gemacht, den Anteil des Kindes an falscher Stelle anzusetzen. Es ist z. B. verkehrt, dem Kinde fertige Zeichnungen vorzulegen, die es mit Farbstiften gemäß einer Vorlage auszufüllen hat.

156

Denn ebendies *unterstützt* den Verfall des Kindes an den Schein bzw. die Verengung in der subjektiven Haltung. *Umgekehrt* sollte vom Kinde gefordert werden, dass es, wenn auch völlig roh, die Umrisse eines ihm bekannten Geschöpfes zeichnet. Denn an dieser Leistung ist das Welt-Ich beteiligt, und sie verbindet das Kind mit der Außenwelt, anstatt es im Sinnlichen auf sich selbst zurückfallen zu lassen.

Mit dem Eintritt des Kindes in die Schule ergibt sich eine Situation, die bei der Besprechung des kosmischen Kreislaufs näher ausgeführt wurde. Wir sprachen dort von dem Nacheinander von Vorkammer- und Kammersystole. An der Aufeinanderfolge von: Begriff „Eiche" – künstlerisches Motiv „Eiche" habe ich dort zu zeigen versucht, dass sich im kosmischen Kreislauf 2 Phasen aneinanderreihen, von denen *die zweite die eigentlich schöpferische* ist, da sich hier erst die genialen Funktionen des Welt-Ich neuschöpferisch entfalten. Das bedeutet jedoch auf unsern Fall bezogen, dass es nicht genügt, dem Kinde irgendein fertiges Wissen zu übermitteln[90] – denn damit wäre nur die erste Phase verwirklicht, sondern dass es notwendig ist, nun auch noch das *schöpferische* Element im Kinde an dem Wissensstoff irgendwie in Funktion treten zu lassen. Wie dies aufzufassen und zu bewerkstelligen ist, wird unten gezeigt werden. Eine Schultechnik, die diese Dynamik im Kinde unbeachtet lässt, läuft Gefahr, das Genie des kosmischen Agens im Kinde zu lähmen, da eine jede Kraft im Menschen, die nicht angespannt wird, verkümmert und damit der Atrophie verfällt. In diesem Fall würde es sich jedoch um die Schöpferkraft des Lebens selbst handeln, die aus dem Unterricht ausgeschaltet bzw. um sein Wirken gebracht würde.

---

90 Dies entspricht im Blutkreislauf dem *Ansaugungsvorgang*, der mit der Vorkammersystole abschließt. Die Ansaugung des Wissensstoffes durch das Kind findet *durch die Sinne* statt, der Systole entspricht die *Denkarbeit*, die der Verstand an den sinnlichen Daten verrichtet, wodurch sie erst die Geltung eines Wissens erlangen. *Auf jeden Fall ist es notwendig, den erworbenen Wissensstoff in selbstständiger Leistung durch das Kind neu formen zu lassen, denn erst dieser Vorgang setzt bis zu einem gewissen Grade die schöpferischen Kräfte im Kinde in Bewegung.*

Es gibt verschiedene Wege, dem Kinde einen beliebigen Wissensstoff einzuverleiben. Von dem Weg, den man beschreitet, hängt die Leistung ab, die dem Kinde zugemutet wird, von ihr der Tiefengrad der Einwirkung, die der Bildungsstoff im Kinde hinterlässt. Man kann Wissen einem Gehirn anklatschen, indem man das Einkleidungsmittel für alles Gedankliche, Worte, auswendig lernen und dem Gehirn einprägen lässt. Ob mit den Worten zugleich der Sinn des Wissenstoffes miterfasst wird, muss in jedem Fall zweifelhaft bleiben, denn Worte sind und bleiben nur die Schale, in die sich der Gedanke kleidet. Solange die Worte noch im Gedächtnis haften, mag das Denken den Sinn zu ihnen ergänzen. Da jedoch das Wort das Primäre, der Sinn das Hinzukommende ist, fällt mit der Erinnerung an das Wort auch der Sinn des übermittelten Wissens fort. Der gerade Weg des Auswendiglernens scheint der kürzeste: Er ist der falscheste.

Besser ist es, das Kind aus der eigenen Aktivität heraus an den Wissensstoff herantreten zu lassen. Das ist die heute wohl allgemeinübliche Methode. Besonders der Kleinkinderunterricht nach dem Montessorisystem hat hier die besten Früchte gezeitigt. Dieses Selbstaktivsein des Kindes kommt der Forderung, das *Welt-Ich* im Kinde für die Erwerbung echten Wissens schöpferisch einzusetzen, schon viel näher. Und doch – *noch ein sehr wichtiges Moment fehlt hier.* Wir haben das Welt-Ich als jenes Zentrum kennengelernt, welches stets das Einzelne aus der Perspektive des Allgemeinen prüft. Soll das Welt-Ich im Kinde schöpferisch in der Verarbeitung des Wissenstoffes in Aktion treten, so muss jeder Gegenstand, den das Kind als festen Wissensbestandteil seinem geistigen Leib assimilieren soll, durch das Welt-Ich von *allen* Seiten betrachtet, nach *allen* Richtungen hin und her gewendet werden. „Der Geist", sagt Nietzsche, „ist ein Magen" (nur eben zur Aufnahme geistiger Inhalte). Wenn man dem Darm die Speise in einer Form darreichen würde, dass ihm für die Zersetzung der Nahrung, *für die Scheidung von Brauchbar-Unbrauchbar,* nichts zu tun übrig bliebe, so würde er sehr schnell einer furchtbaren Schwäche verfallen. Dies gilt auch für Darreichung geistiger Kost. Das Kind darf Wissen nicht in fertiger Form überliefert erhalten, es muss die Möglichkeit haben, *Wahrheit von Irrtum zu scheiden und daraufhin jeden Gegenstand selbst zu prüfen.* Dies erst entspricht der normalen Darmfunktion: *Ein solches Scheiden hält ihn stark,* nur dass eben dem Brauchbar – Unbrauchbar in der geistigen Welt andere Werte entsprechen. Also nicht fertiges Wissen überliefern, sondern es durch das Kind auf dem *Umweg eigenen Irrens* erobern lassen, dem Licht der Wahrheit den Schatten des Irrtums entgegensetzen – erst das gibt dem Wissen volle Plastik und dem Gedächtnis Stärke der Erinnerung, die nicht im Wort, sondern im Sinnhaften wurzelt. Das Kind muss sein Wissen in der Absonderung der Wahrheit vom Irrtum *selbst* herauspräparieren!

Im Unterricht z. B. von Physik und Chemie sollte es nicht heißen: Dies und jenes gibt es – sondern *dürfte* es geben, welche eine andere Möglichkeit ließe sich hierfür noch erdenken? Solche eine Fragestellung hält den Erfindergeist im Kinde wach und bereitet es auf seine spätere Aufgabe vor, am Fortschritt des Lebens durch neue wissenschaftliche Entdeckungen mitzuarbeiten. Im Geschichtsunterricht kommt es keineswegs darauf an, dem Kind ein jedes geschichtliches Ereignis mit genauem Datum einzuprägen, dies belastet nur das Gehirn. Viel wichtiger wäre es, dem Kind *unter eigener aktiver Mitarbeit* die großen Pendelausschläge geschichtlicher Entwicklung (Frobenius) zu vermitteln. Es darf nicht heißen: „Jetzt kommen wir zur Römischen Geschichte", sondern: „Wo lagen im Mittelmeerbecken nach dem Zusammenbruch des Alexandrinischen Weltreichs die günstigsten Bedingungen zur Aufrichtung einer neuen Macht?" Das Kind muss nun selbst an einem Kartenschema[91] seine Gedanken dahin konzentrieren,

---

91 Am besten: Das Kind entwirft, wenn auch ganz roh, ein solches Kartenschema *selbst,* wie es denn überhaupt darauf ankommt, *den physischen Pol am geistigen Arbeitsprozess so oft als möglich mitwirken zu lassen.* Der Unterrichtende muss sich vor allem davor hüten, vom Kinde Fertiges, Vollkommenes zu verlangen, denn

diesen Punkt herauszufinden. Es kommt gar nicht darauf an, dass das Kind das Richtige dabei herausfindet, es soll eben selbst nur an der Aufgabe tätig sein. Es muss nun weiter heißen: „Von welchen Richtungen konnten diesem Staatsgebilde Gegner erwachsen?" etc. etc. Geschichte, wie sie sich „in Wahrheit" zugetragen hat – sie hat sich immer anders zugetragen, als unsere Lehrbücher versichern! –, ist ein Sonderfall, der sich aus bestimmten, heute gar nicht mehr feststellbaren Zeitkonstellationen ergab. Schöpferisch solche geschichtlichen Zeitdokumente durch das Kind verarbeiten zu lassen, hieße ihm die Aufgabe stellen, den Gang der Geschichte selbstständig unter *neuen* Gesichtspunkten zu verarbeiten. Hei, wie würde da das Kinderköpfchen sein Denken spielen lassen. Denn in diesem Augenblick würde das Kind – wenn auch nur im Spiel der Gedanken – *selbst* Schöpfer von Geschichte werden. Die Kräfte, welche die Geschichte beherrschten, würden in ihm noch einmal lebendig werden, und der Sonderfall der Geschichte, wie er uns überliefert ist, würde sich als *eine* der Möglichkeiten herausheben, die in den Zeitumständen gelegen waren. Damit wäre der Gegenstand des Wissens in der Tat „hin und hergewendet", das Kind hätte sich sein Wissen in schöpferischer Mitarbeit erobert, und es würde nicht dem Wahn verfallen, dass Geschichte, wie sie sich ereignet hat, sich notwendigerweise so ereignen *musste*. Mit dieser Einsicht würde es nicht nur eine überlegene Stellung allem Geschichtlichen gegenüber gewinnen, es würde zugleich für seine spätere Aufgabe vorbereitet sein, die *eigne* Zeitentwicklung nicht als eine Notwendigkeit hinzunehmen, sondern an ihrer Gestaltung mit Einsetzung seiner besten Energien mitzuwirken. Denn Geschichte ist wandelbar – diese Wahrheit ist ihm aufgegangen –, man muss jedoch selbst an ihr formen. Für die Entfaltung der selbstständig reichen Persönlichkeit, die zu allen Problemen des Lebens eigne Stellung bezieht und sie

---

es kann dies aus sich heraus nicht schaffen, also setzt es dafür das mechanische Gedächtnis in Bewegung, das aber nur oberflächliches Wissen ansetzt.

gegebenenfalls auch umkämpft, wäre damit der beste Grund gelegt.

Wie wunderbar tief könnte das Studium einer Sprache gestaltet werden, wenn man sie nicht zum bloßen Gedächtnisstudium machen würde! Auch hier könnte das Kind als Schöpfer mitwirken, wenn man es selbst die Worte finden ließe, die eine jede Sprache in bestimmten Wort- und Sinnverkettungen herausgebildet hat. Welche Einblicke in die fremde Volksseele würden sich ihm dabei zugleich ergeben![92]

Zu solchem Unterricht, der sich an das Schöpferische im Kinde wendet und es über den Weg des Irrtums in aktiver Mitarbeit zu seinem Wissen gelangen ließe, gehörte selbstverständlich zugleich eine andere Schulung des Unterrichtenden selbst, der sich auf der Universität nicht nur das fertige Wissen, sondern vor allem die *Methoden* aneignen müsste, das Kind auf diesen Weg zu führen und ihm zugleich Führer zu sein, d. h., ihm Fragestellungen aufzugeben und mit ihrer Beantwortung zugleich neue Fragestellungen aufzuwerfen.

Bei dieser Art des Unterrichts wäre der Ansaugungsprozess im Kinde in der Tat nur die Vorbereitung für den folgenden *weit wichtigeren* Akt: den schöpferischen Genius in ihm zu selbstständiger Leistung an den Fragestellungen des Unterrichtenden (unter

---

92 Das Wort ist im Grunde – an sich genommen – etwas Unsinniges. Daher ist es verkehrt, zum Erlernen fremder Sprachen die neu einzuprägenden Worte mit den Worten der eignen Sprache in Verbindung zu bringen, um *an ihrem Begriff* fremde Worte zu erlernen. Das bedeutet nur unnötige Belastung für das Sprachvermögen, denn sind die neuen Worte erlernt, so muss ihre Korrespondenz zu den Worten der eignen Sprache wieder vergessen werden, um das neue Idiom voll zu beherrschen. Besser ist es, für die Erlernung fremder Sprachen an die *Bilder* (Lichtmasken) anzuknüpfen, die man von den *Dingen* in sich trägt. Denn diese bleiben für alle Länder gleich und schlagen *unmittelbar* die Brücke vom neuen Wort, das zu erlernen ist, zum Begriff des Dinges, dem es zugehört. Die Bilder bleiben notwendiger Bestand des Vorstellungslebens *auch im fremdem Idiom*, daher ist die Verknüpfung der Worte einer neuen Sprache mit den Bildern von den Dingen nicht nur zweckdienlich, sondern sogar notwendig, weil organisch.

Verwertung des gesamten bereits angesammelten Wissens) immer neu in Bewegung zu setzen. Das Wissen schwebte dann nicht im leeren Raum des mechanischen Gedächtnisses, das, ebenso automatisch, wie es den Stoff aufnimmt, ihn auch wieder hergibt, sondern wäre fest in den geistigen Leib des Kindes eingegliedert, wäre Erfahrung fürs ganze Leben, mit ihm fest verbunden. Denn es gibt auch hier im geistigen Gewebe, die assimilieren, aufbauen und verwerten – *aber dazu gehört eben, wie beim Darm, ihr richtiges Infunktionsetzen.* Beschäftigt man in der Hauptsache das mechanische Gedächtnis, so geht die Schöpferenergie des Welt-Ich leer aus. Man muss sich dann nicht wundern, wenn statt wahrer Persönlichkeiten junge Menschen heranwachsen, die nur gerade noch so mitleben, aber für das wahre Leben verloren sind. Es hängt eben alles von der *Lebenstechnik* ab: Aus ihrer richtigen Beherrschung, angewandt am Kinde, werden auch Menschen hervorgehen, die das Leben zielbewusst vorwärtstragen. An ihren Früchten wird man sie erkennen!

Noch ein sehr wesentlicher Punkt muss hier hervorgehoben werden. Wir hatten am Blutkreislauf festgestellt: Überschwemmung der Vorkammer des Herzens mit Blut bewirkt Lähmung und schließlich Stillstand der Kammer und damit des Herzens selbst. Dies bedeutet in unserm Fall des Unterrichts, dass die Überfüllung des Kindes mit Wissensstoff für dasselbe eine schwere Schädigung nach sich ziehen muss, denn es werden hierbei die schöpferischen Funktionen des Welt-Ich nicht nur nicht aktiviert, sondern sogar völlig stillgelegt. Da das Kind im Ansaugungsvorgang ja nicht Wissen empfängt, sondern *nur die sinnliche Lauthülle, in die der Wissensstoff eingekleidet ist,* so muss es jene erst mithilfe seiner gedanklichen Kategorien verarbeiten, um überhaupt einen Sinn mit ihnen verbinden zu können. Wissen kommt eben nicht fertig in das Kind hineinspaziert. Wird es jedoch bei dieser Leistung überanstrengt, so setzt schließlich das Denken aus, und es bleiben dem Kinde nunmehr *nur noch* sinnliche Lauthüllen (d. h., Worte für Begriffe, deren Sinn es sich gar nicht angeeignet hat). Da jedoch im Hintergrunde aller Sinneselemente der Stoff steht, so kommt diese geistige Lähmung dem Sieg des Stofflichen über das Welt-Ich gleich.

Wichtig ist, dass Staat und Kirche, diese beiden Hauptmächte der Öffentlichkeit, die die Erziehung des Kindes für sich in Anspruch genommen haben, in ihm die Pflanzstätte des Lebens sehen und achten. Das Leben ist kosmischen Ursprungs – diese Feststellung hat nichts mit „internationaler", sondern lediglich religiöser Gesinnung zu tun! –, im Kinde kommt daher die Weltentiefe selbst zum Durchbruch. Diese Tiefe des Lebens ist an jedem weiteren Fortschritt beteiligt: Das Kind ist nur das Gefäß keimenden Weltwillens. Daher würde es Vergewaltigung der höchsten Mächte des Lebens bedeuten, wollte man das Kind in das fertige Schema einer Gesinnung pressen. Das Leben steht nicht still, und es wird auch im Kinde nicht stille stehen. Es wird sich in ihm eine neue Plattform des Wirkens schaffen. Aber dazu muss das Kind in sich freien Spielraum haben, um als die neu heraufkommende Generation aufgrund *eigner* Entscheidungen sein Leben zu formen. Will der Staat, will die Kirche freie Menschen, die sich ihnen aus freier Überzeugung anschließen, oder nur Nachbeter einer Gesinnung, einer politischen oder religiösen? Am ehesten hat noch die *Kirche* des Recht, dem Kinde ein fest umrissenes Weltbild zu übermitteln, weil es nicht reif genug ist, dies von sich aus zu schaffen. Aber, so groß dies Weltbild auch sei, das Kind muss Gelegenheit haben, sich selbst mit ihm und allen religiösen Überzeugungen der Erde auseinanderzusetzen, um sich später im reifen Alter selbst für die eine oder andere zu entscheiden. Gerade die christliche Kirche braucht am wenigsten zu befürchten, dass diese Entscheidung zu ihren Ungunsten ausfallen wird. Denn bei rechter Vermittlung der Lehre, wie sie in den Evangelien enthalten ist, wird der reife Mensch die Tiefe und Mächtigkeit dieser Weltanschauung gern für sich als bindend anerkennen.

Das Kind gehört zunächst einmal dem Leben. Der freie Blick auf die Totalität des Weltganzen muss ihm erhalten bleiben. Von diesem Punkt her muss es die Welt betrachten lernen. Gewiss, das Vaterland muss ihm heilig sein. Aber die Arbeit, die es später in ihm leistet, dient nicht allein dem Vaterland. Kein Land steht heute für sich allein da, alle sind sie gegenseitig aufeinander angewiesen und auf die Arbeitsleistung, die *das Leben* in allen vollzieht. Daher bedeutet Arbeit für das eigne Volk Dienst an der Menschheit.

Zweifelsohne ist es sehr wertvoll, wenn das Kind mit den besten Traditionen seines Volkes aufwächst. Aber es soll darüber nicht vergessen, *dass das Leben der gemeinsame Daseinsanspruch aller Völker ist, aus dieser einen Wurzel alle Völker hervorgegangen sind.* Sie alle zu einer wirkenslebendigen Einheit zusammenzuschließen muss höchstes Ziel des Menschen, Ziel aller Völker bleiben. Kein Volk hat das Recht, sich dieser Aufgabe zu entziehen und in Isolierung von den andern eignen Ambitionen nachzugehen. Erst der Zusammenschluss der Völker zur Menschheit – wobei jedes für sich fortbestehen kann – verwirklicht den Sinn der Erde, die ihren Segen nicht für Preiskalkulierungen spendet, sondern um dem Ganzen der Menschheit zu dienen.

So sei denn ein jeder, der auf junges Leben einzuwirken hat, dessen eingedenk, dass der Mensch nicht für ihn und seine Erziehungspraktiken da ist, sondern dass das Leben durch diesen neuen Menschen *etwas will.* Dies gilt auch für die Nationen und Rassen. Auch durch sie will das Leben etwas, was nicht in ihnen selbst gelegen ist. Sie sind nur Glieder eines Ganzen, das erst *wird* – das Welt-Ich wird die Organisation dafür schaffen! –, und jedem Volk fällt innerhalb dieses Ganzen eine Aufgabe zu, die es mit Einsatz des ihm anvertrauten Lebens zu bewältigen hat.

Die Erfüllung dieser vorausgesetzt hat der Staat Rechte an den Einzelnen, der ihm dafür Liebe, Achtung und Gehorsam schuldet. Denn er hat die Verantwortung für das ihm anvertraute Gut und Leben, er ist Träger jener Organisation, in deren Schoß der Einzelne seiner Lebenserfüllung nachgehen kann. Der Einzelne wiederum darf *nicht nur* Untertan sein, er ist ein Geschöpf, dem vom Leben die freie Willensmeinung mitgegeben ist. Ist ihm diese verwehrt, so geht damit auch der Begriff des Volkes verloren (es sei denn, dass es seinen Willen freiwillig an eine selbsterwählte Führung aus den Händen gegeben hat). Die Organisation, die der Staat den Bürgern aufzwingt, darf diesen nicht den eigenen Atem nehmen, denn der Staat ist nur der Gärtner, der dafür zu sorgen hat, dass die Blumen, die in seinem Garten wachsen, gut gedeihen. Diese *Blumen leben von dem Licht und der Erde, die ihnen das Leben spendet*, das Wasser, das der Gärtner hinzutut, schützt sie nur vor dem Verdursten: Es ist nicht ihre eigentliche Nahrung. Diese stammt von *höheren* Instanzen, als sie der Staat darstellt. Beide, Kirche und Staat, dürfen daher nur Diener sein zur Verwirklichung hoher und höchster Ziele, die das *Leben* mit dem Menschen vorhat. Sie dürfen nur *um dieses Dienstes am Leben willen* Macht für sich beanspruchen. Die Macht wiederum muss sich mit dem Recht einen, in ihm allein darf sich staatlicher Machtwille objektivieren. Um dem Recht seinerseits Geltung zu verschaffen, bedarf der Staat physischer Machtmittel. Aber wehe, wenn diese Machtmittel in seiner Hand zu einem Amboss werden, auf dem die Rechte des Bürgers zertrümmert werden![93], wenn er diese Machtmitttel dazu benutzt, um durch Erzeugung eines rechtlosen Zustandes Angst zu verbreiten, um in ihrem Schatten die eigne Macht zu mehren! Geht der Staat diesen Weg, so hat er seinen Sinn ins Gegenteil verkehrt, dann ist er nicht mehr Diener am Leben, sondern selbstherrlicher Despot.

Anders jener Fürst, der seines Volkes so sicher war, dass er sein Haupt im Schoße eines jeden Untertanen bergen konnte. Er war dem Volk ebenso teuer wie das Volk ihm selbst, denn er war ihm Schützer des Rechts und nicht der Gewalt, und das Volk war der Opferstein seiner Liebe. Wahre Vaterlandsliebe schlug ihm wortlos,

---

93 Diese Abtrennung des Physischen (der Machtmittel) vom Organischen (dem Recht) entspricht z. B. in der *Anschauung* dem Verfall an den rein physischen Anteil der Lichtmaske, den sinnlichen Effekt des Strahlenphänomens, unter Vernachlässigung der organischen Wirklichkeit.

aber tief entgegen! Denn die Vaterlandsliebe kleidet sich, wie alle großen Gefühle, nicht in Worte. Das Tiefste im Menschen wohnt in einer Region, die sich vom Wort gern zurückzieht: Das Wort dünkt ihm Entweihung des Gefühls. Echte Liebe spricht nicht, sie handelt. Im höchsten Erleben des Wunders versagen dem Gefühl die Worte. Dem Mysterium Gottes gegenüber wird der Mensch stumm.

Deshalb kann man durch Worte auch nicht echte Vaterlandsliebe züchten.[94] Man wird Stolz auf das eigene Land züchten, der bei oberflächlichen Naturen gern in Eitelkeit umschlägt und meist in Chauvinismus endigt, aber nicht Vaterlandsliebe. Denn gerade diesen heiligsten unausprechlichen Gefühlen widerstrebt es, ihr Entstehen einem äußeren Appell zu verdanken: In ihnen fasst der Mensch ja seinen eignen *freiwilligen* Dank dem Vaterland gegenüber zusammen. Gewiss kommt es stets nur auf den Bestimmungsgrund des Handelns an. Auch dort, wo nationale Propaganda mit besonderem Nachdruck betrieben wird. Ein Volk, das vielleicht an zu starker Objektivität leidet und gar nicht zu sich selbst kommt, ja aus dem Gefühl mangelnder Einheit einer unheilbaren Zersplitterung verfällt (wobei einer im andern nicht mehr den eignen Volksgenossen sieht), *bedarf* vielleicht eines solchen lauten nationalen Anrufs. Aber im Allgemeinen muss man annehmen, dass hinter einer lauten Vaterlandspropaganda unechte Ziele stecken (Machtstreben etc.), denn echte Vaterlandsliebe kleidet sich nicht gern in laute Worte.

Wie der Staat, so kann auch die Kirche der Gefahr erliegen, nicht mehr Dienerin am Leben zu sein, sondern mit dem Wort der heiligen Schrift, das ihr Macht über die Seelen der Menschen gibt, nach eigener Machterhöhung zu streben, indem sie statt Beruhigung und Trost ebenfalls *Angst* verbreitet (durch Autodafé, Bannfluch etc.).

---

94 Auch hier schafft das Irren häufig erst Klarheit. In der *Fremde* lernt der Mensch sein Vaterland am tiefsten kennen und lieben. Hier wächst *im Schweigen* jenes tiefe Gefühl der Vaterlandsliebe heran, das sich nicht an äußere Symbole (Fahnen etc.) heftet, sondern sich auf Erkenntnis der *echten Werte* gründet, die das Vaterland zu vergeben hat.

Auch eine zu enge Auslegung dessen, was durch den Menschen einmal in der Vergangenheit als *damals höchste* Offenbarung des Lebens durchbrach, kann für die Kirche der Anlass werden, sich dem wahren Fortschritt des Lebens hindernd in den Weg zu stellen. Aber damit hört sie auf, wahrhaft Dienerin des Lebens zu sein. Dass z. B. das alte Testament, dessen Fortsetzung das neue ist, auf einer veralteten Weltansicht fußt, zeigt schon der erste Satz der Bibel: „Am Anfang war *Himmel und Erde*." Aus dieser Wendung geht der ptolemäische Standpunkt hervor, aus dem die ganze Bibel geschrieben ist: die Erde als sichtbarer Mittelpunkt des Weltalls, um den die Sonne und alle Gestirne kreisen. („Sonne, steh still im Tale Gideon!" etc.)

Das Weltgeheimnis spricht durch den Menschen zu allen Zeiten verschieden seine Wahrheit aus, durch den kindlichen Menschen anders als durch den reifen. Es liegt darin viel Weisheit: Denn der in einem kindlichen Horizont befangene Mensch würde eine höhere Wahrheit, wie sie die Bibel lehrt, gar nicht ertragen können. Das Weltgeheimnis wird *aus* dem Menschen *zu* den Menschen immer neu und immer tiefer sprechen, je weiter das Leben und damit der Mensch in der Erkenntnis vorgeschritten ist. Eine jede Religion wird sich diesem inneren Fortschritt des Lebens innerlich anpassen müssen, soll sie nicht ihrem Beruf, dem Leben zu dienen, bewusst und unbewusst untreu werden. Der Katholizismus hat sich in neuerer Zeit sehr überlegen in diese Aufgabe hineingefunden, indem er sich z. B. sogar der Mystik eines *Angelius Silesius* nicht verschloss. Er gerät dagegen in Gefahr, seinen Einfluss zu veroberflächlichen, wenn er Gottesdienste durch modernste Übertragungsmittel (Radio) verbreiten lässt, die jeder Art der Unterhaltung dienen. Die Religion muss im Menschen ein Stück Leben für sich bleiben: als die höchste Verinnerlichung, in der der innerste Seinsgrund des Menschen jener Tiefe zueilt, aus der er kam. Das ist nur *außerhalb* aller Zivilisation möglich. Denn hier im religiösen Erleben stellt sich Ewiges im Menschen auf das Ewige im Weltengrund ein: Das Sein strebt zum Sein und lässt alles Werden, das der

Zeitlichkeit angehört, dahinfahren. Und deshalb gehört der Akt des Gottesdienstes nicht in den Alltag und die Zivilisation: Mit dem Gebet, in der Anbetung betritt die Seele den geweihten Boden der Ewigkeit. Er muss geweihte Stätte bleiben, auch äußerlich.

4

Kaum hat sich das Denken im Kinde geregt, so stürmen Autoritäten aller Art auf es ein. Der Staat tritt als Erzieher auf: – in *seinem* Sinne, die Kirche trägt ihm jenen Glauben vor, den es für den seinigen erachten soll: – in *ihrem* Sinne, die Eltern geben ihre Lebenserkenntnis an das Kind weiter: – aus *eignem Leben* und *eigner Erfahrung*, die Standesorganisation der Eltern predigt dem Kind: – *ihre* Sonderideale und *ihre* Pflichtgrundsätze, die Gesellschaft lehrt ihm/ihr: „Dies darfst du tun – jenes musst du unterlassen, sonst hast du bei *mir* verspielt."[95] Alle diese Institutionen des Lebens dringen in Worten auf das Kind ein, jedes sucht es für sich zu gewinnen, an ihm zu formen, zu modeln. Die Gegenwart und Vergangenheit werfen gleichsam ein Netz über

---

95 Dieser Druck, den die Umwelt auf das Kind ausübt, wird leicht zum Überdruck. Das eigne gesunde Geltungsgefühl kann hierdurch im Kinde erstickt werden: Das in ihm heraufgezüchtete Minderwertigkeitsgefühl wird dann später durch krankhaften Geltungsdrang kompensiert werden (Adler). Über die Flucht eines so geschädigten Kindes in Fantasie und Traumleben wurde bereits gesprochen. Die Überfüllung des kindlichen Bewusstseins mit Vorschriften und Weisungen aller Art, mit den Geboten gesellschaftlichen Zwanges etc. können jedoch auch zur *Verdrängung des eignen Trieblebens* führen. Dies wird sich vom Unbewussten her in Einkleidungen mannigfachster Art (in Träumen, Fehlhandlungen etc.) zu erkennen geben bzw. störend im Bewusstsein bemerkbar machen (Freud). Es ist hier jedoch in Betracht zu ziehen, dass, wie im Erkenntnisprozess (Walfisch), auch im Traumleben ganz lose Assoziationsvorgänge an der Gestaltung der geistigen Inhalte mitwirken können, wobei Licht- und Lautmasken in eine ganz äußerliche Beziehung zu einander geraten. *Die Selbstentschleierung des Unbewussten ins Traumleben hinein wird ein seltener Ausnahmefall bleiben.* Auch für die Deutung des Traumlebens durch den Arzt ist die Gefahr naheliegend, sich durch äußerliche Momente, d. h., sinnliche Vergleiche, bestechen zu lassen.

das erwachende Geschöpf und suchen es darin einzufangen. In diesem Netz bleiben viele Menschen hängen. Ist alles dies, was da von außen in sie einfließt, von ihnen angesogen und verdaut, dann regt sich Eignes nicht mehr in ihnen. Nur eine kleine Zahl Menschen zeigt sich fähig, dem Leben eine neue Anbaufläche in sich zu bewahren. Völlig resistent diesen Einflüssen gegenüber ist nur das Genie.

In ihm wahrt sich das Welt-Ich gegen ein vorgefasstes Schema, das es akzeptieren soll, und daher assimiliert es den Stoff der Schule und alles andere, was ihm oktroyiert werden soll, meist sehr schlecht.

Es ist festgestellt, dass fast alle großen Genies schlechte oder zum wenigsten mittelmäßige Schüler waren. Aus ebendemselben Grund neigt das Genie zu revolutionärer Gesinnung: Man denke an Schiller, Wagner, Nietzsche, Goethe, der erst im Alter zum Christentum zurückfand, etc. Der Staat und die Kirche haben jedoch kein Interesse daran, Revolutionäre zu züchten, sie setzen daher mit ihren Einwirkungen auf den Menschen sehr früh ein. Für das Leben und das Tempo seiner Entwicklung hat dieses Eingreifen bestehender Institutionen in das Leben des Kindes allergrößte Bedeutung: *Denn es wird damit ein zu rascher Fortschritt des Lebens vermieden.* Was würde aus der Welt und ihren Einrichtungen werden, wenn in jeder neuen Generation lauter Genies heranwüchsen, sie würde wie ein Pulverfass explodieren. Das Leben sorgt so, dass immer eine Anzahl Menschen bereit ist, für das Vergangene einzustehen, wodurch sich ein langsamer, bedächtiger Fortschritt ergibt. Gefährlich für den Bestand wahrer Kultur wird es daher, wenn die ältere Generation hierin versagt. Schnell aufgekommene Irrlehren können sich dann ihrerseits der neuen Jugend bemächtigen und die ganze weitere Entwicklung der Menschheit in Gefahr bringen. Was die Vergangenheit an wahren echten Gütern aufgespeichert hat, lässt diese irregeleitete Jugend hinter sich und läuft falschen Idealen nach, denn sie ist eine taube Frucht des Lebens.

Es zeigt sich, dass das Leben (*außer der Schale, die es von au-ßen um den Menschen zieht, um einen zu frühen Durchbruch des Bewusstseins in die wahre Tiefe des Rätsels aufzuhalten*) als *retardierendes Moment neben der Lichtmaske die Lautmaske* – einen anderen Abkömmling des Stofflichen – *aufbietet*, die nicht (wie die Lichtmaske) vom Auge, sondern vom Ohr her in den Menschen eingeht. Durch Lehren der Vergangenheit, die dem Menschen durch diese Lautmasken übermittelt werden, zieht das Leben gewissermaßen *einen Wall* um das Bestehende und verhindert so, dass er zu früh und zu schnell durchbrochen wird.

5

Was dem Kinde in seinem Bildungsgang von der Welt der Großen, Erwachsenen her zufließt, ist das geistige Kapital, das das Welt-Ich im Lauf der Menschheitsentwicklung an Erkenntnis, Wissen, künstlerischer Leistung, sittlichen Formulierungen etc. aufgehäuft hat. In jeder neuen Generation soll dieses Kapital neue Zinsen tragen und um neues Kapital vermehrt werden. Gewiss ist an diesem Überlieferten vieles, das rein subjektive Charakterzüge trägt, aber sehr vieles ist auf Höchstleistungen des Lebens zu beziehen.

Mit diesem Stoff setzt sich der Einzelne auseinander, das eine für sich anerkennend, das andere verwerfend. Eigene Erfahrungen, die er auf seinem Lebensweg macht, vertiefen das aufgenommene Wissen oder lassen Zweifel in ihm entstehen, Zweifel, die das Ich in ihm zu neuen, *gründlicheren* Untersuchungen anregen (wie ja überhaupt Zweifel und Irrtum die eigentlich vorwärtsdrängenden Kräfte des Lebens sind, weil sie das schöpferische Prinzip im Menschen zur Aktivierung drängen).[96] Bekannt ist z. B. die einschneidende

96 Diktate irgendwelcher Herkunft, die mit dem Anspruch des Einzig-Gültigen an den Menschen herantreten, haben daher nicht nur die Wirkung der Uniformierung des öffentlichen Lebens, sondern zugleich der Tilgung des persönlichen Eigenlebens im Menschen, das nur im Kampf um die eigne Wahrheit unter Zweifeln und

Bedeutung, die das Erdbeben von Lissabon (1755) im Leben *Goethes* gewann. Aus dem Wissen und den Erfahrungen, die der Mensch für sich gewinnt, aus den Zweifeln und den Irrtümern, die sich aus der Auseinandersetzung mit ihnen ergeben und die immer neue Korrekturen zu seinem Wissen und seinen Erfahrungen herbeiziehen, aus dem *An- und Widerprall des Menschen mit der Umwelt* – sei es beobachtend oder handelnd – formt sich allmählich das innere und äußere Schicksal des Menschen, formt sich das Antlitz der Persönlichkeit.

Bestimmend für das ganze Leben bleiben jedoch die *Dressate* (Künkel), die der Mensch in seiner Jugend empfangen hat, sie geben die Leitlinie seiner gesamten späteren Entwicklung ab, auch noch in ihrer Umformung.

Persönlichkeit ist die geistige Individualität. Letztere wird wohl den meisten Persönlichkeiten eigen sein, aber es lässt sich sehr wohl auch Persönlichkeit ohne geistige Individualität denken. Letztere wurzelt stets im Welt-Ich, und zwar in seinen schöpferischen Funktionen bzw. Leistungen. Diese Leistungen vollzieht das Welt-Ich im Menschen in rein objektiver Haltung. Der Mensch ist an diesem Schaffen nur insofern mitbeteiligt, als sich das Welt-Ich in ihm und durch ihn die bisherigen Methoden und Techniken, also das eigentliche künstlerische und wissenschaftliche Handwerk, aneignet, dessen Beherrschung für sein eigenes Fortwirken unerlässlich ist. Aber auch das Schaffen selbst hängt noch mit dem Menschen zusammen. Denn es gründet sich, wie bereits ausgeführt, auf der Einmaligkeit der einzelmenschlichen Organisation. *Daher bedeutet jedes Leistungsprodukt des Welt-Ich im Menschen zugleich wesenhaften Ausdruck desselben als Einzelwesen.* Die Auseinandersetzung des Menschen mit diesen Produkten, die ihm gehören und doch nicht sein eigen sind, wirkt auf das eigne Ich zurück; in ihnen erkennt er

---

Irrtümern seine feste Prägung erhält. (S. hierzu S. 236f.)

sich wieder, aus ihnen empfängt es sich selbst zurück. Sie geben seinem Denken in Verbindung mit dem übrigen Erfahrungsinhalt eine eigentümliche Richtung und Prägung, ja, man kann sagen: Tönung. So entsteht denn allmählich in ihm ein scharf umrissenes Bild der Welt, das mit wachsender Einsicht ins Leben später wohl bisweilen bedeutenden Umformungen unterliegt – aber prägnant und einzigartig ist es stets.

So ungefähr könnte man sich das Entstehen der geistigen Individualität im Menschen denken: Sie beruht demgemäß auf einem Prozess der Einatmung, Assimilation und Ausatmung schöpferischer Qualitäten des Welt-Ich durch den Menschen. Rechnet der Mensch diese sich selbst zu, dann entsteht das merkwürdige Gemisch einer hohen Begabung mit einer seltsam dazu kontrastierenden Eitelkeit, die der menschlichen Borniertheit zuzuschreiben ist. Hier fällt geistige Individualität und Menschsein noch auseinander: Denn ein solcher Mensch hat nicht begriffen, dass sein Geheimnis in ihm waltet, mit dessen Leistungen er sich nicht brüsten darf und dem er selbst zugehörig ist.

Auch sittliche Festigkeit ist nicht immer geistiger Individualität verbunden: Dann hat wohl der geistig, aber nicht der sittlich sich aktivierende Mensch aus dem Welt-Ich geschöpft, denn dies ist zweierlei.

Individualität im Menschen hat somit zwei Wurzeln: eine physische und eine geistige. *Aus der Physis trinkt der Mensch* (wenn das Welt-Ich in ihm versagt): seinen Egoismus, der ihn eng macht, seine Begierden, die ihn zum Stofflichen aller Art hindrängen, seine Erregungen und Spannungen des Neides, der Eitelkeit, der sadistischen Grausamkeit etc., die ihn zu falschem Tun verleiten, dagegen *in Einheit* mit dem Welt-Ich: klare und reine Freude am körperlichen Sein im Spiel, mystisch großes Erleben im Tanz, das Glück der echten Liebesgemeinschaft im Sexualerleben – *aus dem Geistigen* (sofern es sich harmonisch mit dem Physischen auswirkt): Sinn für das Weltganze (was ihn weit macht und ihn über seine

172

egoistischen Tendenzen erhebt), die geistige Begierde, seine Kräfte diesem Ganzen hinzugeben, das Hochgefühl, Zeuge dieses Dienens zu sein. Ist dagegen das Welt-Ich den physischen Triebwelten unterworfen, so muss sein Vermögen der Organisation und sein Blick für das Ganze: *dem Machttrieb des Einzelnen* dienen, der sich dieses Ganze unterwerfen will, um es für seine Zwecke zu missbrauchen, sein Hingabetrieb zum Dienen: *der Herrschsucht* des Einzelnen gehorchen, der dieses Ganze von sich abhängig und untertan machen will, seine reine Freude am Wirken: sich *dem Selbstgenuss* des Einzelnen unterordnen und seinem Ruhm, sich den Rang eines Usurpators vor der Welt erobert zu haben.

Indem sich der Mensch den geistigen Leistungen verbündet, die das Welt-Ich in ihm vollzieht, wird in ihm jene Haltung gestärkt, die dem Verfall an den Schein geradewegs entgegenwirkt: *die objektive Haltung*, denn in ihr haben jene Leistungen ja ihren Ursprung. Im gleichen Sinne wirken die Dressate des Welt-Ich, die es dem *handelnden* Menschen entgegenhält, sei es, in Formulierungen, die es in religiösen und anderen Genien hat kundwerden lassen, sei es in Anrufen seines Gewissens.[97]

Auch sie haben die Aufgabe, den Menschen aus seiner subjektiven Enge und Fixation herauszulösen und ihn zur Wendung nach außen, ins Lebensganze, zu veranlassen. Diese Dressate formen sich im Menschen zu Prinzipien, die der Eigenwilligkeit der physischen Impulse einen Damm entgegensetzen.

Die genannten Möglichkeiten *hat* das Welt-Ich, auf die Gesamtentwicklung des Menschen von frühester Jugend an einzuwirken. Aber dieses Ziel des Lebens wird häufig genug durchbrochen. Dies liegt einerseits an der falschen Schultechnik (wodurch teils wertvolle Kräfte im Kinde völlig brach liegen bleiben, andere wiederum viel zu sehr überangespannt werden), andererseits jedoch an einem viel wichtigeren Umstand: Ein jedes Kind wird in eine bestimmte Zeit

---

97 Es gibt verschiedene Arten des Gewissens, worauf ich jedoch im Rahmen dieses Buches nicht eingehen kann.

hineingeboren. Die Ausstrahlungen dieser Zeit färben auf alles ab, womit das Kind geistig in Berührung kommt. Haben Verstand und die physischen Mächte in ihr die Übermacht erlangt – wie in Zeiten fortgeschrittener Zivilisation –, so werden die besten Produkte des Lebens eine schlechte Bereitschaft im Kinde für sich vorfinden, weil die Mächte des Alltags sein Seelenleben bereits angefressen oder zerstört haben. Auch die beste Erziehungstechnik verpufft ins Leere, wenn die Resonanz im Kinde für geistige Werte fehlt. Das Kind müsste also von Geburt an einer anderen Lebenstechnik unterworfen werden, die in ihm eine bessere Bereitschaft für die echten Werte des Lebens herausbildete.

Wie beim Kind, so fehlt auch beim *Erwachsenen* in solchen Zeiten der rechte Ansatzpunkt für das Wirken des Welt-Ich. *Denn wo der Verstand regiert, ist die Tiefe im Menschen bereits verstummt.* Dies Übergewicht, das er erlangt hat, war ja nur auf Kosten der zentraleren seelischen Kräfte möglich. Aber ebendeshalb wird in solchen Zeiten auch die sittlich und künstlerisch hochstehende Persönlichkeit selten werden: An ihre Stelle tritt die Masse, das Einschmelzungsprodukt des Lebens. Sie ist der Ausdruck dessen, dass dem Menschen *der innere Anhauch seiner kosmischen Tiefe fehlt,* die allein ihm echte Individualität zu verleihen vermag. Aber dem Menschen ist etwas geblieben: seine physische Erlebniswelt. An sie klammert er sich nun mit ganzer Inbrunst. Was ihm das Welt-Ich nicht beschert, muss ihm die Physis hergeben. Aus dieser Einstellung resultiert im Zeitalter der Zivilisation die Überschätzung des Körperlichen, des Sexuellen und der Stillung aller physischen Begierden. Statt des Anhauchs des Welt-Ich treffen ihn die Miasmen der Triebwelt. Anstelle inneren seelischen Aufbaus verbraucht sich nun der Mensch in der Parade von Muskeln und Geschicklichkeitsleistungen. Vom Taumel alles Zeitlichen fortgerissen (da ja der Schein das Ewige in den Hintergrund drängt!) möchte er – einmal an das Rad der Zeit geflochten – mit seinen irrsinnigen Rekorden am liebsten sie selbst überholen. Für das Fehlen jener Impulse, die vom Welt-Ich ausgehen und die in der schöpferischen Leistung Beglückung schaffen, müssen nun, um das Leben in Atem zu halten, *physische Spannungen aller Art* herhalten (Spannungen der Eitelkeit, der Geldgier, des materiellen Genusses, des Neides, Hasses, der Machtgier etc.). Da der Einzelne für sich nichts mehr bedeutet, sucht er das Kollektiv der Masse, um sich von ihren Emotionen fortreißen zu lassen, und Technik, Wirtschaft, Politik, sportliche Sensationen sorgen schon dafür, dass es ihr nie an Anspannung fehlt! In ihm (dem Kollektiv der Masse) klumpen sich die entindividualisierten Menschen zu einem einzigen Individuum zusammen, an dessen Erregungen – millionenfach durch die Leiber, die in sie eingeflossen sind, gestärkt – ein jeder teilhat. In diesen Spannungsaufschwüngen, die der Einzelne mehr erleidet, als dass er aktiv an ihnen beteiligt ist (denn sie sind Auswirkungen der Massensuggestion), fehlt alle Logik, alle Vernunft, jede Selbstkritik, und daher kann ein geschickter Propagandist die Massen jeweilig dorthin lenken, wohin er sie haben will. Er muss nur wissen, Spannungen in der Masse zu erzeugen und zu unterhalten: Dass sie nach irgendeiner Richtung – evtl. auch später einmal gegen ihn selbst – explodieren, dafür braucht er nicht mehr zu sorgen, denn die alogische Dynamik der entfesselten Materie bricht von selbst durch, wenn sich nur ein Anlass dafür bietet. *Programme aller Art müssen nunmehr dem Menschen eigne Lebensinitiative ersetzen bzw. vortäuschen* – schließlich sinkt das ganze Leben auf nur noch rein vegetative Funktionen herab: die Erhaltung des Lebens um seiner selbst, das Existieren um des reinen Existierens willen. *Das Leben ist damit an seinem geistigen Existenzminimum angelangt.*

Wer sich diese Masse unterwirft, wird sie nicht mehr zu fürchten haben. Denn das Existieren steht der Masse höher als das Leben, das sie in der Auflehnung ja riskieren könnte. Das Zentrum der wahren Freiheit ist in der Masse ausgelöscht – daher bleibt sie allem Angriff auf ihre Freiheit gegenüber stumm. Sie duldet, sie leidet, schränkt sich ein, beklagt sich und nörgelt – aber sie handelt nicht. Um einen solchen Entschluss zu fassen, bedürfte sie jener Spontaneität, die im Welt-Ich wurzelt. Sie fehlt ihr.

Der Mensch unterscheidet sich vom Tier dadurch, dass das Leben in ihm eine persönliche Note gewinnt, während das einzelne Tier mehr die Gattung repräsentiert, der es angehört. Aufhebung des Persönlichen in der eignen Lebensgestaltung, Uniformierung des Lebens durch irgendwelchen Druck von außen her, Einschmelzung des Einzelnen in die Masse lässt den Menschen mithin *auf die Stufe des Tieres* zurückfallen!

6

Im Anschluss an den Prozess der „Vermassung" der Menschheit sollen jetzt die beiden Arten des Scheines besprochen werden, von denen das Leben beherrscht wird.

Wir haben von dem *Umweg* gesprochen, den das Leben um seine eigne rätselvolle Achse beschreibt, beschreiben muss, weil sich eine Schale dem erwachenden Bewusstsein widersetzt, die es zunächst nicht zu durchbrechen vermag. Dieser Umweg betrifft das Weltgeheimnis selbst, und er bewirkt, dass sich dieses im Menschen wohl aktiviert, aber nicht zu dem „Ich bin" erwacht. Der Stoff hebelt also gewissermaßen das Leben aus seiner eignen Rätseltiefe heraus (die *erste* zentrifugale Bewegung, die es selbst einschlägt!), und so erwacht es ahnungslos im Kinde bzw. im Urmenschen und macht sich über sich selbst in ihm die seltsamsten Gedanken. Nun aber wirkt sich ja auf diesem Umweg zugleich die *Polarität der Weltgegner* (Welt-Ich und Weltstoff) aus, die, ursprünglich harmonisch geeint, innerhalb des Weltwerdens von den entgegengesetzten Polen der Wirklichkeit, von Subjekt und Objekt her, einander gegenübertreten und sich bekämpfen. Erhält hierbei das Stoffliche das Übergewicht über die Ichwelt, so verliert sich das Bewusstsein in äußerliche Einstellungen, die einer *erneuten* Heraushebelung des Lebens aus seiner Wesenstiefe gleichkommen (die *zweite* zentrifugale Bewegung, die sich der ersten noch aufsetzt!).

176

Die erste ist, wie wir feststellten, ein *Schutz* vor zu frühem Durchbruch des Lebens zu sich selbst als erwachendem Lebensgeheimnis, die zweite dagegen bedeutet *Sprengung* des Lebens dadurch, dass der Stoff die Übermacht über das Welt-Ich erlangt und es entweder *ganz* von sich abhängig macht oder eine Absplitterung der niedersten von den höchsten Funktionen bewirkt, mit dem Endergebnis, dass Letztere wie das Feuer unter der Asche einer allmählichen Lähmung und Inaktivität verfallen.

In beiden Fällen handelt es sich, wie gesagt, um eine zentrifugale Bewegung, aber die erste führt wieder zum Leben *zurück*, indem sich die beiden Weltgegner Welt-Ich und Weltstoff im Erwachen des Lebensgeheimnisses im Menschen wieder begegnen. Die zweite dagegen stellt, wenn sie vom Menschen Besitz ergreift, den eigentlichen inneren Bruch des Lebens dar: Von dieser Situation her gibt es keine harmonische Lösung mehr, sondern sie bedeutet Vernichtung, Tod.

Im ersten Falle steht der Stoff im Dienste des Lebens, im zweiten dagegen bäumt er sich gegen die höchste Wesenheit, das Welt-Ich, auf und treibt gleichsam einen Keil in es hinein oder macht es sich gänzlich untertan. Wir haben es hier nämlich mit *zwei gänzlich gesonderten Lebensgebieten* zu tun. Das eine betrifft das *Sein der Ewigkeit*, das andere das *Werden*, das *in der Zeit* vor sich geht. Letzteres wird, wie schon erörtert, von zwei entgegengesetzten Quellpunkten gespeist: vom geistigen und vom physischen Pol her, denn der Mensch gehört zwei Welten an: der geistigen (kulturellen bzw. zivilisatorischen) und der naturhaften (die ihn als Sexualwesen, im weiteren Umkreis seiner animalischen Begierden etc. betrifft).

„Bete und arbeite" sagt ein altes deutsches Sprichwort. Das „Bete" enthält die Beziehung des Menschen zur Alltiefe, zur Ewigkeit, das „Arbeite" jedoch bezieht sich auf die Veränderung, die der Mensch innerhalb des Werdens bewirkt, sei es in betont geistiger oder physischer Haltung.

In beiden Arten menschlicher Auswirkung sind Welt-Ich und Weltstoff zugleich verwickelt: Denn es gibt keine gedankliche Tätigkeit ohne Mitwirkung des Gehirns, und es gibt keine physische Aktion, ohne dass nicht das Welt-Ich daran mittätig wäre.

Im Beten ruht das Leben, ruht jede Arbeit, jede Aktion, die nach außen Veränderung bewirken würde. Dieser Akt des Betens liegt also gewissermaßen *zwischen* den getrennten Polen der Lebensaktivität, die das Werden unterhält. Zeichnerisch würde sich diese Situation derart kennzeichnen lassen:

Achse XY betr. das ewige Sein

Achse AB betr. das Werden

a, b, Wellenberge des Werdens von polar entgegengesetzt betontem Charakter. Der Wellenberg zeigt jedes Mal das Übergewicht, sei es des Weltstoffs oder des Welt-Ichs an.

a entspricht daher Wirkensvorgängen betont physischen Charakters,

b Wirkungsvorgängen geistiger Art.

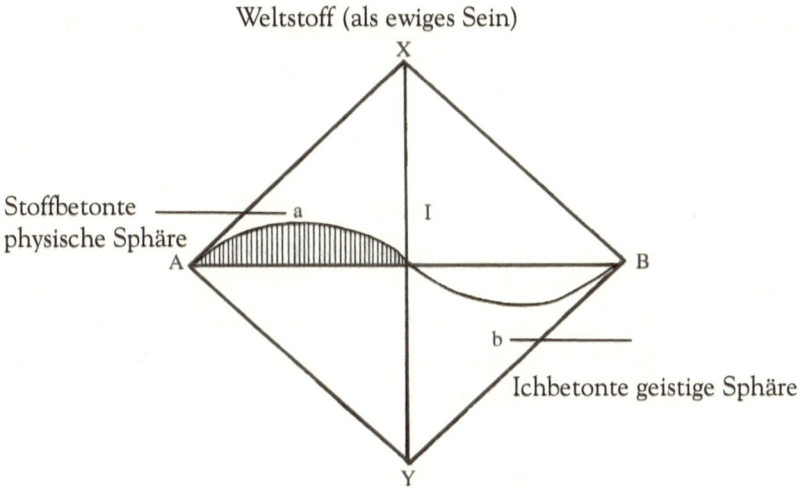

Weltstoff (als ewiges Sein)

Stoffbetonte physische Sphäre

Ichbetonte geistige Sphäre

Welt-Ich (als ewiges Sein)

I Indifferenzpunkt zwischen den polar entgegengesetzten Wirkensakten (entspricht hier der Langeweile) In diesen Punkt fällt ev. das Gebet bzw. das Erwachen des Lebensgeheimnisses im Menschen, denn er liegt außerhalb des Werdens.

Figur 7

Zwischen den polar entgegengesetzten Wellenbergen des Wirkens bzw. Werdens, in die sich das Leben aufgeschlossen hat – der rechte umschließt übrigens einen *Hohlraum*, was auf die Beziehung der geistigen Welt zum Hohlraum hindeutet ! –, liegt ein Punkt, in dem das Werden gleichsam auf den *Nullpunkt* herabsinkt (was der Langeweile entsprechen würde), von diesen Wellenbergen des *Wirkens* aus gesehen (!) ein *Indifferenzpunkt.* Dieser Indifferenzpunkt kann jedoch seinerseits mit einem Erlebnis höchster Art gefüllt werden, einem Erlebnis, das nicht die geistigen bzw. naturhaften Akte des Wirkens, sondern das *ewige Sein* zum Inhalt hat. Im Punkt I können sich nämlich die beiden Urelementarkomponenten des Lebens Welt-Ich und Weltstoff im Wunder begegnen: Das würde Erwachen des ewigen Seins, des Lebensgeheimnisses zu sich selbst, bedeuten. Diese religiöse Haltung, die einen Gipfelpunkt religiösen Verhaltens darstellt, ist jedoch ein Spätereignis des Lebens. Vorher fällt in diesen Punkt das Gebet (das „bete"), indem der Mensch sich an Gott, Christus etc. wendet und damit der Alltiefe des Lebens verschmilzt.

Der Stoff als Schale, die das Bewusstsein vor dem zu frühen Durchbruch in die rätselhafte Weltentiefe schützt, gehört mithin zur Achse XY, der Stoff als Zerstörer – sofern er die Übermacht über das Welt-Ich gewinnt – dagegen in die Achse AB, d.h., in die Wellenberge des Wirkens bzw. Werdens.

In die Achse XY und Punkt 7 gehört mithin: die Haltung im Gebet[98], die Versenkung in Gott, Christus etc., das Erwachen des Lebensgeheimnisses im Menschen.

In die Wellenberge der Achse AB dagegen: die kulturelle bzw. zivilisatorische Leistung des Welt-Ich, die Schöpfung des Kindes im Leib der Mutter, das körperliche Spiel, die menschliche Handlung, die Selbstspiegelung (denn es erscheint in ihm ein Produkt des Werdens), kurz, alles, was irgendwie auf das Werden Bezug hat, sei es im Menschen selbst bzw. außer ihm: Der ganze kosmische Kreislauf,

---

98 Zum Punkt I als der Stelle, in die die religiösen Erlebnisse fallen, gehört – systematisch betrachtet – auch die Monotonie in der Sprechweise des kirchlichen Ritus, eine Ausdrucksform der Sprache und des Gesanges, die sich streng von der weltlichen unterscheidet. Die Polarität zwischen „Bete" und „arbeite" drückt sich selbst in diesen feinsten Nuancen aus.

wie er von mir in Kap. 2 dargestellt wurde, in allen seinen Phasen und entsprechenden Inhalten gehört hierher. *Außerhalb* dessen steht alles, was sich auf das Sein der Ewigkeit bezieht. Daher ist es auch unmöglich, auf *beides zugleich* einzugehen: auf Ewiges *und* Zeitliches am Dinge. Eines muss immer vernachlässigt werden, wenn dem andern die Aufmerksamkeit gilt. Im Gebet bzw. Erwachen des Weltgeheimnissess im Menschen hört daher notwendigerweise alles Wirken des Lebens im Werteschaffen auf. *Werden und Sein als Erlebens- bzw. Aktionsgebiete des Bewusstseins schließen sich gegenseitig aus* (doch bedingen sie sich gegenseitig).

Es wird jetzt dem Leser verständlich sein, weshalb in diesem System auf die sorgsame Herauspräparierung der Indifferenzphänomene so großer Wert gelegt wurde. Denn nur im Indifferenzpunkt *zwischen* den polaren Extremen zeigt sich ja das Weltsein des Stofflichen, und indem das Leben bisher auf diese Indifferenzphänomene nicht tiefer einging, wurde es auf dem Umweg festgehalten, den es um die eigne rätselhafte Achse beschreiben musste. *Es fand den Weg zu sich selbst nicht mehr zurück.*

Für das kindliche Stadium der Welt lag dieses Stehenbleiben auf dem Umweg wohl in dem Plan der Schöpfung. Das Leben klammerte sich in dieser Epoche an die höchsten Offenbarungen des Seins, wie es aus den Genien aller Art gesprochen hatte (Genien der Religion, künstlerischen Genien etc.). Es klammerte sich an die Vorstellung von Gott, es verlieh der menschlichen Seele Unsterblichkeit und bewahrte dadurch den Menschen vor der Isolierung im Zeitlichen. Mit alledem hat es sich lange Zeit beholfen und damit dem Druck des Stofflichen einen entsprechenden Gegendruck vom Welt-Ich her entgegengesetzt. Traten jedoch Umstände hinzu, die den Menschen für große Kunst unempfänglich machten, erstarrte die Religion in Dogmen, die dem Denkhorizont des Menschen nicht mehr entsprachen, trat an die Stelle wahrer Religion Einhaltung religiöser Bräuche, Kirchengängertum – dann fehlte dem Leben plötzlich jene Kraftquelle, von der aus sich die Seele von den stofflichen Wirkungen auf das Bewusstsein reinigen konnte, dann erhielt die *Stoffwelt* das Übergewicht und lieferte den Menschen an Genusssucht, niedere Selbstsucht, Gefallsucht und alle anderen Süchte aus. Dann war das Band zur Ewigkeit zerschnitten, und der Mensch lebte, hingegeben an den schönen Schein des Tages und der Nacht, an der Oberfläche des Lebens dahin. Er lebte in den Tag hinein, war stolz und froh auf dieses Leben und wusste nicht, dass er an der wahren Tiefe des Lebens vorbeilebte. Denn das Leben im Schein ist ja dadurch charakterisiert, dass es sich so herrlich bequem dabei leben lässt.

Es ist klar, dass, soll das Leben nicht seinen Sinn verlieren, es *neue* religiöse Haltungen für sich gewinnen muss, die für einen vorgeschritteneren Teil der Menschheit die Aufgabe der früheren übernehmen. Andernfalls steht es in Gefahr, durch die Übermacht stofflichen Gegendrucks innerlich aufgerieben zu werden. Der Mensch hat nicht die Möglichkeit, diesen Gewalten aus eigenen Mitteln zu begegnen. Denn er ist selbst ein abhängiges Glied der Schöpfung. Glaubt er, aus der eigenen Selbstherrlichkeit heraus den gordischen Knoten zerhauen zu können, den das Leben geschlungen hat, dann wird *diese Selbstherrlichkeit in ihm* den Knoten noch weiter verwirren. Nur die letzte Grundgewalt des Lebens kann da helfend eingreifen und neue Sicherungen für den Menschen schaffen, die ihn vor dem Verfall an das Nichts schützen. Was in den Wurzeln krank ist, kann nur von der Wurzel her genesen.

Das Leben muss sich wieder zu sich selbst zurückfinden. Es darf auf dem Umweg, den es einmal beschritten hat, nicht stehen bleiben. Die Kinderjahre der Menschheit sind nun vorüber. Jetzt heißt es für das Leben: *sich auf sich selbst stellen.* Es stellt sich auf sich selbst, indem es den Schein durchbricht, der es bisher unmündig machte. Damit erst hat es jene rechte Mitte wiedergewonnen, von der aus es den Stoff bezwingen und seine eigne Harmonie reiner als je wiederfinden wird.

Die alten Ideale der Menschheit sollen dabei nicht zerstört werden. Jeder in ihnen seinen Halt findet, soll sie für sich anerkennen und weiter pflegen, denn wenn ein Baum wächst und in der Verlängerung seines Stamms einen *neuen Trieb* ansetzt, dann geht der Stamm darunter mit all seinem Gezweig und Blätterwuchs doch nicht ein – er wächst und soll weiter wachsen! Aber der neue Trieb, der in der Menschheit heranwächst, wird eine neue Lebenseinstellung für sich verlangen, und diese wird sich von der früheren gewaltig unterscheiden, etwa wie der Mann sich vom Kinde unterscheidet. Und so konträr werden diese religiösen Einstellungen auf Erden sein, dass, was dem einen für sein Leben Medizin ist, für den anderen ein Gift sein wird, wenn er davon für sich Gebrauch machen würde. Denn die Welt gleicht einer Raupe, die alle Glieder nach sich zieht. Ein jedes Glied, vom Kopf an gezählt, der voranschreitet, wird seine eigne religiöse Überzeugung haben und, was der Kopf für sich anerkennt, wird den letzten und vielleicht allen andern Gliedern unfasslich bleiben.[99]

99 Die Raupe Welt hat ihre Glieder, und ein jedes wird in seiner Art Gott *echt* verbunden sein, was nicht ausschließt, dass primitivere Arten dieses Gottverbundenseins, von höheren Stufen aus gesehen, als Schein gelten müssen und es, aus *dieser* Perspektive betrachtet, auch sind. Aus dem Gesagten geht hervor, eine wie außerordentlich schwierige Aufgabe die Kirche zu leisten hat, da sie ja innerhalb eines Bekenntnisses den verschiedensten Menschengattungen gerecht werden muss. Der Katholizismus hat diese Aufgabe wohl am hervorragendsten gelöst. Bedenkt man jedoch, dass das Welträtsel sich nie wird lösen lassen, dass es keiner Wissenschaft, keiner Religion je gelingen wird, den letzten Schleier vom Weltgeheimnis fortzuziehen, so bleibt schließlich als Hauptproblem einer jeden Religion, ob und inwieweit sie imstande ist, das menschliche Bedürfnis nach Religion abzusättigen und dem Menschen zugleich wertvolle Maximen für den Aufbau seiner geistigen Existenz zu verschaffen. Mit anderen Worten: Die Kirche wird fast bedeutungsvoller für die Religionspraxis als die Religion selbst. Denn durch falsche Übermittlung kann der Inhalt einer Religion, sie mag noch so tief und bedeutungsvoll sein, bis zu einem gewissen Grade wirkungslos gemacht werden, wie sich dies beim Prostestantismus beobachten lässt.

8

Die Sonderstellung, die die Religion im Leben einnimmt, ist damit genau präzisiert. Der Schein, den das Leben in dieser Richtung entwickelt, kommt einem Schutz gleich, den es dem erwachenden Menschen zuteil werden ließ.

Es muss nun ergründet werden, welche Rolle der Stoff, als Erzeuger des Scheines, innerhalb der Aktivierungen des Lebens, also von der Fig. 7 her gesehen, innerhalb der Wellenberge a, b spielt. Hierfür sind in den früheren Abschnitten bereits die genügenden Grundlagen gelegt, sodass wir uns auf eine kurze Schau über die wichtigsten Lebensgebiete beschränken können.

In den beiden Wellenbergen a, b drückt sich das polare Verhältnis von Geisteswelt und Natur aus. Diese aber sind als Schaffenszentren des Welt-Ich auf die Geschlechter verteilt. Somit ergibt sich als erste Aufgabe festzustellen, welche Rolle der Schein in den Beziehungen der Geschlechter zueinander spielt, eine Untersuchung, die sich zugleich auf den Gegensatz von Mann und Weib in ihren kosmischen Wesensanlagen erstrecken soll.

9

Alles, was lebt, wird getragen von einer Woge Leben, die ihm voranging. Ein ungeheurer Wellenberg kosmischen Geschehens trug uns empor, ein Wellenberg, der durch Jahrmillionen das Leben aus Nacht und Dunkelheit in die Beglänztheit einer von Licht und Farben durchflossenen Bewusstheit von sich selbst heraufführte. Wir stehen nicht isoliert da im Leben, unsere Ahnenreihe beschränkt sich nicht auf die paar Geschlechter, die wir stammbaummäßig vor uns herzählen können: Unser Ahnentum reicht bis in das urälteste Geschehen hinab. Was in uns wirkt und unser Dasein erhält, ist eben *jener Impuls, der das erste Leben in der Welt hervorrief* und in seinem

Wirken in der Kette unserer Vorfahren nie abbrach. Ein Strahl ewigen Lebens pflanzte sich zu uns fort: *Die Tatsache Leben als solche bedeutet mithin schon Unsterblichkeit*, und im wahren Sinne leben bedeutet daher: sich dieses Unsterblichen, das uns durchflutet, bewusst werden.

Wir sind aber nicht nur Endglied in der Kette Leben, das uns vorausging, nein, *innerhalb* des Weltwerdens, von dem die Weltgeschichte erfüllt ist, schloss sich das Leben zugleich *vom Keim zur Blüte auf, wir sind diese Blüte selbst*, denn die Differenzierung des Lebens in „Männlich" – „Weiblich"[100] ist bereits als sein Blütenstadium aufzufassen, lässt doch auch die weit eröffnete Blüte in ihrem Schoß diesen Gegensatz erkennen! Mit dieser Klarstellung ist unser eignes Sein fest in das unendliche Geschehen des Kosmos hineinverwoben: Wir können uns aus ihm nicht mehr herauslösen, denn wir sind ja die Blüte des Lebens, und diese stellt sich zugleich als das Endprodukt eines langen Vorher des Weltgeschehens dar.

Mit diesem Gegensatz von Männlich – Weiblich vollzog das Leben zugleich eine Trennung seiner Funktionen. Es verteilte seine Schaffenszentren auf zwei Geschöpfe, deren ganzes Sein nun in den Dienst dieser Sonderfunktion gestellt war. In den Mann verlegte es das Zentrum des geistigen Neuschaffens, geistigen Neuerfindens, in die Frau den unsterblichen Drang seines Naturschaffens. Mann und Weib wurden so die Pole, von denen sich das Leben im unterbrochenen Strom kulturellen und natürlichen Wirkens durch die unendlichen Zeiträume hindurch bejahte.

Demgemäß ist aber zugleich die körperliche Anlage der Geschlechter verschieden. Dies kennzeichnet sich allein schon im ästhetischen Reiz, den sie ausstrahlen. Das Weib hat in sich abgerundete Formen. Der ästhetische Reiz geht bei ihm *von der äußersten Peripherie des Leibes* aus, von der zarten Biegsamkeit der Umrisse, die seinen Körper begrenzen. Aber man braucht nur an

---

100 Als Pole des kosmischen Kreislaufs, die als Zentrum des Welt-Ich zu betrachten sind!

den aufsteigenden Ast der Wurfparabel zu denken, um zu wissen, woher diese Körperlinien stammen. Denn hier im aufsteigenden Ast der Wurfparabel zerlöst sich gewisssermaßen *unter dem dominierenden Einfluss des geistigen Richtungsimpulses* physische Energie, die dem Wurfgeschoss mitgegeben wurde, in eine fein geschwungene Kurve, die, wie der Umriss des weiblichen Körpers, linienhaft, d. h., für sich empfunden wird.[101] Dem Weib als Naturwesen kommt also eine gewisse geistige Betontheit zu, und dieses Moment stimmt mit der Tatsache überein, dass das Weib die organisierenden geistigen Kräfte in sich birgt, die *das Kind* in ihm schaffen.

Man hat bei Tieren das männliche Fortpflanzungsprodukt durch chemische Anreizmittel ersetzen können, aber niemals das weibliche Ei! –

Die ästhetische Wirkung des Mannes stammt dagegen – rein körperlich betrachtet – nicht von der Körperperipherie, sondern von *innen* her, von *hinter* ihr gelegenen Zentren. Durch die Körperfülle blickt gleichsam etwas hindurch: *ein Überschuss von physischer Energie,* der sich in der kräftig entwickelten Muskulatur und dem massig hervortretenden Knochenskelett manifestiert, das dem männlichen Antlitz Starre und Festigkeit gibt. Dieses Plus des Physischen verdrängt beim Manne die reine Kurve, die den Reiz der Frau darstellt, denn die Muskulatur durchbricht bei ihm schonungslos den in sich geschlossenen Zusammenhang der Körperperipherie. Bei der Frau *glättet sich alles harmonisch unter dem schützenden Mantel der Körperumhüllung,* d. h., der Haut, und eben diese Glätte, die nie schroff durchbrochen wird, führt zu jenen zart fließenden Umrissen, die im Verein mit dem

---

101 Nur müssen wir den Antagonismus der Kräfte, wie er sich im Wurf vor unseren Augen abrollt, in den inneren Gestaltungsprozess des Weibes selbst *hinein*verlegen, dessen Endresultat wir in der Körperform vor uns haben. Das Weib ist physisch schwächer als der Mann, und wo das physische Sein im Zurückweichen begriffen ist, hebt sich von selbst die ordnende Gewalt des Geistigen in einer Formgebung heraus, die durch ihr Linienspiel auch den Geist wieder fesselt und entzückt, zumal den Geist im Manne.

zarten Schmelz der Farben, der weichen Abgetöntheit von Licht und Schatten ihr den Reiz des Überirdischen, Übersinnlichen verleihen. Daher erscheint uns ein derb hervortretendes Muskelspiel an der Frau unschön (wie auch Brüste, die das Linienspiel des Körpers unterbrechen), während Zurücktreten der Muskulatur und ein Sichherausheben linienhafter Umrisse beim Manne unschön wirken und ihm ein weibliches Aussehen verleihen.

In der Körperform des Weibes drückt sich ein gewisser Grad der Vollendung aus, den das Leben hier erlangt hat. Das Physische hat hier einen Abschluss in sich selbst erreicht und ist *nur noch Gefäß* für den Weltgeist, der sich in ihm auswirkt. Im Manne dagegen manifestiert sich der Überschuss an latenter physischer Energie, die vorandrängt. *Der Bejahungstrieb des Lebens spricht aus ihm stärker,* in der Tat ist er ja als Quellpol nicht nur des natürlichen, sondern vielmehr des kulturellen Wirkens zu betrachten: Aus ihm schlägt der Bejahungstrieb auf das Weib über und entzündet in ihm den Schaffenstrieb der Natur, und derselbe Trieb schlägt *in ihm selbst* auf die geistige Sphäre zurück und entfesselt in ihr den Genius kulturellen Neuerfindens. „Durch das Weib", sagt *Nietzsche* feinfühlig, „zeigt die Natur, womit sie bis jetzt bei ihrer Arbeit am Menschenbilde fertig wurde; durch den Mann zeigt sie, was sie dabei zu überwinden hatte, aber auch, was sie noch alles mit dem Menschen vorhat."

Die hohe Beweglichkeit der Spermatozoen im Vergleich zu dem fast unbeweglichen weiblichen Ei spiegelt den Unterschied der Geschlechter am deutlichsten wider. Eine Frau, die von Männern umschwärmt wird, ist das makroskopische Bild für die Vorgänge, die sich zwischen den geißelschwingenden angriffslustigen Spermatozoen und dem weiblichen Ei abspielen. Der Mann ist der Angreifer im normalen gesunden Geschlechtsleben, und erst, wenn der Verfall des Weibes an die Stoffwelt eingetreten ist, wird das Weib zum Angreifer. Vorher begnügt es sich dem Mann gegenüber mit Repulsion, so lange, bis die seelische Bindung zwischen den Geschlechtern eingetreten ist (wie der Auffangende sich der Stoßkraft des herabfallenden Wurfgeschosses widersetzt). Erst der Schein kehrt die Beziehungen der Geschlechter ins Gegenteil um. Wir werden davon zu sprechen haben.

Das echte Weib wird in seiner Lebensführung von jenem Pol bestimmt werden, in dem sein Schwerpunkt ruht: vom Kinde her, das die Manifestation kosmischen Lebens in ihm ist. Das Mutterschaftsgefühl ist die Weite, von der aus das Weib an die Forderungen des Tages herantritt. Durch die Mutterschaft ist es an die Urmächte des Lebens gebunden – das ist seine Philosophie, eine praktische Phylosophie, die ihm die theoretische des Mannes überflüssig und häufig zuwidermacht, denn es fühlt ja selbst den Weltgeist in sich wirken und braucht nicht erst zu fragen, woher das Werden kommt.

Die Mutterschaft gibt dem Weib jenen Trieb ein, der es vor dem Stehenbleiben in der subjektiv-ichsüchtigen Haltung schützt: den Trieb zu dienen. Allein schon das Kind fordert diesen Trieb heraus. Aber einmal wachgeworden, wird er sich jenem Wirkenskreis zuwenden, der das Kind später in seine Gemeinschaft aufnimmt: der menschlichen Gesellschaft. Durch die Verbindung mit dem Kinde ist das Weib gegenwartsnäher als der Mann, der leicht das Nahe überfliegt und die Ferne sucht. Denn er ist es, der das Bestehende immer wieder niederreißt, um es in neuem bessern Sinn aufzubauen. *Der Mann schafft die staatliche Ordnung, die Kultur und Zivilisation, die Frau lebt sie.* Denn das Nest, das ihr der Mann damit bereitet, muss ihr Brutstätte sein, sie muss, um ihrer Aufgabe als Spenderin und Erhalterin neuen Lebens nachkommen zu können, in dem Aufbauwerk des Mannes eine feste Stütze finden, die ihr als Fundament ihres Wirkens dient und die sie an das Kind weitergeben kann. Das Weib, das im Welt-Ich und nicht im Physischen wurzelt, ist daher konservativer als der Mann eingestellt.

Man hat dem Weib vorgeworfen, dass es im kulturellen Gestalten hinter dem Mann weit zurücksteht. Dies ist ein männliches Vorurteil, das nur die Schöpfung des Mannes berücksichtigt und an diesem Maßstab das Weib misst. Das Weib gestaltet nicht am Toten (Marmor,

Bronze etc.)[102], sondern am Lebendigen selbst, am Kinde und an sich selbst. Das Weib gestaltet im Aufnehmen und Weitergeben, nicht, wie der Mann, in ursprünglicher Produktion. Was der Mann an Kultur hervorgebracht hat, lässt es durch sein eignes Sein hindurchgehen, es formt sich selbst an ihm und trägt *in dem eignen Sein ein Werk künstlerischer Kultur zur Schau.* Deshalb haben Kleidung und jede kleinste Regung bei der Frau viel mehr zu sagen als beim Mann: In ihnen intensiviert sich das Ganze der Persönlichkeit. Die Frau wird so zum lebenden Kunstwerk und, indem sie dies in sich verkörpert, hält sie dem Mann das eigne Schaffenswerk nochmals wie im Spiegel vor.

Das Weib ist geistig mehr dem Einzelnen zugewandt, aber es beseelt dies Einzelne und formt daraus die künstlerische Einheit, die dem Hauswesen des Mannes Wärme und Innigkeit verleiht. Es ist ihm nichts zu klein, nichts zu winzig, um es kalt an die Seite zu tun, auf alles erstreckt sich seine liebende, sorgende Hand, mit der es ihm dem Platz im Leben anweist. Die vom Welt-Ich geschaffenen Kulturerzeugnisse finden mithin im Weib ihr Hauptansaugezentrum: *Durch das Weib wird das in toten Dingen aufgespeicherte seelische Gut in die lebendige Nähe zum Menschen gerückt und so Einzelseele mit Weltseele – wenn auch nur im Teilausschnitt – vereinigt und bereichert.*

Diese seelische Haltung der Frau bildet für den Mann – denn in ihm ist das kulturelle Lebensagens je vor allem tätig – den Anreiz, Neues, Wertvolles zu schaffen. Das Weib lockt so aus dem Leben Kulturgut hervor, um es liebevoll in das Leben wieder einzuordnen. Liebe zum Weibe bestimmt also den Mann in seinem sozialen Wirken, im Hinblick auf die Frau bzw. die Familie schafft er; das

---

102 Es gibt fraglos geniale Frauen (wie die Künstlerin Rosa Bonheur etc.). Wenn sich das Welt-Ich im Weibe jedoch nach zwei Richtungen *zugleich* auswirken soll, in natürlicher und kultureller, so kann es zu einer Katastrophe kommen, wie das Schicksal von *Paula Becker Modersohn* lehrt.

seelische Band, das ihn an die Familie knüpft, bindet ihn zugleich an die Erfüllung seiner Lebensaufgabe. So tief reicht Liebe zum Weibe noch in sein tätiges Wirken hinab.

Lockert das Weib die Wurzeln, mit denen es mit dem Kosmos zusammenhängt, dann wird sich vielleicht das Individuelle in ihm stärker ausprägen. Es wird bewusster und wacher leben, denn die Abhängigkeit vom Kosmos erhält zugleich die irrationalen seelischen Kräfte im Weibe wach, die sich in ihm als Hang zum Aberglauben, Übersinnlichen, aber auch vermehrte Kraft zur Intuition äußern können. Es ist im Übrigen nicht immer gesagt, dass, wenn die Muttersehnsucht in der Frau erloschen ist, sie die Bindung zum Kosmos gänzlich eingebüßt hat. Sie kann sich in einem reinen Verhältnis zur Natur, zur Kunst, zum Kinde, zum Manne, zur menschlichen Gesellschaft erhalten haben und in einem schönen Aktivsein in allen diesen Richtungen bewähren. Aber der Trieb zum Dienen wird sich in allen diesen Tätigkeiten dokumentieren müssen, andernfalls entsprechen sie nicht dem Muttertum der Frau, das in der Hingabe zugleich seine Erfüllung sucht.

Der Anreiz, den die Frau auf den Mann ausübt, wird vom Spiegelbild unterhalten. Schmückt sich die Frau aus reinem Naturtrieb, um sich dem Manne schön zu zeigen und von seinem Instinkt und Geschmack vor ihm Zeugnis abzulegen, so steht der Stoff, der das Spiegelbild erzeugt, noch im Dienst des Welt-Ich. Mit dem Augenblick jedoch, wo diese Gefallkunst darauf ausgeht, nur die sinnliche Begierde im Manne zu wecken, um sie in oberflächlichem Genussleben verströmen zu lassen, hat der Stoff die Übermacht über das Welt-Ich erlangt und es in seine Abhängigkeit zu sich gebracht. Diese Frau verbreitet keine Seele, sondern nur noch Nervenanspannung um sich her. Der Mann, in den Bann dieser nervenaufpeitschenden Reize gezogen, vergisst seine kulturelle Aufgabe: Er wendet sich dem Geldverdienen zu, um den wachsenden Ansprüchen einer solchen Frau genügen zu können.

Es wird schwer festzustellen sein, ob die Zivilisation die Veräußerlichung oder die veräußerlichte Frau die Zivilisation gefördert hat. Sicher ist, dass Letztere mit ihren tausend und abertausend Köstlichkeiten, die sie aus unzähligen Schaustellungen täglich an der Frau vorbeiziehen lässt, sehr viel von ihrer Kraft für sich absorbiert und ihren Sinn nach außen gelenkt hat, das gilt nicht nur in Bezug auf die Warenschau, sondern mehr noch für sie selbst. *Damit hat sich aber zugleich eine Wendung in der Frau von der objektiven Haltung der Mutter in die ichsüchtige der Modedame vollzogen.* Dass eine solche Wandlung ihrerseits auf die Schaffensproduktion des Mannes tiefste Rückwirkung haben musste, versteht sich von selbst. Der Mann der heutigen Zivilisation, allein schon durch die Hypertrophie des Verstandes den tiefsten Mächten des Lebens fremd geworden, wird nun vollends in das Raffinement einer mit den künstlichsten Mitteln unterhaltenen Oberfläche des Lebens hineingezogen. Damit vollendet sich sein Schicksal. Denn die Geschlechter reißen sich nun gegenseitig in den Abgrund.

Der Katholizismus hat das Leben recht verstanden, wenn er zu seinem Hauptsymbol die Mutter mit dem Kinde machte und, indem er beiden göttliche Weihe verlieh, dieses Verhältnis von Mutter zum Kind zum Angelpunkt der ganzen Menschheit machte. In der Tat geht die Welt aus den Fugen, wenn dieses Verhältnis gestört ist. Möglicherweise bedeutet eine solche Störung den Beginn des Unterganges einer jeden Kultur. Reißt sich die Frau aus dem ewigen Grund, folgt der Mann ihr nach.

Was hier kurz skizziert wurde, wollen wir im Folgenden ein wenig näher erläutern.

10

Das Weib ist, wie wir feststellten, (im Hinblick auf seine natürliche Veranlagung) geistig, der Mann dagegen physisch betont. Dieser Gegensatz der Geschlechter hat zu vielen künstlerischen Gegenüberstellungen Anlass gegeben, in denen das Weib, welches das Licht viel reiner auffängt als der Mann, als eine Art höheres

Wesen, der Mann an die Erde, an die Natur geheftet erscheint. Als Naturgeschöpf ist das Weib nun in der Tat den höheren Mächten des Lebens viel näher als der Mann, denn der Weltgeist selbst hat sich in ihm ja zu eignem Wirken niedergelassen, und sein Produkt, das Kind, ist eines der größten Wunder des Lebens überhaupt. Aber diese geistige Betonung, die es damit erlangt hat, bringt es wiederum in eine Nähe zu den Erzeugnissen geistigen Ursprungs, denen der Kultur, zumal wenn das, was bei der Frau an die natürlichen Funktionen erinnert, sorgsam verkleidet und zugedeckt ist. Es ist daher für einen Maler nicht schwer, ein Frauenbild zu schaffen, denn der ästhetische Reiz der Frau wurzelt in reinen Lichtwirkungen, die es ausstrahlt. Schwerer ist es schon für ihn, dem Naturell des Mannes im Gemälde gerecht zu werden: Er muss, wie Rubens, schon tiefbraune Farben, schwere Schatten und tierische Charakteristika zu Hilfe nehmen, um seine Erd- und Naturgebundenheit mit dem Mittel der Farbe transparent werden zu lassen. Daher gehört der Mann für künstlerische Darstellung eher in die Plastik, und zwar die Bronzeplastik, während der Marmor, weil er den Stein vergessen macht und jeden Gegenstand in das höhere Sein von Licht und Form zerschmelzen lässt, wiederum für die Frau das geeignetste Medium der Darstellung bleibt.

Zweierlei liegt in dem Gesagten ausgedrückt: Das Weib selbst bringt aus dem eignen natürlichen Sein eine Ausdrucksform seines Wesens mit, die in der Rückwirkung auf den Mann dessen Geistigkeit in Bewegung setzen und zu schöpferischen Leistungen anregen muss. Das Weib schwebt so dem Mann als Ideal voran, und indem er geistig gestaltet, gestaltet im Grunde die Frau in ihm. Denn sie wird der Motor, der das schaffende Prinzip in ihm in Schwingung versetzt und den gestaltenden Dämon in ihm weckt. Sie gibt ihm die Flügel, die ihn von der Umklammerung der Erde frei machen und ihn in die höhere Welt geistigen Schaffens entführen.

Alle diese Wirkungen strahlt das Weib auf den Mann aus, solange es sich unverfälscht dem Leben bewahrt hat. Es verliert diese Bedeutung für den Mann, sobald es sich durch künstliche Bemalung selbst um seinen Naturreiz bringt und die *sinnlichen* Reize seines Äußern (durch künstliches Hervorheben der natürlichen Farben etc.) in den Vordergrund drängt.[103] Anstatt seelischer Rückwirkung empfängt so der Mann *Stimulation seiner physischen Triebnatur,* die ihn in die eigne ichsüchtige Haltung hineindrängt und den idealen Mächten des Lebens entfremdet. Damit ist dem Manne der *Mensch* hervorgelockt, sein Göttliches dagegen ausgeschaltet. Nicht mehr Dienst am Leben, sondern Vergewaltigung des Lebens zu eignem Genussleben heißt nun die Parole. Ein solches Leben wird seelischer Selbstmord für beide, für Mann und Weib, bedeuten müssen. Und die Wirtschaftsordnung, die solches stützt, wird selbst daran zugrunde gehen, sofern sie sich nicht im Menschen *neue seelische* Stützen schafft bzw. den Kurs völlig ändert.

Die Frau wirkt mithin schon rein als Naturgeschöpf gemäldehaft[104] (die Farbenkleckserei im Gesicht verroht dieses Gemälde nur, wenn dabei nicht ganz vorsichtig zu Werke gegangen wird – es gehört auch hierzu Kultur! Damit ist jedoch bereits gesagt, dass der Stoff, der diese Lichtmaske bewirkt, um so stärker hinter ihr zurücktreten wird, je reiner die Lichtwirkungen sind, die die Frau ausstrahlt. Umgekehrt wird das Hervortreten des Stofflichen an der Frau um so mehr die Illusion des rein Gemäldehaften zerstören, je mehr im Mann das verausgabt ist, was sie unterhält: die sexuelle Energie. Stößt nämlich der Mann nach Verausgabung seiner sexuellen Spannkraft auf den Stoff und ist keine weitere seelische Bindung zwischen den Geschlechtern vorhanden, so zerflattert plötzlich der ganze Reiz, der von der Frau ausströmte. Wie nach dem Funken der Zigarette der

---

103 Siehe hierzu Schema F... Punkt 5. Betrachte Einstellung auf sinnliche Einzelheiten innerhalb der Lichtmasken.

104 In Anpassung an die Zivilisation hat der Mann, indem er den Bart entfernte, sich in seinem Äußern daher zugleich an die Frau angepasst, die an sich schon in ihrer natürlichen Erscheinung den kulturell bzw. zivilisatorischen Erscheinungsformen näher steht als der Mann und dieses Gemäldehafte ihres Eindrucks nun ihrerseits durch künstliche Mittel unterstützt hat.

Tabak, drängt sich nun mit einem Male das hervor, was sich den Blicken zuvor gänzlich entzogen hatte: der Stoff, aber dieser ist ja wiederum vom Geist her gesehen das gänzlich Sinnlose, das Nichts, ein toter Punkt, von dem er in alle Weite wegstrebt!

Es ist nun ohne Weiteres verständlich, weshalb der Stoff in der Weltgeschichte zum bösen Prinzip werden konnte, wie das Geschlechtliche als solches in den Ruf des Sündhaften kommen musste und warum die Natur vom Menschen der bösen Zauberei bezichtigt wurde, mit der sie ihn in ihre schillernden Netze gelockt haben sollte: Anstatt sich selbst anzuklagen, hatte der leichtfertig von seinem Trieb hingerissene Mensch den Stoff und die Natur angeklagt. Diese Leere, auf die er stieß, hätte im Mann das Gewissen wachgerufen und ihn zur Einsicht in sein eignes Handeln veranlassen sollen. Aber diese Frage stellte er sich nicht. Das Versagen der sittlichen Instanz im Menschen führte zu jener vagen Beschuldigung der Natur, *die sich dort als leer erweist, wo sich menschliche Leere handelnd ins Leben vorwagt.* Statt objektiver Einsicht subjektive Beschränktheit: die alte, so oft schon vorgewiesene Haltung, die das Bewusstsein im Verfall an den Schein einnimmt! Ganz offensichtlich bedeutet der Vorstoß des Menschen gegen die Natur nichts anderes als die Niederlage des autonomen Prinzips gegenüber dem Stoff, der den Menschen durch die Lichtmaske geblendet und ihm dann die eigne Leere brutal vor Augen gehalten hatte. Das Welt-Ich hätte hier *gegen* den Menschen Stellung nehmen müssen, anstatt dessen hatte es geschwiegen. Dieses Schweigen gehört schon in eine Verfallszeit, wir wissen damit zugleich, aus welcher Zeit diese die Natur verunglimpfenden Lehren stammen.

Es ist damit aber zugleich bewiesen, welch eine Bedeutung dem Stoff für die Gewinnung eines höheren Ethos im Menschen zukommt. Das Irren treibt ihn in die Leere, die Leere mobilisiert das Welt-Ich, und das Welt-Ich treibt ihn zur Selbsterkenntnis und Einsicht in sein Handeln. Daraus gehen die Hemmungsimpulse hervor, die für die sittliche Persönlichkeit eigentliche Waffe im Weshalb beginnt das Paradies der Bibel nicht mit der Ehrfurcht des Adam vor Eva als Mutter aller Menschen – ihm von Gott, wie etwa dem Moses, aus dem Dornbusch verkündet –, weshalb liegt der Schwerpunkt der Erzählung vom Erkennen der Geschlechter im Verbot der sinnlichen Annäherung? Die erste Lösung hätte der Bibel und damit der Menschheit eine völlig andere Richtung gegeben, denn sie hatte das Geschlechtsleben anstatt mit Sünde mit Ehrfurcht erfüllt. Die Bibellegende verrät, welcher Trieb im Autor der Erbsünde der vorherrschende war.

Kampf mit dem Triebleben werden. Der Stoff, ein Abstoßungspunkt zu höherer sittlicher Harmonie – die Welt ist in sich schon sehr groß geregelt! Nur sind eben die inneren Widerstände der Welt zu gewaltig, als dass das Welt-Ich ihnen nicht zu gewissen Zeiten erliegt.

Wir stießen hier auf die merkwürdige Tatsache, dass ein Naturgeschöpf, nämlich das Weib, in seiner körperlichen Erscheinung den Anblick gewährt, als ob es der Kultur bzw. Zivilisation entstammte bzw. dorthin hineingehörte. So ganz merkwürdig sollte diese Tatsache nicht berühren, da ja auch das geistige Leben natürlichen Ursprungs ist, es hat eben nur seine eignen Ausdrucksmittel, und diese stehen der Hohlraumrealität näher als dem Vollraum, dem das Naturprodukt als solches angehört. Aber aus ebendiesem Grunde muss das Naturerlebnis ganz anders geartet sein als das Erleben von Kultur bzw. Zivilisation: Denn diese Welten sind polar entgegengesetzten Ursprungs und daher geschieden. Es ist mithin ohne Weiteres verständlich, dass jene Einstellung, die wir den Gegenständen der Kultur bzw. Zivilisation gegenüber einnehmen, nicht ohne Weiteres auf die Natur übertragen werden darf und umgekehrt. Tritt dieser Fall dennoch ein – und er ist vom Großstädter aus gesehen gar nicht so selten –, so brechen im Menschen beide Pole auseinander, denn wer Natur anschaut, als ob er einen Gegenstand der Zivilisation vor sich hätte, in dem schwingt der natürliche Pol nicht mehr mit. Er gleitet im Anblick der Natur notwendigerweise auf die Lichtmaske der Dinge ab, er schaut Natur als Naturgemälde, anstatt sie in ihrem organischen Sein zu erleben, als ein Stück Leben, in dem dieselben Säfte kreisen wie in ihm selbst und das ihm doch fremd und unergründlich gegenübersteht.

Um diese zweifellos sehr interessanten Fragen näher zu erörtern, muss ich jedoch etwas weiter ausholen.

Zunächst muss ich leider diesem oder jenen den Glauben zerstören, als fände in der Begrenzung unseres Körpers auch unser individuelles Sein seine Grenze. Unser Bewusstsein reicht vielmehr tief in den Raum hinein; er ist nicht, wie man früher annahm, in unserem Kopf gelegen und das, was wir zu sehen glauben, nur eine Projektion dieses Bildes nach außen. Vielmehr müssen wir uns den Vorgang des Sehens und Hörens so vorstellen, dass auf einen Reiz hin, der unser Seh- bzw. Hörorgan trifft, gewissermaßen eine materielle Tastatur angeschlagen wird, deren Übertragung bis tief ins Gehirn reicht. Dieser Vorgang im Gehirn, der das materielle Korrelat der Sinnenerregung darstellt, hat jedoch nichts mit der Lokalisation des sinnlichen Faktums als solchem zu tun: Denn wenn jemand z. B. die *Saite* meines Flügels anschlägt (die Unverständigen sagen: einen „Ton"), so kann ich die sinnliche Wahrnehmung dieses materiellen Vorganges auch drei Stuben weiter oder sonstwo haben. Wichtig ist nur, dass die Taste richtig funktioniert und an der Apparatur keine Mängel vorhanden sind. Ist die Saite gerissen oder sonst etwas an der Apparatur in Unordnung, so bleibt natürlich auch das sinnliche Faktum aus. Auf unser Problem übertragen, will dies sagen: sinnliche Erregung und Gehirnmechanismus[105] gehören wohl zusammen, *aber nicht notwendig an einen Ort.* Unser Bewusstsein kann mithin tief in den Raum hineinreichen, und wir müssen dies sogar mit Sicherheit annehmen, da wir uns ja nur in hellen Räumen

---

105 Ohne Gehirnerregung, ohne das Anschlagen der Taste, ist natürlich auch kein sinnlicher Bewusstseinsvorgang möglich, beide sind vielmehr von einander abhängig. Gelangt der Reiz nicht bis zum Auge oder Ohr, so fällt auch der sinnliche Eindruck fort.

mittels unseres Sehens orientieren können! Wie sollte sich der Akkommodationsapparat unseres Auges je auf nah oder fern gelegene Objekte einstellen, wenn wir den sinnlichen Eindruck „in unserem Kopfe" trügen! Das Auge ist doch wohl *nach außen* gerichtet, in eine Helligkeit hinein, und Helligkeit ist eben Bewusstsein, und zwar unser eigenes Bewusstsein. Unser Auge orientiert sich mithin in unserem eigenen Bewusstseinsfeld, das sehr weit in den Raum hineinreicht (bis zu den Sternen!) und rückt vermittelst der Akkomodation nur diesen oder jenen Gegenstand in den Blickpunkt der Aufmerksamkeit.

Wie ist das Ganze nur zu erklären? *Wir sind gewissermaßen Knotenpunkte innerhalb des Weltbewussstseins, aber zugleich mit einer Art Spitzenbewusstsein begabt.* Was der Kosmos nur dunkel und unbewusst ahnt, das primitive Geschöpf nur als photochemischen Reiz erlebt, wird im menschlichen Bewusstsein in höchster Klarheit lebendig. Gleich einem Berg, dessen Profil sich nach dem Gipfel zu mehr und mehr verschärft, so erhob sich aus der unbestimmten Weite des Makrokosmos die Natur und mit ihr der Mensch. Die materielle Basis der Schöpfung (in den Riesenechsen der Vorzeit noch sehr breit) nahm dabei immer mehr ab, die geistige Klarheit dagegen zu. Schließlich blieb im Vergleich zum Ganzen des Universums nur noch ein Klümpchen Materie übrig, jedoch mit einer grandiosen Apparatur begabt, die große kosmische Unendlichkeit wie im Spiegel aufzufangen bzw. *sich in dieses Unendliche mit wachem Bewusstsein ausströmen zu lassen.* Dabei leuchtete das Weltall zugleich in wundersamen Farben auf, tönte ihm in tausend und abertausend Geräuschen und Klängen entgegen.

Jedem physikalischen Vorgang entspricht mithin ein Bewusstseinsvorgang innerhalb des Unendlichen, nur ist er hier noch gänzlich unbestimmt. Denn die astronomische Weite der Unendlichkeit haben wir wohl als eines der *ersten* Stadien[106] der Weltaufschließung

---

106 An dieses erste Stadium der Teilung – die ursprünglichste Kategorie der

aufzufassen, dem der *Blastula* ähnlich, wobei jedes Planetensystem mit seiner Sonne als Mittelpunkt einer Zelle dieses Riesenleibes gleichkommt. Das Ganze würde von mir als „Zellenleib Gottes" bezeichnet, und wir sollten uns dessen bewusst bleiben, dass auch unsere Erde ein Teil dieser Gottwirklichkeit bedeutet.

Unser sinnliches Bewusstsein reicht mithin im Sehen und Hören in den Raum hinein, es reicht *wirklich* bis zu den Dingen, allerdings nicht bis zu ihnen selbst, sondern nur zu dem Strahlungsphänomen, das ihre Eigenart widerspiegelt – deshalb erscheint der Hohlraum an seiner Peripherie mit Lichtern und Farben gleichsam austapeziert –, es reicht *wirklich,* wenn auch nicht immer, bis zu den Schallquellen, von denen uns die Lufterschütterungen zu berichten haben.

Ja, nun wird mit einem Male die unfasslich große Bedeutsamkeit jener Feststellung klar, die besagt: „Die geistige Welt korrespondiert mit dem Hohlraum." Das bedeutet ja, dass sich in uns ein kosmisches Zentrum niedergelassen hat, das vom geistigen Pol her mit der Größe und Weite des Weltalls zusammenfließen will. Ein Kreis (das Universum) verdichtete sich zum Punkt (zum Geschöpf), um von diesem den Kreis, d. h., die Unendlichkeit, wieder zu erobern.

Hier erinnern wir uns des kosmischen Kreislaufs, bei dem das Welt-Ich als Herz fungiert, und fühlen uns angehaucht von der Größe

---

Fortpflanzung, die uns später wieder bei den Einzellern begegnet – schloss sich das der Knospung an. Denn die Planeten sind als solche Knospen zu betrachten, die sich vom Sonnenzentrum losgerissen haben. Auf den Planeten selbst kommt es zur Wiederholung dieser beiden Fortpflanzungsarten im Bereich des organischen Lebens – ein Beweis dafür, dass das Leben immer wieder auf primitive Lebensvorgänge zurückgreift, wenn es den Anlauf zu höheren, wacheren, komplizierteren Stufen macht – doch schließt sich hier als dritte (höchste) Kategorie der Fortpflanzung die *geschlechtliche* an, in der die polare Aufteilung des Lebens in das geistige und natürliche Wirkenszentrum vollzogen wird. Diese Darstellung soll ein Versuch sein, zwischen den höchsten und niedersten Lebensformen eine Brücke zu schlagen und zugleich die ersten kosmischen Vorgänge mit dem organischen Leben in Beziehung zu setzen. Siehe hierzu auch Figur 2 Seite 42.

des Lebens, das in uns seinen Sitz aufgeschlagen hat – in Mann und Weib.

Das optische Sinnenphänomen ist damit angedeutet. Mit dem Sinnenreiz springt gewissermaßen ein Tor in uns auf, das den Zugang zwischen uns und dem Weltenraum herstellt (diese Zauberpforte bleibt dem Blinden verschlossen). Bleiben wir jedoch im sinnlichen Anschauen an ein Außer-uns gebannt, wie kommt Erinnerung zustande, wie bewahrt das Gedächtnis dieses Geschehen bildmäßig auf?

Wenn wir unsern Körper bewegen oder irgendwie lusterregt sind, fühlen wir in uns und zwar im Bereich des Physischen eine Spannung. Also hätte Materie Bewusstsein? Weshalb nicht! Bewusstsein ist ein Wesenselement des Weltalls, warum sollte es bei der Materie aufhören? Ist dem aber so, dann würde alle Oszillation der Materie ja ebenfalls mit Bewusstseinsvorgängen gepaart sein, die gemäß dem Rang des Geschöpfes verschieden geartet wären, für ein Spitzenbewusstsein wären sie anders als für ein Bewusstsein primitiver Artung. Angenommen, es verhielte sich so, dann würde jener Reiz, der mittels der Sehapparatur zum Großhirn gelangt, daselbst zugleich mit der materiellen Erregung ein schwaches Abbild des Geschehenen zurücklassen[107], das gedächtnismäßig reproduzierbar

---

107 Dass das Gehirn zur selbstständigen Hervorbringung eigner Farben und Lichter fähig und nicht auf den Reiz von Lichtstrahlung von außen her angewiesen ist, ist dadurch erwiesen, dass Durchschneidung der Sehnerven bzw. mechanischer Druck auf den Augapfel oder ein heftiger Schlag auf das Auge lebhafte Farben und Lichteffekte provozieren. Nach intensivem Betrachten eines stark leuchtenden Objekts kann man übrigens das Bild, welches die „Tastatur" im Gehirn auslöst, als schwaches leuchtendes Nachbild beobachten, das aber nicht in den Raum hineinverlegt wird, sondern nur in der Vorstellung erscheint. Dem nach außen gewandten Sehen, das sich gar nicht abstreiten lässt, entspricht also ein gleichzeitiger Erregungsvorgang im Gehirn, der das Gesehene im schwachen Abbild aufbewahrt. Beide Vorgänge sind jedoch getrennt aufzufassen, die Erzeugung des Abbildchens ist ein Vorgang für sich. Zu den Farben und Lichtern, die wir außen sehen, gehören ganz andere Oszillationen als die des Gehirns, nämlich die Oszillationen des Äthers,

wäre. Auf diese Weise wäre zugleich verständlich, weshalb jeder Akt des Denkens zugleich mit materiellen Prozessen im Gehirn verknüpft sein muss. Jeder Denkakt ist ja nur unter Zuhilfenahme von sinnlichen Einkleidungsmitteln möglich! Stößt der Kolben des Denkens in der einen Richtung nieder, so saugt er bestimmt in der andern sinnliche Daten an, setzt also den Gehirnmechanismus in Gang.[108] Denken und Gehirnvorgang erscheinen hier nicht mehr parallel zueinander geordnet, wie im psycho-psychischen Parallelismus, sondern auf einander bezogen, gleichsam in eine funktionale Abhängigkeit

die durch das Licht selbst bewirkt werden. Alle physikalischen Vorgänge sind mit Bewusstseinvorgängen verknüpft, die vom kosmischen Weltganzen her gesehen völlig dunkel bleiben, in einem Spitzenbewusstsein dagegen farbig und leuchtend erscheinen. Für die Verbundenheit der Materie mit sinnlichem Bewusstsein spricht auch die Tatsache, dass unabhängig von Strahlungsreizen dagegen abhängig von Gehirnvorgängen und Gewebszerfall im Gehirn Bilder der Vorstellung entstehen, denen sicherlich Oszillationsvorgänge des Gehirns zugrunde liegen, denn bei Zerstörung der entsprechenden Gehirngebiete fallen sie aus.

108 Die sinnlichen Einkleidungsmittel des Gedankens, z.B. die Worte, stehen nun wieder *unter sich* in Verbindung, wodurch neue Zentren im Gehirn erforderlich sind. (Sind Letztere zerstört, so kann es kommen, dass jemand Gegenstände bzw. Vorgänge sieht, ohne ihren Sinn zu erraten). Ein Gehirnzentrum setzt so das andere wieder in Funktion, wodurch sich ein ganzes Netz von Wirkungen assoziativer Art ergibt, die alle auf die normale Funktion des Gehirns angewiesen sind. Man darf nur die Assoziationszusammenhänge, die zwischen den Einkleidungsmitteln des Denkens bestehen – obgleich sie von Letzteren geschaffen und unterhalten werden (im Gebrauch einer jeden Sprache!) – *nicht mit dem Denken selbst in seinen logischen Funktionen* etc. verwechseln, wie es die Materialisten tun. Die Gehirnzentren beziehen sich nur auf die netzartigen Zusammenhänge *der Einkleidungsmittel* des Denkens, das Denken selbst ist eine davon ganz getrennte Tatsache, die allerdings an die Unversehrtheit des Gehirns gebunden ist, denn ohne sinnliche Einkleidungsmittel kann sich kein Denkakt vollziehen.

Die materialistische Anschauung, die das Gehirn selbst zum Quell und Ursprung des Denkens macht, beruht daher auf der Verwechslung des Denkens mit dem Gedachten, das sich nur in sinnlichen Einkleidungen manifestiert. Sie setzt Denken und Gedachtes gleich und verirrt sich deshalb in die Apparatur für Wortzusammenhänge etc., die das *Kleid des Denkens* wirkt, ihm also nur indirekt dient.

zueinander gebracht. Das Bindeglied hierfür liefert das sinnliche Bewusstseinselement, das wir der Materie zugeschrieben haben, eine Annahme, die manches plausibel macht, an der Rätselhaftigkeit dieser Zusammenhänge zwischen Denken und Gehirnvorgang aber wenig ändert.

Unser Sehen reicht also in den Raum hinein, und damit ist zugleich gesagt, dass wir trotz der sinnlichen Verbundenheit unseres idealen Zentrums mit den Hohlraumrealitäten (Strahlung und Atmosphäre) den *Dingen selbst doch sehr nah kommen, z. B.* den Wellen, die sich wie kleine Wasserhügel in den Hohlraum vorbuchten und dabei zugleich voranschieben etc. Eines dürfen wir auch nicht vergessen: Wir sind ja im Sehen von Dingen bzw. Vorgängen *auch physisch* miterregt. Beobachten wir z. B. zwei Ringer, die miteinander kämpfen, so wird uns durch die Strahlung nicht nur der äußerliche Geschehensablauf vermittelt, sondern wir spüren *physisch zugleich in uns selbst* die Spannung der Leiber, die unter der Anstrengung keuchen und zittern, also das zentrale Geschehen als solches, das sich in den Ringern selbst abspielt. Dies bedeutet: Unser *physisches Sein ist den Dingen selbst* im Sehen verbunden, der *geistige* Pol jedoch dem *Umwelt*bestandteil der Dinge, der Strahlung, und nimmt durch sie wahr, was an ihnen selbst geschieht (eine sehr einfache und zugleich geniale Lösung der Natur, ein Geschehen gleichzeitig von innen und außen, d. h., in Vollständigkeit bewusst werden zu lassen). Diese Spannungen, die wir beim Ringen etc. nacherleben, sind jedoch nur materiell. *Von diesen* – nur sinnlichen stimulierenden – *materiellen Spannungen zu unterscheiden ist das reine schöne Mitschwingen unseres gesamten Physischen im Naturerlebnis.* Denn wir sind selbst ein Stück Natur, in uns steigen wie im Baum und der Pflanze Säfte auf und nieder, Leben ist hier wie dort. An diesem Erleben ist nicht nur Muskelspannung beteiligt – nein! Unser *ganzes eigenes Selbst* bis hinauf in die höchsten Regionen des Geistes, der ja auch in der Natur Zeugnis von sich selbst abgelegt hat. Wir verschmelzen hierbei selbst innerlich mit den Bäumen, den Felsen, den

Wiesen, dem Bach, sie werden zu einem Teil unseres eignen Wesens und wir von ihnen. Liebend wächst ineinander, was vorher getrennt war, und alle Unterschiede des Ranges sind dabei aufgehoben.

Dieses Mitschwingen mit der Natur, an dem unser physisches Sein in lebendigstem Ausmaß beteiligt ist, könnte jedoch nicht stattfinden, wenn sich der Mensch im Anblick derselben auf das bloße Strahlenphänomen beschränken würde, das seinen Sinnen zufließt. Denn damit hätte er ja nur das, was ihm auch jede Ansichtskarte vermittelt, aber nicht Natur, die Offenbarung des Kosmos selbst.

Anders verhielte es sich jedoch, wenn es für den Menschen darauf ankäme, einen Gegenstand der Kultur oder Zivilisation in sich aufzunehmen. Hier würde das Strahlenphänomen viel eher zur Dingvermittlung geeignet sein. Kultur und Zivilisation entspringen ja dem entgegengesetzten Pol, der idealen Sphäre, und diese gestaltet mittels der optischen und akustischen Sinneselemente, sodass in der Lichtmaske sich nur wiederholt, was dem Künstler im Schaffensprozess selbst vorschwebte. Hier schwingt unser Physisches weniger mit, denn der Hauptgewichtsakzent ruht im *Geistigen der Idee* bzw. *im Begriff*, der sich im Dinge verkörpert.

Daher lässt sich ein Werk der Kultur bzw. Zivilisation auch von einer guten Reproduktion, also auch von einer Ansichtskarte her, nacherleben, aber Natur kann man im Grunde nur im unmittelbaren Konnex mit ihr selbst erleben.[109] Denn an diesem Erlebnis ist

---

109 Hierbei kann sich übrigens die Verbundenheit der geistigen Sphäre mit dem Hohlraum und seinen Ingredienzien bisweilen sehr störend bemerkbar machen. Das schrille Geräusch der Motoren eines Rennbootes durchschneidet z.B. im Augenblick die Stimmung, die sich uns von der Seelenlandschaft her mitteilte. Das Werkzeug der Zivilisation verdrängt hier mit seinen rohen Äußerungen, die durch die Atmosphäre fortgeleitet werden, das sanfte Idyll der Natur, die sich diese Roheiten schweigend gefallen lassen muss.

Auch andere Formen der Verbundenheit der geistigen Sphäre mit dem Hohlraum, wie z.B. der Austausch von Worten (Lautmasken) in der Wechselrede, können diese Wirkung der Abklemmung des Menschen von der Natur haben. Dort, wo der Mensch echte tiefe Naturerlebnisse davontragen soll, muss die Natur Gelegenheit

nicht das Auge und das geistige Schauen, sondern sind ganz andere Zentren in uns beteiligt, die mit den Sinnen nur indirekt etwas zu schaffen haben: unser eignes natürliches Sein, das vielleicht selbst einmal Pflanze, Baum, Fisch (es lassen sich noch Kiemenreste nachweisen!) etc. war, wenn auch vor Urzeiten.

Daher sagt *Henry Bergson* ganz richtig: „Nun ist ferner der Turm" (gemeint ist der von Notre-Dame) „in Wirklichkeit aus Steinen gebildet, deren besondere Gruppierung dasjenige ist, was ihm die Form gibt; *doch der Zeichner interessiert sich nicht für Steine,* er hält nur die Silhouette des Turmes fest. Er ersetzt also die reale und innerliche Organisation des Dinges durch eine äußerliche und schematische Wiedergabe!"

Diese Art des Sehens und Wiedergebens ist für die Werke der Kultur und Zivilisation erlaubt (sofern nicht das *dynamische* Moment an ihnen interessiert, wofür wieder der physische Pol zuständig ist, z. B. im Vorbeibrausen eines D-Zuges); für das Naturerlebnis würde diese Art des Sehens jedoch nicht ausreichen. *Wird es nichtsdestoweniger auf die Natur übertragen, so kommt der Bruch im Menschen zustande:* Der natürliche Kern seines Wesens atrophiert, das Geistige in ihm dagegen hypertrophiert. Gleichzeitig jedoch kommt der Verstand ins Übergewicht (Quelle und Ursprung des Intellektualismus!), während die tieferen seelischen Kräfte in die Latenz zurücktreten oder gänzlich zerfallen, denn sie erhalten sich nur in der Harmonie beider Pole. Gewiss schwingt auch hier noch der physische Pol mit, *jedoch nur in materiellen Spannungen:* in Muskelspannungen (im Anblick von Boxkämpfen etc.), in sexuell sinnlichen Spannungen (wobei das seelische Erlebnis wegfällt, das der echten Liebesgemeinschaft

---

haben, voll zu ihm zu sprechen, das ist aber nur in der objektiven Haltung des Menschen möglich, nur so zieht Natur als lebendige Offenbarung in ihn ein.
Die subjektive Haltung der Natur gegenüber hat also regelmäßig ein Abfließen des Bewusstseins in Gebilde zur Folge, die dem Hohlraum irgendwie entstammen, sei es in Lichtmasken (Vorbeirasen im Auto! s.u.) oder in Lautmasken (unterhaltendes Gespräch! etc.)

innewohnt), in Spannungen übertriebener Esslust, der Besitzgier, des Neides, der Zerstörungswut etc.

Dieser ganze Komplex tritt uns ausgesprochen stark in Zeiten hochentwickelter Zivilisation entgegen: Denn in ihr wird der Einzelne nicht nur durch Hyperextension der Städte der Natur entfremdet, nein, auch die Produktion selbst sorgt dafür, dass er in einen immer größeren Gegensatz zu ihr gerät. Die Natur wird ihm in jeder anderen Gestalt offeriert, nur nicht in der echten, und bringt ihn ein Vehikel aus der Stadt, dann jedenfalls mit einer Geschwindigkeit, dass er wohl die Lichtmaske der Natur, das Landsschafts*gemälde*, in sich aufnimmt, aber nicht die Natur in ihrer allgewaltigen Tiefe. Dazu gehörte, dass er sich von der Zivilisation gänzlich losrisse, aber sie hat ihn zu stark in Banden. So berauscht er sich denn an der „herrlichen" Natur, berauscht sich noch mehr an seinem Kraftwagen, der jede Steigung spielend bewältigt, hält an einem Restaurant oder Café, das ihm sein Stadtmilieu vorspiegelt, und fährt nach einem Plauderstündchen nach Hause, um – Tempo, Tempo! – sein Leben in der Zivilisation fortzusetzen. Die Natur war nur ein anmutiger Rahmen für seine zivilisatorischen Bedürfnisse, ihre Bildersprache entzückte ihn für eine Weile – das war sein Naturerlebnis.

Gewiss gibt es auch solche, denen eine Fahrt in die Stadtumgebung noch echte Naturgenüsse schafft, die auch dessen noch fähig sind. Aber im Allgemeinen kann man sagen: Nicht der Mensch besitzt den Kraftwagen, sondern dieser ihn. Eine gänzliche Loslösung von der Zivilisation ist nur noch den wenigsten möglich[110], und wenn sie auch von den großartigsten Naturerlebnissen zu schwärmen wissen, die ihnen die Autofahrten gebracht haben sollen – man darf ihnen nicht glauben! Ihnen fehlt nämlich die Resonanz des echten Naturerlebnisses, nur deshalb schwärmen sie – mit Unrecht![111]

---

110 Am ehesten den Sportlern, denen das Auto nur Mittel zum Zweck ist, z. B. Skiläufern etc.

111 Im Sport zeigt sich die subjektive Haltung, die dem Verfall an den Schein

Hier liegt nun eines der ganz großen Weltprobleme verborgen, für die die K.d.S. die Antwort bereithält. Warum fühlen wir uns in der Jugend so tief vom Leben ausgefüllt und später, wenn wir älter werden, vielfach so leer? In der Jugend packen uns die *Dinge selbst* in ihrer mannigfaltigen Vielfältigkeit. Indem uns die Dinge packen, greifen *wir sie selbst* an, denn in der Jugend sind wir an den Dingen selbst tätig.

Doch kennen wir sie später, sind wir mit ihnen vertraut, sodass sie uns nicht mehr Neues zu sagen haben, dann lösen wir uns allmählich von ihnen ab und operieren *nur noch* mit ihren Lichtmasken, denn mit diesen (nicht mit den Dingen) ist ja das Denken im Wiedererkennen der Dinge verknüpft! Unser Denkmechanismus fördert mithin die Ablösung des Bewusstseins von den Dingen ganz erheblich, wir geraten hier quasi von der Vollraum- in die Hohlraumrealität hinein. *Lichtmasken sind aber nicht Dinge,* und so wird denn unser Erleben allmählich leer und leerer, je mehr wir *statt mit den Dingen mit Lichtmasken leben.* Kommen nun zu diesen Lichtmasken noch zahlreiche Lautmasken hinzu, die uns von der Zivilisation her treffen, so ist unser Bewusstsein schließlich *nur noch* von Masken erfüllt, das Leben spielt sich, anstatt zwischen Dingen, zwischen Licht- und Lautmasken ab. Daher greifen so viele Menschen heute zu allerhand Stimulanzien, um das Leben noch erträglich zu machen.

Aus diesem Grunde ist es wichtig, tätig zu sein, anstatt sich immerfort nur von außen her aufnehmend zu verhalten (vgl. S. 59f.).

---

entspricht, in der Jagd nach Rekordleistungen. Diese setzen nur den physischen Pol in Spannung, sei es im Athleten, sei es im Zuschauer. Aber nur dort, wo sich der physischen Leistung die *Schönheit* paart, ist das objektive Zentrum im Menschen tätig, und auch nur dort – nämlich in der Versenkung in das verwirklichte Schönheitsideal – nimmt das Bewusstsein im Zuschauer die *objektive Haltung* ein, denn beim Anblick von Rekordleistungen, die nur in physischen Konkurrenzleistungen bestehen, endigt der Zuschauer im Selbstgenuss physischer Spannungen (die der *subjektiven Haltung* gleichkommen).

Denn tätig sein können wir nur *an Dingen selbst*, hier wird der Kontakt zwischen Bewusstsein und Dingwelt sofort hergestellt: Die Masken, seien es nun Licht- oder Lautmasken, schlagen hier ja nur die Brücken zu den Dingen selbst. Schwimme und du wirst das Meer kennenlernen, wie es wirklich beschaffen ist, besteige die Berge, und du kommst dem Berg selbst nahe etc. (Aus diesem Bedürfnis hat wohl der Sport in unserer Zeit einen solchen Umfang angenommen, denn er bildet ein gewisses Gegengewicht gegen die Überfülle der Licht- und Lautmasken, die unser Bewusstsein gleich leeren Schemen durchschwirren).

Hierin liegt auch der Grund enthalten, weshalb das niedere Volk gesünder bleibt als die höheren Gesellschaftsschichten. Denn während Letztere sich im Genussleben überwiegend aufnehmend verhalten, ist der einfache Mann gezwungen *zu arbeiten*. Das bringt ihn in die Nähe *zu den Dingen selbst* und bewahrt ihn vor einem Leben unter lauter Masken.

11

Wir haben hier soeben *eine* Möglichkeit des Verfalls an den Schein erörtert: Es gibt deren viele, und wir werden die verschiedenen Arten dafür aufzuzählen haben. Es soll dies jedoch nicht in Einzelbetrachtungen geschehen, sondern nach prinzipiellen Gesichtspunkten. Es bestehen nämlich *grundsätzlich zwei* Möglichkeiten des Entstehens von Schein: Entweder das Werden (bzw. seine Inhalte) widersetzt sich dem ewigen Sein (Welt-Ich und Weltstoff) und lässt sie nicht harmonisch zusammenkommen, oder das Sein (der Weltstoff) widersetzt sich dem Werden, spaltet Pol von Pol und bewirkt so ein disharmonisches Auseinanderfallen dessen, was nur in einheitlichem Zusammenwirken lebendige Ganzheit darstellt.

Der *erste* Fall bezieht sich auf den Schein der Sinne, der das Kindheitsstadium der Menschheit erfüllt und erst durch die Kritik der Sinne ihren Abschluss findet. Ich will hierauf nur kurz eingehen, da das Wichtigste hierüber bereits gesagt ist.

Indem das Ich immerfort nur dem nachgeht, worin sich ein irgendwie geartetes Werden manifestiert – sei es *physischer* oder geistiger Abstammung –, verliert es sich in die Extreme der sinnlichen Wahrnehmung, lässt jedoch alle Indifferenzphänomene außer Acht. Aber nur in ihnen tritt das Sein des Stofflichen hervor – allerdings so unscheinbar, nichtig und sinnlos, dass das Übergehen des Stofflichen als Wunder zunächst als logisch erscheint. *Die Pole des Werdens halten mithin die beiden Seinskomponenten der Ewigkeit auseinander, bis das Welt-Ich genügend weit in der Erkenntnis vorgeschritten ist, um den Weg zur eigenen Tiefe zu finden.* Es kann diese Kindheitsstufe, in der es vom Stoff abhängig bleibt, nicht überspringen. Alle Vollendung verlangt ihr Vor-Stadium. Ist es für das Geschöpf Mensch der embryonale Prozess im Mutterleib, so für das Welt-Ich das Stadium der Scheinbefangenheit im Menschen. Der Durchbruch des Welt-Ich zu sich selbst wird durch einen Prozess eingeleitet, der sich innerhalb der ganzen Menschheit abspielt und für den sie die breite Basis abgibt: die Arbeit der wissenschaftlichen Erkenntnis, an der die Gelehrten der ganzen Welt teilnehmen. Sie bedeutet eine Folge von Hammerschlägen gegen das Tor, welches das Welt-Ich von der echten vollen Wirklichkeit trennt. Denn jede echte Erkenntnis bedeutet eine Überwindung der stofflichen Schale in ihren Einwirkungen auf das Bewusstsein. (Siehe S. 52). *Ist für das Kind das einzelne Gattungswesen Mensch die Basis der Entwicklung, so für das Welt-Ich die Menschheit als Ganzes.* Alle Propositionen verschieben sich hier ins Ungeheure. Während das Welt-Ich in seiner *Schaffenswirklichkeit* im bisherigen Menschen bereits tätig ist (vor allem im Erkenntnisprozess), bleibt es in dem Erleben des eignen Seins noch vom Stoff abhängig, d.h., auf das menschliche Bewusstsein eingeengt. *In der Menschheit geht somit das höchste Leben mit sich selbst schwanger.* Diese Schwangerschaft endigt damit, dass in letzter Scheinüberwindung das Welt-Ich dem

207

Weltstoff in seiner unvergänglichen Wesenheit, d.h., als Wunder, begegnet und damit die echte Achse des Lebens, das durch und durch Geheimnis ist, zurückgewinnt. Der Mensch bisher (wie die Erde im ptolemäischen Weltsystem) scheinbarer Weltmittelpunkt, wird durch das Erwachen des Welt-Ich zu sich selbst aus seiner angemaßten Position herausgedrängt, und die wahre Weltmitte, das Lebensgeheimnis selbst, tritt an seine Stelle: *Damit ist die kopernikanische Umkehrung vollzogen, die das Kindheitsstadium der Menschheit beendigt, denn nun ist nicht mehr der Trabant der Ursonne Leben, der Mensch, Zentralpunkt des Universums, sondern die Ursonne selbst, nicht das abhängige Glied des Lebens, sondern das Leben als das Ansich der Schöpfung.*[112] Damit hat aber der Mensch nicht etwa sein Ende gefunden, sondern es ist für ihn und seine Persönlichkeitsbildung nur ein neuer Mittelpunkt entstanden, das Gottgeheimnis selbst, das dem Stoff gegenüber nunmehr die verstärkte Position einnimmt. Statt vom Stoff wird nun der Mensch vom Welt-Ich abhängig, ein Umschwung, der seinem Leben eine gänzlich neue Richtung geben, ihn in der Stellungnahme zu den unscheinbarsten Fakten gänzlich umwandeln wird. Es soll später davon ausführlicher die Rede sein.

Im Erkenntnisprozess hatte das Welt-Ich den Widerstand des Stofflichen in Gestalt *der Lichtmaske* zu überwinden, denn diese

---

112 Um diesen Umschlag der Situation von der ptolemäischen Enge in die kopernikanische Weite zu kennzeichnen, wurden früher Welt-Ich und Welt-Stoff mit zwei Sonnen verglichen, die sich gegenseitig zu Trabanten machen können, je nach dem Übergewicht, das eine über die andere erhält. Nun wurde jedoch nachgewiesen, dass im Stadium der Scheinbefangenheit das Welt-Ich noch vom Weltstoff abhängig bleibt (also gleichsam Trabant des Weltstoffs wird), indem es sich zugleich ins menschliche Ich verengt. Die scheinbare Mittelpunktstellung, die der Mensch zunächst im Leben einnimmt, entspricht mithin völlig dem ptolemäischen Weltbild, bei dem das abhängige Glied, die Erde, zur Weltmitte erhoben wurde. Erst der Durchbruch durch den Schein gibt dem Welt-Ich die Überlegenheit über den Weltstoff, der nunmehr von ihm abhängig wird, und schafft die kopernikanische Situation, in der das überpersönliche Urgeheimnis des Lebens zum Weltmittelpunkt wird.

ist in ihrer Entstehung ja auf den Stoff zurückzuführen. Es ist dies die andere Art von Schein, die innerhalb tätigen Aktivierungen des Lebens, d. h., *innerhalb des Werdens* sich bemerkbar macht, wobei das ewige Sein (in Gestalt des Weltstoffs) gegen die Harmonie der Pole gerichtet ist (die es im Falle seiner Übermacht sprengt). In allem gesunden Wirken sind beide Pole des Menschen an der Aktion irgendwie gleichzeitig beteiligt, sie arbeiten gemeinsam an der Überwindung dieses Widerstandes, der ihnen vom Stoff her gesetzt ist. Das Wurfphänomen, von dem wir bereits ausführlich sprachen, „Spektrum des Lebens", ist wohl das bezeichnendste Beispiel hierfür. Versagen des Werfenden (im Verfehlen der Richtung zum Auffangenden) bzw. des Auffangenden (im Verfehlen des Wurfgeschosses selbst) hebt die Harmonie der Pole auf und gibt dem Stoff das Übergewicht, das sich in Zerstörung äußern kann. Denn die mechanische Kausalität ist blind, alogisch und daher dem Zufall überlassen.

Eines der schönsten Beispiele für das harmonische Zusammenwirken beider Pole im Menschen ist ferner der *künstlerische Tanz*. Der Geist gibt hier dem Körper seine Ideen ein und empfängt sie im bewegten Spiel der Glieder aus ihm wieder zurück. Anfangs verhält er sich dem Physischen gegenüber ordnend und beobachtend; hat er jedoch einmal die Herrschaft über den Körper erlangt, so verlässt er die überlegene Position, die er zuvor einnahm, und lässt sich ins Meer des Unbewussten zurückfallen – gleichwie die Welle sich zurücklehnt, um sich von den Wassern der heranrollenden Woge fortreißen zu lassen. Dabei ist die körperliche Schwere (bedingt durch die Anziehung, die der Stoffpol der Erde auf den menschlichen Leib ausübt) nicht nur überwunden, sondern sogar *in den Dienst des künstlerischen Gestaltungswillens selbst gestellt*. Hier spielt also Leben gleichsam mit dem Tod, indem es das Moment der Schwere aufhebt und zugleich in überlegener Weise meistert. Das Ineinanderaufgehen beider Pole – vom physischen strahlen die Bejahungsimpulse für diese Aktion aus – spiegelt sich im Tanz mit seltener Klarheit wider, aber auch zugleich die Gegenrichtung zum Stofflichen.

Unser technischer Fortschritt begünstigt das Auseinanderfallen der Pole im Menschen in bedenklichster Weise. Radio und Film wirken gemeinsam, den Menschen der Harmonie zu entreißen, die ihm von der Natur mitgegeben, und sein intimstes Sein gleich einem heimlich in ihn einschleichenden Gift zu zerstören. Im Konzert oder Theater geht von der Bühne, dem Orchesterapparat bzw. Dirigenten eine Influenz aus, die sich unbewusst dem Menschen mitteilt und nicht nur seinen Geist ergreift, sondern zugleich sein Körperliches miterregt. Hierdurch wird eine seelische Unterströmung in ihm erzeugt, die für das volle Erfassen des Kunstwerkes durchaus notwendig ist. Denn zur Musik gehörte ursprünglich der Tanz[113], als die Widerspiegelung des Rhythmischen und Melodischen in der körperlichen Sphäre. Die Loslösung der Musik vom Tanz bedeutet bereits eine gefährliche Isolierung des Geistigen vom Körperlichen. Fällt aber Letzteres beim Anhören von Musik nahezu völlig weg (wie beim Radiohören), so weitet sich die Isolierung des geistigen Poles vom physischen derart aus, dass ein Auseinanderfallen der Pole unausbleiblich wird.

Günstiger steht es mit dem Tonfilm, da ja hier das Auge an der Perzeption der Vorgänge mitbeteiligt ist. Doch dürfte das körperliche Mitschwingen mit den dargestellten Vorgängen nicht so tief sein wie beim direkten Sehen bzw. im Theater, da ja den Bildern das Stoffliche fehlt und wir bei direkter Wahrnehmung (wenn

---

113 Ursprünglich ging die Musik aus dem Dämonischen der menschlichen Natur hervor. Sie war eng der Religion verschwistert und trat nur in Verbindung mit ihr (und zugleich dem Tanz) in die Erscheinung. Später löste sie sich von der Religion ab, sie wurde profan und trennte sich zugleich vom Tanz. Heute ist sie intellektualisiert und völlig dem Verstand unterlegen, der mittels kontrapunktischer Überlegenheit eine Art Psychologismus treibt, wobei er die Zerrissenheit des Menschen in Tönen deutet (hierin kennzeichnet sich wiederum die subjektive Haltung des Bewusstseins).

auch unbewusst) den Stoff tiefer hinzuergänzen bei künstlicher Wiedergabe von Geschehnissen im Lichtbild. Also dürfte auch hier unser Physisches bis zu einem gewissen Grade ausgeschaltet sein, was einem allmählichen Zerfall der Pole gleichkommt.

Den Zerfall der Pole demonstriert dagegen aufs Trefflichste der Tanz unserer Zeitepoche, wie ihn die Zivilisation heraufgeführt hat. Bei ihm ist der physische Pol nicht mehr Instrument des Geistes, sondern nur noch Ort der Lusterregung, wie sie eine nervenaufpeitschende Musik dem Menschen eingibt. Der geistige Pol ist an diesem Bewegungsvorgang nur als Koordinationszentrum – also sehr oberflächlich – beteiligt. Das physische Moment der gegenseitigen Anziehung kommt hier ganz ostentativ zum Durchbruch, während beim edlen Tanz – wie etwa bei Menuett – der Geist dem physischen Pol wohl Anspannung gönnt, die Tanzpartner jedoch zugleich auseinanderhält, indem er sie um eine imaginäre Mitte kreisen lässt. In diesem abgemessenen Schreiten um einen imaginären Punkt wird wieder die überwiegende Beziehung des Geistigen zum Hohlraum evident, ebenso wie im zivilisatorischen Tanz mit seiner körperlichen Nähe das Überwiegen alles Physischen, also Stoffbetonten. Übrigens ist die Jazzmusik als Typus einer Musik zu betrachten, die peripher am Menschen angreift – sie ist nämlich Nervenpeitschmittel, eine Art prickelnder Nervenmassage –; ihr gänzlich entgegengesetzt ist z. B. die Bachsche Musik, die aus zentralsten Gründen des Logos selbst stammt und die sinnlichen Elemente nur als Ausdrucksmittel zu Hilfe nimmt. Der moderne Mensch sollte solche Sicherungen in sich besitzen, dass er den optimistisch und heiter stimmenden Jazz wie die Tonsprache Bachs, beides, in sich aufnehmen kann (jedes zu seiner Zeit), denn er hat eine ganz andere Weite als alle Menschen zuvor, es fehlt ihm eigentlich nur an innerem seelischen Ausgleich, um die konträrsten Dinge in sich zu vereinigen.

Das Auseinanderfallen der Pole im Erkenntnisprozess, von dem wir vorhin sprachen, geschieht dort, wo sich das aktive Bewusstsein in die Lichtmasken verwirrt (Beispiel „Walfisch"), anstatt in gemeinsamem Wirken mit dem physischen Pol auf die Dinge selbst loszugehen, um ihre Eigenart zu erkunden. Wir stellten bereits fest, dass Verfall an den Schein stets mit subjektiver Enge zusammenfällt. Der Verfall an den Schein (an die Licht- bzw. Lautmaske) kann in *direktem Anschluss* an Sinnlich-Wahrgenommenes zustande kommen (wie hier beim „Walfisch" oder bei oberfächlichem Abhören des Radios!) bzw. im *Vorstellungsleben selbst*, woraus, wie bereits auseinandergesetzt, sich Vorurteile schlimmster Art (gegenüber fremden Rassen, Nationen etc.) herausbilden können. Selbstverständlich werden sich diese Vorurteile wieder in Handlungen entsprechend oberflächlicher Art umsetzen – darin besteht ihre größte Gefahr! –, wobei regelmäßig hässliche Affekte aller Art mitwirken. Welch eine Flut von Aberglauben, Hass, Sinnlosigkeit, aber auch Beschränktheit ist von dieser Stelle her über die Welt herabgeregnet, wieviel Martern, Tränen, sinnlose Zerstörung sind daraus geflossen! Denn es ist ein Gesetz, dass das, was aus den Kräften der Zerstörung kommt, auch in Zerstörung irgendwie endigt. Gewiss wird der Zerstörer innerlich dabei selbst zerstört, aber ist dies eine Genugtuung für die vielen, die durch den Verfall anderer an den Schein (d.h. an den Stoff) zu leiden haben?

Der Schein, dem der Mensch dabei verfällt, besteht darin, dass einem an sich sinnlosen Ausdrucksmittel, das lediglich der Verständigung dient, ein Sinn unterstellt wird, der als ein von niedrigen Affekten konstruiertes Hirngespinst zu betrachten ist. Das Schlimme ist, dass dieses Gift Ansteckung bei ähnlich Veranlagten findet, indem diese, ohne sich um die objektiv gegebenen Verhältnisse zu kümmern, das Wort oder Bild immer wieder mit der Auslegung verbinden, die ihnen einmal suggeriert wurde. Hierauf beruht, wie erwähnt, der Erfolg des politischen Phraseurs, die Hetze der Chauvinisten, der Suggestionserfolg übler Progagandisten, die Ranküne jeder Art von Mensch zu Mensch etc.

Den Verfall an die Licht- oder Lautmaske, an Bild oder Wort, werden wir auf allen Lebensgebieten wiederfinden müssen, sei es, dass niedrige Affekte oder Dummheit, Raffinement oder Gedankenlosigkeit, Gewohnheit oder Nachlässigkeit, innere Verbrauchtheit etc. dabei mitspielen. Man denke hierbei an den „Pauker", der seinen Schülern anstatt Wissen Worte übermittelt, die sie das nächste Mal wieder hersagen müssen, den Kaufmann, der hinter einem glänzend gewählten Namen für einen Artikel schlechte Ware verbirgt (das Publikum fällt auf das Wort herein –auf der Abtrennung des Wortes von der Ware beruht ja alle Reklame!), an das Plappern von Worten anstelle echter Gebetsandacht, an das Witzeln mit Worten (durch Vertauschen der Anfangsbuchstaben in den einzelnen Silben), an den oberflächlichen Scherz, der nur ein Wortspiel treibt, an das *Kreuzworträtsel* (das nur dem Gedächtnis Aufgaben stellt und die *Buchstaben zweier Worte* – als Lautmasken – in Abhängigkeit zueinander setzt), an die herzlose Art, sich dem Elend der andern mit Phrasen zu entziehen („es wird schon besser werden"!), an den *Klatsch*, eine Pumpe, die Worte ansaugt und durch die Gesellschaft treibt, an die falsche patriotische Phrase, die die Köpfe so lange vernebelt, bis sie zum Zuschlagen bereit sind, an die Etikette, die an bestimmten Personen haftet, als wären sie aus anderem Fleisch und Blut als die übrigen Sterblichen, an den Scharlatanismus jeder Art, Wahn, Aberglauben etc. (Die Gleichsetzung von Wort und Wert hat besonders in Zeiten der Geldentwertung zu katastrophalen Scheinbildungen geführt, denen Millionen Menschen erlegen sind.)

Dieses Vertauschen der sinnlichen Ausdrucks- bzw. Einkleidungsmittel mit dem Sinn, den sie überliefern, handele es sich um einen Denkinhalt oder eine organische Wirklichkeit, hat bis in die höchsten Disziplinen, ja selbst bis in die Philosophie hinein größte Verwirrung hervorgerufen. *Kant* z. B. ist der irrtümlichen Ansicht, dass in den Daten der optischen Wahrnehmung das Ding erscheint[114], das wir in ihnen wiederzuerkennen glauben.

---

114 In der Gegenüberstellung von Erscheinung und Ding an sich durch Kant

Er war sich nicht darüber klar, dass im optischen Sinneseindruck nicht das Ding, sondern Reststrahlung des auf das Ding aufprallenden Lichtes erscheint, in deren Verhältnissen die Eigenart des Dinges nur wiederkehrt.

Was das Bewusstsein affiziert, ist nicht das An-Sich des *Dinges* sondern das An-Sich der (dingfremden) *Strahlung*. Da aber in diesem An-Sich der Strahlung nichts vom Dinge selbst enthalten ist, lässt sich die Lichtmaske *nicht als Erscheinung des Dinges* auffassen, kurz die Gegenüberstellung von Erscheinung (als optisches Wahrnehmungsbild) und das Ding an sich (als dem Ding, das es hervorruft) ist ganz unmöglich. Kant ist dem Schein ins Garn gegangen

---

spiegelt sich das Denken des Naiv-in-die-Welt-Blickenden wider, der da glaubt, in den Worten „erscheine" das Gedachte, in der optischen Wahrnehmung „erscheine" der Gegenstand, den wir mit Namen nennen etc. Richtig ist es, wenn wir sagen: *Das Medium der Strahlung ermöglicht (bei einiger Übung!) die Identifizierung des Gegenstandes,* damit aber erscheint er noch lange nicht!

Mit demselben Recht könnte man sagen, dass in einem Gemälde die Dinge „erscheinen", die in ihm dargestellt sind. Sie lassen sich aus Strahlungsverhältnissen nur *ablesen* – aber genau so verhält es sich bei allem gegenständlichen Sehen. Wäre dies nicht der Fall, so gäbe es keine Täuschung durch die Fata Morgana bzw. in Zauberkabinetts, in denen optische Phänomene fälschlich als von Dingen herstammend gedeutet werden.

Im Schmecken von Fleisch „erscheint" doch nicht etwa das Fleisch im Bewusstsein (der Reizerreger ein physisches Produkt des Lebens), sondern dem spezifischen Körper *entspricht* doch nur eine spezifische Sinnesempfindung und auch nur unter bestimmten Bedingungen der Säftemischung des Blutes. Ändert sich diese, so tritt eine andere Sinnesempfindung an die Stelle der gewohnten: Dem Gelbsüchtigen erscheint z. B. der Honig bitter.

Auch in den Resultaten der Forschung „erscheint" doch nicht etwa ein Naturgeschehen oder der innere Ablauf der Naturentwicklung, sondern es handelt sich hier stets nur um exakte Feststellungen, sei es mithilfe der Mathematik oder anderer Methoden, die der Feststellung dienen. Das Keplersche Gesetz z. B., welches besagt, dass die Quadrate der Umlaufzeiten zweier Planeten sich so zueinander verhalten wie die Kubikzahlen der Sonnenabstände, gibt für diese Gesetzlichkeit im Kosmos nicht die geringste Erklärung ab. Es handelt sich hierbei lediglich um eine exakte Feststellung, um nichts anderes.

und ist in den künstlichen Vordergrund hineingeraten, den der Stoff als Erzeuger des Scheines bewirkt.

Kant steckte im Grunde noch in der Scholastik. Ihr altes Schema Glaube–Wissen gab daher den Grundriss für seine Systematik ab, daran krankt sie. Er wollte die Grenzen menschlichen Wissens feststellen, um so erst recht für den „Glauben Platz zu machen" – Scholastik, Scholastik! Der Ansatzpunkt seiner Philosophie, das intelligible Ich, dem er Autonomie zuschreibt, ist zweifellos großartig, aber er kommt über diesen Ansatzpunkt auch nicht hinaus. Er vollzog die Wendung vom menschlich begrenzten Ich zum Welt-Ich, aber blieb in allen weiteren Folgerungen dazu auf halbem Wege stehen, weil ihm der polare Weltgegner des Welt-Ich fehlte, der Weltstoff. Dies hatte wiederum darin seinen Grund, dass er sich von der Wirklichkeit, die aller Erfahrung zugrunde liegt, *ins Subjekt hinein abklemmte,* um nun von hier aus die Möglichkeit aller Erfahrung zu untersuchen. Dazu hätte es jedoch zuvor einer Kritik der Sinne bedurft. Auf diese Weise ging ihm z. B. verloren, dass sich in jedem Ding gewissermaßen Zeitliches und Ewiges schneiden, sich in Subjekt und Dingwelt mithin allerorts *zwei Polaritäten zugleich*[115] begegnen.

Die Schöpfertätigkeit des Welt-Ich als natürliches bzw. kulturelles Wirkenszentrum der Welt fand z. B. in seinem System überhaupt keine Berücksichtigung etc. Er stellte sich mitten in eine Phase des kosmischen Kreislaufs (die kniffligste!) und versuchte nun von dort

---

115 Einer Polarität kann das Bewusstsein immer nur gerecht werden, der innerhalb des Werdens oder der innerhalb des ewigen Seins. Ein Beispiel mag dieses verdeutlichen, um auch den letzten Zweifel zu zerstören: Wenn wir etwa in der Ferne eine Birke feststellen, d. h., aus dem optischen Bewusstseinsphänomen (also Strahlungsverhältnissen) die Tatsache einer Birke herauslesen (betrifft die Polarität: Birke als einmalig zeitlich Gegebenes – dazugehöriger Sinneseindruck nebst Begriff), so bleibt selbstverständlich die Polarität innerhalb des ewigen Seins, nämlich die zwischen Welt-Ich und Weltstoff bestehen. Das Ich *bleibt* vom Stoff her geblendet, und es bedarf eines ganz davon gesonderten Erlebnisses, um diese Übermacht des Stofflichen zu brechen. Es ist dieses Erleben außerhalb alles Zeitlichen gelegen, dort, wo sich die Seele dem Unendlichen zuwendet.

her das gesamte Weltproblem zu lösen. Unmöglich! Trotzdem bleibt das Verdienst Kants ungeheuer, denn in ihm entdeckte sich das Welt-Ich als sittlicher Grund der Schöpfung (die größte Wendung, die das Denken in den ca. zweitausend Jahren nach Christus erfuhr!). Sie genügt, um Kant Unsterblichkeit zu sichern, selbst wenn die Gegenüberstellungen von Erscheinung – Ding an sich, Sinnlich–Übersinnlich etc. falsch wären. Auf diesem Grund, den er geschaffen hat, wird die weitere Menschheit bauen. Ein Zurück ins empirische Ich ohne das intelligible gibt es nicht mehr!

Kant hätte den umgekehrten Weg beschreiten müssen, um das genauer klarzustellen, was er „Erscheinung" nannte. Er hätte dann den *Schein* entdecken müssen, den sie mit sich führte. Und darauf zu stoßen ist nicht allzu schwer. Man braucht sich zur näheren Erläuterung dessen ja nur an die Silhouette eines Hauses in der Mondnacht zu erinnern: Denn hier hält die Natur selbst dem Menschen den Schein in einem so markanten Ausmaß vor Augen, dass er gar nicht daran vorbeigehen kann. Ein Ding, das völlig ins Schattenhafte[116] zurücksinkt! – kann man noch besser demonstrieren, dass der Stoff in allem Sehen von Gegenständen hinter dem optischen Phänomen zurücktritt, um sich schließlich, wie in der Silhouette des Hauses, der Aufmerksamkeit gänzlich zu entziehen? Wird hier nicht mit aller Deutlichkeit klar, dass wir nicht

---

116 Die *Silhouette* eines Hauses in der Mondnacht beruht auf *negativer Rückstrahlung* des Lichtes vom Stofflichen des Hauses her und bildet das Extrem zur *Lichtmaske* des Hauses, die auf *positiver Rückstrahlung* des Lichtes beruht. In beiden Extremen tritt der Stoff völlig hinter dem Sinnhaften zurück, das sich im Anschauungsbild ausdrückt. (Dadurch wird das Ich auf sich selbst, d. h., seine eigenen Ideen, abgelenkt.) Übrigens lässt sich an dem Gegensatz von Lichtmaske-Silhouette wieder die Polarität von Vollraum-Hohlraum klar aufdecken. Denn bei der Lichtmaske sind wir überwiegend von der Vollraumwirklichkeit des Körpers abhängig, bei der Silhouette dagegen überwiegend an die Lichtstrahlung gebunden, die vom Hohlraum her die Grenzperipherie des Körpers straff umreißt und so die Konturen desselben scharf abzeichnet. Zwischen den Extremen Lichtmaske-Silhouette ist als Indifferenzphänomen das Phänomen des Schmutzes (der Straße) gelegen.

das Ding selbst sehen, sondern seine Eigenart aus dem Widerstand herauslesen, den die auftreffende Strahlung durch das Ding *erleidet?* Denn die Umrisse des Hauses ergeben sich ja nur aus diesem *Aufgehaltenwerden* der Mondstrahlung durch das Haus selbst – aus nichts anderem.

Und weiter hätte Kant umgekehrt beweisen müssen, dass die (fehlerhafte) Gegenüberstellung von Erscheinung und Ding an sich nur dadurch *möglich* wird, dass wir die verschiedenen Ansich, die in den Vorgang der sinnlichen Wahrnehmung verwickelt sind, einzeln übergehen, abgesehen davon, dass in der Anschauung gar nicht das erscheint, was wir in der „Erscheinung" wiederzuerkennen glauben, sondern dass das Sinnenphänomen nur ein Diagnostizieren des Dinges durch das Medium der Strahlung *ermöglicht.*

Ich würde diesen Gegenstand nicht mit solcher Eindringlichkeit behandeln, wenn er nicht für das Scheinproblem von so eminenter Bedeutung wäre. *In der Tat bleibt das menschliche Bewusstsein vor allem deshalb im Schein stehen, weil sich bei jeder Aktivierung desselben die verschiedensten An-Sich ineinander verknoten, weshalb es keinem ganz gerecht wird.* Wenn ich einen Laut von mir gebe, so ist er, sub specie aeternitatis betrachtet, doch wohl *als ein Wunder[117]* anzusprechen. *In ihm beginnt das Wunder Welt zu tönen* – etwas unbegreiflich Seltsames, was uns da aus uns selbst entgegenhallt. So unbegreiflich, wie jede kleinste Bewegung, die wir ausführen, ein Wunder wie die Farbe, der Duft, das Sein der Welt überhaupt. Und doch – spreche ich z. B. mit irgendjemand, dann kann ich auf die Laute selbst, die er hervorbringt, nicht mehr achten: *Das Ansich dieser Laute als Wunder entgeht mir* – weil ich eben aus ihnen den *Sinn* rekonstruieren muss, den mein Gegenüber in seine Worte hineinlegte. Das Denken geht im Gespräch immer nur auf Denkinhalte zurück, also im Grunde auf sich selbst[118] – die verschiedenen Ansich, die dafür eingeschaltet

---

117 Jedes Ansich der Welt wird, wenn es dem Bewusstsein gegenwärtig wird, als ein Wunder von ihm erlebt werden müssen, denn es entzieht sich jeder Erkenntnis.
118 Hierin zeigt sich die Ichbezogenheit des Subjekts, jene subjektive Haltung des

werden mussten, um das Gedachte dem andern zu vermitteln, werden dabei gänzlich übergangen.

Nicht anders ist es im Sehen von Gegenständen. Es sind wenigstens vier verschiedene Ansich in diesem Vorgang ineinander verknotet: der Gegenstand, die Strahlung, das sinnliche Bewusstsein, der denkende Verstand, der den Gegenstand aus der Lichtmaske begrifflich präzisiert. Das Denken sucht mithin wieder dem Gedanklichen gerecht zu werden[119], das die Dingwirklichkeit ihm aufgibt – alles, was dazwischen eingeschaltet ist, lässt das Bewusstsein dem eigenen Ansich nach außer Acht. Denn dass das Ansich der Strahlung ein Wunder ist, wie jede andere Tatsache des Lebens – es gibt allerdings auch Wunder, die verwunden! –, wird jeder zugeben. Und dass gar unser eignes sinnliches Bewusstsein, in dem ganze Symphonien von Farbtönen uns beglücken, eines der größten Wunder des Lebens ist,

---

Welt-Ich im allgemeinsten Sinne, die bewirkt, dass es im Scheine verharrt. Je mehr die Zivilisation vorschreitet, um so mehr verbreitet sich übrigens der Schein, denn um so häufiger wird das Welt-Ich auf seine eignen Schöpfungsprodukte geistigen Ursprungs stoßen, die ihm kein Problem mehr aufgeben, da sie ja aus ihm selbst stammen: Es ist dies der Grund, weshalb der Mensch in vorgerückten Stadien der Zivilisation so oberflächlich dahinlebt: Worte treten bald an die Stelle der Dinge. Das Leben erstarrt in Begriffen. Der Mensch automatisiert in häufig sich wiederholenden Handlungen, die zur Bewältigung des Lebens gehören und ihm als notwendig auferlegt sind. Allmählich sinkt für ihn auch die Natur zum Bilde herab (Beispiel: Vollmondeffekt in der Großstadt). Sie ordnet sich dem Bilde ein, das ihm die Zivilisation täglich vor Augen hält.
119 Daher bleibt es sich gleich, ob das Ich die geistigen Gehalte für das Denken durch Vermittlung von Druckerschwärze oder von geformten Schatten her bezieht (wie in der Kinoschrift) – beide sind ihm nur Mittel zum Zweck: zum Denken. Diese Feststellung ist höchst instruktiv. Denn wie in der Druckschrift die Druckerschwärze, so übergeht das Welt-Ich in fast allen Objekten der Anschauung den Stoff, indem es sie zu reinen Denkinhalten prägt. Auf diese Weise bleibt es jedoch vom Stoff abhängig, der sich heimlich hinter den Lichtmasken verbirgt, die er im Bewusstsein auslöst. Solange das Welt-Ich dem Stoff daher nicht eigne Beachtung schenkt, bleibt es im Scheine stehen, den dieser von der Objektseite her unterhält.

wird ebenfalls niemand bestreiten. Und doch wissen die wenigsten etwas davon, denn sowohl Strahlung wie sinnliches Bewusstsein dienen ja immerfort nur dem Ich, um von den Dingen irgendwelche Besonderheiten zu erfahren und sich dann vermittels des Geschauten *mit seinen eignen Gedanken zu füttern!*

Auf das Wunder der Farben stößt es nur dort, wo am wenigsten in Gedankliches mitzuübersetzen ist: am Himmel, in großartigen Naturszenerien, etwa bei Sonnenauf- oder Untergängen etc. *Aber auch hier entzückt sich der Mensch nur an dem Wunder der Farben als solcher, wird sich aber nicht darüber klar, dass er damit das Wunder des eignen sinnlichen Bewusstseins entdeckt hat!* So tief verkettet sind hier wiederum Strahlung und sinnliches Bewusstsein ineinander! Und nun kommt das Merkwürdigste, das aber von fundamentalster Bedeutung für unser Problem und das Leben überhaupt ist: Das Denken, das immerfort in allen Bewusstseinsakten nur auf Denkbares ausgeht, dieses Denken, dem sich alle andern: Strahlung, sinnliches Bewusstsein etc. opfern müssen, um ihm seine Denkinhalte zu ermöglichen, *gerade dieses Denken, das sich mithilfe aller andern immerfort aktiviert, kann auf das eigene Ansich als Wunder nicht zurückgehen, kann das Geheimnis seiner selbst wohl erraten, aber nie darauf selbst stoßen.* Denn machte es diesen Versuch, auf sich selbst, auf das eigne Sein (als Wunder) vorzustoßen, so müsste es dieses Sein ja in einem neuen Denkakt wieder in Bewegung setzen, es spränge also im gleichen Augenblick, wo es sich erhaschen wollte, über sich selbst hinweg. Das Denken kann demnach sein Ansich wohl in irgendwelchen Tätigkeiten aktivieren[120], aber sich als Sein (und damit sich

---

120 Zu diesen Aktivierungen muss es sich jedoch irgendwie sinnlichen Elementen verbinden, in die es sich einkleidet wie in eine Maske. In Lautmasken (Worten) empfängt das Denken sich selbst zurück: Damit ist es aber zugleich sich selbst entführt. Denn das Wort ist ja nur ein bildliches Ausdrucksmittel des Denkens und steht zum Gedachten selbst in keiner sinnvollen Beziehung. Nicht anders steht es mit der Verarbeitung sinnlicher Eindrücke. Wie es sich dreht und wendet – stets gelangt das Denken in ein Sekundäres hinein, zu dem es sich nicht etwa wie

selbst als Wunder) nie erreichen. Nunmehr haben wir jenen Grund im Subjekt entdeckt, den wir entdecken wollten. Was denkt? Das Welt-Ich. Das Welt-Ich kann mithin von sich aus nicht zum Erleben seiner eignen letzten Daseinstiefe als Wunder gelangen. Es kann auf dieses Wunder daher nur von dem anderen Wesensbestandteil der Welt her stoßen: vom Weltstoff her, denn um ihn als Wunder zu erleben, muss es sein eignes letztes Geheimnis aufbieten, das ihm während seiner Einengung in das menschliche Ich verborgen blieb. Indem es den Stoff als Wunder erlebt, wird in ihm zugleich das eigne Wunder wach: d. h., es selbst als ein Sein der Ewigkeit, als das Lebensgeheimnis selbst. Denn hier im Welt-Stoff bietet sich ihm ein Sein gänzlich fremder Art dar und zugleich ein Bestandteil der Ewigkeit, der es selbst angehört. Hier gibt es für das Denken nichts mehr, was in Gedachtes umgesetzt werden könnte, denn der Stoff ist, vom Ich her gesehen, das Sinnlose und daher gänzlich irrational. Während zuvor das Welt-Ich in seinen Denkakten immerfort mit sich selbst beschäftigt war (mit dem Enträtseln des Sinnvollen, das ihm durch die Sinne zugetragen wurde, mit der Produktion des Sinnvollen, das es in die Welt hineinstellte, um es von außen her wieder als solches zurückzuempfangen), ist es hier in der Einstellung auf den Stoff als Wunder einmal ganz von sich abgelenkt. Damit tritt jener Umschwung ein, der für die Scheinüberwindung typisch ist. Aus der subjektiven Haltung, an die das Welt-Ich vordem fixiert war (denn es schenkte nur sich selbst Beachtung), befreit es sich im Erleben des Stofflichen als Wunder in die *objektive* Haltung und damit von allem Schein, den der Stoff von der Objektseite her im Bewusstsein unterhielt.

Grund zur Folge verhält, sondern das ihm gegenüber ein gänzlich fremdes Element bedeutet. Aber es muss sich ihm verbinden, um überhaupt denken zu können! Das Denken kann daher innerhalb der geistigen Welt nie den Durchstoß zu sich selbst bewirken, sich primär nie kennenlernen, sich immer nur in fremdem Echo zurückempfangen.

In Anerkennung des Unscheinbarsten seiner wahren Daseinstiefe nach
und unter Selbstaufgabe: Nur so erreicht das Welt-Ich den wahren Grund
der Daseinswirklichkeit, erwacht das Lebensgeheimnis im Menschen, er-
wacht Gott zu sich selbst. Wie die Welle sich zurücklehnt, um sich
von der heranrollenden Woge über sich selbst hinweggreißen zu
lassen – jeder erinnert sich dieses Gleichnisses, das die Harmonie
von Geist und Physis im Tanz symbolisierte –, so lässt sich hier das
Welt-Ich in das Wunder des Weltstoffs fallen, um sich von ihm zum
Erwachen des eignen Wunders emportragen zu lassen und zugleich
mit ihm zu jener Einheit zu verschmelzen, die es vor allem Werden
im letzten Grund der Ewigkeit mit ihm hatte.[121]

121 Es sei von hier aus ein Blick auf jene Systeme geworfen, mit denen sich die
K.d.S. berührt. Ganz offensichtlich ruht sie auf den Pfeilern der Philosophie des
Spinoza. Wie dieser Denken und Ausdehnung, so nimmt sie im Grund der Ewigkeit
als Gegensatz Welt-Ich und Weltstoff an. Aber sie verfolgt das Schicksal dieser beiden Attribute der Substanz in das Weltgeschehen, ja bis in die Gegenwart hinein.
Es entdeckt sich ihr auf diese Weise die Rolle, die der Weltstoff für die Entstehung
des Scheines hat. Die Indifferenzphänomene drängen sich in ihrer überragenden
Bedeutung auf. Das Gegensatzpaar: geistiger – physischer Pol erhält dadurch erst
seine volle systematische Abklärung.
Wann finden sich Welt-Ich und Weltstoff wieder? – so fragt die K.d.S. –, waren sie
doch in der Tiefe der Welt vereinigt: Durch das Werden sind sie offenbar getrennt:
Das Werden hält somit die beiden Pole der Ewigkeit auseinander; um den Boden
der ewigen Seinstiefe zu gewinnen, müsste sich das Welt-Ich auf das eigne Sein
besinnen. Aber wie kann es das, wenn es doch mit jedem Aktivsein in irgendeine Form des Werdens hineingelangt? Daher kann nur vom anderen Attribut der
Substanz, vom Stoff her, die Harmonie des ewigen Seins hergestellt werden. Die
ältesten Probleme, die schon die alten Griechen beschäftigten, der Gegensatz von
Sein und Werden, kommen hier zur völlig neuen Behandlung.
Ebendies hatte Kant für sein Hauptproblem übersehen: Er schied am Gegenstand
nicht Ewiges und Zeitliches und konnte daher die scheinerzeugende Rolle des
Weltstoffs nicht herausfinden. Im Phänomen der Anschauung hebt sich ganz offensichtlich das Zeitliche des Dinges, das dem Werden zugehört, heraus und gleichsam vom Dinge ab; der Stoff als ewiger Faktor im Dinge, der zu ihm Anlass gibt,
bleibt dagegen völlig im Hintergrunde und wird bei der Begriffsbildung des Dinges
völlig übergangen. Kant reduzierte das, was die Sinnlichkeit erregt, zum Ding an

Was vom Tanz galt, gilt auch hier, nur betrifft es nicht einen Akt des Wirkens (das Werden), sondern die Harmonie innerhalb des ewigen Seins.

Damit ist die größte Umwälzung vollzogen, die das Leben vollziehen kann: Während der Scheinbefangenheit an ein Produkt der eignen Vorstellungswelt, ein von ihm selbst erfundenes Ideal: Gott, als Schöpfer und Erhalter der Welt, geheftet, macht das Bewusstsein im Menschen nun plötzlich die Wendung nach außen, in der Richtung zum Stoff, den es als Wunder erlebt, wobei es selbst sich als Lebensgeheimnis enthüllt. Damit wird die Gottvorstellung vom Selbsterleben des Gottgeheimnisses abgelöst, und dies ist logisch auch ganz folgerichtig, da ja die Vorstellung von Gott während der Scheinbefangenheit des Bewusstseins im Übergehen des Stofflichen als Wunder seinen Grund hatte! Das alte Gottideal schwindet damit dahin – es war ja ohnedies auf einen kindlichen Horizont berechnet! –, und ein Größeres tritt an seine Stelle: das Gotterwachen selbst, das Erwachen des Lebensgeheimnisses als der wahren Weltmitte. Damit sinkt auch ein anderes dahin: der Glaube, denn der Mensch glaubt an dies und jenes, an Gott und Unsterblichkeit – die letzte

---

sich. Er unterschied nicht Sein und Werden am Gegenstand, das war sein Fehler, und daher mussten die Resultate seiner kritischen Methode unvollständig bleiben. Im Übrigen teilt die K.d.S. völlig den Standpunkt *Hegels*: Wir stehen mitten im Absoluten. Wie für Hegel gibt es auch für die K.d.S. nur den einen göttlichen Verstand. Er ist die Quelle alles genial großen Schaffens. Alle menschlichen Willensakte beschränken sich auf bloße reproduktive Tätigkeit des Verstandes: Der Mensch vermag willentlich nur an das anzuknüpfen, was bereits erdacht ist. Originales vermag er nicht hervorzubringen. Im Menschen eignet sich das Leben das an, was zum Handwerk eines jeden Kunstschaffens gehört. Dadurch wird er das Instrument, dessen sich der schöpferische Weltgeist bedient, um seine originalen Gestaltungen zu vollziehen etc.

Allgemein gesprochen: Die K.d.S. steht Descartes-Spinoza näher als Leibniz, Hegel näher als Kant, Schleiermacher näher als Nietzsche und seiner Idee des Übermenschen. Das, was am Menschen übermenschlich ist, das ist die Gottestiefe selbst.

Lebenstiefe hat diesen Glauben nicht mehr nötig, denn sie ist das Gottgeheimnis, das Unsterbliche selbst.[122]

Damit verliert aber zugleich das Gebet seine Richtung und sein Ziel, denn dies war ja das Glaubensideal als solches. Wenn der Mensch jetzt die Hände faltet oder sonst irgendwie Stoffliches auf Stoffliches stößt, schließen sich die Pole der physischen Existenz, die im Wirken offenstehen: *Nunmehr ist der Augenblick gekommen, in dem das höchste Bewusstsein die Einstellung auf den Stoff als Wunder vollziehen und damit jenen künstlichen Vordergrund durchbrechen kann, der das Ich im Scheine an sich gefesselt hielt.* Es springt die Schale, die

---

122 Dies ist die Lösung, die die K.d.S. für das Problem Wissen–Glaube bereithält. Der Glaube ist ein Produkt der Scheinbefangenheit des Bewusstseins. Er gehört dem Kindheitsstadium der Menschheit an und hebt sich mit dem Durchbruch des Bewusstseins durch den Schein von selbst auf. Er tritt mithin auf jenem Umweg in die Erscheinung, den das Leben um seine eigne rätselhafte Achse beschreibt, und findet in ihr sein Ende. Glaube
und Wissen wird daher in alle Ewigkeit fortdauern, wenn das Problem Glaube längst seinen Abschluss erfahren hat.
Der Schein ist eine Tatsache, die sich nur aus der Analyse der objektiv vorliegenden Verhältnisse klären lässt. *Kant* beschränkt sich zur Ergründung der Probleme Gott, Unsterblichkeit etc. auf das Subjekt – in dieser subjektiven Haltung drückt sich seine eigne Scheinbefangenheit aus. Er hätte sich in seinen Untersuchungen *objektiv* verhalten, d. h. die objektiv gegebenen Verhältnisse genauer erforschen sollen, dann wäre ihm die Bedeutung des Weltstoffs für die genannten Probleme aufgegangen. Denn auch die Idee der Unsterblichkeit konnte sich nur in einem scheinbefangenen Bewusstsein herausbilden, das anstatt mit Dingen mit den Lichtmasken der Dinge operierte und daher hemmungslos seinen Träumen und Sehnsüchten nachgehen konnte, denn die Lichtmasken sind ja raum- und stofflos – wo jedoch kein stofflicher Widerstand ist, da gibt es auch keine Grenze. Nur so konnte die Neubildung von überirdischen Welten zustandekommen, und sie verdanken auch nicht falschen Schlüssen der Vernunft ihre Entstehung, sondern der *Einbildungskraft,* beflügelt von der Sehnsucht, die Freuden der ewigen Seligkeit zu genießen bzw. den Guten belohnt, den Bösen bestraft zu wissen.
Da die Lichtmasken ihren Ursprung im Stofflichen der Dinge haben (wie es am besten das Spiegelbild lehrt), so ist der Stoff, der einen Schein im Bewusstsein unterhält, indirekt auch die Ursache der Bildung von überirdischen Welten.

die Sinne blendete, und mit einem Male ist es da: das letzte An-Sich des Lebens, das Lebensgeheimnis selbst, die göttliche Alltiefe, die ist, ohne je geworden zu sein. Das Leben, durch den Schein auf einen Umweg gedrängt, hat sich nun wieder, es hat sich zu seiner rätselhaften Achse zurückgefunden, denn der Umweg ist nunmehr vollendet.

Damit schwinden von selbst jene falschen Horizonte, die es sich auf diesem Umweg geschaffen hatte, aber es schwinden zugleich alle hässlichen Spannungen, die der Verfall an den Schein im Menschen aufkommen ließ, es schwinden Geld- und Machtgier, Neid, Eitelkeit etc., die alle nur an den Menschen und seine

Einzelnatur gebunden sind. Indem sich das Leben im Bewusstsein von sich selbst über den Menschen erhöht, erhöht es sich zugleich über dessen niedere Leidenschaften, die alle irgendwie im Stofflichen wurzeln, erhöht es sich über den Stoff selbst. Was noch an niederer Spannung im Menschen war, das verschwebt und glättet sich jetzt im reinen Spiegel der Ewigkeit, es schwindet dahin, getroffen von dem Strahl des höchsten Lichtes, das in den Menschen eingezogen ist, vom göttlichen Ursein selbst.

Dies ist die Taufe, die der Mensch vom Ewigen her in sich empfängt, durch die er sich reinigt und läutert, aus der er jeweils neu und größer hervorgeht, denn die wahren Mächte der Ewigkeit haben ihn aufgenommen. *Der Bund zwischen Mensch und Gott ist damit von Neuem, doch größer und echter geschlossen.* Und doch sind auch hier ihre Reiche getrennt: Wo die Gottheit im Menschen erwacht, da findet das menschliche Sein seine Grenze.

Die Zeit der Scheinbefangenheit des Lebens ist damit vorüber, denn der Schein ist nach beiden Richtungen hin bezwungen: als sinnliche Blendung durch die stoffliche Schale und in seinen Einflüssen vom Triebleben des Menschen her. *Es war die Zeit, da der Mensch als Christophorus des unerlösten Gottes im Leben einherging.* Erkenntnis machte den Weg zur echten Tiefe frei und gibt damit dem Welt-Ich die Gewalt, sich gegen die unreinen Einflüsse zu schützen, die vom Stoff her die Ich-Welt bedrohen.

Mit der Scheinüberwindung ist das Leben mit einem Schlage in seinen wahren Mittelpunkt gerückt, von dem aus es die Herrschaft über sich selbst wiedererlangen kann.[123] Bisher dumpf den Einbrüchen des Stofflichen ausgeliefert, die es nach kurzen Anläufen immer wieder zurückwarfen, kann es nur mehr in Ruhe und Überlegenheit an die Aufgabe gehen, sich selbst in höherem Sinn zu organisieren[124], als es je möglich war.

Diese Organisation (Genf) wird die ganze Menschheit umschließen und in ihrer Zusammenfassung zu einem einheitlichen Gebilde ihren Gipfelpunkt finden.

Es ist klar, dass der *Glaube* an Gott und Unsterblichkeit für die Majorität der Menschheit erhalten bleiben muss, weil sie dieser höchsten Einstellung, von der hier gesprochen wurde, noch gar nicht fähig ist. Die Raupe Leben braucht, wie gesagt, in Anbetracht der vielen Glieder, die sie hintereinander mit sich

---

123 Über das Problem der Freiheit lässt sich Abschließendes nicht sagen, vor allem deshalb, weil das Denken nicht beweisen kann, dass es sich in dem Moment, wo es sich mit dem Problem befasste, „frei" verhielt. Es lässt sich daher leichter über *Un*freiheit sprechen (z. B. in der Abhängigkeit des eitlen Menschen vom Stoff, z. B. im Spiegelbild) als von Freiheit.

Wenn es aber überhaupt eine Position gibt, von der aus Freiheit denkbar und möglich ist, so ist es – können wir annehmen – die des Seinserlebnisses, jener seelischen Haltung, in der das Weltgeheimnis im Menschen erwacht, d. h., Weltstoff und Welt-Ich sich im Wunder begegnen. Denn hier stellt sich das ewige Sein über alles Werden, hier hebt sich das Leben aus der Kette der Kausalitäten heraus, von hier aus ist ein neuer Anfang möglich, wie in jenen Urzeiten, als es vom bloßen Sein ins Werden trat. *Stammt das Leben aus einem Akt der Freiheit, so kann sich Freiheit von diesem Punkte her im Lauf der Weltgeschichte immer von Neuem wiederholen,* denn im Seinserlebnis erreicht das Leben im Grunde jene Urschwelle, von der es seinen Ausgang nahm.

Was will dies besagen? Freiheit ist nur bei Gott. Vgl. hierzu S. 58 (Freiheit des Welt-Ich im Aktivsein).

124 Dem Leben, das auf das Stadium der Scheinbefangenheit folgt, wird es viel weniger auf neue Erkenntnisse ankommen als auf Organisation dessen, was es geschaffen hat.

herschleppt, *viele* religiöse Ideale und Praktiken: Hier schematisieren hieße die Menschheit unerhört verarmen lassen. Der höchste Mensch wird sogar seine religiöse Praktik verbergen müssen, um der Mehrzahl nicht ihre religiösen Ideale zu rauben. Gott will es in der Welt nicht anders als jener weitherzige Fürst, der da sagte: „In meinem Lande soll jeder nach seiner Façon selig werden." Auf der andern Seite kann aber auch schon gedankliches Durchschauen alles dessen, was mit dem Schein, seinen Gefahren für den Menschen und der Scheinüberwindung zusammenhängt, dem Menschen *neue wesentliche Impulse* für einen rationeller gestalteten Lebensaufbau geben. Denn auch die kopernikanische Umkehrung im Bereich der astronomischen Welten, die die gewaltigste Umwälzung im menschlichen Denken herbeiführte und die Erde aus ihrer Mittelpunktstellung herauswarf – in diesem System geschieht dasselbe mit dem Menschen! –, kann der Mensch *nur gedanklich* fassen.

Denn wenn er zum Himmel aufblickt, bleibt die Täuschung, die der ptolemäischen Weltansicht zugrunde liegt, bestehen. Aber auch dieses nur gedankliche Erfassen wurde ihm zu einem Erlebnis, das sein Menschentum in unerhörter Weise befruchtete. So, genau so steht es mit philosophischer Systematik: Gewiss, sie soll ins Leben zurück*führen* (wie sie aus einem Fortschritt des Erlebens *stammen* soll) und möglichst zu einer Weitung des menschlichen Erlebnisses Welt und darüber hinaus zum Erwachen des Lebensgeheimnisses selbst – aber wenn die in ihr niedergelegten Erkenntnisse *auch nur gedanklich* erfasst werden, so kann für die Lebenspraxis des Einzelnen schon sehr viel gewonnen sein. Und auf den Einzelnen kommt es an. Das Gesicht der Welt – heute grauenvoll verzerrt – wird sich erst wandeln, wenn sehr viele Einzelindividuen sich zu einer neuen Lebensansicht bekannt haben werden und ihrem Wirken damit neue Zielpunkte geschaffen sind. Denn Leben setzt sich immer nur dann mit Mut und Ausdauer in Bewegung, wenn es Ziele hat. Dass es der heutigen Welt an einem neuen Lebensideal fehlt[125], an dem sie bauen kann – *aber nicht nur vom Wirtschaftlichen her, denn „der Mensch lebt nicht nur vom Brot allein"* –, das ist ihre Krankheit.

12

Es bedarf jetzt nur noch der Erörterung einiger Punkte, die vom Systematischen her interessieren, und der Aufbau des Systems wäre damit fest in sich abgeschlossen. Wie die Lichtmaske (das Reflexionsprodukt vom Stofflichen her) dem Geist die Aufforderung stellt, in objektiver Haltung die Dingwirklichkeit zu untersuchen, so tun dies auch die *Lichtquellen selbst*. Das erhabenste Beispiel hierfür ist jene Leistung, die die Wissenschaft vollzog, indem sie die Lichter des Himmels als gewaltige Stoffzentren entdeckte, deren Abstand und Bewegung genauen Gesetzen unterliegt. An diesem Beispiel lässt sich ermessen, wie Erkenntnis das Ich zu erweitern vermag (Spinoza). Denn die Unendlichkeit, die sich dem Weltgeist durch diese Entdeckung „hinter den Sternen" erschlossen hatte, zog nun in das Bewusstsein des Menschen selbst ein: Um diese Unendlichkeit wuchs die innere Bewusstheit des Lebens von sich selbst im Menschen, und ihr stellte sich der Mensch nun in der Vorstellung gegenüber. Wie ungeheuer musste die Spannung im Menschen wachsen, wenn er sich, das Einzelgeschöpf, von dem Horizont dieses Unermesslichen her betrachtete! Wie sagt doch Zarathustra? „Wissend reinigt sich Leib, dem Erkennenden heiligen sich alle Triebe, mit Wissen versuchend erhöht er sich" – so musste auch das Wissen um diese Unendlichkeit auf den Menschen einwirken.

---

125 Die Scheinüberwindung scheint nur hierfür als übergeordnetes Problem, denn vom Schein ist alles Leben verseucht, spiele es sich uns im Rahmen des Kapitalismus oder Kommunismus ab. Eine wirklich tief greifende Änderung kann in die Menschheit nur durch Scheinüberwindung kommen. Nur von der Wurzel her kann der Mensch genesen; diese Wurzel ist aber Religion.

Und doch – selbst hier in diesem Bereich der Unendlichkeit ist noch ein Schein am Werk, ein Schein, der der Arbeit des Astronomen freilich keinen Abbruch tut. Denn je weiter wir uns vom organischen Leben entfernen, je weiter wir auf den ursprünglichen Scheitelpunkt der Weltentwicklung zurückgehen, umso mehr scheint das Ich aus der Natur zu schwinden. Aus den Kristallen blickt uns noch das geistige Prinzip entgegen, das den Stoff formal bändigt.

Von da ab scheint die Materie tot zu sein, die Sternenwelt nur ein Haufen riesiger, fest zusammengeballter Stoffklumpen. Dieser Schein verleitete sogar einen *Kant*, für die Entstehung der Planetensysteme eine Theorie auszusprechen, die sich nur an die Gesetze der Materie hält.

Der Schein ist dieser: Im Grunde tritt uns in der objektiven Welt *überhaupt nur* Stoffliches bzw. Physisches entgegen. Das Ich bleibt, wie bereits bemerkt, stets ideal. Es objektiviert sich nie, sondern gibt sich nur durch physische Vorgänge zu erkennen (Lufterschütterungen etc.), hält sich jedoch im Übrigen im Geschöpf verborgen; dass jemand außer uns ein Ich besitzt wie wir, ist ein Analogieschluss, den wir von uns auf ihn machen. Im Grunde berechtigt uns nichts dazu, es könnte sich bei ihm auch um ein künstliches Prokukt handeln, das mit einer Sprechmaschine etc. ausgestattet ist.

Dieser Analogieschluss des Ich von sich auf das Naturgegebene, hinter dem es dieses Ich vermutet, geht ihm allmählich verloren, je weiter es in die Natur hinabsteigt. Umso mehr schiebt sich die Materie in den Vordergrund, bis es in der Himmelswelt nur noch Materielles zu geben scheint. Das ist natürlich ein Irrtum. Leben ist gewiss nicht mitten in der Weltgeschichte aufgetreten und ebensowenig das Welt-Ich. Es war immer da, nur gibt es sich in den niedersten Stadien des Lebens nicht in jener Gestalt zu erkennen, die wir in uns vorfinden. Können wir uns doch kaum den Bewusstseinszustand eines vier Tage alten menschlichen Embryos vorstellen – wie sollten wir da etwas von dem Leben in der Sternenwelt ahnen!

228

Man sollte nun aber meinen, dass diese Prominenz des Stofflichen in den Himmelskörpern bei den Astronomen und Physikern die unbedingte Gewissheit von seiner Existenz hätte bestärken müssen. Das Gegenteil ist der Fall (jedenfalls gilt dies für die Physiker), und dies ist wiederum darauf zurückzuführen, dass die geistige Welt des Subjekts ich-betont ist und *hier der Stoff zu fehlen scheint,* der von der Objektseite her sich als einzige Substanz des Lebens aufdrängt. In der Tat finden wir in unserer Geisteswelt den Stoff nicht vor, wir erhalten hier nur seelische Eindrücke von ihm, die aber sämtlich aus der objektiven Sphäre stammen.

Da der Physiker wie der Astronom ja nur die Gesetzlichkeiten der Materie feststellt, sie selbst jedoch dabei aus dem Spiele lässt – der Physiker ersetzt die Masse durch einen Punkt! –, so ist es durchaus nicht paradox, wenn einer von ihnen die Existenz der Materie leugnet. Die Möglichkeit, innerhalb der geistigen Welt mathematische Berechnungen zu vollziehen, ohne den Stoff hierfür zu benötigen, verführt sogar dazu.[126]

Das Leben gerät hierdurch jedoch auf ein *einseitiges Geleise.* Die Abstraktion des Geistes von der Masse, die er durch einen Punkt ersetzt, erzeugt mithin eine falsche Weichenstellung, durch die die Daseinswirklichkeit einseitig auf das ideale Geleise geschoben wird (wie in der Naturbetrachtung auf das materielle). Dass in diesen Abstraktionen ein Verstoß gegen die Wirklichkeit steckt, beginnt man in den Kreisen der Physiker einzusehen, und so hört man bereits aus ihren Reihen hallen: „Unsere Welt kennt keine Punkte, das, was sich bewegt, ist nie ein geometrischer Punkt, sondern einfach ein Körper." Der Geist ist in einer Illusion begriffen, wenn er an seinem klarsten, doch kältesten Gewebe wirkt, sich in die höchste Kuppel seines Denkens verliert.

---

126 Es drückt sich hierin wiederum die subjektive Haltung des Welt-Ich aus, die auf Verfall an den Schein hindeutet.

Die Physiker befinden sich andererseits in einem grobem Irrtum, wenn sie glauben, den „Bau des Atoms" damit entdecken zu können, dass sie die elektrische Ladung derselben bzw. die Anzahl der Elektronen etc. näher bestimmen. Hier ist überall noch irgendwie das Welt-Ich mit im Spiele, dies gibt sich von der objektiven Welt her nur nicht zu erkennen. *Der Physiker hat immer nur den materiellen Rumpf vor sich*, die Aufdeckung der wahren Struktur des Atoms ist daher ganz ausgeschlossen, sie ist unenträtselbar, und sprengt man das Atom, bewirkt man so Zerstörung an dem unfassbar Kleinsten, so wird diese mit hundertfach vermehrter Wucht später (infolge der Ausnutzung dieser Kräfte für Kriegszwecke) über den Menschen kommen! Die Physiker sollten sich dies vor Augen halten, bevor sie den Menschen lehren, diese aus der Zerstörung des Atoms gewonnenen Energien in seinen Dienst zu stellen.

Damit haben wir den Schein im Subjekt in jedem Sinn erörtert. Das Fehlen der Materie innerhalb der geistigen Welt erleichtert es den Physikern, ihre Realität zu leugnen. Aber mehr noch als die Physiker taten dies die Philosophen. Nachdem nämlich der Stoff von der christlichen Religion her als „böse" verdammt war, galt es bei den Philosophen als eine Art Verdienst, wenn man ihn durch geistige Fechtkunststückchen aus der Welt fortleugnete.[127] Da diese Auffassung vom Stoff, der böse sein soll, aus der Unfreiheit des Geistes stammt, so bedeutet dieser Sieg der Philosophen über den Stoff nichts anderes als den Sieg des Stoffes über die Philosophen. Ihr Negieren und Hinwegleugnen beantwortete er mit den furchtbarsten Wirkungen auf die Menschheit, die noch heute völlig an ihn verknechtet ist, wahrlich eine schlechte Lehre, die er den Philosophen gegeben! Nein, der Stoff ist weder gut noch böse, er ist

---

127 Man liest z. B. noch bei H. Schmidt, Philosophisches Wörterbuch, Leipzig 1931: „Es gibt nach der heutigen Auffassung überhaupt nur zwei Urstoffe: die positive und negative Elektrizität." Das klingt fantastisch großartig, aber wie will man mit solchen blassen Theorien Lebensphänomene wie etwa den Blutkreislauf erklären? Treibt die Elektrizität sich vor einander her?

einfach da, wie der Widerstand beweist, den er der Strahlung setzt, er ist – sagen wir – der *Prüfstein* für das Leben, an dem es seine Kräfte erprobt. Dass es dabei oft zu Fall kam, hat es nur gestärkt, und es wird sich noch ganz andere Höhen erobern, wenn es sich nicht immer nur gegen ihn einstellt, sondern sich mit ihm im Wunder eint, um zum eignen höchsten Wachsein vorzudringen.

Bei der Verfolgung der Natur auf die ältesten Stadien der *Vergangenheit* schiebt sich mithin das *Stoff*moment immer mehr in den Vordergrund, die *Zukunft* dagegen erträumen wir in der stofflosen Vorstellungswelt, denn in uns selbst finden wir nur das Ich-Moment vor, hier fehlt wiederum der Stoff. Blicken wir nun um uns herum, sehen wir uns um im Kreis des *Gegenwärtigen*, dann stoßen wir auf den Schein, von dem in diesem Buch ganz ausführlich gesprochen wurde. Das Werden physischer oder geistiger Abstammung nimmt unsere Aufmerksamkeit fast gänzlich in Anspruch, während das ewige Sein des Stofflichen – nur in den Indifferenzphänomenen sich manifestierend – überall übergangen und in seiner echten Daseinstiefe (als Wunder) nicht gewürdigt wird.

Und weiter. Indem wir unsere eigne Vergangenheit im Geiste schauen, verklärt sich das Bild dessen, was sich in ihr zugetragen. Vergangene Freuden locken gleich entschwundenen Morgenröten, deren Zauber immer noch in uns fortglüht. Erlittene Bitternis verliert das Gewicht ihrer einst so trüben Gegenwart. Gleich stillernster Abendröte steht sie weich und traumhaft am Himmel unserer Erinnerung, der grelle Strahl des Schmerzes trifft uns nicht mehr. So schwärmt denn eine jede Generation von der einst „so guten alten Zeit", die sie erlebt: Mit dieser guten alten Zeit lockt das Leben selbst noch die Alten, die ihr Sein hinter sich haben, zu sich hin. Und gar die Jungen! In ihnen kann das Leben ungehemmt seine verschönernde Gewalt dem Einzelnen aufzwingen und Samen einer Zukunft ausstreuen, der doch nur in den seltensten Fällen aufgeht. Bedenkt man nun, dass sich auch in jedem Gegenwartsmoment das Leben nur in den verlockendsten Extremen zeigt – an den

231

Indifferenzphänomenen sieht der Mensch ja vorbei! –, wie es die Dinge in den Zauber der Farbigkeit hüllt oder ihnen in der Nacht seltsam gespenstischen Reiz verleiht, wie es mörderische Taten mit der Glorie des Heldenglanzes schmückt, Grausamkeit mit der Entschuldigung edler politischer oder religiöser Tat, so versteht man erst, mit welchem Raffinement das Leben den Schein meistert, wie es dem Menschen sein eignes Hässliches verbirgt, seine düstersten Wolken noch mit dem Flitterglanz des Goldes säumend. Und wie versteht es den zu belohnen, dessen Daseinsgehalt ärmlich wird! Das Kind, das sich von der Umwelt zurückgestoßen fühlt, baut sich in der Fantasie ein Reich des Scheines auf, in dem es als Kaiser regiert, die alte Jungfer, die auf die Freuden des Fleisches verzichten musste, borgt sich von der Gerechtigkeit der Welt das Lob erhöhter Tugendhaftigkeit, die sie vor den andern auszeichnet etc.

Die Pole des Lebens ergänzen einander: Was dem einen versagt bleibt, dafür muss der andere komplementär eintreten: Versagt sich z. B. dem Greis allmählich die sexuelle Kraft, dann muss die Fantasie mit obszönen Bildern ein wenig nachhelfen, das Kräftereservoir zu füllen. Lüsternheit als begleitendes Äquivalent sexueller Schwäche: Niemand hat dieses so tief erkannt wie Honoré de Balzac, dieser kühnste aller Seelendeuter, und wir werden ihm darin rechtgeben müssen. Dieses Beispiel ist sehr profan, das Gesagte wird sich jedoch mit derselben Evidenz im Reich der großen geistigen Mächte beweisen lassen müssen. So musste die christliche Kirche, da sie den Menschen an das Jenseits band und seine Fantasie mit religiösen Vorstellungen (Bildern von Heiligen und Märtyrern etc.) erfüllte, ihn zugleich der Natur entfremden, denn diese (als Vollraumrealität) hätte ihn dem Vorstellungsleben entführt und der Erde zurückgegeben, damit aber wäre der spiritualisierende Einfluss der Kirche gebrochen gewesen. Um den Menschen im Reiche der Idealität festzuhalten, macht daher die christliche Kirche von Mal- und Tonwerken so reichlichen Gebrauch. Daher muss die Wendung, die

232

das Leben durch die moderne Technik[128] erfahren hat, der Kirche gefährlich werden. Denn da sie (die Technik) es mit den Realitäten der Welt zu tun hat, die der Vollraumwirklichkeit angehören, löst sie den Menschen von jenen Fantasiewelten los, in die ihn die Kirche im Mittelalter eingesponnen hatte. Die Vollraumrealität gewinnt so ein Übergewicht über die Hohlraumrealität: An die Stelle von Fantasiewelten treten die wirklichen Welten. Dieser Prozess schreitet unaufhaltsam vorwärts, seine endliche Erfüllung wird das eigentliche Ende des Mittelalters bedeuten, das den Scheinwelten der Hohlraumrealität das Übergewicht gegeben hatte. Die Kirche wird sich diesem Geschehen anzupassen haben, wenn sie nicht enorm an Einfluss verlieren soll.

13

Der Schein der Welt besteht also, um es nochmals kurz zusammenzufassen, in folgenden Zusammenhängen:

Da die beiden Seinskomponenten der Ewigkeit Welt-Ich und Weltstoff auf Subjekt und Objekt verteilt sind, das Welt-Ich aber nicht auf das eigne Sein innerhalb der geistigen Welt zu stoßen vermag, bedarf es des anderen Seins der Ewigkeit (das es nur in der objektiven Sphäre anzutreffen vermag), des *Weltstoffs*, um die Harmonie des ewigen Seins wiederherzustellen. Der Weltstoff entzieht sich jedoch im Stadium der Scheinbefangenheit des Bewusstseins in die Zone der Indifferenz. Auf diese Weise bleibt also der Riss in der Welt bestehen. Das Sein der Ewigkeit klafft auseinander, denn von einem Pol allein (dem geistigen) ist diese Harmonie nicht zu gewinnen.

Damit aber beginnt die Tragik des Welt-Ich, denn ohne es zu wissen und zu ahnen, stärkt es mit jeder Aktivierung, die es vollzieht, die Macht des Stofflichen (das *an sich schon* von der Objektseite

---

128 Den Wirkungen der Technik kommt in gewissem Grade der Sport gleich, der es ebenfalls mit Vollraumrealitäten zu tun hat und den Menschen aus seinen Träumen an die Diesseitswirklichkeit kettet.

her einen gewaltigen Druck auf das Bewusstsein ausübt – durch Lichtmasken etc. – und andererseits vom physischen Pol des Menschen her gegen das Welt-Ich anrennt, das sich im geistigen Pol gleich einer Festung verbarrikadiert hat).

Das Welt-Ich muss schließlich unterliegen, weil es sich ja nur durch Stoffliches oder seine Abkömmlinge objektivieren kann, die aber ihrerseits wiederum auf das Welt-Ich lähmend zurückwirken.

Was es aber auch unternimmt, es muss stets auf den Stoff zurückgreifen: Der Architekt braucht Steine, um seine Ideen auszudrücken, der Plastiker Bronze oder Marmor, der Denker Lautmasken, der Maler Lichtmasken etc., es gibt keine Möglichkeit für das Welt-Ich, in seinem Wirken den Stoff zu umgehen. Direkt oder indirekt – es ist stets auf ihn angewiesen. *Daher mussten alle noch so großen Leistungen des Welt-Ich innerhalb der Kultur und Zivilisation schließlich mit seiner eigenen Niederlage endigen.* Denn der Stoff erhielt dadurch die Möglichkeit, den Druck, den er a priori dem Ich entgegensetzt, ins Ungeheuerliche zu vermehren, und da uns ja nicht geistige Werte zugetragen werden, sondern wir sie aus sinnlichen Einkleidungsmitteln (die sämtlich stofflichen Ursprungs sind) durch eigne Willens- und Gedankenarbeit erst herauspräparieren müssen, war das Welt-Ich dieser Anforderung sehr bald nicht mehr gewachsen: Es wurde in seinen zentraleren Funktionen (als sittliche höchste Instanz, in seinem genialen künstlerischen Schöpfertum etc.) nach und nach völlig gelähmt, und nur noch der Verstand behauptete sich, die niederste Denkfunktion des Welt-Ich, die ethisch bereits indifferent ist. Durch das Versagen des Welt-Ich erhielt aber wiederum die physische Triebwelt die Übermacht, und unter ihrem Einfluss verengte sich das Leben immer stärker in den Bezirk des Menschen, dessen schlechteres Ich in der Hauptsache ja vom Physischen her unterhalten wird. Je mehr das Welt-Ich sich aus seinem Innenleben zurückzog, um so jämmerlicher wurde er nun, denn nur das Welt-Ich hatte ihm ja seine groß gearteten Impulse geliehen. Wo nicht Tradition den seelischen Zerfall aufhielt, brach der Mensch innerlich vor dem Ansturm des Stofflichen zusammen. Gott war in ihm tot, aber um so selbstherrlicher blähte er sich nun, gleich der Erde im ptolemäischen System nun zum falschen Weltmittelpunkt arriviert: *ein Eimer, der aus sich selbst schöpfen wollte und doch immer nur ins Leere stieß, denn die göttlichen Quellen waren in ihm versiegt.*

Den Tod als Skelett darstellen bedeutet die Tatsachen verkennen.

Das Skelett ist das Abendrot des Lebens, das noch lange nach dem Dahinschwinden des Menschen nachleuchtet, sein Siegeszeichen in dem Triumph über den Stoff, den es organisierend bezwang. Der wahre Tod ist unsichtbar (so unsichtbar wie Gott): Er besteht im inneren Zerfall des Menschen während seines Daseins. Dieser Tod hat sich ins Leben eingefressen wie ein zerstörendes Insekt, und nachdem er vom Einzelnen auf große Kollektive übergegriffen hat, ist jener lawinenartige Abrutsch eingetreten, der alle Zukunft der Menschheit zu vernichten droht.

Das Leben wird sich gegen diesen Tod wahren, denn die Erkenntnis dessen, was es in den eignen Abgrund stürzte, wird ihm auch die Kräfte der Immunisierung gegen das Gift schaffen, dem es bisher erlag. Die Lanze, die die Wunde schlug, wird sie auch heilen: Vom Stoff, der das Welt-Ich im Reich des Werdens durch Rückwirkung auf das Bewusstsein bezwang, wird auch die Erlösung kommen, aber außerhalb des Werdens, nämlich an der Stelle, die früher das Gebet einnahm: *im Erlebnis des ewigen Seins,* dort, wo die durch das Werden auseinandergesprengten Wesenskomponenten der Ewigkeit, Welt-Ich und Weltstoff, sich harmonisch wieder begegnen, im Erwachen des Lebensgeheimnisses im Menschen. *Dem Welt-Ich fehlte in der Zeit seiner Scheinbefangenheit dieser Stützpunkt,* und daran musste es zugrundegehen. Es hatte sich andere geschaffen: in den höheren Religionen, im Kunstschaffen, im Kunstverarbeiten, in der für das Leben produktiven Arbeitsleistung, in der echten Liebesgemeinschaft, in der Hinopferung für einen idealen Zweck, im Naturerlebnis, im Dienst für die Gemeinschaft, kurz, in alledem, was die objektive

Haltung des Menschen förderte. Die Niederlage, die das Leben erlitt, beweist, dass die Stützpunkte gegenüber dem stofflichen Gegendruck unzureichend waren und letzte Reservekräfte im Menschen frei gemacht werden müssen: das Leben selbst als Urtatsache. Nur dieses eigne Selbst, als der überpersönliche Grund im Menschen, wird die Situation meistern, in die das Leben geraten ist, und wird zugleich dem Menschen neue Aufbaukräfte für seine Persönlichkeit leihen. *Denn darauf kommt es an: dass der Mensch wieder wächst.* Ohne den Menschen ist das Welt-Ich machtlos. Es kann nur durch ihn seine Höchstleistungen vollziehen, und deshalb muss es auch an ihm direkt angreifen und gestalten können. Persönlichkeit im Menschen bildet sich nicht auf Befehl von außen, sondern nur dann, wenn das eigne Selbst im Menschen zu allem Geschehen frei Stellung nehmen und selbst Entscheidungen treffen kann. Den Irrtum und den Zweifel hatten wir als stärkste vorwärtsdrängende Impulse des Lebens erkannt: Wer da glaubt, die Persönlichkeit im Menschen bilde sich auch, wenn er mundtot gemacht ist, ist erzieherisch auf dem Nullpunkt angelangt. Arbeit am Staat dem Menschen abnehmen, ihm Sünde abnehmen, ohne dass er sich über seinen Irrtum klar wird und damit neue sittliche Antriebe aus der Verfehlung gewinnt, lässt ihn innerlich verarmen, macht ihn zum elenden Kostgänger des Lebens, bewirkt, dass er nicht mehr als freier Mensch, sondern als Höriger lebt. Mächte irgendwelcher Art, die sich zwischen das Welt-Ich und den Menschen stellen, um ihn nach einem vorgefassten Schema zu prägen, greifen in die Göttlichkeit des Lebens selbst ein, denn sie stellen sich zwischen Mensch und Schöpfertiefe, die in ihm lebt. Nur in freiem Denken wächst der Mensch, das Nachdenken über das, was andere gedacht haben, macht ihn nicht selbstständig, *es sei denn, dass er nach vielem Irren selbst darauf kommt, es für sich anzuerkennen: Dann ist`s richtig.* Aber dazu muss er die freie Meinung und Willensentscheidung haben. Verfall an den Schein – das wurde hier klargestellt – bedeutet ja stets, dass die eigentliche Leistung dem Leben abgenommen wird und an ihrer Stelle ein Surrogat tritt, das in irgendeinem Sinn

Leere birgt. *Dem Menschen die eigne Leistung abnehmen macht ihn daher nicht nur unfrei und unselbstständig, sondern treibt ihn mit Macht dem Scheine zu.* Denn nur durch die Eigenpersönliche Leistung des Bewusstseins *erhält* sich das Leben gegenüber dem Schein und seinen das Bewusstsein auflösenden Tendenzen.

Dieser Eingriff in das Lebensplasma des Menschen, dieses *Vorgreifen* den gestaltenden Kräften des Welt-Ich gegenüber, die nur im Scheiden von Irrtum und Wahrheit an den Lebenstatsachen selbst ihr Werk am Menschen verrichten können, ist wohl die tiefste Art des Eingriffs in das Leben und den Menschen überhaupt. Er setzt im Grunde den zersetzenden Einfluss der Zivilisation nur fort, die auf eine andere – mehr passive – Art die Selbstauflösung im Menschen bewirkt: durch Überfüllung seines sinnlichen Bewusstseins mit Licht- und Lautmasken, Hervorkehrung der reinen Verstandestätigkeit etc. Der *Kapitalismus* hat daran wohl durch schrille Reklame (und andere Momente, wovon wir noch zu sprechen haben werden) seinen Anteil, aber das System war ursprünglich gut: Es sicherte der Persönlichkeit die freie Entfaltung und gab ihr die Möglichkeit, sich aus eigner Leistung ein Feld des Wirkens zu schaffen, im Boden der eignen Arbeit auf selbstgeschaffenem Grunde mit allen Kräften der Seele, mit Geist, Wille und Gemüt, Wurzel zu schlagen – wahrlich eine schöne Art, Menschentum gedeihen zu lassen. Die Fehlentwicklung innerhalb der Kapitalistischen Epoche kam erst dadurch, dass sich der Mensch aus der Religion herauslöste, dass sein Tun den auf sich selbst gerichteten Sinn verlor, die Arbeit für ihn nicht mehr religiöser Dienst am Leben bedeutete. Damit erst schlug der Kapitalismus ins Äußerliche um: Denn nun wurde die Arbeitsleistung das Mittel zum Geldverdienen, und dieser Trieb wuchs so mächtig in der Menschheit an, dass er zu einer Überproduktion von Maschinen, sinnlosen Geldinvestierungen etc. führte und damit unzählige Menschen außer Brot setzte.

Das Geld, nicht Gott, war das treibende Element geworden und ließ die zentrifugal fortstrebenden Kräfte im Menschen ins Rasen kommen. Religiöse Auffassung der Arbeit hätte in diesem Prozess eine Retardation bewirken müssen.

Das Geld hat ja überhaupt, wenn sein Besitz lockt um des Besitzes, nicht der produktiven Leistung willen, die gefährlichsten Wirkungen auf den Menschen: *Die Begierde nach ihm setzt den physischen Pol in eine heimliche Spannung, die nie ganz schwindet,* und diese legt den Geist völlig in Beschlag, sodass er nur noch im Dienst dieser Spannungen zu wirken vermag. Ein Mensch, der von diesem Trieb besessen ist, ist keiner tiefen Hingabe, keiner schöpferischen Leistung mehr fähig, er geht stumm und leer an der schönsten Natur vorüber, kein Kunstwerk kann ihn ganz an sich fesseln, mit einem Teil seines Wesens bleibt er stets bei *sich selbst:* beim Gelde oder seinen Äquivalenten. Die Spaltung im Menschen, die das Geld bewirkt, ist stärker als jede andere.

Der *Entartete* Kapitalismus hat natürlich nicht das geringste Interesse daran, den Menschen vom Schein abzubringen. Ihn interessiert nur der kaufkräftige und kauflustige Konsument, und er hat es sich daher zur Aufgabe gemacht, den Menschen hierzu zu erziehen. Denn was könnte er vom Menschen erwarten, dessen Blick nach innen gerichtet ist? Dieser Mensch hat alles andere als äußerliche Bedürfnisse, die ihn zum Kaufen veranlassen könnten, es sei denn, er sei Sammler von Kostbarkeiten etc. Der wahrhaft kultivierte Mensch kann auch deshalb schon seine Bedürfnisse mit sparsamsten Mitteln befriedigen, weil das echte Wertgut viel länger vorhält und seine Kraft, den Menschen innerlich auszufüllen, nie einbüßt, während alles Leere, das im Augenblick nur die Sinne peitscht, im Moment schon wieder durch anderes, womöglich noch Aufpeitschenderes ersetzt werden muss – was immer wieder Geld kostet. Es gleicht dem Feuerwerk, das, kaum verflogen, Gestank verbreitet und damit andere Mittel herbeizieht, die wieder diesen Gestank tilgen müssen u.s.f., ein Circulus vitiosus von Nichtigkeiten, die, kaum dass sie eine (physische) Erregung auslösten, ihren Reiz auch schon wieder eingebüßt haben. Menschen, die dergleichen

Effekten nachlaufen, sind dem entarteten Wirtschaftssystem die idealen Käufer, am liebsten möchte es die ganze Menschheit vor den Karren solcher Nichtigkeiten spannen. Denn mögen die Dinge, die es herbeischafft, noch so solide und akkurat gearbeitet sein – solange der Mensch neben ihnen leer bleibt, *bleiben* sie Nichtigkeiten.

Obgleich mithin der Kapitalismus selbst dem Schein zum Opfer gefallen ist, wird dennoch die Menschheit und jede neue Wirtschaftssordnung, die ihn vielleicht ersetzen möchte, zu den Prinzipien der kapitalistischen Ordnung irgendwie zurückkehren müssen, denn sie allein garantieren die freie Entfaltung der Einzelpersönlichkeit, ohne die Leben auf die Dauer nicht denkbar ist.[129] Denn wer an der freien Persönlichkeit rührt, rührt an der Substanz des Lebens. Das Leben kann sich nur im freien Menschen behaupten, mit ihm steht und fällt der Sinn der Schöpfung.

Also ist auch Religion für das Leben unentbehrlich, denn jeder freie Mensch wurzelt irgendwie in letzten Gründen des Seins, birgt – bewusst oder unbewusst – ein Stück Religion in sich. Eine neue Wirtschaftsordnung kann wohl ein neues Ideal prägen, aber Religion wird sie damit nie ersetzen können. Denn dieses Ideal betrifft immer nur *die rationelle Ordnung der äußeren Daseinswirklichkeit* der Menschheit – ihre letzten Ziele liegen jedoch ganz woanders, jedenfalls nicht in der Wirtschaft selbst. Diese Überbewertung der Wirtschaft ist ein Produkt des Verstandes, der sie geschaffen hat und immer noch weiter an ihr schafft und *daher gern Religion durch eigne Ideale ersetzen möchte.* („Elektrifizierung Russlands – das ist jetzt Religion" – in diesem Satz Lenins hat die Zivilisation ihr eigenes Religionsideal klar und bündig ausgesprochen).

---

129 Jede neue Lebensordnung, die den Kapitalismus ersetzen möchte, wie etwa der Kommunismus, steht *ihrerseits wiederum* in Gefahr, dem Schein irgendwie zu erliegen.
Die Bezwingung des Scheines ist mithin die dringlichste Aufgabe der Menschheit: *Sie muss als primäre Leistung allen anderen vorangehen.* Andernfalls gewinnt der Schein in anderer Gestalt die Oberhand über sie.

Der Mensch ohne Religion, um seine freie Persönlichkeit gebracht und auf die Bajonette der Zivilisation gespießt – gibt es einen traurigeren Anblick??

14

Welcher Trieb im Welt-Ich ist es, der sich dem nach außen, ins Licht, zum Genuss eigner Spannungen, zum Besitz drängenden physischen Trieb entgegensetzt? – *der Trieb zur Wahrheit*. Dieser Trieb bezwingt den Stoff überall, wo er direkt oder indirekt auf ihn stößt. Er ist der Ursprung wissenschaftlicher Erkenntnis, die Ausfluss jener objektiven Haltung ist, in der das Bewusstsein – anstatt sich an die Lichtmaske der Dinge, d. h., nur sinnliche Erfahrung zu binden – aus der Dingwirklichkeit selbst seine Resultate schöpft. Wahr sein heißt ja, einem Gegenstand möglichst gerecht zu werden suchen. Dies ist aber zugleich die Voraussetzung sittlich guten Handelns. Um gut zu sein bedarf es der tiefen Einsicht in das Schicksal des Nächsten: Solange dieses Moment fehlt, kommt es leicht zu einer Fälschung der Motive des Handelns durch heimliches Einwirken jener Triebe im Menschen, die aus der Eigenliebe fließen. Der Wahrheitstrieb erst entreißt den Menschen sich selbst und führt ihn dem Gegenstand so zu, dass er ihn und *nur ihn* sieht. Er öffnet der Liebe erst den Blick für den Gegenstand, an dem sie sich betätigen will. Und nur solches Handeln ist zugleich schön. Denn auch die Schönheit wurzelt in der Wahrheit. Schönheit hat nichts mit Augenweide zu tun. Wer diese in ihr sucht, will gar nicht Schönheit, sondern Sinnenkitzel, also sich selbst und nicht den Gegenstand. *Schön ist, was in einem höheren Sinn Wahrheit birgt.* Deshalb ist auch das wahrhaft gute Handeln schön, denn mit der reinen Hingabe an den Gegenstand wird es *unverfälscht* wahr. Und auch nur jenes Kunstwerk ist schön, bei dem die sinnlichen Ausdrucksmittel ganz im Dienst der Wahrheit stehen, in der Charakterisierung des Gegenstandes gleichsam aufgehen. Ein Sichhervordrängen der sinnlichen Effekte, die lediglich die

Wirkung haben, die Sinne mit ihrem Kling-Klang zu füllen, beweist, dass im Künstler während des Schaffens der Wahrheitstrieb nicht kraftvoll genug war, sich des Gegenstandes ganz zu bemächtigen, bzw. dass der Künstler im Schaffen stärker vom Physischen als vom Geistigen her dirigiert wurde.

Selbstverständlich ist die Sucht nach dem Effekt nicht allein auf das sinnliche Ausdrucksgebiet begrenzt: Wie erwähnt, kann beim Verfall an den Schein selbst die *Sinnlosigkeit als solche* zum eigenen Effekt erhoben werden. Die Sinnlosigkeit gewisser „expressionistischer Gemälde" entspricht durchaus der Sinnlosigkeit des Schmutzes der Straße, denn im Grunde setzt es sich, wie dieser, aus *Abfällen des organischen Lebens* zusammen, die, bildlich oder sogar dinglich durcheinandergewürfelt, eine Idee vortäuschen sollen. Nur eine Funktion des Welt-Ich ist an diesem geistigen „Schmutz" noch beteiligt: die der Synthesis. Sie hat die Aufgabe, innerhalb des Zusammenhanglosen durch gewisse Farbnuancen in Verbindung mit mathematischen Begrenzungslinien[130] – irgendwie eine Bindung herbeizuführen. Gewiss kann sich auch noch in den Abfällen des Lebens *dieses selbst* künstlerisch wahr widerspiegeln, aber um dergleichen zum Gegenstand der Kunst zu machen, dazu gehört Genie, ja vielleicht noch mehr Genie als zu allem andern. Umso lächerlicher müssen die Resultate derer sein, die dies ohne Genie versuchen. Hier bleiben *nur noch* stoffliche Reste übrig, genau wie bei einem sinnlosen Satz nur Worte, Lautmaskengebilde, die an sich ohne Bedeutung sind. Dieses Suchen nach Effekt um jeden Preis – und sei es um den eines Sinns – ist Ausdruck des Geltungstriebes im Künstler. Hat er kein eignes Ideenvermögen, kein wahres Können,

---

130 Hier hat sich der irrationale Bejahungstrieb des Lebens in Verbindung mit Eitelkeit bzw. anderen ins Äußerliche drängenden Triebfedern das Welt-Ich unterworfen und ist selbst als „Schöpfer" aufgetreten, wobei er sich gewisser Fähigkeiten des Welt-Ich bediente (von denen hier aber nur der leerste Gebrauch gemacht wird). Das Ergebnis: ein Scheingebilde, das nur Sinn vortäuscht, im Grunde jedoch raffiniert zurechtgemachter Unsinn ist.

so bleibt ihm noch die Bizarrerie übrig, um sein Geltungsbedürfnis zu befriedigen. Denn hinter dem Ohne-Sinn sucht das Publikum – er kennt es ! – bisweilen mehr als hinter schlichtem großem Können, das sich frei von jedem äußerlichen Effekt hält.

Der physische Trieb geht auf Genuss aus, er will sich an Sinnlichem selbst berauschen, das ja so leicht zu erhaschen ist und nicht weiter gedanklich zerlegt zu werden braucht. Aber das Welt-Ich will im Kunstschaffen nicht den Genuss, es schafft aus dem *Leid:* Es leidet an der Wirklichkeit, wenn sie mit Vollendung begnadet ist (weil diese Vollendung – eine seiner Ideen – an den Stoff gekettet und unrettbar dem Untergang geweiht ist), und leidet an ihr noch mehr, wenn ihm das Grauen der Unvollkommenheit alles Daseins aus seinen eignen Geschöpfen entgegenschlägt. Der Mut zur Wahrheit ist im letzteren Fall noch größer, aber ebendieser *Mut zur Wahrheit* wird zur eigentlichen Stärke künstlerischer Gestaltung, denn nur ihm enthüllt sich das Leid des Geschöpfes ganz. In Liebe zieht das Welt-Ich auch noch das ärmste Wesen zu sich empor, wenn es ihm im künstlerischen Schaffen Unsterblichkeit verleiht. Das strahlend Vollendete und das Grauen hilflosen Zurückgebliebenseins, beides schwebt in der Kunst dem Leben voran, beides es anfeuernd – das eine, zu immer höherer Vollendung voranzuschreiten, das andere, die Unvollkommenheit des Lebens durch Vollkommeneres zu ersetzen.

Der Wahrheitstrieb wurzelt im Verstande. Folgt er sich selbst, dann resultiert aus seiner Aktivierung (in Verbindung mit dem Verstand) sachliche Erkenntnis. Verbindet er sich dem Hingabetrieb der Seele, so ergibt sich eine Tat der reinen unverfälschten Liebe. Kombiniert er sich dem Trieb des allegorischen Gestaltens, so resultiert das wahre Kunstwerk. Die Einbildungskraft, die in allen dreien tätig ist – denn auch die Liebe muss, um schnell handeln zu können, von ihr beflügelt werden –, ist nichts anderes als der künstlerische Trieb, angefeuert durch den Zustrom der Bejahungsimpulse, die vom physischen Pol her in die geistige Welt einfließen. Hat sich dagegen die physische Triebwelt die Ichwelt unterworfen, so stellt sich jedes Mal die Wendung ins Äußerliche ein. Der Oberflächentrieb, der im Physischen wurzelt, drängt das *Handeln* ins Egoistische (Liebe wird nur vorgegeben), den *künstlerischen Trieb* in das Haschen nach Effekt, den *Erkenntnistrieb* in den oberflächlichen Vergleich der Lichtmasken untereinander (mit dem Effekt: „*Walfisch*"). In allen drei Haltungen des Menschen kommt es zur Sprengung der Ich-Welt (da das Welt-Ich unfrei wird, indem es sich an die physische Triebwelt versklavt).

Von diesem Umschlag ins Äußerliche kann das Denken, Wollen, Fühlen des Subjekts betroffen werden. Es hängt eben nur davon ab, ob das (objektiv orientierte) Welt-Ich oder das (ins Subjekt tendierende) physische Triebleben das prae hat. Es ist dies jedoch nicht allein von der Stärke des Trieblebens abhängig. Vielmehr spielen hier noch ganz andere Faktoren mit, auf die ich, soweit dies im Rahmen dieses Buches möglich ist, hier eingehen will. Sehr viel für die harmonische Durchbildung der menschlichen Persönlichkeit hängt u.a. von der Beschaffenheit des Nervensystems ab. Zum ethischen Handeln gehört mehr als ethische Gesinnung. Nervenschwache Menschen müssen immer darauf bedacht sein, sich ein „harmonisches Gleichgewicht" zu erhalten. Aber dieses Gleichgewicht ist sehr labil, so labil, dass schon kleine Erschütterungen genügen, sie aus der krampfhaft aufrechterhaltenen „Harmonie" wieder herauszuwerfen. Aber gerade die sittliche Festigung des Menschen setzt viele Stöße und Verstöße voraus, *an denen* sie sich festigt. Der Nervenschwache ist dem aber nicht gewachsen: Soll er eine Sache von Anfang bis zu Ende durchfechten, so versagen ihm plötzlich die Kräfte. Er wird schließlich vom Leben so lange hin und hergeworfen, bis er, sei es, um dem Gewissenszwang zu entfliehen oder mit dem unerträglichen Dilemma Schluss zu machen, *der Aufrechterhaltung seines „harmonischen Gleichgewichts" die eigenen sittlichen Grundsätze opfert.* Solche Menschen sind groß und herrlich in Worten, in Taten widerspruchsvoll und wechselhaft. Sie liegen wie ein Kahn vor dem

Wind, bald auf dieser – bald auf jener Seite, aber eben ungewollt und richtungslos. Wer den Menschen sittlich festigen will (also das Welt-Ich in ihm stark erhalten will), muss zunächst einmal gesunde Nerven schaffen. Das soll aber nicht eine Aufforderung bedeuten, nun das Physische in den Vordergrund der Erziehung zu stellen: Denn gerade physische Beanspruchung unmäßigen Grades bringt das Welt-Ich in Verfall. Damit tritt der gleiche zerstörende Effekt ein, den die Überschwemmung des Bewusstseins mit Licht- und Lautmasken in ihm hinterlässt. Der *geistig geschulte* Körper, nämlich im Turnen, in der Gymnastik, im Spiel, im Schwimmen etc., auch durch gelegentliche längere Marschübungen (um den Willen und die Ausdauer zu stärken) – alles ohne Rekordsucht betrieben! – wird die rechte Vorbereitung auch für die Schulung des sittlichen Willens sein.

Hierher gehört auch das Fortpflanzungsproblem. Es kann hierauf jedoch nur ganz kurz eingegangen werden. Der gefährlichste Feind des Volkes ist m. E. die *Inzucht,* sie verbraucht die Volkskraft einseitig und immer an derselben Stelle, daher schafft sie die schlechtesten Resultate für die Fortpflanzung. Man hat dies insbesondere auf dem Lande in abgelegenen Gebirgsortschaften beobachtet, deren Bevölkerung durch Inzucht saft- und kraftlos wurde. Hier hat z. B. die Militärpflicht eine besondere Aufgabe erfüllt, denn sie holt die jungen Menschen aus den entlegensten Dörfern heraus, gibt ihnen hierdurch Selbstständigkeit und zugleich Gelegenheit, sich eine Geschlechtspartnerin aus anderen Teilen des Landes zu gewinnen. So bewirkt denn der militärische Dienst nicht nur körperliche Ertüchtigung, sondern er mischt Stadt und Land auch kräftig durcheinander. Beides wird die Menschheit in irgendeiner Form beibehalten müssen, wenn vielleicht einmal – wann ? – Militär überflüssig wird.

Wir hatten festgestellt, dass jedes Übermaß von physischer Beeinflussung des Bewusstseins (durch Überfüllung mit Lichtmasken etc. ferner durch physische Überanstrengung, die nur den Muskelmenschen schafft) die Ich-Welt unterdrückt und die zentraleren

Kräfte der Seele allmählich ertötet. Für die Ausbreitung des Scheines kann aber *allein schon die Qualität* einer bestimmten physischen Beeinflussung von Bedeutung werden, ganz abgesehen von der Mächtigkeit ihrer quantitativen Einwirkung. Eine solche Qualität, die den Schein überall auf der Erde gewaltig vermehrt hat, sehe ich in dem *elektrischen Licht.* Man kann dies nur begreifen, wenn man das magische Dunkel beobachtet, das z. B. eine Stearinkerze neben dem eigentlichen Beleuchtungseffekt verbreitet. Eine brennende Kerze, die zugleich Dunkel verbreitet? Sie tut es, überzeugt euch selbst! Sie holt mit dem Licht, das sie ausstreut, zugleich das Dunkel aus allen Ecken des Zimmers hervor! Dadurch gibt sie dem Raum eine gewisse Plastik des Helldunkels, die den Dingen ein mystisches Dasein verleiht. Dieses Zimmer lebt noch, der Genius Leben, mit dämonischem Zauber begabt, weilt noch in ihm. Dem Gemüt fließen hier noch Erregungen zu, die es bis in die Tiefe erzittern lassen. Und die Kerze selbst: Ist sie nicht ein Spiegelbild des Lebens selbst, das Ebenbild der Natur, ihres Lebens und Sterbens? Seht hin, wie sie sich langsam – fast stockend – erhebt, sich vorsichtig wie ein Kind in den Raum tastet, wie sie dann fest und gerade steht, unbeweglich und besonnen wie ein Krieger, und schließlich hochaufzuckend erlischt, ganz wie der Sterbende, in dem das Leben noch einmal kurz aufflammt, um sich dann in den Tod zurückfallen zu lassen.

Wie anders das elektrische Licht! Wo kommt es her? Man denkt daran. Denn – knips – ist es da und – knips – ist es wieder aus. Das ist nicht Leben, sondern Lebensmechanik, die in Automatie und Selbstverständlichkeit ausmündet. Und nun das Licht selbst: Wie flach wird alles, was es bestrahlt. Wie wenig heben sich Licht und Schatten heraus! Wie geht das Geheimnis des Zimmers verloren, wenn dieses kalte nüchterne Licht es erhellt, das nur Vordergründe heraushebt, aber keine Hintergründe schafft – nachdenkliche Hintergründe! Will man glauben, das auch ein solches Faktum die Entmenschlichung der Menschheit zur Masse fördern konnte? Ich zweifle daran. Und es war vielleicht der einzige Vorteil, den die

Luftangriffe im Weltkrieg hatten: nämlich, dass der Städter, gezwungen, vom Licht bescheidensten Gebrauch zu machen, seinen Wohnort einmal im Halbdunkel kennenlernte. Man erzählt noch heute, wie fantastisch groß der Eindruck war, den z. B. London in diesem abgedunkelten Zustand hervorzauberte. Die Lichtqualität als wesentlicher Faktor der Veräußerlichung der Menschheit – darauf werden allerdings die wenigsten Leser vorbereitet sein, und doch könnte dieses sehr wohl zutreffen. Denn das Sich-leicht-und-bequem-Machen, das stets mit dem Verfall an den Schein einhergeht, wird hier in der elektrischen Beleuchtung beim Ein- und Abstellen wieder Ereignis. Daher bleibt der Mensch an diesem Licht auch uninteressiert: Es interessiert ihn nicht mehr an sich, sondern ist ihm nur noch Mittel zum Zweck.

Einem so ausgebreiteten Schein, wie ihn die heutige Zeit erfüllt, werden sich immer nur Einzelne entziehen können. Ganze Disziplinen sind ihm verfallen, das öffentliche Leben ist mit ihm verseucht, und was dem einzelnen Menschen früher Schutz und Anker war, wächst sich heute zu einer riesengroßen Gefahr für ihn aus: Es droht, dass der Schein, der die Kollektive ergriffen hat, ihn in seinen Auswirkungen selbst in den Abgrund reißt. Und am schwersten wird hiervon gerade der *besinnliche Mensch* betroffen: Denn er erkennt nicht nur die Gefahr, die ihn bedroht, er *leidet* auch am tiefsten am Leben und speziell am öffentlichen Leben, dem er sich dennoch nicht entziehen kann. Er leidet mehr, als dass er sich dagegen wehrt. Die Besinnlichkeit hat ihn zahm gemacht, indem sie nicht nur alle Kraft für sich verbrauchte, sondern ihn zugleich verfeinerte und in Gegenssatz zu willkürhaften physischen Triebäußerungen brachte. Der andere Teil der Menschheit, der von der Phrase lebt, mit Schlagworten um sich wirft und Barbarismen prägt, hat es hierin besser. Weil er seine physischen Energien nicht im Dienste echter Gedankenarbeit verbrauchte – der Verfall an den Schein ersparte es ihm –, hat er sich die physische Stoßkraft, die vorwärtsdrängt, erhalten: *Darin besteht das höchste Gefahrenmoment, das der Schein mit sich führt.* Er macht den veräußerlichten Menschen zugleich angriffslustig, und da dieser ernstlich nicht mit sich diskutieren lässt, drängt er den Besinnlichen allmählich in die Defensive zurück. Denn diesem wiederum steht *nur* der geistige Kampf an, als die einzige Waffe, mit der er sich verteidigt. Dem geht der andere Teil um so vorsichtiger aus dem Wege, als er dieser Art des Angriffs ja nichts Wertvolles aus eigenem Gedankengut entgegensetzen kann. Weiß er sich mit Phrasen nicht mehr zu helfen, dann er macht er von seinen physischen Gewaltmitteln Gebrauch: Er macht Radau, schlägt mit allem Erreichbaren um sich, greift den Gegner körperlich an etc. Es leitet ihn dabei der tiefe Instinkt, dass der Besinnliche auf die Dauer solchen Methoden, die ihm widersprechen und ihn nur anekeln können, nicht gewachsen sein wird.

Der Besinnliche aber steht zur Seite und weiß gar nicht, was recht eigentlich in praxi vor sich gegangen ist. Denn im Handeln, Propagieren, den andern mürbe machen, im Nicht-locker-Lassen, darin, was einmal begonnen wurde, ist ihm der andere Teil über, und so wird er denn seine Beute. Aber nun beginnt der eigentliche Eiertanz (und dazu auf faulen Eiern). Denn nun beginnt, durch den äußeren Erfolg ermutigt, die Phrase sich als echte Wahrheit zu fühlen und mit sich als dem allein seligmachenden Heilmittel zur Beseitigung aller Schäden zu protzen. Was früher nur Mittel zur Aufpeitschung der Massen war, erhöht sich jetzt zur Göttin der edelsten Tugenden: *Der Schein betet sich an* – bis endlich der besinnliche Teil allmählich seine Energie wiedergefunden hat und die Phrase dort hinwegfegt, wo sie hingehört: in die Versenkung, von der aus sie sich breitmachte. Bisweilen wird auch Phrase von anderer Phrase abgelöst, die ihre Thesen mit derselben Energiepropagiert, die die erste hochbrachte.

Der Schicksalsweg, den Robespierre ging, die Phrasen von der Tugend, die ihn auf den Gipfel der Macht erhoben und in ihrer Auswirkung schließlich seinen Feinden gefährlich machte, illustrieren das Gesagte aufs Trefflichste.

Auch die Philosophie, doch eigentlich berufen, den Schein zu erforschen und, indem sie ihn klärt, dem Menschen neue Impulse für den Aufbau seines Lebens zu geben, hat vollkommen versagt und auf diese Weise zur Verbreiterung des Scheines mächtig beigetragen. Man darf ihr den Ernst der ehrlichen Arbeit nicht absprechen. Aber alle noch so lebenswahren Betrachtungen über Wahrheit, Schicksal, Sprache, Wert, Evidenz, Intention, Tod, Ich etc. können die Lösung jener Aufgabe nicht ersetzen, den Erfahrungsbestand der Welt wissenschaftlich klar zu analysieren und damit die Situation eng zu umzirkeln, in die der Mensch durch das Leben hineingestellt ist. Daher muss die Kritik der Sinne, die dies unternimmt – wenn ihr die Lösung dieser Aufgabe gelingt – das Ende der deutschen Philosophie bedeuten. Dies hat schon *Goethe* Eckermann gegenüber ausgesprochen. Hat er darin recht behalten?

Schluss

Wir haben dem bisher Gesagten jetzt nur noch wenig hinzuzufügen und glauben damit dem Leser über das Scheinproblem als solches und über den Schein in seinen praktischen Auswirkungen auf das Leben eine klare Einsicht verschafft zu haben.

Wie das Welt-Ich einen Kreislauf unterhält, in dem es als Herz fungiert, so kann auch der Stoff einen solchen unterhalten. Was früher Getriebenes war, wird jetzt zum Treibendem und umgekehrt.

Der Stoff diktiert – aber das Welt-Ich muss sich ihm beugen. Es wird damit selbst zum Angesogenen und muss in dieser Ansaugung mit dem ganzen Apparat seiner geistigen Funktionen dem Stoff dienen. Wir haben alle jene entsetzliche Zeit hinter uns, in der das Ich an den Stoff verknechtet war (bzw. sein Äquvalent: das Geld), damals, als sich die Vernunft der wirtschaftlichen Verhältnisse nicht mehr gewachsen zeigte und eine Geldinflation über Deutschland hereinbrach, die in der bisherigen Geschichte der Menschheit ohne Beispiel war. Hier diente das Geld nicht mehr dem Handel, sondern es beherrschte ihn. Wer hat diese tödlich ansaugende Kraft des Geldes in jener furchtbaren Zeit der fortschreitenden Geldentwertung nicht gespürt, in der ein jeder Sklave der wetterwendischen Laune der Börse wurde, ob er wollte oder nicht! Hier sog der Stoff das Menschenheer wie eine Charybdis an und trieb es in der Sturmflut des Todes dem Abgrund des Nichts zu. Und dieser tödliche Kreislauf ergriff beide Pole des Lebens: den kulturellen ebenso wie den natürlichen. dem krankhaften Geldwahn verband sich das Laster des hohlen Genießertums, dem Protzertum das der Ausschweifungen und der Üppigkeit. Wer hatte noch die Kraft zu edlen Schöpfungen, wo war das Organ zur Aufnahme dieser Schöpfungen, wo waren Naturfreunde, Freude am Muttertum und an allem, was bisher die Welt bereichert hatte, geblieben? – es war alles dahin, das Leben hatte völlig seinen Sinn verloren. Jeder lebte nur dem Augenblick, ein Aufbauen für die Zukunft war unmöglich geworden, Moloch Zeit hatte den Menschen in seinen Klauen und ließ ihn nicht mehr von sich. Die Leere, welche der Stoff in dem von ihm beherrschten Kreislauf erzeugt, machte sich allen aufs Schwerste fühlbar, die noch edler Gesinnung waren. Den andern dagegen, die dem Gelde gänzlich verfallen waren, dünkte dieses Leben die echte Fülle, und sie waren voller Glückseligkeit über die unvermutete Gelegenheit, sich im Geldrausch einmal völlig ausleben zu können.

Polares Übergewicht erzeugt Umkehrung, und daher müssen die Werte, die die Übermacht des Stofflichen hervorbringt, sich jenen völlig entgegengesetzt verhalten, die das Welt-Ich in dem von ihm beherrschten Kreislauf erzeugt. Sind dies die echten Werte, so werden jenes die unechten sein. Das Welt-Ich ist *stets* der Quell der entstehenden Werte, mögen sie nun echt oder unecht sein, da ja der Stoff bzw. das Geld kein positiv schöpferisches Element des Lebens ist. Und doch kann er, wie gesagt, zu einem treibenden Herzen werden, das einen Kreislauf erzeugt, und es ist den dabei entstehenden Werten sogar ein Glücksgefühl gepaart – das allerdings mehr der krankhaft süßlichen *Euphorie* vergleichbar ist, wie sie der Tuberkulöse oder Sepsiskranke fühlt, *wenn der Widerstand des Lebens in ihm gebrochen ist.* Denn auch die Glückseligkeit muss ein doppeltes Vorzeichen haben, je nachdem sie mit echter Schöpferfülle oder den Befriedigungen hohler Lüste verbunden ist, das Gesetz der Umkehrung verlangt dies. Dieser ganze Komplex der Tatsachen hat übrigens auch in der christlichen Lehre einen entsprechenden Niederschlag gefunden, denn nichts anderes bedeuten jene inhaltsreichen Worte: „Wer sein Leben findet, der wird es verlieren, und wer sein Leben verliert um meinetwillen, der wird es finden." In unsere Sprache übersetzt würde dies lauten: Sobald du deine Freiheit aufgibst, nimmt im gleichen Maß der Schein von dir Besitz (du kannst nicht das eine aufgeben, ohne das andere für dich zu verlangen), aber auch umgekehrt: Je tiefer du dem echten Sein zustrebst

250

und es in dir verwirklichst, um so mehr verdrängst du den Schein. *Das wahre Leben verdrängt Schritt vor Schritt den Tod, der sein unsichtbares Wesen in unserem Dasein hat.* Erzieht man den Menschen nach außen, so wird er sich nach außen entwickeln: Was im Menschen die Vormacht gewinnt, gibt ihm auch die Richtung – ein Verbleiben in der Indifferenz kennt das Leben nicht, denn infolge der abhängigen Wechselbeziehung von Welt-Ich und Weltstoff zieht jede Veränderung in dem einen System unweigerlich eine solche in dem andern nach sich. Ein Mehr der Wirkung des Stofflichen und des Ich wird es zu spüren haben und umgekehrt. Hier wirkt sich das Leben in den Menschen und Völkern mit Unerbittlichkeit aus. Aber das Leben hat natürlich die Möglichkeit, nachträglich die Folgen auszugleichen, die das stoffliche Übergewicht im Menschen hervorbringt. Es ist bereits davon ausführlich gesprochen worden. Die stärkste Wirkung hierfür kommt natürlich dem *Erwachen des Lebensgeheimnisses im Menschen zu,* nicht nur, dass in diesem Augenblick alle unreinen Spannungen schwinden, die sich im physischen Pol angesammelt haben – dieses höchste Erleben gibt dem Menschen zugleich *Ehrfurcht* ein, Ehrfurcht vor dem Leben, seinen Manifestationen und inneren Gesetzlichkeiten. Damit erst gewinnt der Mensch das rechte Verhältnis *zu den Dingen und sich selbst.*

Der Stoff schafft die falsche Nähe zu den Dingen.[131] Indem er der Begierde die Lichtmasken der Dinge vor Augen hält, entzündet er sie zu schrankenlosem Hervorbrechen, bevor das Ich zu

---

131 Diese falsche Nähe, die der Stoff (und das aus ihm fließende Triebleben) schafft, kann auch indirekt zutage treten, z. B. in obszönen Gesprächen (die zwischen Gleichgesinnten sofortigen Kontakt bewirken – „Es gibt kein rascher wirkendes Bindemittel als die gemeinsamen Laster" Balzac), während der seelisch vertiefte Mensch dort, wo es sich um intimste Fragen des Sexuallebens handelt, aus Ehrfurcht vor dem Geheimnis, das ihm innewohnt, höchste Zurückhaltung bewahrt, mit einem Wort: *Distanz* übt (es bedeutet dies ein ähnliches Auseinanderhalten der physischen Pole zweier Menschen, wie wir es beim Tanz am Menuett beobachten konnten. (Siehe S. 212f.)

251

ihnen überhaupt Stellung genommen hat. Auf diese Weise sinkt das Objekt der Anziehung zu einem bloßen Mittel des Genusses herab (ohne dass ihm ein eigner und individueller geistiger Wert zuerkannt wäre, den ihm das Leben mitgegeben). Am gefährlichsten muss sich diese sinnliche Lockung in den Beziehungen der Geschlechter zueinander auswirken, denn die Anziehung, die der Stoff im Moment bewirkt, wird in Abstoßung der Geschlechter ausschlagen, sobald die sinnliche Spannung verrauscht ist, die sie zueinander hinzog. Allerdings setzt dies voraus, dass das Welt-Ich im Menschen noch eine überlegene Position einnimmt. Ohne sie gibt es keinen Gegenausschlag.

Das Kollektiv der Masse hat nur eine so ungeheure suggestive Gewalt über den Einzelnen, weil die falsche Nähe, die der Stoff schafft, das Überspringen der physischen Spannung von einem auf den andern erleichtert. Schließlich gehorchen alle dem Brausen einer Leidenschaft, die ganz anonymen Ursprungs ist – dies eben macht die Masse zu einem willfährigen Werkzeug des Agitators, der durch Fanatisierungskünste diese Spannung zu erregen weiß.

Die falsche Nähe zu den Dingen ist es ja auch, die den Schein in der *bewussten Anschauung der Dinge* unterhält. Alle Dinge erscheinen so greifbar nahe, sie geben sich so sicher und selbstverständlich, dass es den meisten Menschen gar nicht zum Bewusstsein kommt, inmitten von lauter Fragezeichen zu leben. Denn der Schein verbirgt ja das Ewige am Dinge und schiebt zugleich ihr Zeitliches in den Vordergrund. Gewiss manifestiert sich in diesem Zeitlichen zugleich ein Ewiges, aber dies ist nur dem Höhergearteten erkennbar.

Das Erwachen des *Lebensgeheimnisses* im Menschen stellt dagegen sofort die echte und wahre Beziehung zwischen Mensch und Welt her. Nachdem es einmal das Bewusstsein von sich erfüllt hat, schiebt es sich gleichsam in alle Beziehungen ein, die der Mensch zu den Dingen, seien sie leblos oder belebt, unterhält. Damit rücken sie in scheinbare Ferne – denn das Geheimnis umgibt sie nun selbst. Aber ebendiese Ferne ist die wahre Nähe, denn erst mit diesem Erleben des Geheimnisses, das eines jeden Dinges zentralster Mittelpunkt ist, sind Subjekt und Objekt wirklich einander nahegerückt. Von dieser Mitte des Geheimnisses aus gesehen, in der sie sich decken, erscheint *jene vordergründliche Einstellung des Alltagsmenschen* als zentrifugale Abweichung vom Leben, so nah ihm die Dinge auch erscheinen möchten. Es hängt dies wiederum mit dem Umweg zusammen, den das Leben um seine eigne rätselhafte Achse beschreibt, *ja, man kann sagen: Die falsche Nähe, die der Stoff im Anschauen der Dinge bewirkt, gibt diesen Umweg dem Bewusstsein recht eigentlich erst zu erkennen.*

Indem das Geheimnis in das menschliche Erleben einfließt und in alle Beziehungen, die der Mensch zu nah und fern unterhält, bleibt auch die Ehrfurcht vor allen Manifestationen des Lebens in ihm lebendig. Sie lehrt ihn, in Mensch und Ding den Selbstzweck zu achten, den ihnen die Natur als persönlichsten Ausdruck ihres Wesens mitgegeben. Diese Ehrfurcht gibt der Ehe, den Beziehungen zum eignen Kinde und zu allem Geschaffenen erst die echte Weihe. Ihr eigenes Sein zu achten wie das eigne und ihm möglichst gerecht zu werden, verlangt die Ehrfurcht vor dem Geheimnis ihres Daseins. Es ist damit wieder jener Umschwung in der objektiven Haltung erreicht, den wir als charakteristisch für die Scheinüberwindung kennengelernt haben.

Der im Schein Lebende, der Äußerlichkeit des Lebens Verfallene verzehrt sich in der Enge des eignen Daseins. Indem er sich den Dingen nicht eröffnet, bleibt ihm die wahre Welt der Dinge verschlossen. Fixiert an das eigne Sein mit dem Trieb zur Vergewaltigung aller Dinge, bringt er sich selbst um den Gewinn wahrhaften Lebens: sich hinzugeben an die Welt, um sich aus ihr immer neu und größer zu empfangen.

Dem an das echte Sein Gebundenen erschließen sich dagegen die wahren Quellen des Lebens. Aus ihnen schöpfend gewinnt er jene Nahrung, die stark macht. Ihm ist der Blick für die Weite und Tiefe des Lebens erschlossen, und indem er an ihr teilhat, ist er auch im Besitz jener Glückseligkeit, die dem Leben erst den wahren Inhalt gibt.

Zwischen diesen beiden Kategorien von Menschen gibt es, wenn es sich um ausgesprochene Typen handelt, keine Brücke. Denn was dem einen heilig und teuer ist, wird dem andern ein Spott sein. „Was du nicht liebst, daran sollst du vorübergehn." Diese Richtschnur, die Nietzsche in seinem Zarathustra gibt, muss als die wahre, die einzig mögliche gelten. Dem physisch Orientierten gegenüber gibt es nur den kollektiven Zusammenschluss derer, die seine Geld- und Machtgier, seinen Drang zur Vergewaltigung, seinen brutalen Egoismus zu fürchten haben. Wer jedoch über physische Gewaltmittel größeren Ausmaßes verfügt, *der bedarf der Kontrolle*, denn in allem Physischen liegt schon, gleichsam als eine aufgespeicherte Ladung, der Antrieb zur Gewalt. Diese Ladung geht leicht auf den Einzelnen über und, indem sie sich ihm mitteilt, geht auch die Tendenz zur Gewaltanwendung auf ihn über. Machtmittel stecken an, und wer starke Machtmittel hinter sich hat, wird von ihnen leicht in seinen Entschlüssen dorthin dirigiert, wo das physische Moment entscheidet. Daher bedarf z. B. der Völkerbund eines Oberhauses, in dem die *Völker selbst* durch Delgierte vertreten sind, nicht nur die Regierungen, die als Oberhaupt des Staates zugleich Exponenten seiner realen Machtmittel sind. Die Völker müssen selbst Gelegenheit haben, zu den Beschlüssen dieser bis jetzt höchsten Instanz der Menschheit ihre Stimme zu erheben. Die Einsetzung eines solchen Kontrollorgans für die Beschlüsse des Völkerbundes würde stärker *den Willen der Menschheit selbst* zum Ausdruck bringen und mehr *ihren* Interessen dienen. Denn die Völker sind es doch, die durch die stete Beunruhigung des Friedens bzw. durch Kriege die schwerste Einbuße erleiden, Einbuße an wertvollstem Menschengut, an materiellen Gütern und kulturellem Niveau (denn ein jeder Krieg wirft die Völker in rohere Denkweisen zurück). Den Regierungen wird es immer schwerfallen, Entschlüsse von höchster Verantwortung zu fassen, sie bedürfen hierzu der Autorisation durch eine Instanz, die den Willen der Völker unmittelbar ausdrückt, als den Willen der Menschheit selbst. Hierdurch verschöbe sich der

Blickpunkt von den machtpolitischen Problemen in das Blickfeld der Menschheitsfrage: Aber damit wäre erst die neutrale Basis geschaffen, von der aus alle Entscheidungen des Völkerbundes behandelt werden müssten. Hier erst käme das Welt-Ich *rein* zum Wort, und solange dies nicht der Fall ist, bleibt die Gefahr bestehen, dass der Völkerbund zum Instrument politischer Machtfragen wird.

Die Völker werden ihr Schicksal selbst in die Hand nehmen müssen, wenn sie dem Kugelregen der Zeit entgehen wollen. Denn eine Fiktion unserer Zeit ist eben die Verwechslung von Volk und Staat: dass dem Staat alle Macht über das Volk gegeben ist, dass das Volk nicht mehr Subjekt, sondern nur noch Objekt aller politischen Entscheidungen ist, das ist das Unglück der Völker.[132]

Der Schein: dass der Staat das Volk sei, muss an erster Stelle gebrochen werden, wenn es zu einem neuen Aufstieg der Menschheit kommen soll.

Der Schein hat zwischen den Völkern Mauern aufgerichtet, ein jedes Volk fühlt sich daher isoliert von dem andern und lebt in dem Wahn, dass es das Heil in sich selbst finden werde.

Statt eines Gehirns, das die Menschheit regiert, leben so zahllose Gehirne, neben und gegen einander, die die einzelnen Völker regieren. Während Technik und Wirtschaft am einheitlichen Sein der Menschheit formen, streben ihre Glieder auseinander, um eigensinnig ihr eignes Sein zu leben. Wie soll je in den Menschheitsorganismus Ruhe, Ordnung und Gleichgewicht kommen, wenn gleichsam der Arm gegen das Bein, die Schulter gegen den Nacken ficht?, wenn für den Überfluss an einer Stelle kein Abfluss an der andern ist – sei es an Menschen oder an Waren –, wenn eine jede Stauung regionär auf ein jedes Land beschränkt bleibt? Ein mit Blut überfülltes Gehirn kann sich infolge seiner Verbundenheit mit dem Körperganzen nach dem Leib oder den

---

132 Dies trifft natürlich nur für einzelne Völker zu, z. B. Russland.

Beinen hin ausgleichen, dagegen ist ein mit Menschen überfülltes Land, solange die Völker gegeneinander abgesondert bleiben und sich nicht zum Menschheitsorganismus zusammengeschlossen haben, einem abgeschnürten Glied vergleichbar sein, in dem sich das Blut im Überschuss verkrampft hat und nicht in andere Teile austreten kann. Die Folge dieser Verkrampfung müssen Kriege der Völker untereinander sein. Diese Fixation der Völker in sich selbst, die sie nicht den Weg nach außen ins Menschheitsganze finden lässt, ist eine Krankheit, der subjektiven Starre des Zwangsneurotikers vergleichbar, der sich in sich selbst einschließt und lieber in sich verschmachtet, als dass er seinen Durst an den Quellen des Lebens löschte.

Anstatt dass die Völker den Schein zu ihrer eigenen Mitte bekämpfen, nehmen sie nach außen gegeneinander eine gespannte Haltung an, ein Vorgehen, das Atmosphäre Europas wie mit Gewittern geladen hat. Alles dies ist nur der Ausdruck der Überladenheit Europas mit physischen Spannungen, die sich unter der Vorherrschaft der Zivilisation in ihm angesammelt haben, und die nun als Angstneurose über die Völker gekommen ist. Denn alle Angst ist im Physischen verwurzelt: Sie ist das sichere Kennzeichen für die Lähmung, die das Welt-Ich im Menschen erfahren hat. Nur das Welt-Ich könnte den Schäden der Zeit erfolgreich entgegentreten, sein Versagen bedeutet daher den Untergang – dies ist es, was ganz Europa heimlich, doch mit Recht, fürchtet, was es heimlich erzittern lässt.

Der Schein hat Mauern zwischen den Völkern aufgerichtet. Alles, was den Stoff irgendwie zum Hintergrund hat, Neid, Geld- und Machtgier, Eitelkeit, etc., hat sich gegen sie, gegen ihr einträchtiges Zusammenwirken verschworen. *Die Völker werden wieder lernen müssen, dass sie eines Stammes, eines Ursprungs sind.* Ein Geheimnis bindet sie alle, hält sie in der Wurzel zusammen: das Leben. In ihm als der geheiligt-religiösen Tatsache ihrer Existenz werden sie sich wiederfinden müssen. Denn alle belebt ein Denken, durch das sie sich verständigen, allen spendet die eine unendliche Natur in unermesslichem Reichtum ihre Nahrung, eine Sonne schenkt ihnen Licht und Wärme. Ob Engländer oder Russe, ob Deutscher oder Chinese, ob Christ, Jude oder Mohammedaner – alle sind sie in den gleichen Rahmen der Weltstruktur gespannt, *in allen schlägt das gleiche Herz der Welt*, das Welt-Ich, und nur der Stoff mit seinen Abkömmlingen hat sich zwischen sie gedrängt und hält sie mit künstlichen Scheidewänden auseinander.

Daher muss der Weg zur Gesundung dorthin führen, wo das Welt-Ich im Menschen ruht. Der zentrifugalen Abweichung in den Schein muss die Gegenbewegung entgegengesetzt werden, die nach innen führt: Es gibt dafür keine andere Lösung. Nur von hier aus kann wieder Leben sprießen, kann wahre Harmonie und innerer Reichtum dem Leben zuteil werden. Zum Welt-Ich gelangt man jedoch nur im Durchbruch durch den Schein, nur so gewinnt das Leben seinen wahren Mittelpunkt, von dem aus es sich selbst zu meistern vermag. Den Menschen in diesem Sinne zu erziehen ist das dringendste Gebot der Stunde. Denn, wie schon hervorgehoben: Nur vom Einzelnen her kann der Umschwung in die Welt kommen, den so viele herbeisehnen. Wirtschaftliche Experimente greifen das Übel nicht an der Wurzel an. Verbesserungen dieser Art müssen immer *von der Arbeit am Menschen selbst* in der Richtung der Scheinüberwindung begleitet sein, und hierbei muss der Menschenbildner *hinter* der Arbeit zurücktreten, die das *Leben selbst*, im Menschen leistet. Der Schein der heutigen Zeit ist zu gewaltig, als dass zu seiner Bekämpfung für den größeren Teil der Menschheit irgendwelche Surrogate genügen könnten: Was in der Wurzel krankt, kann nur von der Wurzel her genesen.

Diese hier vorgetragene Grundidee lebt nicht verloren im einsamen Raum. Sie ist Ausdruck der Zeit. So lese ich in dem Buch „Schöpferische Indifferenz" (S. Friedlaender): „Es ist nötig, den Menschen, der sich gern für den Weltmittelpunkt hält, zum Ding unter Dingen zu degradieren, damit die echte persönliche Welt-Angel sich erlebe und mit ihr die echte Welt, mit ihr aber der Mensch echter zum Vorschein komme." Auch *Keyserling* lässt sich hierzu in seiner klaren Art vernehmen: „Im Bereich des Von-selbst kann das persönliche Bewusstsein seinen Sitz errichten – und dann gehorchen ihm die Mächte des Alls. Viele beurteilen die Zumutung, das Kosmische dergestalt ins Persönliche hineinzuziehen, als Entweihung: In Wahrheit bedeutet es Selbstschädigung des Menschenwesens, wenn dieses seine Bestimmung nicht ganz erfüllen will..."

Es fehlt diesen modernen Hinweisen für das wahrhafte Gesunden des Lebens nur die Systematik. Denn mit dem Hinweis ist noch nicht dargetan, *wie* diese Welt-Angel zum eigenen Erleben gelangt. Es wurde hier nachgewiesen, dass sie von sich aus nicht den Weg zum Erleben finden kann, da sich das Denken gewissermaßen nur *vorwärts* in die Aktivierung von Begriffen etc., aber nicht *rückwärts* auf das eigne Sein zu bewegen kann. Dieses Sein kann sich aus- oder einatmen, aber mehr auch nicht. Als An-Sich kann es sich nicht finden. Daher braucht es den Weltstoff, um, in seinem Wunder sich spiegelnd, als Lebensgeheimnis zu erwachen. Der Stoff ist aber wiederum eingeschlossen in Spezifitäten, er gibt sich gewissermaßen nur im Widerstand zu erkennen. Aber diesen Widerstand fühlt jeder, der auf den eigenen Körper stößt: Hier ist etwas, das sich dem Ich als ein Geheimnis entgegensetzt. Erst hier beginnt der künstliche Vordergrund zu weichen, der das Bewusstsein früher gefangen hielt, erst hier beginnt das Leben in seiner eignen geheimnisvollen Tiefe. Das Ich hat sich bisher in die sinnvollen Äußerungen des Lebens verstrickt und dem Stoff keine Beachtung geschenkt, weil dieses Erleben gar zu unscheinbar ist. Dieses niederste Erleben muss das höchste werden. Erst dann wird das Leben vom Scheine gereinigt sein. Erst mit dem Erlebnis des Weltstoffs als Wunder sinkt die im Scheine gleichsam ausgerenkte Welt in ihren eignen Fokus zurück, wird wieder ihrem eignen Grund identisch, blüht so erst wieder aus sich selbst. Hiermit erst ist das Leben sich selbst zurückgegeben, nachdem es sich zuvor entfremdet war – die Folge seiner eignen embryonalen Entwicklung.

Mit dem Durchbruch durch den Schein, d. h. dem Übergewicht des Welt-Ich über den Weltstoff wird das Leben mündig. Aus der Defensive kann jetzt das Welt-Ich in die Offensive übergehen: Damit ist das Tor geöffnet, das aus Enge und Martern ins Freie, in die Freiheit führt.

Glaubt man, dass Ideen wie die hier vorgetragenen für die Lebenspraxis nutzlos wären? Praxis heißt handeln. Aber handeln kann man nur nach einem Plan. Im Grunde ist die ganze sichtbare Umwelt irgendwie auf Gedankliches zurückzuführen, das einmal im Ich lebte. Der Geist ist es, der das Leben gestaltet, d. h., *der Gedanke ist es, in dem die Zukunft lebt.* Zukunft gestalten heißt Gedanken hervorbringen, die sie einmal verkörpern wird. Deshalb muss sich die Menschheit zunächst einmal von neuen Gedankenwelten tief durchdringen lassen.

Wir leben selbst in einer Zeit krankhaft vorgeschrittener Zivilisation und spüren ihre Wirkungen nur zu sehr an uns selbst. Und doch liegt kein Grund vor, am Leben zu verzweifeln. Für das Zuviel der Zivilisation, das sie uns beschert hat, fehlen dem Leben eben noch die Sicherungen. Wir haben noch nicht jene seelische Haltung für uns errungen, die die schädlichen Neben- bzw. Rückwirkungen, die aller Produktion verbunden sind – die heutige Welt geht am Überfluss, nicht am Zuwenig zugrunde! – spielend ausgleicht. Die Welt hat noch nicht verstanden, dass von dem Geld, das heute für Kriegsrüstungen ausgegeben wird – ein Teil hätte genügt! – die Millionen Arbeitsloser, die die Erde birgt, in den Gefilden Kanadas, Australiens, Neuseelands, Brasiliens, kurz an allen Stellen der Erde, die noch bebauungsbedürftig sind, hätten als Ansiedler untergebracht werden können. Aber sie wird dies (und anderes) einmal verstehen müssen, und sie wird es verstehen, wenn die Organisation der Menschheit von einer Stelle her einmal vollzogen sein wird.

Wir haben, wie Atlas, ein schweres Los auf uns nehmen müssen. Der Mensch, der nach uns kommen wird, wird es hierin besser haben als wir, die wir gewissermaßen Probiergeschöpfe des Lebens sind. Denn wir haben, als die ersten Menschen der Erde, den Funkenregen dieser neuen Zeit auf uns niederregnen lassen, und es ist daher nicht verwunderlich, wenn so und so viele Brandwunden davongetragen haben.

Eine jede Zeit hat ihren Schwerpunkt in irgendeinem seelischen Zentrum. Dass es die unsere im Verstand hat, ist wohl in erster Linie auf die erhöhten Ansprüche zurückzuführen, die die gewaltig angewachsene Menschheit für die Wahrung ihres äußeren Bedarfs an den Produktionsapparat stellte. *Auf das Maß an Leistung, das hierbei verrichtet wurde, werden spätere Geschlechter noch mit Staunen zurückblicken!*

Denn es ist, als hätte unsere Zeit allen kommenden Geschlechtern die Arbeit im Voraus abnehmen wollen. Auf dieses Übermaß technischen Fortschritts, der unglücklicherweise mit schweren weltanschaulichen Umwälzungen vor sich ging, war die Menschheit nicht vorbereitet, und da das, was in die Welt *hinein-*, doch auch auf den Menschen *zurück*wirkt, wurde er mit der Maschine, die alles zermalmte, mitzermalmt. Im Grunde liegt der Fall des heutigen Menschen so, dass das Leben, indem es den Bedarf der Zivilisation für viele kommende Geschlechter deckte, diesem Zweck jene Generation hinopferte, in der es dieses Ziel absolvierte.

Der einzelne Mensch, das Leben aus Fleisch und Blut, Gefäß unendlichen Lebens, ging an den Rückwirkungen dieser Leistung, die der absolute Geist in ihm vollzog, zugrunde, ein neuer Beleg dafür, dass dem Leben der einzelne Mensch, die einzelne Generation nichts gilt.

Dieser Arbeitsprozess scheint jetzt allmählich zum Stillstand zu kommen, da die Lebensleistung, die von ihm gefordert wurde, erfüllt ist. Damit aber wird sich von selbst der Schwerpunkt des Lebens in ein anderes Zentrum verschieben. Das Leben hat der Menschheit das Nest neu bereitet, indem sie sich rationell einrichten kann, nun kann die Produktion *kultureller* Werte von Neuem einsetzen, denn beides: Nest-Bereiten und kulturelle Leistung *konnte das Leben nicht zugleich bewältigen.* Wir stehen am Wendepunkt dieses Geschehens. Aber wir werden es evtl. nicht verhindern können, dass sich die physischen Gewalten, die die Zivilisation entfesselt hat, sich nun ihrerseits austoben. Es lässt sich leider im Leben keine – noch so lebensfeindliche – Realität (die die zwangsläufige Folge gewisser Spannungsanhäufung im Physischen ist) mit theoretischen Mitteln beseitigen. Das Leben muss sich in der Praxis gegen sie durchkämpfen. Aber es wird sich – wir hoffen es! – *zur Organisation der Menschheit* durchringen, die diese physischen Machtmittel dann überflüssig machen wird.

Der Prozess der Gesundung der Menschheit von den Folgen der Zivilisation, die wie ein Wasserkopf auf ihr sitzt, wird sehr langsam vor sich gehen. Er kann aber, wie gesagt, nur vom *Einzelnen* ausgehen. Jeder Einzelne muss für sich jene innere seelische Haltung zu gewinnen suchen, die ihn in eine überlegene Position gegenüber den Einwirkungen des Scheines bringt. Diese Wiedererweckung der Menschheit durch Scheinüberwindung wird sich über die ganze Erde fortpflanzen müssen. Die im Sein wahrhaft Wurzelnden werden sich zu einer gewaltigen Säule zusammenschließen müssen, einer *Heeres*säule, die allmählich die Macht auf Erden an sich reißt und der Welt nun *ihre* Befehle diktiert. Dieser Befehl wird nicht die Besten mit ihrer Vernichtung bedrohen, sondern lauten: Zusammenschluss der Menschheit zur gemeinschaftlichen Tilgung der Schäden, zur gemeinsamen Beseitigung ihrer Nöte, zum gemeinschaftlichen Aufbau ihrer höchsten kulturellen Werte und zur Behandlung aller wirtschaftlichen Angelegenheiten in gegenseitiger Übereinkunft. Was heute als Staaten in Waffen einander entgegenstarrt, das wird als Provinzen der Erde in friedlichem Bei- und Nebeneinander und in edlem Wettstreit in der Erzeugung wahrer Werte sein Leben fristen. Dies erst bedeutete Zusammenschluss der Menschheit in Gott: An ihm müssen alle Glieder der Raupe Leben mitwirken, welche Auslegung sie auch der letzten Urtatsache der Schöpfung, Gott, geben, und ein Glied wird dem andern gegenüber Toleranz üben müssen.

Ja, die Staaten als politische Körperschaften werden einmal vergehen, aber die Völker werden bleiben, denn sie sind das Salz der Erde. Was sich in ihnen als Leben, sei es in Sitte und Brauch oder als Lebensleistung höchster Ordnung, manifestierte und durch die Jahrhunderte bewahrt hat: Es wird erhalten bleiben müssen, denn es ist heiliges Saatgut der Welt, das in jeder neuen Generation neu aufgehen muss. Statt bunten Tandes, der nur die Sinne peitscht: diese *höchsten Werte* der Menschheit, gepflegt in den Völkern und ausgetauscht zu gegenseitiger Bereicherung; statt gegenseitiger Zerstörung und Bedrohung der Völker untereinander: gemeinsamer Aufbau in den Werken der Liebe, wo es die Not erheischt; statt sinnloser Vernichtung von Naturprodukten, die zum Segen der Menschheit bestimmt sind: Verwertung des gesamten Ertrages der Erde zur Stillung der Bedürfnisse aller; statt vieler Heere gegeneinander: eine Miliz, die die Ordnung auf Erden aufrechterhält: Das erst bedeutet Scheinüberwindung auf Erden.

Dieser Prozess der Scheinüberwindung wird ein positiver, ein Aufbauprozess sein müssen, die Vernichtung der Eitelkeiten und alles dessen, was mit Schein zusammenhängt – wie ein Savonarola es wollte –, ist nicht einmal erlaubt. Denn sie würde das Leben nicht nur unerhört verarmen lassen, es *braucht* auch den Stoff, um sich an ihm und seinen Objektivationen immer wieder zu höherer Harmonie abzustoßen. *Nur das Verhältnis zwischen Schein und Sein muss zugunsten des Letzteren gefördert werden*, aber im Übrigen muss der Baum des Lebens in allen seinen, selbst äußeren Verzweigungen und zentrifugalen Abweichungen erhalten bleiben. Jeder Baum setzt Rinde an, totes Material in der Peripherie des Stammes, Rinde, die um so mehr schwillt, je älter der Baum wird. So hat auch die Menschheit innerhalb ihres Wachstums Tod angesetzt, aber *leider in viel zu breiter Schicht.* Hier muss ein Ausgleich vollzogen werden. Das wahrhaft Gesunde muss den *breiten* Raum einnehmen, der Tod darf nur als Abstoßungsfläche dienen für die Säfte, die im gesunden Mark auf- und niedersteigen. Nähme man dem Baum die tote Rinde, so würde er ebenso zugrunde gehen wie die Menschheit, wenn in ihr der Schein ganz beseitigt würde. Die Spannung zwischen Peripherie und Zentrum gehört zum Leben, hier sind die Ansatzpunkte und Widerstände für sein inneres Wirken, von hier aus erhält es sich in steter Bewegung. Ein Herz ohne Widerstand ist zur Lähmung, zum Tod verurteilt.

Ein Licht aber wird in der Menschheit leuchten, ein höchstes, wie der heilige Gral im Kelch des Parzival: das Gottgeheimnis und, wie sich das Licht aus tausend Farben zusammensetzt: in tausend Farben. Aber die letzte Transparenz wird dieses Göttliche erst dort erfahren, wo es im Menschen als Lebensgeheimnis zu eignem Wachsein gelangt.

Zu diesem Aufbau im Menschen will dieses Buch durch Bindung des Menschen an die wahre Lebensmitte, das Gottgeheimnis, beitragen. Sehr wahrscheinlich wird diese seelische Haltung des inneren Gleichgewichts, die das Erwachen des Lebensgeheimnisses im Menschen mit sich bringt, für die spätere Menschheit ebenso selbstverständlich sein, wie sie den meisten heute neu ist. Aber schon Meister Eckhardt und die Mystiker um ihn wussten davon: „Brünstige Stille" nannten sie diesen Zustand höchster Verinnerlichung. Er paart sich hier dem Geheimnis. Aber in der Stille und im Schweigen geht er auch vor sich.

Epilog

In Forte dei Marmi, einem Küstenort der Toskana, verbrachte Adolf Liebeck seine letzten Lebensjahre. Adolf Liebeck war ein aufstrebender Arzt, Dichter, Komponist und Philosoph in Deutschland.

Aufgrund seiner Wurzeln jüdischer Abstammung musste er 1934 sein Heimatland verlassen. Die Muttersprache Deutsch war für ihn heilig; wenn Adolf Liebeck ein Gedicht von Goethe, Hölderlin oder Nietzsche las, so kostete er es wie ein Weinverkoster seine Weine. „Die Muttersprache als der Körper unseres Denkens und Fühlens, das ist alles sehr nach der Liebe zur Landschaft, in der man geboren ist." (Ein Zitat aus seiner Autobiografie)

Er gehörte zu den introvertierten Charakteren, d.h., zu jenen Menschen, die durch ein Wort der Bibel oder eines Genies wie Goethe, Spinoza etc. tiefer angestoßen werden als durch eine Reise um die Welt.

Als viertes von vier Kindern war er ein unerwünschtes Kind und wurde von seinem Vater häufig geschlagen. Seine Mutter, die immer versuchte, ihn zu beschützen, starb mit 36 Jahren. Durch seine Gelbsuchtsanfälle, seinen Dämon, wie er es selbst nannte, steckte man ihn in ein Sanatorium (Irrenhaus). Dort geschah etwas Merkwürdiges mit Liebeck. Er begann zu komponieren und komponierte die Michelangelo- und Raffael-Phantasie. Nach dieser Leistung konnte er sein Arztstudium fortführen und hatte die Gelegenheit, bekannte Persönlichkeiten kennenzulernen: Max Reger – Leipzig, große Gelehrte wie Wilhelm Bölsche, Frobenius und Dichter wie Hermann Stehr und Karl Hauptmann. Von Hauptmann vertonte Liebeck einige Gedichte. Besonders gelungen die Bhawani-Lieder (Lieder der Erde in vier Strophen).

1926 begegnete er einer herausragenden Persönlichkeit: Otto Oppenheimer. Dieser war begeistert von seinen Ideen und zahlte die Hälfte des vom Verlag geforderten Beitrages zu den Druckkosten von seinem Werk „Welterwachen" (Stuttgart 1928). Zweieinhalb Jahre war er angestellt bei Lloyd, einer großen Schiffsreederei, und erreichte dort den Rang eines ersten Schiffsarztes. Inzwischen hatte sein Buch „Welterwachen" (mit „Kritik der Sinne" als Kernbestandteil) seinen Weg in die Öffentlichkeit angetreten.

Durch die Veröffentlichung seines Buches bekam er überraschend eine Einladung eines ganz Großen, Albert Einstein, der damals in Caputha-Potsdam in Berlin wohnte.

1933, nach der Machtergreifung Hitlers, heiratete Adolf Liebeck das zweite Mal: eine Arierin.

Liebeck war der Komponist der Leonslieder und wagte noch eine Uraufführung eines großen Liederzyklus in Hamburg. Mit großem Erfolg. Dann musste er nach Italien flüchten. In Forte dei Marmi, seinem letzten Aufenthaltsort, schrieb er sein zweites Werk „Schein und Sein".

Durch sein Ableben 1939 kam es nie zu einer Veröffentlichung. Somit blieb dieses Werk 70 Jahre in einem Koffer unter Stroh versteckt in einem verlassenen Haus in Italien.

www.ingramcontent.com/pod-product-compliance
Lightning Source LLC
Chambersburg PA
CBHW031216020726
47499CB00002B/607